Charles Martin

Am Ende gewinnt die Liebe

Über den Autor:
Charles Martin studierte Englisch und Journalistik und hat einen Doktortitel in Kommunikationswissenschaften. 1999 gab er seinen Beruf auf und wurde hauptberuflich Schriftsteller. Der von der Presse gefeierte, preisgekrönte Autor lebt mit seiner Frau Christy und drei Söhnen in Jacksonville, Florida.

Bibliografische Information Der Deutschen Bibliothek
Die Deutsche Bibliothek verzeichnet diese Publikation in der Deutschen Nationalbibliografie; detaillierte bibliografische Daten sind im Internet über http://dnb.ddb.de abrufbar.

ISBN 978-3-86827-181-2
Alle Rechte vorbehalten
Copyright © 2005 by Charles Martin
Originally published in English under the title *Wrapped in Rain*
Published in Nashville, Tennessee by WestBow Press, a division of Thomas Nelson Inc.
German edition © 2010 by Verlag der Francke-Buchhandlung GmbH
Deutsch von Thomas Weißenborn
Umschlagbilder: Eric Gevaert © www.fotolia.de
© iStockphoto.com / civdis
Umschlaggestaltung: Verlag der Francke-Buchhandlung GmbH / Christian Heinritz
Satz: Verlag der Francke-Buchhandlung GmbH
Druck: Bercker Graphischer Betrieb, Kevelaer

www.francke-buch.de

Prolog

Wieder einmal wachte ich unter Schmerzen auf. Langsam schob ich die Decke von meinem Gesicht und zog die Knie bis zum Kinn hoch. Mein Herz schlug mir bis zum Hals. Im fahlen Mondlicht sah ich überall im Zimmer Schatten tanzen. Rex würde mich niemals zu dieser Zeit aufstehen lassen, deshalb schob ich nur vorsichtig meinen Kopf vor das Fenster und schaute hinaus. Doch ich konnte nicht viel erkennen, da mein heißer Atem das Fenster sofort milchig weiß werden ließ. Nur die riesigen in weißes Plastik gewickelten Heuballen und die Pferde mit ihren warmen Decken auf dem Rücken konnte ich undeutlich erkennen. Lautlos wischte ich die Scheibe frei und schaute auf die Veranda und die Scheune hinaus, die im Mondlicht fast unheimlich wirkten. Über den Weiden hinter unserem Haus hing dichter Nebel, der bis zum Horizont zu fließen schien. Selbst damals – hätte ich mich auf den Nebel schwingen und über die Felder reiten können, nur weg von hier, ich hätte es getan und nicht ein einziges Mal zurückgeschaut.

Ich schlief immer so – zusammengerollt wie eine Kanonenkugel –, weil er mich dann nicht so oft sah. Wenn er es dennoch tat, spürte ich es immer an meinem Hinterteil. Als ich nach einem Jahr herausfand, dass ich einen Bruder hatte, hoffte ich, jetzt nur noch die Hälfte der Prügel zu bekommen, weil er jetzt zwei mögliche Ziele hatte. Doch ich irrte mich. Er schlug einfach doppelt so oft zu.

Ich wischte mir die Nase an meinem Schlafanzugärmel ab, rollte mich auseinander und schlüpfte aus meinem Stockbett. Miss Ella wusste, dass ich noch Platz zum Wachsen brauchte, deshalb hatte sie den Schlafanzug ein paar Nummern zu groß gekauft. Die angenähten Strümpfe schleiften über den Boden, als ich mich auf Zehenspitzen zu dem Stuhl schlich, an dem mein Pistolenhalfter hing. Vorsichtig legte ich mir den Gürtel um und hielt den Atem an, während ich die Pistolen überprüfte. Dann zog ich mir meinen Cowboyhut tief ins Gesicht und spähte durch die Tür.

Nur eine Armlänge entfernt stand mein Baseballschläger in der Ecke – mein ganzer Stolz. Der vordere Teil des Schlägers war rau und an manchen Stellen vom Aufprall der Feuersteine, die ich damit schlug, gesplittert, doch Moses hatte den Griff abgeschmirgelt, damit er in meine kleinen Hände passte. Jetzt griff ich nach dem Schläger und legte ihn mir über die Schulter. Ich musste an Rex' Zimmertür vorbeischleichen und brauchte jede Hilfe, die ich finden konnte. Ich wusste nie, wann er zu Hause war und wann nicht, aber ich wollte kein Risiko eingehen. Wenn er da sein sollte und sich auch nur ein bisschen bewegte, würde ich ihm die Schienbeine zerschmettern, mit beiden Pistolen auf ihn schießen und dann unter seinem wilden Schimpfen und Fluchen aus dem Haus rennen.

In den letzten Wochen hatte ich mit ein paar schwierigen Fragen gekämpft, die für mich keinen Sinn ergaben: zum Beispiel warum ich keine Mama hatte; warum mein Papa eigentlich nie da war; und wenn doch, warum er dann immer fluchte, schrie und soff; und warum ich diesen Schmerz im Bauch hatte. Solchen Fragen.

In Rex' Zimmer war es dunkel und still, aber ich ließ mich nicht täuschen. Auch Gewitterwolken machen kein Geräusch, bis es donnert. Ich legte mich flach auf den Boden und robbte mich langsam auf dem Bauch vorwärts, immer einen Ellenbogen vor den anderen, als wäre ich ein Soldat unter Beschuss. Rex' Zimmertür war wie der Eingang einer Bärenhöhle, doch ich schaute gar nicht hinein, sondern kroch schnell daran vorbei. Mein Flanellschlafanzug rutschte fast geräuschlos auf dem polierten Holzfußboden dahin. Manchmal, wenn Rex stundenlang ein Glas nach dem anderen geleert hatte, schaltete er nicht das Licht an. Ich mochte ja nicht viel wissen, aber ich hatte gelernt, dass ein dunkles Zimmer nicht unbedingt ein leeres Zimmer war. Schnell schob ich mich weiter. Allein der Gedanke daran, dass er dort im Zimmer sitzen könnte und mich beobachtete, um mir jeden Moment hinterherzukommen ... lähmte mich fast. Mein Atem ging stoßweise und Schweißperlen traten mir auf die Stirn, doch außer meinem lauten Herzklopfen hörte ich nichts – kein Schnarchen und auch kein Geschrei.

Endlich hatte ich es geschafft. So leise wie möglich wischte ich mir den Schweiß von der Stirn. Ich wartete einen Augenblick, doch ich hörte keine Schritte, spürte keine Hand auf meiner Schulter, die mich auf die Füße riss, und bemerkte auch sonst nichts. Langsam schlich ich zum Treppengeländer, legte ein Bein darüber und rutschte lautlos hinunter.

Vorsichtig warf ich einen Blick über die Schulter, und als ich keinen Rex sah, rannte ich los. Wenn er zu Hause war, musste er mich jetzt erst einmal fangen. Ich rannte durch die Bibliothek, das Raucherzimmer, das Arbeitszimmer, den Raum mit dem Kamin, der so groß wie ein Bett war, durch die Küche, die nach Keksen und Hühnchen mit Soße duftete, und auf die hintere Veranda, die nach Waschwasser roch, dann über die Wiese, die den Geruch von frischen Pferdeäpfeln versprühte, auf Miss Ellas kleine Hütte zu – dort wollte ich hin.

Miss Ella erzählte mir immer, dass mein Vater Rex, eine Woche nachdem ich geboren worden war, eine Anzeige für eine „Haushaltshilfe" in unserer Zeitung aufgegeben habe. Dafür gab es zwei Gründe: Er war zu stolz, um zuzugeben, dass er ein Kindermädchen brauchte, und er hatte meine Mutter – seine Sekretärin – in die Wüste geschickt. Ein paar Dutzend Leute hatten sich auf die Anzeige hin gemeldet, doch Rex war wählerisch ... was nicht unbedingt verständlich war. Kurz nach dem Frühstück stand Miss Ella Rain vor der Tür – eine fünfundvierzig Jahre alte kinderlose Witwe und die einzige Tochter eines Sklaven aus Alabama. Sie klingelte ungefähr eine Minute lang und nach einer angemessenen Wartezeit erhob sich Rex und öffnete die Tür. Er musterte sie ausgiebig über den Rand seiner Lesebrille. Eigentlich waren seine Augen vollkommen in Ordnung, aber wie so viele Dinge im Leben trug er sie wegen des Effekts und nicht, weil er sie brauchte.

Miss Ella trug ein weißes Nylonkleid wie die meisten Haushaltshilfen zu dieser Zeit, Kniestrümpfe und ein paar weiße Krankenschwesternschuhe mit einem Doppelknoten. Ihre Haare waren zu einem Knoten hochgesteckt. Sie trug kein Make-up, doch wenn man genau hinsah, konnte man Sommersprossen auf ihren hellbraunen Wangen erkennen. Sofort hielt sie meinem Vater ihre Empfehlungsschreiben unter die Nase und sagte: „Guten Morgen, Sir. Ich bin Ella Rain." Rex warf einen Blick durch seine Brille auf die Zettel und schaute sie dann durchdringend an. Sie wollte noch etwas sagen, aber Rex hob die Hand wie ein Stoppschild und schüttelte den Kopf. Da faltete sie die Hände wieder vor dem Bauch und schwieg.

Rex las die Zettel, die sie ihm gegeben hatte, und sagte dann: „Warten Sie hier." Er schlug ihr die Tür vor der Nase zu und kam eine Minute später mit mir zurück. Er winkte sie ins Haus und drückte mich ihr in den Arm. „Hier. Putzen Sie das Haus und lassen Sie ihn nicht aus den Augen."

„Ja, Sir, Mr Rex."

Miss Ella wiegte mich hin und her, ging durch die Eingangshalle und schaute sich im Haus um. Und so kam es, dass es für mich keine Zeit vor Miss Ella Rain gab. Sie war nicht die Mutter, die mich geboren hatte, aber die Mutter, die Gott mir gegeben hat.

Ich habe nie verstanden, warum sie die Stelle angenommen hat.

Miss Ella war immer Klassenbeste gewesen, doch statt nach ihrem Schulabschluss aufs College zu gehen, hatte sie sich eine Schürze umgebunden und gearbeitet, damit ihr kleiner Bruder Moses aufs College gehen konnte. Als ich sie eines Tages fragte, warum sie das getan hatte, sagte sie nur: „Eines Tages musste er für eine Familie sorgen können, nicht ich." Nach ungefähr einem Monat räumte sie ihre Sachen in die Hütte für die Angestellten, doch ihre Nächte verbrachte sie meist in einem Stuhl vor meinem Schlafzimmer im zweiten Stock.

Nachdem Rex sich auf diese Weise um meine Grundbedürfnisse – Essen, Kleidung und ein Dach über dem Kopf – gekümmert hatte, ging er nach Atlanta zurück, um immer mehr Geld zu verdienen. Bald spielte sich alles ein. Als ich drei Jahre alt war, sah ich Rex regelmäßig von Donnerstag bis Sonntag. Er kam immer gerade lange genug, um genügend Angst unter seinen Angestellten zu verbreiten und um zu sehen, dass es mir gut ging. Dann sattelte er eines seiner Pferde und nach seinem Ritt verschwand er mit einem seiner Assistenten nach oben. Ungefähr einmal im Monat lud er eine Geschäftspartnerin zu sich nach Hause ein und verschwand mit ihr in der Bar, bis er genug von ihr hatte. Rex glaubte, dass Menschen und Geschäftspartner wie Züge waren: „Du benutzt sie so lange, bis du keine Lust mehr hast, dann springst du ab. Ein anderer Zug kommt spätestens fünf Minuten später."

Wenn Rex einmal da war, hallten zwei Worte immer wieder durch das ganze Haus. Das erste war „Gott" und das zweite war ein Wort, das ich nicht in den Mund nehme. Das habe ich Miss Ella versprochen. Mit fünf wusste ich noch nicht, was es bedeutete. Doch die Art, wie Rex es sagte, die funkelnden Augen und der Speichel, der sich dabei in seinen Mundwinkeln bildete, wenn er das Wort benutzte, sagten mir, das es kein gutes Wort war.

„Miss Ella", sagte ich und kratzte mich am Kopf. „Was bedeutet das?" Sie wischte sich die Hände an ihrer Schürze ab, hob mich von meinem Stuhl und setzte mich vor sich auf die Spüle. Dann drückte sie ihre Stirn gegen meine, legte ihren Zeigefinger seitwärts über meinen Mund und sagte eindringlich: „Schhhhhh."

„Aber Miss Ella, was heißt es denn?"

Sie legte den Kopf schief und flüsterte: „Tuck, dieses Wort verstößt gegen das dritte Gebot. Es ist ein sehr, sehr schlechtes Wort. Das schlimmste, das es gibt. Dein Vater sollte es nicht sagen."

„Warum sagt er es dann?"

„Manchmal sagen es die Erwachsenen, wenn sie sich über etwas schrecklich ärgern."

„Warum habe ich noch nie gehört, dass du es gesagt hast?"

„Tuck", sagte sie, stellte mir die Schüssel mit dem Brotteig auf den Schoß und half mir beim Rühren. „Versprich mir, dass du dieses Wort niemals in den Mund nimmst. Versprichst du mir das?"

„Was ist, wenn du richtig böse wirst, und es dann sagst?"

„Das werde ich nicht. Und nun" – sie schaute mir direkt in die Augen – „versprichst du es mir?"

„Ja, Ma'am."

„Sag es."

„Ich verspreche es, Mama Ella."

„Das darf dein Vater auf keinen Fall hören."

„Was?"

„‚Mama Ella'. Dann schmeißt er mich sofort raus."

Ich schaute in die Richtung, wo ich meinen Vater dem Schimpfen nach vermutete. „Ja, Ma'am."

„Gut. Und jetzt rühr kräftig weiter." Sie deutete mit dem Finger in Richtung des Gebrülls. „Wir müssen uns beeilen. Er hat Hunger." Wir hatten beide gelernt, Rex' Seelenlage an seiner Stimme zu erkennen.

Ich bin mir ziemlich sicher, dass Miss Ella jeden einzelnen Tag ihres Lebens hart gearbeitet hat. An vielen Abenden beobachtete ich, wie sie die Hand auf die Hüfte stemmte, dann zuerst die Schultern nach vorne zog und danach ihren Rücken durchdrückte. Mit einem Blick auf das Foto ihres kleinen Bruders sagte sie dann immer: „Kleiner Bruder, ich muss meine Zähne einweichen, meine Hämorriden pflegen, mein Gesicht einschmieren und mich dann aufs Ohr legen." Aber das war immer nur der Anfang. Sie zog sich ihre Schlafmütze auf, schmierte sich ein und kniete sich dann hin. Jetzt begann ihr Tag erst richtig, denn wenn sie erst mal anfing, hörte sie nicht so schnell wieder auf.

Der Gedanke an Rex ließ mich zusammenzucken und ich schaute vorsichtig zum Haus zurück. Wenn Rex zu Hause war und es noch nicht bis in sein Zimmer geschafft hatte, dann war es durchaus möglich, dass er mich durch eins der Fenster hier vor Miss Ellas Hütte sehen konnte. Deshalb rannte ich um die Hütte herum nach hinten. Ich drehte den Putzeimer um, schob ihn vor das Fenster und zog mich hoch. Da ich noch ziemlich klein war, musste ich mit den Füßen immer wieder Halt an der rauen Außenwand suchen.

In der Hütte kniete Miss Ella neben ihrem Bett. So habe ich sie oft beobachtet. Mit gesenktem Kopf, einer gelben Plastikduschhaube über den Haaren und gefalteten Händen betete sie lange. Ihre Bibel lag aufgeschlagen vor ihr auf dem Bett, immer in Reichweite. Sie las oft in der Bibel und zitierte sie immer wieder. Miss Ella sagte selten Worte, die nicht im Alten oder Neuen Testament standen. Je mehr Rex trank und fluchte, desto mehr las Miss Ella in der Bibel und betete. Einmal habe ich einen Blick in ihre Bibel geworfen. Ich konnte zu der Zeit noch nicht so gut lesen, aber wenn ich mich richtig erinnere, waren es die Psalmen. Die Psalmen trösteten Miss Ella, vor allem der fünfundzwanzigste.

Miss Ellas Lippen bewegten sich, ihr Kopf nickte ein bisschen und ihre von Falten umrahmten Augen waren geschlossen. Damals und heute sehe ich dieses Bild vor mir, wenn ich an sie denke: eine Frau auf den Knien.

Sie drehte mir zwar den Rücken zu, aber das war egal. Versteckt unter den schwarzgrauen Haaren waren zwei kleine braune Augen, die alles sahen. Und damit meine ich wirklich alles. Die Augen in ihrem Gesicht waren freundlich und sanft, aber die Augen am Hinterkopf erwischten mich immer bei Dingen, die ich nicht tun durfte. Ich nahm mir zwar regelmäßig vor, mich zu ihr zu schleichen, wenn sie schlief, und ihren Hinterkopf zu untersuchen. Doch ich traute mich nicht. Selbst wenn ich es schaffte, ihr die Duschhaube abzuziehen, wusste ich doch, dass ich zwei Augenlider zwischen ihren Haaren finden würde, die sich sofort öffnen und ein Loch in meine Seele brennen würden.

Langsam ließ ich mich wieder auf den Putzeimer gleiten und schlug leise mit meinem Baseballschläger an die Fensterscheibe. „Miss Ella", flüsterte ich. Es war schon ziemlich kalt und mein Atem sah aus wie Rex' Zigarrenrauch.

Ich schaute hoch und wartete, während die Kälte durch jede Öffnung meines Schlafanzugs drang. Miss Ella schlang sich ein warmes Tuch um die Schultern und schob das Fenster hoch. Als sie mich dort stehen sah, griff sie durch die Öffnung und zog mich hoch – obwohl ich schon fünfundzwanzig Kilo wog. Ich wusste das so genau, weil ich erst eine Woche vorher bei einer Vorsorgeuntersuchung gewesen war. Und als Moses mich auf die Waage stellte, rief Miss Ella aus: „Fünfundzwanzig Kilo? Kind, du wiegst ja schon halb so viel wie ich."

Sie machte das Fenster zu und kniete sich vor mich. „Tucker, warum bist du nicht im Bett? Weißt du, wie viel Uhr es ist?"

Ich schüttelte den Kopf. Sie nahm mir den Hut und den Pistolengürtel ab und hängte beides über den Bettpfosten. „Du holst dir noch den Tod hier draußen. Komm her." Wir setzten uns in den Schaukelstuhl vor ihrem Kamin, in dem nur noch rote Glut schimmerte. Sie warf ein paar kleine Holzspäne darauf und schaukelte dann sanft mit mir hin und her. In ihren Armen wurde mir gleich wieder wärmer. Ich hörte nur das Knarren des Schaukelstuhls und das Pochen in meiner Brust. Nach ein paar Minuten schob sie mir die Haare aus dem Gesicht und sagte: „Was ist denn los, Kind?"

„Mein Bauch tut weh."

Sie nickte und fuhr mir mit den Fingern durch die Haare. „Glaubst du, du musst brechen, oder hast du Durchfall?"

Ich schüttelte den Kopf.

„Kannst nicht einschlafen, was?"

Ich nickte.

„Hast du Angst?"

Ich nickte wieder und wischte mir mit dem Schlafanzugärmel über die Augen, aber die Tränen liefen mir trotzdem über die Wangen. Sie zog mich noch mehr zu sich heran und sagte: „Willst du es mir sagen?"

Langsam schüttelte ich den Kopf und zog die Nase hoch. Sanft schaukelte Miss Ella im Schaukelstuhl hin und her und summte dabei eine Melodie. Dort, an ihre Brust gekuschelt und in ihren Armen, war für mich der sicherste Platz auf der Welt.

Sie legte mir ihre Hand auf den Bauch und schien in mich hineinzuhorchen wie ein Arzt. Nach ein paar Sekunden nickte sie, griff nach einer Decke und wickelte mich darin ein. „Tucker, was dir da im Bauch wehtut, ist dein Platz für Menschen."
Erstaunt zog ich die Augenbrauen in die Höhe. „Mein was?"
„Dein Platz für Menschen."
„Das verstehe ich nicht."
„Es ist so etwas wie deine eigene eingebaute Schatzkiste."
Ich schaute auf meinen Bauch. „Ist da auch Gold drin?"
Lächelnd schüttelte sie den Kopf. „Nein, kein Gold. Da sind Menschen drin. Menschen, die du liebst und die dich lieb haben. Es fühlt sich gut an, wenn er voll ist, und tut weh, wenn er leer ist. Jetzt gerade wächst er in dir. So wie die Wachstumsschmerzen, die du manchmal in den Beinen hast." Sie legte ihre Hand über meinen Nabel und sagte: „Er ist ungefähr hier, hinter deinem Bauchnabel."
„Wie ist er denn da hingekommen?"
„Gott hat ihn da hingetan."
„Hat jeder so etwas?"
„Ja."
„Du auch?"
„Ja, ich auch", flüsterte sie.
Ich schaute auf ihren Bauch. „Kann ich ihn sehen?"
„Oh, man kann ihn nicht sehen. Er ist unsichtbar."
„Aber wie wissen wir dann, dass es ihn gibt?", fragte ich.
„Nun" – sie dachte einen Moment nach – „es ist ungefähr so wie mit dem Feuer hier. Man kann nicht wirklich sehen, dass die Wärme aus den Kohlen kommt, aber du kannst es fühlen. Und je näher du an der Hitze bist, desto mehr glaubst du, dass es das Feuer gibt."
„Wer ist in deinem Bauch?", wollte ich wissen.
Sie zog mich wieder an ihre Brust und der Schaukelstuhl knarrte unter unserem Gewicht. „Mal sehen." Sie legte meine Hand auf ihren Bauch und sagte: „Da bist du und George." George war ihr Ehemann, der gestorben war, bevor sie die Stelle bei Rex angetreten hatte. Sie redete nicht oft über ihn, aber sein Bild stand auf dem Kaminsims. „Und Moses." Sie schob meine Hand ein bisschen nach rechts. „Meine Mutter, mein Papa, alle meine Brüder und Schwestern. Alle Menschen, die ich liebe."

„Aber außer Moses und mir sind alle schon tot."

„Nur weil jemand stirbt, heißt das noch lange nicht, dass sie dich im Stich lassen." Sanft drehte sie meinen Kopf, damit sie mir in die Augen schauen konnte. „Tucker, die Liebe stirbt nicht. Wir Menschen schon."

„Wer ist im Bauch von meinem Vater?"

„Nun." Wieder dachte sie nach. Dann sagte sie etwas, was der Wahrheit ziemlich nahekam. „Ziemlich viel von Jack Daniels."

„Warum ist Jack Daniels nicht in deinem Bauch?"

Sie lachte. „Erstens mag ich seinen Geschmack nicht. Und zweitens möchte ich mir den Bauch mit etwas füllen, was ich nur einmal schlucken muss. Wenn du Mr Daniels trinkst, hast du bald wieder Durst. Du musst ihn den ganzen Tag trinken und dann auch noch am Abend und für diese Flausen habe ich einfach keine Zeit."

Die Flammen leckten an den Holzscheiten und warfen zitternde Schatten an die Wände.

„Mama Ella, wo ist meine Mutter?"

Miss Ella schaute ins Feuer und kniff die Augen zusammen. „Ich weiß es nicht, Kind. Ich weiß es nicht."

„Mama Ella?"

Sie schürte das Feuer. „Ja", erwiderte sie dann, ohne mich für diese Anrede zu schimpfen.

„Ist mein Papa böse auf mich?"

Sie drückte mich fest an sich und sagte: „Nein, Kind. Dass dein Vater oft so aus der Haut fährt, hat nichts mit dir zu tun."

Schweigend starrte ich ein paar Minuten in die Flammen. „Ist er böse auf dich?"

„Das glaube ich nicht."

„Warum hat er dich dann geschlagen?", wollte ich wissen und deutete auf ihr linkes Auge.

„Tucker, ich glaube, dass dein Vater so viel schreit und schlägt, das hat viel mit seiner Freundschaft mit Mr Daniels zu tun." Ich nickte, als würde ich verstehen, was sie meinte. „Um die Wahrheit zu sagen, ich denke nicht, dass er sich am nächsten Tag an die Schläge oder das Geschrei erinnern kann."

„Wenn wir Mr Daniels trinken, hilft uns das zu vergessen?"

„Nur für kurze Zeit."

Miss Ella fuhr wieder mit den Fingern durch meine Haare und ich fühlte ihren warmen Atem auf meiner Stirn. Sie hatte mir einmal erzählt, dass sie beim Beten manchmal spürte, dass Gottes Atem sie einhüllte wie der Tau die Grashalme. Ich hatte keine Ahnung vom Atem Gottes, aber wenn er nur annähernd so war wie der von Miss Ella – warm, sanft und nah –, dann wollte ich ihn auch.

„Kannst du ihm sagen, dass er nicht mehr so gemein sein soll?"

„Tucker, ich würde mich für dich vor einen Zug werfen, wenn es helfen würde, aber Miss Ella kann nicht alles."

Das Licht des Feuers spiegelte sich auf ihrem Gesicht. Dadurch konnte ich die Narbe über ihrem rechten Auge besonders deutlich sehen. Sie richtete mich auf und rieb mir sanft über den Bauch.

„Du weißt, dass ich abends manchmal mit einer Kerze oder einer Taschenlampe in dein Zimmer schleiche, nicht wahr?" Ich nickte. „So ist das auch mit der Liebe. Licht muss man nicht ankündigen, Licht muss die Dunkelheit auch nicht bitten zu verschwinden. Licht ist einfach da. Es scheint vor dir auf dem Weg und die Dunkelheit wird hell." Dann breitete sie die Arme aus. „Sie kann nicht anders, denn da, wo Licht ist, gibt es keine Dunkelheit mehr."

Dann nahm sie meine Hand in ihre und streichelte sie. Ihre Hand war voller Falten und Schwielen und ihre Fingerknochen waren größer als meine, fast zu groß für ihre eigenen Hände. Ihr silberner Ehering steckte locker an ihrem Ringfinger und war an den Seiten schon etwas dünn. Meine Hand dagegen war klein mit ein paar Sommersprossen hier und da und meine Fingernägel waren voller Dreck. Am mittleren Fingerknöchel meines Zeigefingers hatte sich Schorf gebildet, der jedes Mal aufbrach, wenn ich eine Faust machte. „Tucker, ich möchte dir ein Geheimnis verraten." Sie ballte meine Hand zu einer Faust und hielt sie mir vors Gesicht. „Das Leben ist ein Kampf, aber du kannst diesen Kampf nicht mit deinen Fäusten gewinnen." Vorsichtig tippte sie mir mit der Faust ans Kinn, dann legte sie mir ihre Hand auf die Brust. „Diesen Kampf musst du mit deinem Herzen bestreiten."

Danach drückte sie mich wieder an sich und zog scharf die Luft durch die Zähne. „Wenn deine Fäuste blutiger sind als deine Knie, dann kämpfst du den falschen Kampf."

„Miss Ella, manchmal verstehe ich dich nicht."

„Im Leben", und dabei legte sie mir einen Finger aufs Knie, „solltest du deine Wunden hier haben", sie legte einen anderen Finger auf meinen Schorf, „und nicht hier."

Ich deutete auf eine halb volle Flasche mit Handcreme auf ihrem Nachttisch. „Schmierst du dir deshalb immer Creme auf die Hände?" Trockene Haut war ihr Schicksal, „ihr Stachel im Fleisch", wie sie es nannte. „Immer wenn du da unten kniest" – ich deutete auf die deutlich sichtbaren Dellen neben ihrem Bett – „hast du dir vorher die Hände eingecremt."

Sie kratzte meinen Rücken und auf ihrem Gesicht breitete sich ein Lächeln aus. „Nein, Kind, du brauchst keine Handcreme, es sei denn, du badest deine Hände jeden Tag in Bleichmittel und Ammoniaklösung. Noch ist dein Platz für Menschen ungefähr so groß wie ein Pfirsich oder eine Mandarine. Doch schon bald ist er so groß wie eine Honigmelone und dann eines Tages", sie beschrieb einen großen Kreis auf meinem Bauch, „ist er so groß wie eine Wassermelone."

Schnell zog ich meinen Schlafanzug wieder über meinen Bauch. Keiner sollte dort hinein- oder herauskommen, ohne dass ich es wollte. „Miss Ella, bleibst du immer hier drin?"

„Immer, Kind." Sie nickte und starrte dann lange ins Feuer. „Gott und ich, wir gehen nicht weg."

„Niemals?"

„Niemals."

„Versprichst du mir das?"

„Von ganzem Herzen."

„Miss Ella?"

„Ja, Kind?"

„Kann ich ein Brot mit Erdnussbutter und Marmelade haben?"

„Kind", sagte sie und legte ihre Stirn an meine, „du kannst sie peitschen und bewusstlos schlagen, du kannst sie durch die Straßen zerren und sie anspucken, du kannst sie auch an einem Baum aufknüpfen, sie mit Pfeilen durchbohren und ihr den Atem rauben, doch am Ende, egal, was du tust und wie sehr du sie auch zerstören willst, gewinnt die Liebe."

In dieser Nacht schlief ich neben Miss Ella in ihrem Bett, obwohl Rex das ausdrücklich und mit vielen Flüchen begleitet verboten hatte. Und dort, eng an sie gekuschelt, schlief ich zum ersten Mal in meinem Leben eine Nacht durch.

Kapitel 1

Vielleicht ist es der Regen im Juli, der sich regelmäßig um drei Uhr nachmittags einstellt, oder die Hurrikane im September, die über den Ozean wirbeln und dann einen Weg der Verwüstung an der Küste hinterlassen, oder vielleicht sind es auch nur die Engel, die über Florida weinen. Doch was es auch ist, der St.-Johns-Fluss war schon immer die Seele Floridas.

Südlich von Jacksonville ist der Fluss über vier Kilometer breit mit vielen kleinen Buchten an seinen Ufern. Dort findet man unzählige Bootsanlegestellen und Fischerdörfer, wo die Welt noch in Ordnung ist und die Fischer abends ihr Seemannsgarn spinnen. Ein paar Kilometer südlich liegt Julington Creek, eine der etwas größeren Buchten des Flusses, an deren Ufern man den für Florida so typischen Schlamm in Massen findet.

Am südlichen Ufer des Julington Creeks, umgeben von Orangen- und Grapefruitbäumen, liegt das psychiatrische Krankenhaus Spiraling Oaks, das von etwas mehr als zehn Morgen schwarzem, fruchtbarem Boden umgeben ist. Wenn Verwesung einen Geruch hat, dann ist es dieser. Große Eichen mit ausladenden Ästen spenden Schatten und bieten Futter für die unzähligen Eichhörnchen, die man hier überall finden kann.

Nach Spiraling Oaks kommen die Menschen, oder besser sie werden hierher gebracht, wenn ihre Familien nicht mehr weiterwissen, aber „Irrenanstalt" in ihren Ohren noch zu endgültig klingt.

Gegen zehn Uhr hatte die Morgenschicht ihre tägliche Runde schon hinter sich. Die siebenundvierzig Patienten waren alle mit den für sie vorgeschriebenen Medikamenten versorgt worden. Lithium war bei allen der Grundbestandteil ihrer Nahrung. Nur zwei Patienten hatten noch nicht die typisch hohe Konzentration dieses Medikaments im Blut. Das waren Neuzugänge, die dem Beispiel der anderen bald folgen würden. Über die Hälfte bekam morgens einen Medikamentencocktail, der aus Lithium und einem weiteren Medikament bestand. Ungefähr ein Viertel galt als „schlimmere Fälle", deshalb schluckten sie Lithium und zwei weitere Medikamente. Nur etwa eine Handvoll Patienten nahmen Lithium kombiniert mit drei weiteren Präparaten. Das waren die Abgestempelten, die hoffnungslosen Fälle, nur Zahlen in einer Statistik.

Die Gebäude von Spiraling Oaks waren alle einstöckig gebaut, damit keiner der Patienten sich bei einem Sprung aus dem Fenster im zweiten Stock ernsthaft verletzen konnte. Das Hauptgebäude bildete einen Halbkreis, wobei auf jeweils sechs Zimmer ein Schwesternzimmer kam. Der Fußboden war gekachelt, die Zimmer in Pastelltönen gestrichen. Überall hörte man leise Musik und sah fröhliche Angestellte. Es roch nach Massageöl – beruhigend und entspannend.

Der Patient in Zimmer 1 wohnte schon seit zwei Jahren hier und hatte in seinen zweiundfünfzig Jahren bereits drei andere Einrichtungen durchlaufen. Er war bekannt als der „Computerexperte", denn er war einmal ein begabter Programmierer gewesen, der für die Hochsicherheitsprogramme der Regierung zuständig gewesen war. Doch die ganze Programmiererei war ihm zu Kopf gestiegen, denn er war überzeugt, dass in ihm ein Computer steckte, der ihm sagte, was er tun und wohin er gehen sollte. Er regte sich schnell auf und rastete dabei vollkommen aus, deshalb brauchte er häufig die Hilfe der Angestellten, um seinen Weg durch die Gänge der Anstalt oder zur Toilette zu finden – meist war es sowieso schon zu spät und er hatte sich an anderer Stelle erleichtert. Allein diese Tatsache erklärte seinen Geruch. Für ihn bestand die Welt aus Extremen – ganz oder gar nicht, oben oder unten, himmelhoch jauchzend oder zu Tode betrübt. Er hatte seit mehr als einem Jahr kein Wort mehr gesprochen, sein Gesicht war oft wie versteinert und sein Körper seltsam verkrümmt – alles äußere Merkmale für den inneren Monolog eines Menschen, der einmal einen IQ von 186 oder mehr besessen hatte und jetzt nur noch wie eine Puppe wirkte. Wahrscheinlich würde er irgendwann in eine der Einrichtungen in der Innenstadt verlegt werden, aus denen es kein Entkommen mehr gab.

Die Patientin in Zimmer 2 war erst siebenundzwanzig und noch nicht lange hier. Momentan schlief sie nach einer 1.200 Milligramm Dosis Thorazin. Sie würde heute, morgen oder während des Wochenendes keinerlei Probleme mehr machen. Auch ihre Psychose würde so lange ruhen. Vor drei Tagen hatte ihr Ehemann an die Eingangstür geklopft und darum gebeten, sie aufzunehmen. Das war kurz nach ihrer neunzehnten verrückten Anwandlung gewesen: Sie hatte 67.000 Dollar von ihrem gemeinsamen Sparbuch abgehoben und bar einem Mann in die Hand gedrückt, der behauptet hatte, mit seiner Erfindung könnten alle Autos auf der Erde doppelt so viele Kilometer aus einer Tankfüllung holen. Der Fremde gab ihr natürlich keine Quittung und verschwand genauso wie das Geld.

Der Patient in Zimmer 3 war während seiner drei Jahre in Spiraling Oaks bereits mehrmals achtundvierzig geworden. Er stand jetzt vor dem Schwesternzimmer und fragte: „Wann fängt der Spaß hier endlich an?" Als die Schwester ihm nicht antwortete, schlug er mit der Faust auf den Tisch und schrie: „Das Schiff ist gekommen und ich bin nicht an Bord. Wenn Sie das Gott sagen, sterbe ich!" Als die Schwester ihn nur anlächelte, lief er vor ihr auf und ab und murmelte halblaut vor sich hin. Seine Worte klangen gepresst, sein Verstand brütete tausend großartige Ideen aus und sein Magen knurrte laut, da er davon überzeugt war, dass sein Magen in der Hölle schmorte und er deshalb seit drei Tagen nichts mehr gegessen hatte. Er war völlig euphorisch, hatte Halluzinationen und war immer nur eine Armlänge entfernt von seinem nächsten Glas Preiselbeersaft – zur Beruhigung der Nerven. Um Viertel nach zehn hatte der dreiunddreißigjährige Patient in Zimmer 6 seinen Apfelbrei immer noch nicht gegessen. Stattdessen spähte er misstrauisch aus der Badezimmertür in sein Zimmer. Er war schon seit sieben Jahren hier und einer der letzten „Lithium plus drei"-Patienten. Er wusste von dem Lithium, dem Tegretol und Depakot, aber er hatte keine Ahnung, wie sie ihm zweimal am Tag die 100 Milligramm Thorazin verabreichten. Er wusste nur, dass sie es irgendwie schafften, aber in den letzten Monaten war er zu erschöpft gewesen, um es herauszubekommen. Nach sieben Jahren in diesem Zimmer war den Angestellten mittlerweile klar, dass er ungefähr sieben- bis achtmal im Jahr einen seiner Anfälle bekam. Während dieser Zeit reagierte er am besten auf eine hohe Dosis Thorazin, die über einen Zeitraum von zwei Wochen langsam wieder reduziert wurde. Das war dem Patienten schon mehrmals erklärt worden und er hatte es sogar verstanden, doch das hieß nicht, dass er es gut fand.

Er passte hierher, obwohl er mit dreiunddreißig unter dem Durchschnittsalter von siebenundvierzig Jahren lag. Seine dunklen Haare wurden langsam dünner und seine Stirn höher und an den Schläfen wurde er schon etwas grau. Deshalb trug er die Haare auch kurz geschnitten. Ganz im Gegensatz zu seinem Bruder Tucker, den er nicht mehr gesehen hatte, seit er hier vor sieben Jahren von ihm eingeliefert worden war.

Matthew Mason bekam seinen Spitznamen am ersten Tag in der zweiten Klasse, als er seinen Namen in Schreibschrift aufmalte. Miss Ella hatte mit ihm am Küchentisch geübt und er war so stolz, es jetzt seinem Lehrer zeigen zu können. Sein einziges Problem war, dass er an diesem Tag den Bogen von dem a nicht ganz bis zum Ende schrieb. Und so stand da statt Matthew nun Mutthew. Und so war es geblieben. Genauso wie das Gelächter und Gekicher und die Finger, die auf ihn deuteten.

Seine olivfarbene Haut deutete darauf hin, dass seine Mutter entweder Spanierin oder Mexikanerin gewesen war. Doch keiner wusste es so genau. Sein Vater war ein untersetzter, dicker Mann mit heller Haut und einer Veranlagung zu Leberflecken. Die hatte Mutt allerdings auch. Er schaute vom Tablett zum Badezimmerspiegel und bemerkte, dass ihm seine Klamotten viel zu groß geworden waren. Sie hingen ihm wie Säcke am Körper. Er musterte sich im Spiegel und fragte sich zum siebten Mal an diesem Tag, ob er im Laufe der letzten Jahre geschrumpft war. Denn obwohl er in den letzten Monaten drei Pfund zugenommen hatte, sah er schon lange nicht mehr so aus wie bei seiner Ankunft. Seine Oberarme, die früher vor Muskeln nur so strotzten, waren schlaff und weich geworden. Im Moment wog er nur noch knapp achtzig Kilo – genauso viel wie damals, als sie Miss Ella beerdigt hatten.

Auch seine Hände waren schwächer geworden und an den Handflächen sah man statt der Schwielen nur noch weiche Haut. Der verschwitzte Junge, der einmal auf jeden Baum klettern und alles stemmen konnte, schaute ihm nicht mehr aus dem Spiegel entgegen. Höhe war für ihn nie ein Hindernis gewesen und er hatte immer die Aussicht oben genossen. Er liebte das Wasser und die Weite, beides gab ihm ein Gefühl der Freiheit. Er dachte an Tucker und versuchte, sich seine vertraute und beruhigende Stimme ins Gedächtnis zu rufen. Doch es waren zu viele Stimmen in seinem Kopf.

Er dachte an die Scheune, an die vielen Steine, die sie mit dem zersplitterten Baseballschläger an die Wand geschlagen hatten. Als Tucker älter und seine Schläge härter wurden, sah die Wand irgendwann aus wie ein Schweizer Käse. Er dachte an den kleinen See, in dem sie geschwommen waren, an die Erdnussbutter-Marmelade-Brote von Miss Ella, an die Verfolgungsjagden durch das schulterhohe Gras auf den Wiesen und daran, als er mitten in einer sternklaren Nacht auf das Dach des höchsten Gebäudes der Stadt geklettert war, nur um einen Blick über die Stadt zu erhaschen. Bei diesen Gedanken musste er lächeln.

Er dachte an die dicken Steinwände, den bröckelnden Mörtel, der sie zusammenhielt und alle Zwischenräume ausfüllte; an die schwarzen Dachziegeln, die wie Fischschuppen auf dem Dach angeordnet waren; die Figuren auf den Säulen, die Wasser spuckten, wenn es regnete, und die Regenrinnen, die das Gebäude wie ein Netz einhüllten. Er dachte an die schwere Eichentür und den Türklopfer aus Messing, der wie ein Löwenkopf aussah und so schwer war, dass man zwei Hände brauchte, um ihn zu bedienen; an die hohen Wände mit den alten Gemälden und den verzierten Bilderrahmen, die Regale in der Bibliothek mit den in Leder gebundenen Büchern, die nie jemand gelesen hatte; er dachte an den dumpfen Klang seiner Schritte auf dem Marmorboden, den mit Gold verzierten Esszimmertisch, an dem auf jeder Seite dreizehn Personen Platz fanden; er dachte an die Kaminbesen auf dem Dachboden, hinter denen er immer sein Spielzeug versteckt hatte; an den überdimensionalen Kronleuchter in der Eingangshalle und an die Standuhr, die immer fünf Minuten nachging und mit ihren Schlägen die Wände zum Zittern brachte. Er dachte auch an die Betten, in denen er mit seinem Bruder Tucker gegen Krokodile, Indianer, Kapitän Hook und vor allem gegen Albträume gekämpft hatte. Er dachte an die lange, geschwungene Treppe, auf deren Geländer man so herrlich heruntersausen konnte. Er roch wieder den Geruch, der aus der Küche drang, und hörte, wie Miss Ella summend das silberne Besteck polierte, den Holzboden schrubbte oder die Fenster putzte.

Schließlich dachte er auch an jene schreckliche Nacht, und das Lächeln verschwand von seinem Gesicht. Er dachte an die Monate danach und an das Verschwinden von Rex – und an die vielen Jahre allein, in denen er immer wieder Zuflucht in alten ausrangierten Eisenbahnwaggons gesucht hatte. Dann dachte er an die Beerdigung, die lange schweigsame Fahrt von Alabama und wie Tucker ohne ein Wort des Abschieds einfach gegangen war.

Wie sollte er sich selbst beschreiben? Er fühlte sich *verlassen*. Das kam der Sache wohl am nächsten. Rex hatte einen unverrückbaren Keil zwischen sie getrieben. Trotz Miss Ellas Hoffnung, ihrer Bitten und ihres Flehens und ihrer Gebete blieb die Trennung, der Schmerz war zu stark. Rückzug schien der einzige Weg für ihn und seinen Bruder. Sie begruben die Erinnerung und mit der Zeit auch sich selbst und den anderen. Rex hatte gewonnen.

In einer ihrer Verandapredigten, die sie von ihrem Schaukelstuhl aus gehalten hatte, hatte Miss Ella von der Macht der Wut und des Zorns gesprochen. Wenn man diesen beiden die Tür auch nur einen Spalt öffnete, drängten sie sich herein, krallten sich fest und erdrückten alles Leben in dem Herzen, das diese Gefühle mit sich herumtrug. Wie so oft hatte sie recht behalten. Wie Efeu hatten sich diese Gefühle um ihre Herzen gerankt und alles überwuchert und nach und nach das Leben erdrückt.

Während der ersten sechs Monate in Spiraling Oaks schien kein Medikament bei Mutt anzuschlagen, sodass die Ärzte eine Elektroschocktherapie anordneten. Wie der Name schon sagt, werden die Patienten ruhiggestellt, bekommen ein Entspannungsmittel, um eventuelle Schäden während des Elektroschocks zu verhindern, und werden dann Elektroschocks ausgesetzt, bei denen sich ihre Fußnägel hochrollen, sie ihre Augen verdrehen und sich in die Hose machen. Angeblich wirkt diese Schockmethode schneller als alle Medikamente, doch wie in Mutts Fall gibt es Verletzungen, die so tief sind, dass man sie durch einen Schock nicht beseitigen kann.

Aus diesem Grund hielt sich Mutt von seinem Apfelbrei fern. Er wollte auf keinen Fall wieder diese Strippen am Körper haben. Mittlerweile war sein Verfolgungswahn so ausgeprägt, dass die Schwestern ihm seine Medizin nur noch auf zweierlei Art verabreichen konnten: Apfelbrei am Morgen und Schokoladenpudding am Abend. Sie wussten, dass er beides mochte, und so hatte es auch keine Probleme gegeben – bis heute.

Jemand hatte seinen Apfelbrei in eine kleine Plastikschüssel gegeben und mit einer Prise Zimt bestreut. Allerdings war der Zimt nicht nur obendrauf. Mutt sah hoch und etwas zur Seite. Vicki, die zuständige Schwester mit den spanischen Augen, den pechschwarzen Haaren, kurzen Röcken und einem Talent für Schach, würde jeden Moment durch die Tür kommen, ihm einen Löffel in die Hand drücken und flüstern: „Mutt, iss auf."

Früher wuchsen die Äpfel bei ihnen im Garten, und sie hatten ihren eigenen Apfelbrei gekocht. Schon als Kind liebte Mutt Apfelbrei. Immer im Herbst hatte er ihn mit Miss Ella in der Küche gekocht. Miss Ella benutzte nicht dieselben Zutaten wie die Leute hier. Sie pürierte die Äpfel, mischte manchmal ein Glas von den eingekochten Pfirsichen vom Sommer hinein und streute etwas Zimt oder Vanillepulver hinein. Doch in dem Apfelbrei hier war etwas versteckt, was Miss Ella nie hineingerührt hätte. Er mochte den Apfelbrei von früher lieber.

Aus seinem Schlafzimmerfenster konnte Mutt drei besondere Wahrzeichen der Gegend sehen: Julington Creek, die Julington-Creek-Bootsanlegestelle und die hintere Veranda von Clarks Fischerei. Wenn er sich weit genug aus dem Fenster lehnte, konnte er auch das St. Johns sehen. Schon ein paarmal war er mit einer Gruppe von Patienten und einigen Angestellten in sogenannten Gheenoes – eine Art Kanu, das praktisch unsinkbar war – auf dem Wasser gewesen. Die Schwestern nannten das einen Nachmittagsausflug, damit die Patienten ein bisschen Spaß hatten.

Sein Blick ruhte immer noch misstrauisch auf dem Apfelbrei. Draußen fiel eine Eichel mit einem dumpfen Schlag auf das Fensterbrett. In den letzten sieben Jahren hatte Mutt dieses Geräusch unendlich oft gehört. „Millionen Mal", murmelte er vor sich hin. Klare Momente kamen und gingen, genau wie die Stille. Das lag an den Medikamenten. Es hatte einmal einen Punkt gegeben, da hätte er alles mit sich machen lassen, nur um das Chaos und die Stimmen in seinem Kopf zum Schweigen zu bringen.

Er schaute sich im Zimmer um. Die Wände waren nicht gepolstert. So weit war es also noch nicht gekommen. Es gab also Hoffnung. Nur weil er hier war, hieß das noch lange nicht, dass er nicht logisch denken konnte. Er war ja schließlich nicht dumm – und auch nicht Rain Man. Er konnte immer noch klar denken. Es dauerte nur etwas länger als bei anderen, und sein Verstand nahm nicht immer den direkten Weg und kam auch nicht immer zu denselben Schlussfolgerungen wie andere.

Ihm musste man nicht sagen, dass er am Rande des Abgrunds stand. Das wusste er selbst. Schon vor einiger Zeit hatte er gespürt, wie sich seine Zehen langsam über die Kante schoben. Der Abgrund war tief, und man konnte ihn nicht umgehen. Es gab nur einen Weg hinüber. Die Patienten hier konnten in den Abgrund starren, und sie konnten zurückschauen, doch ihn zu überqueren hieß, Flügel auszubilden und eine lange, lange Strecke zu überspringen. Die meisten würden es niemals tun. Zu schmerzhaft. Zu unsicher. Zu viele Schritte zurück auf dem Weg in die Vergangenheit. Mutt wusste das.

Es gab eigentlich nur einen Weg wieder hier heraus – auf eine Liege geschnallt in einem Krankenwagen, vollgepumpt mit Thorazin. Noch nie hatte Mutt es anders erlebt. Jedes Mal hatte er auf seinem Bett gelegen und dem Piepsen der Monitore, den schweren Schritten der Krankenpfleger und dem gleichmäßigen Geräusch der Räder der Krankentrage gelauscht. Dann schoben sich die Schiebetüren auf, der Patient wurde offiziell entlassen, und der Krankenwagen fuhr mit lautem Sirenengeheul davon. Das würde ihm nicht passieren, das hatte er sich geschworen. Er hasste das laute Geheul der Sirenen, davon bekam er Kopfschmerzen. Außerdem würde er sonst seinen einzigen wahren Freund verlieren, Gibby.

Gibby, bekannt im medizinischen Bereich als Dr. Gilbert Wagemaker, war ein einundsiebzig Jahre junger Psychiater mit langen strähnigen weißen Haaren, die ihm bis auf die Schultern reichten. Er trug eine Brille mit unvorstellbar dicken Gläsern, die ihm oft von der Nase rutschte, und hatte eigentlich immer schmutzige, viel zu lange Fingernägel. Neben seiner Arbeit war das Fliegenfischen seine große Leidenschaft. Würde er keinen weißen Kittel mit einem Namensschild tragen, könnte man ihn leicht für einen Patienten halten, doch in Wirklichkeit – und dahin wollte Gibby seine Patienten ja zurückbringen – war er der einzige Grund, warum nicht noch mehr Patienten im Krankenwagen das Haus verließen.

Vor siebzehn Jahren hatte Gibby einen gelben Haftzettel an seiner Tür gefunden, den eine verärgerte Krankenschwester dort hingeklebt hatte. „Quacksalber" hatte auf dem Zettel gestanden. Eine ganze Weile hatte Gibby damals nachdenklich vor diesem Zettel gestanden und auf seinem Brillenbügel herumgekaut. Nach ein paar Minuten gründlicher Überlegung hatte er gelächelt, genickt und war in sein Büro gegangen.

Ein paar Tage später hatte er den Zettel rahmen lassen. Er hing immer noch an der Wand neben seinem Schreibtisch.

Letztes Jahr war ihm mit zwölfhundert anderen Quacksalbern eine Medaille für sein Lebenswerk verliehen worden. In seiner Rede hatte er über seine Patienten gesagt: „Manchmal weiß ich nicht, wer verrückter ist – sie oder ich." Als man ihn hinterher nach seinem Einsatz der Elektroschockmethode in besonderen Fällen befragte, erwiderte er: „Mein Sohn, es macht keinen Sinn, einen Irren in seiner Psychose zu lassen, nur weil man nicht bereit ist, die Elektroschockmethode oder Medikamente mit ihren positiven Nebeneffekten anzuwenden. Entscheidend ist doch, was am Ende dabei herauskommt, und wenn Sie uns in Spiraling Oaks einmal besuchen kommen, dann zeige ich Ihnen gern, was bei uns herauskommt." Trotz seiner kontroversen Behandlungsmethoden besaß Gibby eine beeindruckende Erfolgsbilanz, vor allem bei den Patienten, die andere schon aufgegeben hatten. Dank seiner Methoden waren Väter zu ihren Kindern zurückgekehrt, Ehemänner zu ihren Frauen und Kinder zu ihren Eltern. Doch diese Erfolge reichten noch nicht. Die Zimmer waren immer noch voll, deshalb hatte Gibby trotz seines Alters noch nicht zu arbeiten aufgehört. Allerdings erschien er morgens manchmal im weißen Kittel mit einer Angel in der Hand.

Gibby war einer der Gründe, warum Mutt wenigstens ab und zu normal tickte. Der andere Grund war die Erinnerung an Miss Ella Rain. Seit seiner Aufnahme vor sieben Jahren, vier Monaten und achtzehn Tagen beschäftigte den alten Arzt Mutts Fall auch persönlich. Das war nicht wirklich professionell, und doch war es passiert.

Bei Mutt kamen und gingen die Stimmen. Doch meistens waren sie da. Wenn er morgens um 10:17 Uhr auf den See schaute, wurden die Stimmen lauter. Er wusste, dass der Apfelbrei sie zum Schweigen bringen würde, doch seit fast einem Jahr nahm er jeden Morgen allen Mut zusammen und aß seinen Nachtisch nicht. „Vielleicht ist heute der Tag", sagte er, als er ein Motorboot mit zwei Teenagern beobachtete, das über den See rauschte. Kurz darauf tuckerte ein altes hölzernes Boot mit einem kleinen Motor auf dem See in dieselbe Richtung. Mutt konzentrierte sich auf dieses hölzerne Boot – die Angeln hingen auf beiden Seiten in den See, und er konnte den Eimer sehen, in dem die Köder lagen. Er versuchte, die Gesichter der beiden Jungs im Boot zu erkennen, die mit ihren orangen Schwimmwesten regungslos auf die Fische warteten.

Der Wind war heute Morgen stärker geworden und blähte ihre Jacken auf. Der Vater saß hinten mit einer Hand am Motor und der anderen auf dem Rand des Boots und beobachtete das Wasser und seine Söhne. Dann wurde das Boot langsamer und alle drei suchten nach einem geeigneten Platz zum Angeln. Mutt ließ sie nicht aus den Augen, als sie langsam an seinem Fenster vorbeifuhren und schließlich verschwanden. Das Wasser wurde wieder still, und Mutt setzte sich auf sein Bett und dachte über ihre Gesichter nach. Was ihn am meisten verwunderte, war, was er nicht auf ihren Gesichtern gesehen hatte. Keine Angst und keine Wut.

Mutt wusste, dass die Medikamente ihn nur narkotisierten, das Stimmengewirr zum Schweigen brachten und den Schmerz erträglich machten. Doch sie halfen ihm nicht bei seinem eigentlichen Problem. Die Medikamente konnten die Stimmen nicht für immer zum Schweigen bringen. Das hatte er immer gewusst. Es war nur eine Frage der Zeit. Deshalb tat er etwas, was er auch mit neuen Nachbarn getan hätte. Er ging an den Zaun, lehnte sich darüber und freundete sich mit ihnen an. Das Problem war nur, dass es nicht wirklich gute Nachbarn waren.

Als Gibby ihn nach seiner ersten Woche interviewte, fragte er Mutt: „Würden Sie sich als verrückt bezeichnen?"

„Sicher", antwortete Mutt, ohne lange nachzudenken. „Sonst würde ich geisteskrank werden." Vielleicht war es dieser Satz, der Gibbys Aufmerksamkeit erregte, und den Fall von Mutt Mason für ihn so interessant machte.

Von der Mittelstufe an hatten die Ärzte bei Mutt die unterschiedlichsten Krankheiten diagnostiziert – von schizophren über manisch-depressiv bis paranoid. Alles chronisch und unheilbar. Tatsächlich war Mutt all das gleichzeitig und doch auch nicht. Wie Ebbe und Flut kam und ging seine Krankheit, je nachdem welche Erinnerung die Stimmen gerade aus dem Schrank hervorriefen. Er und Tucker versuchten beide, die Erinnerungen zu verarbeiten, sie taten es nur auf unterschiedliche Weise.

Gibby merkte sehr schnell nach einer von Mutts schlaflosen Wochen, dass Mutt nicht ein normaler schizophrener, manisch-depressiver, psychotischer Patient war, der unter schwerem posttraumatischem Stress und zwanghaftem Verhalten litt.

Mutt war um vier Uhr morgens durch den Flur getigert, weil sein Tag-Nacht-Rhythmus völlig durcheinandergeraten war. Bisher war er weder aggressiv noch gewalttätig geworden, und er war auch nicht selbstmordgefährdet, deshalb war Gibby auf der Hut. Nach acht schlaflosen Nächten führte Mutt acht imaginäre Gespräche gleichzeitig, die völlig durcheinanderliefen. Am neunten Tag deutete Mutt auf seinen Kopf und legte den Zeigefinger an die Lippen, als wollte er sich selbst zum Schweigen bringen. Dann schrieb er ein paar Worte für Gibby auf ein Stück Papier. *Die Stimmen, ich will sie loswerden. Alle. Jede einzelne.*

Gibby las den Zettel, überlegte eine Minute und schrieb zurück: *Mutt, das will ich auch. Und wir werden es schaffen. Doch bevor wir sie wegschicken, lass uns erst herausfinden, welche Stimmen die Wahrheit sagen und welche uns einfach nur anlügen.* Mutt las Gibbys Worte, fand die Idee gut und nickte, nachdem er vorsichtig hinter sich geschaut hatte. Sieben Jahre lang versuchten Gibby und er jetzt schon, die Stimmen in zwei Lager zu teilen. Bisher hatten sie erst eine Stimme gefunden, die sie nicht angelogen hatte.

Ungefähr dreißigmal am Tag sagte ihm eine der Stimmen, dass seine Hände dreckig waren. Kurz nachdem Mutt eingeliefert worden war, bekam er nur noch eine bestimmte Anzahl Seifenstücke, denn man konnte sich nicht erklären, wohin die Seife verschwand. Einige Schwestern glaubten, dass Mutt sie heimlich aß – deshalb nahmen sie ihm auch das Sagrotan weg, das Mutt besonders wichtig war. Doch die Überwachungskameras zeigten nichts dergleichen, und so gab Gibby wieder nach.

Genauso wie seine Hände war auch sein Zimmer absolut sauber. Neben seinem Bett stand ein Karton mit vier Literflaschen diverser Reinigungsmittel, sechs Schachteln mit Gummihandschuhen und vierzehn Küchenpapierrollen. Das reichte Mutt ungefähr zwei Wochen. Es war Gibby schwergefallen, Mutt zu erlauben, die Reinigungsmittel mit in sein Zimmer zu nehmen. Doch als ihm klar wurde, dass Mutt nicht vorhatte, sich damit umzubringen, sondern nur putzen wollte, änderte er seine Meinung. Es dauerte nicht lange, bis Mutts Zimmer als Vorzeigezimmer für die Einrichtung galt, durch die die Besucher geführt wurden. Gibbys Hoffnung, dass Mutts Putzzwang wenigstens einen kleinen Effekt auf dessen Zimmernachbarn haben würde, war leider vergebens. Seit fünf Jahren kam dieser Patient jeden Tag in Mutts Zimmer und erleichterte sich in seinem Mülleimer.

Wie bei fast allem übertrieb es Mutt mit dem Putzen. Wenn er etwas Metallisches in seinem Zimmer entdeckte, das zufällig gestrichen war, blieb das nicht lange so. Gibby war sich nie ganz sicher, ob das Putzen bei Mutt nur ein Zwang war, der durch seine Krankheit ausgelöst wurde, oder ob er damit versuchte, seinen Verstand und seine Hände von anderen Dingen abzulenken. Im Laufe der Zeit hatte Mutt sein Zimmer mehrmals von oben bis unten gründlich geputzt, jede Oberfläche gewienert, alle Farbe von diversen Teilen gerubbelt und jeden Fleck entfernt. Alles, was jemals von ihm oder anderen berührt worden war oder berührt werden könnte, wurde regelmäßig geputzt. Normalerweise verbrachte er den größten Teil seines Tages mit einem Putzlappen in der Hand. Immer, wenn er etwas anfasste, musste es hinterher gereinigt werden. Aber nicht nur das, sondern auch was danebenstand und was wiederum danebenstand. Auch dann war die Arbeit noch nicht getan, denn jetzt musste er noch die Putzsachen sauber machen. Und so wurde er nie wirklich fertig. Der Kreislauf war so teuflisch, dass er sogar ein frisches Paar Handschuhe anzog, um die alten sauber zu machen, bevor er sie in den Mülleimer warf. Er verbrauchte so viele Papiertücher und Gummihandschuhe, dass er schließlich einen riesigen Mülleimer und seine eigene Box mit Mülltüten bekam.

Der Kreislauf war zeitraubend, aber nicht so teuflisch und zeitraubend wie die vielen Gedankenschleifen, in denen er sich manchmal verlor und die ihn mehr einengten, als es seine vier Wände jemals tun könnten. Die Gedankengänge lähmten ihn, das Putzen gab ihm eine Aufgabe. Manchmal verstrickte er sich in einer Frage oder einem Gedanken oder einer Idee. Dann vergingen manchmal acht Tage, bevor er einen anderen Gedanken denken konnte. Auch hier war sich Gibby nie ganz sicher, ob es ein psychologisches Problem war oder einfach etwas, was Mutt davon abhielt, über seine Vergangenheit nachzudenken. Doch wenn man das große Bild betrachtete, was machte das schon für einen Unterschied?

Während dieser Zeit aß Mutt wenig und schlief überhaupt nicht. Irgendwann brach er dann vor Erschöpfung zusammen, und wenn er wieder aufwachte, war der Gedanke verschwunden. Dann bestellte er gebratene Garnelen mit Käsesoße, Pommes und einen großen Eistee in einem Schnellrestaurant, und Gibby fuhr selbst dorthin, um es für ihn abzuholen. So lief Mutts Leben ab, und soweit man das sagen konnte, würde es immer so bleiben.

Die einzigen Gedankengänge, die ihn nicht lähmten, hatten etwas mit einer Aufgabe zu tun. Wenn er zum Beispiel einen Motor, einen Vergaser, ein Türschloss, einen Computer, ein Fahrrad, eine Pistole, einen Generator oder einen Kompressor auseinandernehmen sollte – alles, was aus unzähligen Kleinteilen bestand, die wunderbar funktionierten, wenn man sie nach einem bestimmten logischen System zusammenbaute. Gab man ihm ein paar Minuten, einen Tag oder eine Woche, dann nahm er alles auseinander und legte die einzelnen Teile nach einer bestimmten Ordnung, die nur er verstand, überall in sein Zimmer, um sie hinterher wieder zusammenzubauen. Wenn man ihm genügend Zeit gab, dann fand man das Gerät am Ende wieder an seinem Platz und es funktionierte einwandfrei.

Zum ersten Mal fiel Gibby dieses Talent auf, als Mutt eines Tages nicht zu seiner wöchentlichen Sitzung bei ihm erschien. Gibby machte sich auf die Suche nach ihm und fand ihn in seinem Zimmer mitten in den Einzelteilen seines Weckers sitzen, die überall auf dem Boden verstreut herumlagen. Da es sich nur um einen billigen Wecker handelte, verließ Gibby leise das Zimmer und verlor kein Wort über die Sache. Mutt ging es gut, denn er hatte etwas zu tun, was ihn von seinen Stimmen ablenkte. Er beschloss, in ein paar Stunden noch einmal nach ihm zu sehen. Am Nachmittag ging er zu Mutts Zimmer zurück und fand ihn schlafend in seinem Bett und den Wecker auf seinem Nachttisch. Er zeigte die genaue Zeit an, und der Alarm war eingestellt. Von dem Tag an war Mutt in Spiraling Oaks der Mechaniker vom Dienst. Türen, Computer, Lampen, Motoren, Autos, alles, was nicht mehr funktionierte, aber noch gebraucht wurde, dafür war er zuständig.

Langweilige Details für Mutt waren nicht langweilig. Für ihn war alles Teil des großen Puzzles. Eines Nachmittags kam er in Gibbys Büro und sah, wie er gerade seine Fliegen an die Angel knotete. Er schob einen Stuhl neben den Arzt, und Gibby zeigte ihm eine Fliege, die er in dem besten Fischereibedarfsgeschäft der Stadt gekauft hatte – ein Laden, der ein paar sehr netten Männern gehörte, die gute Ausrüstung verkauften, viele hilfreiche Informationen weitergaben, aber dafür auch hohe Preise nahmen. Gibby hatte eine Clauser gekauft, eine ganz besondere Fliege, die man zum Fangen von roten Barschen am Rand des St.-Johns-Sees brauchte. Jetzt saß Gibby an seinem Schreibtisch und versuchte, die Fliege nachzubinden – ohne großen Erfolg. Mutt wirkte sehr interessiert, deshalb überließ er ihm seinen Stuhl, zog, ohne ein weiteres Wort zu verlieren, seinen weißen Kittel an und machte seine Patientenrunde. Dreißig Minuten später kam er zurück und fand Mutt, der bereits die fünfzehnte Fliege band. Das Anleitungsbuch für das Fliegenbinden lag aufgeschlagen auf dem Schreibtisch. In den folgenden Monaten band Mutt jede einzelne von Gibbys Fliegen. Und plötzlich bissen die Fische an.

Doch neben Motoren, Uhren und Fliegen besaß Mutt noch ein viel bemerkenswerteres Talent. Er konnte jedes beliebige Saiteninstrument stimmen. Und obwohl er sich nicht für das Spielen interessierte, stimmte er jedes Instrument bis zur Perfektion. Geige, Harfe, Gitarre, Banjo – alles, was Saiten hatte. Besonders Klaviere. Es dauerte ein paar Stunden, doch wenn man ihm genug Zeit ließ, war das Ergebnis atemberaubend.

* * *

Mutt hörte die Fliege, bevor er sie sah. Seine Ohren konzentrierten sich auf das Geräusch, bis er die Fliege mit seinen Augen fand. Seine Augenbrauen zogen sich langsam zusammen, als er die Fliege bei ihrem Anflug auf seinen Apfelbrei beobachtete. Das war nicht gut. Fliegen übertrugen Keime. Vielleicht war heute nicht der richtige Tag, seinen Apfelbrei zu essen. Vielleicht sollte er ihn einfach in die Toilette kippen und herunterspülen ... doch das konnte er eigentlich nicht tun. Denn in einer Stunde und zweiundzwanzig Minuten würde Vicki in ihren Nylonstrumpfhosen, ihrem knielangen Rock und dem Kaschmirpullover in sein Zimmer kommen und ihn fragen, ob er seinen Apfelbrei gegessen hatte. Mit seinen dreiunddreißig Jahren hatte Mutt nie etwas mit Vicki gehabt – auch mit sonst keiner anderen Frau – und der Gedanke an eine Nylonstrumpfhose erregte bei Mutt keine sexuellen Fantasien. Doch der Gedanke an das Geräusch von Frauenschritten, die er bald hören würde, löste eine Erinnerung aus, die die anderen Stimmen in seinem Kopf immer mit aller Macht bekämpften. Das *Swisch-Swosch* der Nylonstrumpfhose erinnerte ihn daran, wie er früher von kleinen, starken Händen hochgehoben, vom Staub befreit und an eine weiche Brust gedrückt worden war, wie seine Tränen weggewischt und ihm tröstende Worte ins Ohr geflüstert worden waren. An den Nachmittagen lag er immer neben seiner Schlafzimmertür, ein Ohr an den Spalt neben der Tür gepresst, und lauschte den Geräuschen, die sie machte.

Fünfundzwanzig Gummihandschuhe, vier Rollen Küchenpapier und zwei Liter Scheuermilch später hörte er endlich das Geräusch, auf das er gewartet hatte. Frauenschuhe klapperten auf dem Fliesenfußboden in Richtung seines Zimmer, und er hörte das charakteristische *Swisch-Swosch* der Strumpfhose.

Vicki kam in sein Zimmer. „Mutt?"

Mutt steckte seinen Kopf durch die Badezimmertür, wo er gerade das Fensterbrett schrubbte.

Sie sah die Handschuhe an seinen Händen und fragte: „Hast du wieder eine Fliege gesehen?" Mutt nickte. Dann schaute sie auf sein Tablett, und ihr Blick blieb an dem vollen Apfelbreischälchen hängen. „Du hast dein Mittagessen ja gar nicht angerührt", sagte sie und hob dabei die Stimme. Wieder nickte Mutt. Sie hob das Schälchen hoch und sagte: „Schätzchen, geht es dir gut?" Wieder ein Nicken. Ihre Stimme klang wie eine Mischung aus Mutter und Freundin. Wie eine große Schwester, die nach dem Studium wieder zu Hause eingezogen ist. „Soll ich dir etwas anderes holen?", fragte sie. Dabei drehte sie besorgt den Löffel in der Hand.

Na toll, dachte er. Jetzt würde er den Löffel auch noch putzen müssen. Doch das war auch egal. Er mochte es, wenn sie ihn „Schätzchen" nannte.

Doch Schätzchen hin oder her, er wollte seinen Apfelbrei trotzdem nicht. Er schüttelte den Kopf und schrubbte weiter in seinem Zimmer herum. „Also gut." Sie legte den Löffel wieder hin. „Was für einen Nachtisch möchtest du denn zum Abendessen?" Ihre Frage überraschte ihn. „Irgendwas Besonderes?" Vielleicht musste er es ja gar nicht essen. Vielleicht hatte er sich geirrt. Vielleicht war das Zeug gar nicht im Apfelbrei. Doch wo sollte es sonst sein? Hatte er es etwa schon gegessen?

„Mutt?", flüsterte sie ihm zu. „Was möchtest du heute Abend als Nachtisch, Süßer?" Dieses Wort liebte er auch. *Süßer*. Er starrte auf ihre vollen dunkelroten Lippen. Nur sie konnte dieses Wort so aussprechen, dass dabei diese vertraute wohlige Wärme durch seinen Körper strömte. Sie hob die Augenbrauen und kam noch einen Schritt näher, als wolle sie ihm ein Geheimnis zuflüstern. „Ich könnte zu Truffles fahren."

Jetzt hatte sie ihn. Truffles war ein Restaurant, wo es nur Nachtisch gab. Ein Stück Kuchen kostete dort acht Dollar und reichte für vier Personen. Mutt nickte. „Schokoladenkuchen mit Himbeersauce."

Vicki lächelte und sagte: „Wird gemacht, Süßer." Sie wandte sich zum Gehen. „Kommst du in einer Stunde in den Gemeinschaftsraum?", fragte sie über die Schulter. Er nickte und schaute auf sein Schachbrett. Vicki war die Einzige, mit der er länger als ein paar Sekunden spielte. Nun, wenn er ehrlich war, könnte er sie auch in weniger als sechs Zügen schachmatt setzen, doch bei ihr ließ er sich mehr Zeit. Manchmal schafften sie sogar fünfzehn Züge. Bei jedem neuen Zug tippte sie sich mit dem Zeigefinger gegen die Schneidezähne, als müsste sie angestrengt nachdenken. Dabei scharrten ihre Füße ungeduldig auf dem Boden und ihre Knie rieben gegeneinander. Mutt liebte diese Geräusche.

Vicki verließ den Raum, und Mutt ging langsam zu dem Tablett, auf das Vicki den Löffel gelegt hatte. Er brauchte sechs Papiertücher und eine Menge Reinigungsmittel, bevor er zufrieden war. Eine Stunde später war sein Zimmer absolut sauber, und er machte sich mit dem Schachbrett unter dem Arm auf den Weg in den Gemeinschaftsraum. Auf dem Weg dorthin warf er seine riesige Mülltüte in den Müllcontainer. Der Container müsste mal wieder geputzt werden, aber Vicki wartete ja auf ihn. Er betrat den Raum und sah sie an einem der Tische. Ihm war klar, dass er das Schachspiel hinterher putzen musste – jede einzelne Figur und das Brett –, aber es lohnte sich jedes Mal.

* * *

Um fünf Uhr nachmittags schaute Mutt in seinem Zimmer auf die Uhr. Gerade war er wieder einmal mit dem Putzen fertig geworden – Bett, Schachbrett, Zahnbürste, die Knöpfe an seinem Radio, Tisch und Stühle. Aus den Augenwinkeln schaute er zum hundertsten Mal misstrauisch auf den Schokoladenkuchen mit Himbeersauce. Er stand neben dem Schnitzel, grünen Bohnen und Kartoffelbrei auf seinem Tablett. Die Stimmen in seinem Kopf wurden langsam lauter, also war das

Thorazin nicht in seinem Frühstück versteckt gewesen. Jetzt war er sich sicher, dass es im Apfelbrei verborgen gewesen war, obwohl Vicki das Gegenteil behauptete. Er kniete sich neben das Essen und untersuchte es genau. Hatte jemand darin herumgerührt? Sein eigenes Misstrauen überraschte ihn, denn die letzten sieben Jahre hatte er immer brav seine Medizin genommen, ohne jemals einen Aufstand zu machen. Doch er spürte eine Kraft in sich, die er schon fast vergessen hatte. Allein die Tatsache, dass er überhaupt darüber nachdachte, seinen Apfelbrei und seinen Schokoladenkuchen nicht zu essen, war verrückt. Aber schließlich war er auch verrückt.

Er riss seinen Blick von dem Essen los und schaute stattdessen aus dem Fenster. Er konnte die hintere Terrasse von Clarks sehen, und der Wind wehte den Geruch von Fett, Fisch und Pommes durch sein offenes Fenster; er konnte den frittierten Fisch fast schmecken. Vor ihm tauchte das Bild eines riesigen Bechers Eistee auf, dessen Eiswürfel in der Sonne einladend glitzerten. Mutt hatte Hunger. Seit fast vierundzwanzig Stunden hatte er nichts mehr gegessen, und das Grummeln in seinem Magen sagte ihm, dass sein Körper es ihm mittlerweile übel nahm. Doch Hunger hin oder her, er hob das Tablett hoch, zog den Geruch des Essens tief durch die Nase ein, sodass sein Speichel ihm fast aus dem Mund tropfte, und ging dann ins Badezimmer. Gewissenhaft leerte er das gesamte Essen in die Toilettenschüssel und drückte dann mit einem erleichterten Seufzer den Spülknopf.

Die Stimmen schrien ihre Zustimmung, als das Essen mit der Wasserspülung im Abfluss verschwand. In einer Stunde würde Vicki ins Zimmer schlendern, das Tablett einsammeln und wieder verschwinden. Doch dank der Kameras würde sie wissen, wohin das Essen verschwunden war. Dank der Kameras wusste sie fast alles, aber er konnte jetzt nicht aufhören. Dieser Zug hatte keine Bremse. Mutt schaute wieder hinüber zu Clarks. Die hintere Terrasse war voller Menschen, und die Budweiserflaschen leuchteten wie Weihnachtskerzen in der Abendsonne. Die Bedienungen zwängten sich durch die engen Reihen und schleppten Berge von Tellern an die Tische. Neben dem Dock für die Boote schwammen ein paar Teenager im Wasser. Sie hatten ihre Jet-Skis so geparkt, dass jeder sie bewundern, aber keiner sie anfassen konnte. Überall lagen Boote, die nur darauf warteten, begeisterte Wassersportler über das Wasser zu tragen oder hinter sich herzuziehen.

Mutt hoffte, dass er genug Zeit haben würde, selbst nachdem die Sirenen aufgeheult, Gibby seine Spritze gepackt und die Suchteams ausgerückt waren. Keiner würde darauf kommen, jedenfalls nicht sofort.

Schnell schnappte er sich seine Bauchtasche, lief den Flur hinunter zu Gibbys Büro und nahm das Fliegenbindeset von seinem Schreibtisch. Außerdem steckte er ein paar Haken, Fadenrollen und kleine Büschel mit Haaren und Federn in eine kleine Plastiktüte. Dann band er mit geschickten Fingern eine besondere Köderfliege und legte sie mitten auf Gibbys Schreibtisch. Das Köderset und die kleine Plastiktüte stopfte er in seine Bauchtasche. Vorsichtig öffnete er eine Tür von Gibbys Schreibtisch und nahm fünfzig Dollar aus der Bargeldkasse, kritzelte hastig eine Nachricht auf einen Zettel und klebte ihn an die Schreibtischlampe. Erschöpft erreichte er ein paar Sekunden später wieder sein Zimmer. *Gibby, ich schulde dir fünfzig Dollar plus Zinsen. M.*, stand auf dem Zettel.

Wenn er tatsächlich hier wegkam, dann brauchte er etwas, um seine Stimmen zu beschäftigen, und sie liebten zwei Dinge: Schach und Köderfliegenbinden. Er stopfte sein kleines Schachspiel neben das Köderset und die sieben Müsliriegel – seine Wegzehrung. Dann öffnete er sein Zimmerfenster, warf noch einen letzten Blick in sein Zimmer und schwang ein Bein über das Fensterbrett. Eigentlich müsste jetzt ein Alarmknopf auf dem Schreibtisch des Sicherheitsbeamten an der Eingangstür aufleuchten, da Mutt das Fenster mehr als zehn Zentimeter weit aufgemacht hatte. Doch den hatte Mutt schon vor mehr als sechs Jahren abgeklemmt. Er schlief gern bei offenem Fenster. Die Gerüche und Geräusche, der sanfte Wind – sie alle erinnerten ihn an zu Hause. Er schwang das andere Bein über das Fensterbrett und zog die frische Luft durch die Nase. Die Septembersonne versank langsam am Horizont, und in einer Stunde würde der Mond die Nacht erleuchten.

Er sprang aus dem Fenster und landete direkt auf dem Azaleenbusch vor seinem Fenster, den er sowieso nicht mochte. Schon wenn er ihn nur sah, juckte es ihn überall. Außerdem zog er die Bienen an. Deshalb trampelte er noch einmal mit einem breiten Grinsen auf dem Busch herum und rannte dann los. Auf halbem Weg durch den hinteren Garten blieb er abrupt stehen, als hätte die Angst ihn doch noch übermannt, und fuhr mit der Hand in seine Hosentasche. Hatte er es vergessen? Er durchsuchte die eine Hosentasche, doch seine Finger spürten nur unzählige Kleinigkeiten, die sich dort angesammelt hatten. Seine Angst wurde immer größer. Auch in den hinteren Hosentaschen fand er es nicht. Panik stieg in ihm auf. Heftig fuhr er mit der linken Hand in die linke vordere Hosentasche und kalter Schweiß lief ihm über den Rücken.

Doch da, ganz unten in der Tasche, fanden seine Finger, was er suchte: warm, glatt und genau an dem Platz, wo es immer gewesen war, seit Miss Ella es ihm am ersten Tag der zweiten Klasse gegeben hatte. Im sicheren Versteck seiner vorderen Hosentasche glitt er mit den Fingern über die Vorderseite und fuhr mit den Fingern die Buchstaben nach. Dann die Rückseite. Es war glatt und ölig nach all den Jahren in seiner Tasche. Er beruhigte sich, die Angst verschwand und er rannte weiter.

Früher war er oft und viel gerannt, aber in den letzten Jahren war er aus der Übung gekommen. In seinem ersten Jahr hier in Spiraling Oaks wirkte er wie ein Soldat, der über den Rasen marschierte – eine Nebenwirkung von zu viel Thorazin. Nach ein paar Tagen Thorazin hatte er sogar daran gezweifelt, dass es die Erde überhaupt gab. Glücklicherweise wurde seine Dosis schnell verringert, sodass er wieder normal laufen konnte.

Er schaffte es durch den hinteren Garten, durch die Zypressen und die Farne bis zu dem schattigen Dock, ohne auch nur ein einziges Geräusch hinter sich zu hören. Wenn ihn niemand sah, wie er vom Dock sprang, hatte er vielleicht sogar Zeit für einen Nachschlag.

Am Ende des Docks tauchte er in das warme, süße Brackwasser des Sees. Das Wasser umhüllte ihn wie eine Decke und weckte in ihm seltsamerweise die Erinnerung an eine glücklichere Zeit. Immer wieder tauchte er unter und schwamm mit kräftigen Zügen weiter und weiter. Als er den Motor eines Jet-Skis hörte, tauchte er etwas länger, bis er vorbei war.

Kapitel 2

Das Licht der Tankuhr leuchtete genau um 1:59 Uhr auf und tauchte das Innere meines Pick-ups in sanftes gelbes Licht. Nur mühsam gelang es mir, meinen Blick von der Mittellinie der Straße zu reißen und auf das Armaturenbrett zu schauen. „Ich sehe dich. Ich sehe dich." Wenn das Licht anging, war nur noch für ungefähr fünfundsiebzig Kilometer Benzin im Tank, aber bis nach Hause waren es über zwei Stunden. Außerdem brauchte ich einen Kaffee.

Ich fuhr am liebsten nachts, doch die letzten drei Tage war es morgens immer früh und abends immer spät gewesen. Mein Chef hatte mich nach Südflorida geschickt, um dort einen sehnigen alten Alligatorjäger für einen Artikel in einem Reisemagazin zu fotografieren. *Travel America* verlangte immer noch Dias und keine Digitalfotos, obwohl die meisten Zeitschriften und Fotografen schon seit mindestens vier Jahren zum größten Teil mit Digitalbildern arbeiteten. Ich kann beides, doch wenn ich wählen müsste, würde ich mich immer für die Dias entscheiden. Die sind herausfordernder.

Die langen Arbeitstage forderten jetzt ihren Tribut. Ich schaute in den Rückspiegel. Meine Augen sahen aus wie eine Landkarte, auf der die Straßen rot eingezeichnet waren. Meine schulterlangen Haare hingen strähnig herunter. Ein Beweis für meine Rebellion. Während eines meiner letzten Besuche bei Miss Ella hatte sie mir über die Wange gestrichen und gesagt: „Kind, dein Gesicht strahlt so viel Licht aus. Du solltest es nicht hinter den langen Haaren verstecken. Stell dein Licht nicht unter den Scheffel. Hast du verstanden?" Vielleicht war das Licht mittlerweile trüb geworden.

Vor einer Woche rief mich mein Agent, Doc Schlangenöl, an und sagte: „Tuck, die drei Tage sind ein Kinderspiel. Du fährst hin, springst in das Boot von diesem Typen, beobachtest ihn bei seinen Alligatorkämpfen, trinkst ein paar Dosen kaltes Bier und steckst fünf Riesen in die Tasche." Doc schwieg einen Moment und zog an seiner Zigarette, ohne die man ihn eigentlich nie sah. Er inhalierte hörbar und ließ die Worte „fünf Riesen" auf mich wirken.

Ich mag seine Stimme – besonders durchs Telefon –, würde ihm das aber niemals sagen. In seiner Stimme lag dieser raue Unterton eines langjährigen Kettenrauchers. Und genau das war er. Er atmete aus und fuhr fort: „Das ist wie Urlaub verglichen mit deinem letzten Job. Ist auch wärmer. Und die Chancen stehen gut, dass wir die noch nicht verwendeten Bilder an eine andere Zeitschrift weiterverkaufen können. Ein kleiner Nebenverdienst dieser Reise sozusagen. Außerdem freuen sich die Leute in Florida immer über ein bisschen Publicity für ihre Alligatoren."

Er klang überzeugend. So packte ich meine Koffer und machte mich von Clopton, Alabama, auf den Weg in die Florida-Everglades, um den 62-jährigen Whitey Stoker zu treffen. Whiteys Oberarme erinnerten mich an Gebirgsformationen und sein Kinn an einen Berufsboxer. Man sah ihm an, dass er keine Angst vor den gefährlichen Echsen hatte – oder vor dem schwarzgebrannten Zeug, das er heimlich von seinem Boot aus verkaufte. Spät an unserem ersten Abend leuchtete er mir mit der Taschenlampe ins Gesicht und fragte: „Haben Sie was dagegen?"

„Ganz und gar nicht."

In den drei folgenden Tagen fingen wir – oder besser gesagt Whitney – sieben Alligatoren, der größte maß etwas mehr als vier Meter. Doch damit nicht genug, wir verkauften auch zwölf Kisten mit unbeschrifteten Einmachgläsern an die unterschiedlichsten Leute – von unbedarften Jugendlichen in kleinen Kanus bis hin zu selbstgefälligen reichen Schnöseln mit Kapitänsmütze und goldenen Taschenuhren in ihren superteuren Motorbooten. Whitey spielte seine Rolle perfekt. Der Handel florierte, und er war der einzige Schwarzbrenner und Verkäufer weit und breit. Die Leute fraßen ihm aus der Hand. Whitey könnte seinen Lebensunterhalt durchaus allein damit verdienen, dass er lästige Alligatoren von den Ufern der Villen fernhielt, bevor sie das kleine Schoßhündchen der reichen Besitzer verschluckten. Doch er hatte sich entschieden, seine Rente noch etwas aufzubessern. Wenn er erst einmal ein paar Gläser intus hatte, redete er auch gern und viel übers Geschäft. „Ja, ich verdiene schon so einen Riesen die Woche. Und das bereits seit den späten Achtzigerjahren."

Whitey hatte eine ganz besondere Beziehung zu seinen täglichen Mahlzeiten. Das Frühstück bestand aus einer großen Tasse Kaffee – stark und schwarz –, den er in einem selbst zusammengebastelten Filter brühte. Zum Mittagessen aß er ein Stück Fleischwurst, das er zwischen zwei Scheiben Toast legte und dick mit Senf bestrich. Dazu trank er eine Dose Cola. Zum Nachtisch gab es ein Mars. Doch das Abendessen schoss den Vogel ab, das Beste kam zum Schluss. Fünf Abende hintereinander zündete Whitey, der offensichtlich weder ein Hemd noch Mückenschutz auf seiner Haut duldete, einen uralten und total verdreckten Gaskocher an, der mitten auf der Veranda seines Hauses stand.

Mit einem Schweißgerät hatte Whitey die Oberseite eines Bierfasses bearbeitet und das Fass danach in ein Eisengestell gezwängt. Das Gestell stand über einem Gasbrenner, der von einem überdimensionalen Gastank gespeist wurde, der an der hinteren Hauswand lehnte. Stolz zeigte Whitey auf seine Erfindung und sagte: „Am Anfang ist es immer auf der Veranda hin und her gerutscht, da hab ich es einfach am Boden festgeschraubt." Das Ganze sah eher aus wie ein Triebwerk und nicht wie eine Kochgelegenheit. Als er es das erste Mal anzündete, hörte es sich an, als würde ein Düsenjet direkt über uns hinwegfliegen. Jeden Abend brachte Whitey den Kocher zum Laufen, erhitzte das Fass, das halb voll mit altem Fett war, schmiss dann ein paar Pfund Alligatorschwanz hinein, der den ganzen Tag über in einer Mischung aus Buttermilch, Bier, scharfer Sauce und vier Händen voll Pfeffer gelegen hatte. Die Tage mit Whitey waren wirklich ein Erlebnis der etwas anderen Art, aber zu meinem Erstaunen genoss ich die Zeit mit ihm. Es war wie eine Flucht aus meinem Alltag.

Am nächsten Autobahnkreuz wechselte ich die Autobahn und nahm die erste Ausfahrt. Ich bremste und versuchte mich zu orientieren. Auf dem Beifahrersitz lag eine braune Papiertüte, die übersät war mit kleinen und großen Fettflecken. In der Tüte waren ein paar Pfund frittiertes Alligatorfleisch – eine Art Abschiedsgeschenk. Hinter meinem Sitz standen zwei Milchglasflaschen bis zum Rand gefüllt mit Whiteys bestem Rezept. „Hier", hatte er zum Abschied gesagt, „das wird dich von allem heilen, was dich anfällt." Auf den Flaschen sollte ein Schild kleben: „Achtung! Leicht entzündlich". Eigentlich trinke ich nicht viel, aber ich habe es einfach nicht geschafft, ihn so zu enttäuschen. So fuhr ich jetzt also in Richtung Norden und transportierte illegalen Alkohol von einem Staat in den anderen.

Ich war noch nie ein Gesundheitsfanatiker. Meine drei Lieblingsessen sind Bohnen aus der Dose, Maisbrot und Sardinen. Die meisten Männer, die auf Reisen sind, essen auf dem Weg in einem netten Restaurant ein Steak oder fahren zu einer Fastfoodkette und bestellen einen Burger. Diese zwei Dinge mag ich auch, aber es geht nichts über eine Dose Bohnen, die man mit einem Stück Maisbrot löffelt, oder eine Dose Sardinen in einer richtig scharfen Sauce mit ein paar salzigen Keksen. Das würde ich sogar kalt essen, wenn gerade keine Mikrowelle in der Nähe ist. Das hört sich wahrscheinlich abstoßend an, aber ich mag es nun einmal, und abgesehen von dem vielen Salz ist es sogar fast gesund.

Am Ende der Ausfahrt fiel mein Blick auf eine nur spärlich beleuchtete Tankstelle mit nur einer Zapfsäule und einem alten Schild – „Bessies Komplettservice".

Das Fenster des Häuschens neben der Zapfsäule zierten acht schief hängende, mit Neonröhren beleuchtete Plakate mit Bierwerbung. Außerdem hing an einem Haken, halb verdeckt von einem Lottoschild, ein handgeschriebenes Schild „Rund um die Uhr geöffnet". Aus der Eingangstür drangen die Geräusche einer TV-Show.

Hinter der Kasse saß eine ziemlich kleine, doch sehr massige Frau mit einem gackernden Lachen, die wie gebannt auf die Mattscheibe starrte. Als sie mich bemerkte, schüttelte sie angewidert mit dem Kopf und wechselte den Sender. Sofort ertönten laute Explosionen und ratternde Maschinengewehre, gefolgt von einem gut aussehenden dunkelhaarigen Briten, der seinen Schlips gerade rückte und dann prüfend auf seine Designeruhr schaute. Wieder wechselte das Bild. „007 ist gleich wieder bei Ihnen." Sie warf die Fernbedienung auf die Theke und griff mit der Hand in eine halb volle Chipstüte.

Offensichtlich verkaufte Bessie hauptsächlich Diesel, jedenfalls der Pumpe nach zu urteilen. Unterhalb der Zapfsäule stand ein überdimensionierter Mülleimer, wobei die meisten Leute den Eimer nicht zu treffen schienen. Überall glitzerten Ölflecken auf dem Zement, obwohl einige notdürftig mit Sand bedeckt waren. Ein Behälter für Papiertücher hing an einer Stange, aber irgendwer hatte den Abzieher geklaut, und so füllten jetzt Spinnweben statt Papiertücher den Behälter. Ein veralteter Getränkeautomat stand neben der Eingangstür, doch neben jedem Schildchen leuchtete das „Leer"-Zeichen. Rechts neben dem Häuschen gab es offensichtlich eine Werkstatt, doch an den Ketten, die vor dem Eingangstor hingen, hing in großen roten Buchstaben deutlich sichtbar ein Schild: „Geschlossen". Hinter den Ketten lief ein furchteinflößender Hund langsam auf und ab. An der Wand der Werkstatt stand in derselben roten Schrift: „Vergessen Sie den Hund, der Besitzer ist schlimmer." Darunter etwas kleiner: „Ein Rat des Rottweilers."

Ich parkte neben der Zapfsäule direkt hinter einem Volvo-Kombi aus New York, der hier nicht hinzupassen schien. Er sah irgendwie aus, als wäre er direkt aus einer Autowerbung gefahren. Eine neumodische Antenne und ein glänzender schwarzer Fahrradträger waren auf dem Dach befestigt. Auf dem Träger war ein kleines verchromtes Mountainbike mit Stützrädern festgezurrt.

Ich stellte den Motor aus und stieg aus. Seit meiner Kindheit liebe ich Dieselfahrzeuge. Ich weiß gar nicht, warum. Vielleicht weil sie mich ans Traktorfahren erinnern.

Bessie musterte mich von Kopf bis Fuß, was nicht lange dauerte. Was sie sah, war alles andere als bemerkenswert. Ich bin schlank, ungefähr eins achtzig groß mit schulterlangen sandfarbenen Haaren, um die dreißig, sportlich, aber nicht zu sehr, ich trug eine Jeans und Turnschuhe und mein T-Shirt hatte Soßenflecken. Ich gähnte, streckte mich und hängte mir die Kamera über die Schulter. Nach neun Jahren als Fotograf bewegte ich mich selten ohne sie.

„Hey, bist 'n Hübscher", flötete Bessie von hinten, als ich den Tankdeckel aufschraubte. Ich winkte kurz. „Wenn du Hilfe brauchst, mein Schätzchen, dann lass es mich wissen." Ich winkte noch einmal und drehte mich um. Sie beugte sich gerade über die Theke und legte noch eine Lage Lippenstift auf.

Als ich meine Brieftasche aus dem Auto holte, bellte der Hund hinter den Ketten, als wollte er mich warnen. Man konnte fast hören, wie ihm der Sabber an den Lefzen herunterlief. Bessie schlug mit ihrer großen Hand auf die Theke und schrie: „Aus, Maxximus!", doch der Hund beachtete sie gar nicht. Ich steckte die Zapfpistole in die Tanköffnung und fühlte mich, als würde jeden Moment ein Tornado über mich hinwegfegen. Vorsichtig schaute ich über die Schulter und sah den Hund aufgeregt hin- und herlaufen. Seine Krallen kratzten über den Boden und sein Atem ging stoßweise. Wieder schrie Bessie ihn an: „Maxximus, zwing mich nicht. Sonst drück ich wieder diesen verdammten Knopf. Willst du das?"

Maxximus schien ihr Geschrei nicht zu stören. Ich hielt die Zapfpistole mit beiden Händen fest und starrte auf die Ketten. Die Beifahrertür stand offen, sodass ich mich jederzeit in Sicherheit bringen konnte. Bessie wurde immer wütender. Sie stopfte sich noch eine Handvoll Chips in den Mund, wischte die Krümel von ihrer Bluse und griff nach einer zweiten Fernbedienung, die nur einen roten Knopf und eine kleine Antenne hatte. Diese richtete sie auf die Werkstatt und drückte den roten Knopf langsam mit dem Zeigefinger. Ein Lächeln breitete sich auf ihrem Gesicht aus, als sie den Strom an ihrem Finger spürte. Ihre Augen klebten dabei immer noch an der Mattscheibe.

Hinter der Werkstatttür jaulte der Hund auf und fiel dabei offensichtlich gegen die Regentonne, denn ich hörte erst ein lautes Krachen und dann flossen ungefähr zwanzig Liter Wasser unter der Tür der Werkstatt durch. Maxximus wimmerte nur noch. „Ich hab dich gewarnt, du blödes Vieh", schrie die Frau ihn an. Doch Maxximus wimmerte weiter.

Der Tank für das Diesel war anscheinend schon ziemlich leer, denn es dauerte eine Ewigkeit, bevor sich die Anzeigetafel an der Zapfsäule bewegte. Ich stellte mich also auf eine längere Wartezeit ein, legte den Tankdeckel ab und suchte nach einem Schwamm, um die Mücken von der Windschutzscheibe und dem Kühlergrill zu wischen. Nach erfolgloser Suche nahm ich einen Schlauch, der an einem Pfosten hing, und bespritzte damit meine Scheibe. Maxximus war mittlerweile relativ still geworden und schnüffelte nur noch ab und zu an der Unterseite der Tür. Als mein Tank endlich voll war, hörte ich ein Plätschern hinter der Tür und sah dann ein dünnes gelbes Rinnsal unter der Tür durchfließen und in den Rissen des Asphalts versickern.

Ich hüpfte über die Ölflecken und betrat den Laden. Über mir ertönte eine Kuhglocke. „Guten Abend", sagte ich. Ohne die Augen von 007 abzuwenden, machte sie eine kurze Handbewegung in meine Richtung und sagte: „Schätzchen, beachte den Hund einfach nicht. Er kommt da nicht raus. Aber", sagte sie und deutete unter die Theke, „wenn er es doch schafft, dann schieße ich ihm den Hintern weg." Bevor sie sich eine neue Ladung Chips in den Mund schob, fügte sie noch hinzu:

„John ist beschäftigt. Wenn dein Wagen 'n Problem hat, dann besorge ich dir jemanden, der dir hilft."

„Nein, danke", erwiderte ich. Dann deutete ich auf die Kaffeemaschine. „Frischer Kaffee?"

„Süßer" – sie rollte mit den Augen – „hier drin ist nichts frisch, aber wenn du fünf Minuten wartest, dann setz ich frischen Kaffee auf."

Ich zog die Kanne von der Warmhalteplatte, roch daran, nickte und sagte: „Schon in Ordnung. Das riecht noch ganz gut."

„Wie du willst." Ich goss mir eine Tasse ein und stellte sie auf die Ladentheke. Dabei entdeckte ich das Gesicht eines kleinen Jungen, der neugierig hinter einem Kaugummiregal herausschaute und mich beobachtete. Er trug eine rote Baseballkappe mit dem Schild nach hinten, einen Cowboygürtel mit zwei glänzenden Pistolen im Halfter und abgewetzte schwarze Cowboystiefel, die er anscheinend nur zum Schlafen auszog.

„Hey, Großer, ist das dein Fahrrad?"

Der kleine Cowboy nickte langsam und versuchte dabei, die unzähligen Kaugummipackungen in seinen Armen nicht fallen zu lassen, die er wohl vor seiner Mutter verstecken wollte.

„Tolles Rad", sagte ich. Der Junge hatte leuchtend blaue Augen.

Das Kind nickte wieder und griff nach einer weiteren Packung im Regal.

„Jaaa", fuhr ich fort und schaute auf die Uhr. „Wenn ich du wäre, wäre ich auch müde. Ist für uns beide schon reichlich spät." Der Junge schaute kurz über die Schulter zur Tür der Damentoilette und nickte dann wieder. In diesem Moment sagte eine sanfte Frauenstimme hinter der Tür: „Jase? Warte bitte direkt vor der Tür. Und nur eine Packung Kaugummi." Der Junge schaute noch einmal zur Tür und griff dann nach einer weiteren Packung Hubba Bubba, womit seine Beute auf ungefähr zwanzig anstieg. Und aus seinen Hosentaschen quollen jede Menge zerknüllte Kaugummipapierchen.

„Ist das alles?", fragte mich Bessie, die ihre Augen immer noch nicht von James Bond lösen konnte. Als sie endlich aufstand, merkte ich erst, wie unglaublich übergewichtig sie tatsächlich war. Sie war nicht größer als 1,55 m und wog wahrscheinlich an die 170 Kilo. Alles an ihr war dick und wabblig. Ich schätzte sie so auf vierzig, plus oder minus fünf Jahre, und der dicke lila Lidschatten unterstrich nur den abgearbeiteten

Ausdruck in ihren Augen. Wenn sie sich bewegte, klingelte sie wie ein laufender Weihnachtsbaum, denn überall an ihr hingen Ketten und Ringe – ungefähr zehn Halsketten, genauso viele Armreifen pro Arm und Ringe an allen zehn Fingern, manchmal sogar zwei an einem. Sie war barfuß, und an ihren Zehen prangten ein paar dicke Zehenringe. Außerdem trug sie ein durchgeschwitztes lila Trägershirt – natürlich ohne BH – und Shorts aus Elastan. Die Hose war ihr offensichtlich etwas zu eng, denn der Stoff an den Hosenbeinen war so gedehnt, dass man fast hindurchsehen konnte. In dem Regal hinter ihr lagen Zigaretten, Kautabak und Pornomagazine.

„Und, was kann ich noch für dich tun, Süßer?"

„Sie haben ziemlich spät noch geöffnet", erwiderte ich.

„Kleiner, wir haben durchgehend geöffnet. Wochenende. Feiertage." Langsam legte sie ihren Kopf etwas schief, verzog ihren Mund zu einem einladend gemeinten Lächeln und sagte: „Wir bieten hier den vollen Service." Sie machte eine Pause. „Willst du bei mir vielleicht dein Öl wechseln? Dauert nur ein paar Minuten." Etwas in ihrem Ton sagte mir, dass sie nicht von meinem Auto sprach.

„Nein danke, Ma'am. Mein Öl ist in Ordnung. Nur den Diesel, den Kaffee und vielleicht ein Zimtbrötchen." Neben der Kaffeemaschine stand ein Schild: „Eiswürfel umsonst, Spuckbecher $1." Als ich mich umdrehte, um das Schild zu lesen, beugte sie sich über die Theke und räkelte sich darauf wie ein Wal in Sea World.

„Du musst wissen", sagte sie, „dass die Leute hier gerne auf Eiswürfeln herumkauen." Überall im Laden hingen Spiegel, sodass ich es gar nicht übersehen konnte, wie sie sich mit dem Saum ihres Tops den Mund abwischte und zwei neue Lagen Lippenstift auflegte.

„Ja, das kann ich verstehen."

Sie rutschte wieder von der Ladentheke und starrte auf meine Canon. „Das ist 'ne ziemlich große Kamera." Sie sprühte sich etwas Parfum an den Hals, holte dann einen Taschenspiegel aus einer Schublade, rieb ihre Lippen aufeinander und wischte sich mit dem kleinen Finger einen Krümel aus dem Mundwinkel. „Hast du das Ding immer dabei?"

Ich schaute auf meine Kamera und antwortete: „Ich gehe eigentlich nie ohne sie aus dem Haus."

„Ist die nicht schwer?"

Ich dachte einen Moment nach und kniff dann ein Auge zu. „Ich denke, es ist ähnlich wie mit einer Brille. Ich denke einfach gar nicht mehr darüber nach."

Die Frau beugte sich wieder über die Theke und drückte ihre Ellenbogen gegen ihren massigen Busen. „Was bist du, ein Fotograf oder so was?" Hinter dem Kaugummiregal hatte sich der kleine Cowboy auf den Boden gesetzt und sich noch drei weitere Hubba Bubbas in den Mund geschoben. Die Kaugummipapierchen lagen überall verstreut neben ihm. Sein Mund war jetzt so voll, dass er ihn gar nicht mehr zumachen konnte. Rosaroter Speichel lief ihm aus beiden Mundwinkeln.

„Meistens bin ich das", sagte ich lächelnd und versuchte, sie nicht anzusehen. „An anderen Tagen mache ich einfach nur Fotos."

„Ja, ja", nickte die Frau, „ich weiß Bescheid. Viele meiner Kunden bringen ihre Kameras mit. Groß, klein, digital, manchmal sogar Videokameras. Schätzchen, ich kenne sie alle. Jede Form und Größe." Sie deutete über ihre Schulter. „Sie stellen sie im Zimmer dahinten auf so ein Gestell, aber die da", sagte sie und deutete auf meine Kamara, „ist was Besonderes. Wie teuer ist so was?"

Ich zog die Kamera von meiner Schulter und hielt sie über die Theke. „Man könnte sagen, dass Sie ziemlich viel Benzin verkaufen müssten, um so eine zu kriegen. Hier, Sie können sie gerne mal halten."

Die Frau legte ihren Kopf wieder schief und musterte mich von oben bis unten. „Schätzchen, du weißt genauso gut wie ich, dass ich hier eigentlich kein Benzin verkaufe. Ich wüsste gar nicht, was ich mit der Kamera machen sollte, denn sonst werde ich immer fotografiert."

Ich schlang mir die Kamera wieder über die Schulter. „Wie Sie wollen", sagte ich und nahm mir ein Zimtbrötchen aus dem Korb neben der Kaffeemaschine.

Während sie den Betrag langsam in die Kasse tippte, schlich der kleine Junge aus seinem Versteck hinter den Kaugummis. Die Frau sah mich direkt an, und als ich ihren Blick erwiderte, blickte sie kurz auf den Jungen. Ich beobachtete ihn aus den Augenwinkeln. Dabei flüsterte ich ihr zu: „Ich war auch einmal sehr neugierig."

Sie lächelte und ihre Schultern entspannten sich wieder. Ich stellte meinen Kaffee, mein Brötchen und eine Dose Bohnen auf die Theke und sagte: „Das hier und den Dieselkraftstoff." Die Frau reckte sich kurz und beobachtete dabei, wie der kleine Junge langsam die Hand in Richtung Auslöser von meiner Kamera ausstreckte. Doch ich sah sie weiterhin an und tat so, als bemerkte ich den Jungen gar nicht.

So standen wir einen Augenblick schweigend da, und doch hörte ich eine vertraute Stimme, die mir zuflüsterte: *Hör mir gut zu, Kind, das ist Gottes kleines Mädchen, mit alldem Gepäck, was sie mit sich herumschleppt. Du darfst sie nicht nach dem Äußeren beurteilen. Es ist ihm egal, wie sie aussieht. Er nimmt sie und uns, so wie er uns kriegt. Wie bei der Frau am Brunnen. Du solltest besser die Linse wechseln und sie mit anderen Augen sehen.*

Ja, Ma'am, nickte ich gedankenverloren. Obwohl sie schon seit fünf Jahren tot war, hörte ich Miss Ellas Stimme doch immer wieder.

Wenn die Canon Eos-IV auf Schnelllaufbetrieb eingestellt ist, dann kann sie zehn Bilder pro Sekunde schießen. Und so raste die Kamera, die ich eigentlich nie ausschaltete, in etwas mehr als einer Sekunde durch eine halbe Rolle Film, als der kleine Cowboy mit einem Satz nach vorn hüpfte und seinen Finger mit aller Macht auf den Auslöser presste.

Das schnelle Klicken der Kamera war so laut, dass der kleine Junge seine Hand sofort wieder zurückzog, als hätte er gerade seinen Lieblingsfrosch erdrückt. Ich hockte mich vor ihn hin, sodass wir auf Augenhöhe waren. Sein Gesicht war durch die vielen Kaugummis in seinem Mund etwas aufgequollen und sein rosaroter Speichel klebte ihm überall im Gesicht. Erschrocken sah er mich an. Ohne ein Wort zu sagen, hob ich die Kamera hoch und winkte ihn näher zu mir. „Also", flüsterte ich, „wo du nun schon mal angefangen hast, können wir den Film auch vollmachen. Doch diesmal drückst du zwei Sekunden länger. Zähle einfach ‚einundzwanzig, zweiundzwanzig'." Ich hielt dem Jungen die Kamera hin. „Hier. Genauso wie beim letzten Mal. Du musst nur etwas länger drücken und dabei zählen." Trotz der riesigen Masse Kaugummi in seinem Mund schaffte er es, mich anzugrinsen, als er langsam verstand, was ich ihm da anbot. Er nickte und schmatzte ein undeutliches Danke. Dann hob er seine Hand und legte seinen kleinen Zeigefinger auf den Auslöser. Seine Augen leuchteten, als er mit aller Kraft draufdrückte.

Sechsunddreißig Fotos in nur 3,6 Sekunden verschossen. Der Motor stoppte und spulte automatisch zurück. Der Junge zuckte zusammen, steckte schnell beide Hände in die Taschen und schaute hinter sich, als wartete er auf eine Strafe. „Ist schon in Ordnung", flüsterte ich. „Die Kamera spult nur den Film zurück." Ich hielt ihm die Kamera entgegen. „Hier, hör mal." Der Junge beugte sich vor und hielt sein Ohr ganz dicht an meine Hand. Der Motor klickte kurz, als das Ende des Films erreicht war, und ich öffnete die hintere Klappe. Dann nahm ich die Filmrolle heraus, steckte sie in eine Filmdose und gab sie meinem neuen Freund. „Bitte, die gehört dir. Ich würde sagen, fürs erste Mal hast du das wirklich gut gemacht. Das nächste Mal üben wir dann, wie man durch das kleine Loch hier schaut und das richtige Motiv findet." Glücklich blickte der Kleine auf den Film in seiner Hand, als hätte ich seinen Frosch wiederbelebt.

Ich schlug ihm freundlich auf die Schulter und drehte mich wieder zur Theke. „Das macht siebenundvierzig Dollar."

„Und was ist damit?"

„Nee, Süßer", erwiderte die Frau nach kurzer Überlegung. „Der Kaffee geht aufs Haus, das Zimtbrötchen auch. Das eklige alte Ding ist wahrscheinlich furztrocken. Und die glibberigen Bohnen schenke ich dir. Ich kriege davon immer Blähungen. Und sag jetzt bloß nicht, ich koche guten Kaffee." Sie schaute auf den kleinen Jungen herab, der immer noch hinter mir stand. „Scher dich zurück neben die Tür zum Klo, wie deine Mama gesagt hat, sonst kriegst du Ärger." Ängstlich blickte sich der kleine Cowboy um, stopfte dann die Filmdose in die Hosentasche und rannte zur Damentoilette, wo seine Mutter sich dem Geräusch nach zu urteilen gerade die Hände wusch.

Ich nahm meine Kaffeetasse, mein Zimtbrötchen und meine Dose Bohnen und flüsterte: „Danke, Bessie." Dann ging ich zur Tür.

„Süßer" – sie stemmte eine Hand in die Hüfte – „komm einfach vorbei, wenn du einen Ölwechsel brauchst. Jederzeit. Der erste ist umsonst. Und – bring die Kamera mit." Ich drückte die Tür mit dem Rücken auf, und sie schaute wieder auf den Fernseher, wo gerade eine Verkaufsshow lief. Dann nahm sie den Telefonhörer ab und wählte irgendeine lange Nummer. Sie klemmte den Telefonhörer zwischen Ohr und Schulter und griff wieder nach der Chipstüte. „Hey, George, ich bin's, Bessie. Ich will eins von den Armbändern. Nummer 217."

Es war ziemlich windig geworden, und Regenwolken türmten sich am Horizont. Die Temperatur war auch um ein paar Grad gefallen. Doch es war ziemlich warm für Oktober. Wir hatten immer noch um die 25 Grad statt der 29 Grad am späten Nachmittag. Ich schaute zu den Wolken und konnte den Regen fast schon riechen. *Der Wetterbericht hatte also doch recht,* dachte ich laut. *Es wird tatsächlich regnen. Vielleicht kommt sogar ein Tornado.* Damit kannte ich mich aus. Vor fünf Jahren, direkt nach der Beerdigung von Miss Ella, schickte mich Doc für eine Woche zu einem Wissenschaftlerteam der NASA, die Tornados im Mittleren Westen jagten, um sie zu untersuchen. Sie waren alle jung, ehrgeizig und naiv, genauso wie ich. Ohne uns zu viele Gedanken zu machen, kamen wir dem Tornado immer näher, statt vor ihm davonzulaufen. Irgendwann waren wir zu nah. Die NASA verlor einen Bus mit wertvollen Messgeräten, und uns hat es alle ziemlich gebeutelt.

Als der Tornado auf die Scheune traf, die über dem Keller stand, in den wir uns geflüchtet hatten, verschluckte er sie vollkommen. Nicht ein Teil davon blieb zurück – nur Dreck. Ich hielt die Kellerklappe mit der einen Hand und drückte mit der anderen den Auslöser. Diese Heldentat brachte mir ein gebrochenes Handgelenk, ein paar gebrochene Rippen und einen langen Schnitt über meinem rechten Auge ein, aber es war *das* Bild. Der Pfad der Verwüstung, den der Wirbelsturm hinterließ, war verheerend, und so klebte ich ein Pflaster über meine Wunde und verbrachte den nächsten Tag damit, Bilder zu machen.

Als Doc die Bilder in New York bekam, war er begeistert. Ein paar Tage später prangten meine Fotos auf der Titelseite von drei landesweiten Zeitschriften, unter anderem von *Time* und *Newsweek*, und von siebzehn Zeitungen des Mittleren Westens. *Reader's Digest* schickte sogar einen ihrer bekanntesten Chefredakteure aus London. Er traf mich in besagtem Keller in Nebraska, um über meine gefährlichen Erlebnisse dort zu berichten. Einen Monat später stand ich im Supermarkt an der Kasse und mein Blick fiel auf die Zeitschriften. Meine Story hatte es tatsächlich auf die Titelseite der amerikanischen Ausgabe von *Reader's Digest* geschafft. Plötzlich kannte mich jeder, und das hatte ich Doc zu verdanken. Meine Wunden waren noch nicht ganz verheilt, als er mich zu Hause anrief: „Mein Junge, ich bin jetzt schon vierzig Jahre dabei, und ich sage dir, du hast wirklich eine Gabe. Du bist noch nicht der Beste auf deinem Gebiet, aber du könntest es werden. Ich weiß nicht, wie du es anstellst, aber was du mit deiner Kamera machst, ist unglaublich. Fotografieren ist bei dir im wahrsten Sinne des Wortes eine

Kunst." Wenn er die Wahrheit wüsste, wäre er wahrscheinlich nicht so beeindruckt. Oh sicher, ich machte Fotos, und die wurden immer besser. Doch was in meinem Kopf dabei vorging, hätte ihn sicher nicht beeindruckt. Ich legte auf, und in der Stille nach dem Anruf konnte ich Miss Ellas Stimme hören. *Dass dir das ja nicht zu Kopf steigt. Wem viel gegeben ist, von dem wird auch viel gefordert.*
Ja, Ma'am.
Wieder hüpfte ich über die Ölflecken und stieg in meinen Pick-up. Ich legte die Canon auf den Beifahrersitz, als ein Lastzug auf den Hof gefahren kam, hupte und dann um das Häuschen herumfuhr. Sicher ein Ölwechsel. Bessie schaute kurz hoch und erkannte den Lastwagen. Sofort flogen ihre Finger über die Kasse. Die Mutter war endlich aus der Damentoilette gekommen, hatte die Kaugummipapierchen aufgehoben und sie mit ein paar Tüten Chips und mehreren Dosen Cola auf die Ladentheke gelegt. Mutter und Sohn trugen die gleichen Baseballkappen. Das Fenster war etwas angelaufen, deshalb konnte ich sie nicht so genau sehen, doch irgendetwas stimmte da nicht. Sie passten irgendwie nicht zusammen. Ich steckte den Schlüssel in die Zündung und wartete, bis der Motor vorgewärmt war. Dabei verscheuchte ich die Stimme von Miss Ella, die gerade aus dem Neuen Testament zitieren wollte. „Nein, Ma'am", sagte ich bestimmt. „Ich fahre jetzt nach Hause."

Bessie fegte die Kaugummipapierchen in den Mülleimer und watschelte dann durch die Hintertür. Ich nahm den Deckel von meiner Kaffeetasse ab und trank einen großen Schluck Kaffee. Er schmeckte eklig, doch er wärmte mich trotzdem. Sie hatte recht gehabt mit dem Geschmack, aber die Mischung aus Koffein und Wärme tat ihre Wirkung auch so.

Ich setzte zurück, fuhr wieder auf die Autobahn und beobachtete, wie die Kilometer auf meinem Tacho weiterklickten. Und in der Stille kam der eine Gedanke zurück, den ich seit drei Tagen immer wieder verdrängt hatte. Eigentlich versuchte ich schon seit neun Monaten vor ihm davonzulaufen. Es war der eine Gedanke, vor dem ich nie wirklich davonlaufen konnte, egal, wie schnell ich lief, flog oder fuhr. Nach neun verrückten Jahren, in denen ich vierzig Wochen im Jahr auf Reisen gewesen war, war ich müde. Ich besaß einen abgewetzten Pass, war gegen ein Dutzend seltene Krankheiten geimpft, litt mehrmals im

Jahr unter Durchfall, hatte Malaria und Denguefieber überlebt, hatte mehrere Zehntausend Fotos geschossen, die unzählige Male auf den Titelseiten der bekanntesten Zeitschriften und Zeitungen der USA erschienen waren. Doch jetzt reichte es. Ich wollte die Kamera einfach nur noch ausschalten. Für immer. Mein Betäubungsmittel wirkte nicht mehr. Gibby hatte mich gewarnt, und ich hätte es kommen sehen müssen. Genauso war es beim Baseball auch gewesen. Damals ist es mir nur wegen der schweren Verletzung leichtergefallen. Doch es war wie bei den meisten Medikamenten. Wenn man sie lange genug nahm, wirkten sie immer weniger und irgendwann überhaupt nicht mehr. Seitdem ich Mutt auf Gibbys Türschwelle abgesetzt hatte, war ich ein Experte in Sachen Betäubungsmittel geworden.

Aus einer versteckten Ecke meiner Gedanken drängte sich Miss Ella zurück in das Gespräch. *Nur eine Frage.*

„Okay", sagte ich laut. „Aber nur eine."

An wen hat dich der kleine Junge erinnert?

„Ich wusste, dass du das fragen würdest."

Tucker, ich hab dich etwas gefragt.

„Ich habe dich gehört."

Komm mir nicht so. An wen hat dich der Junge erinnert?

Auf beiden Seiten der Straße wuchsen hohe Kiefern, und ich fühlte mich, als würde ich in eine große dunkle Höhle fahren. „Er hat mich an mich erinnert."

Mich auch.

Ich drehte an der Lüftung herum und stellte das Lenkrad neu ein. „Es gab nur einen Unterschied."

Was war das?

„Ich hab etwas für den Jungen getan, was Rex nie für mich gemacht hat."

Ja?

Vor meinem inneren Auge tauchte der kleine Junge wieder auf. Sein Hut nach hinten geschoben, den Mund voller Kaugummi, vollgestopfte Hosentaschen, beide Hände auf seinen glänzenden Pistolen, abgewetzte Hosen, Dreck auf der rechten Wange, große, neugierige Augen. Er war ein richtiger Junge. Sah auch gut aus. „Ich habe ihn zum Lächeln gebracht."

Miss Ella schwieg einen Moment. Ich konnte sehen, wie sie nach-

denklich in ihrem Schaukelstuhl vor dem Kamin hin- und herschaukelte. Sie nickte vor sich hin und zog die Decke wieder über ihre Knie.
Und es war ein richtig breites Lächeln.
Am nächsten Autobahnkreuz wechselte ich wieder die Autobahn. Jetzt war ich nur noch eine Stunde von zu Hause entfernt. Nach ungefähr fünfzehn Kilometern schaute ich in den Rückspiegel und bemerkte, dass der Volvo direkt hinter mir auf der Überholspur war.

Kapitel 3

An der Nordseite des Julington Creek, zwischen einer alten Bootsrampe, einem etwas schiefen und mit Müll übersäten Parkplatz, umgeben von hohen Zypressen, stand Clarks Fischcamp. Die Veranda mit den Tischen war halb auf Stelzen ins trübe Wasser des Creek gebaut. Es roch dort nach altem Fett und Fisch, und es gab das beste Essen, das man sich vorstellen konnte. Allein der Geruch, der aus der Küche kam, ließ einem das Wasser im Mund zusammenlaufen.

Clarks war das einzige Restaurant, das für die Einheimischen wirklich zählte. Auf der Speisekarte standen eine Fülle von Gerichten, doch die meisten Leute kümmerte das nicht. Clarks war bekannt für seine Garnelen und seinen Wels, und egal, was auf der Speisekarte stand, die Zubereitungsart war frittiert oder frittiert. Wenn man sich natürlich mit dem Koch anlegen oder sich als Nordlicht outen wollte, dann konnte man es auch anders bestellen. Das normale Getränk war Bier oder, wenn man stillte, noch fahren musste oder Baptist war, Eistee – süß oder süß. Clarks war davon überzeugt, dass sowohl die Essenzubereitung als auch die Getränke genau Gottes Willen entsprachen.

Nachdem er dreihundert Meter durch die Seerosen, die Wellen und den Schaum am Rande des Creeks geschwommen war, kletterte Mutt neben der Bootsrampe aus dem Wasser. Er sah nicht wirklich anders aus als die Leute, die sich am Dock an ihren Booten und Jet-Skis zu schaffen machten. Eigentlich unterschied ihn nur seine Bauchtasche von den fünfzehn anderen durchnässten und sonnenverbrannten Fremden. Er lief das Dock entlang auf Clarks zu.

Man konnte drinnen oder draußen sitzen. Das Innere von Clarks sah aus wie ein Museum. Der Besitzer sammelte Porzellanteller aus der ganzen Welt und Kuscheltiere – Rehe, Waschbären, Alligatoren und Löwen. Mittlerweile stand dort eine beachtliche Sammlung, und darauf war der Besitzer sehr stolz. Fast jede Wand und jedes Regal zierte entweder das eine oder das andere. Meistens musste man bei Clarks eine Stunde oder länger warten, bis man sich setzen konnte, und normalerweise verging die Zeit wie im Flug, weil es so viel zu sehen gab.

Die Außenveranda war eigentlich ein einfaches Holzdeck, das dreißig bis sechzig Zentimeter über das Wasser gebaut war, je nachdem, wie viel Wasser der Creek hatte. Wenn der Wasserspiegel hoch war und eines der Motorboote die Warnschilder missachtete, konnte es passieren, dass die Füße der Gäste nass wurden. Die Holztische waren abgenutzt, dreckig und mit eingeritzten Liebeserklärungen übersät. Einige Initialen waren tiefer eingekerbt als andere, manche waren auch wieder ausgestrichen worden.

Heute saßen die meisten Gäste im Innenraum, sodass auf dem Deck noch mehrere Tische leer standen. Mutt schlurfte durch das Tischgewirr, fand einen Tisch am Rand in der Ecke des Decks und setzte sich. Er schaute übers Wasser auf Spiraling Oaks, auf die Landstraße und auf den Fluss. Wenn er musste, konnte Mutt sich völlig normal verhalten. Er hatte es jahrelang getan. Er konnte es nur nicht so lange durchhalten.

Mutt faltete die Hände und ließ seinen Blick über die anderen Gäste gleiten. Wie ein Gefangener, der nach sieben Jahren in der Zelle plötzlich wieder frei war, sog er jede Kleinigkeit auf, die er sah – jede Bewegung, jedes leise Geräusch, jeden Schatten.

Es dauerte nicht lange, bis eine übergewichtige männliche Bedienung auf ihn zukam. Seine schwarze Schürze war voller Mehlreste und Fettflecken. Er sah aus, als würde ihm das Essen hier auch schmecken. Auf seinem Tablett stand ein riesiges Plastikglas mit Eistee, dekoriert mit einer Scheibe Zitrone. Er stellte es so heftig ab, dass der Tee aus dem Glas schwappte. Bevor der Kellner etwas sagen konnte, packte Mutt das Glas mit beiden Händen und trank wie ein Verdurstender. Dabei lief ihm der Tee aus den Mundwinkeln auf sein Hemd. Die Gäste am Nachbartisch drehten erstaunt die Köpfe, als sie die lauten Schlürfgeräusche hörten.

„Hey, mein Freund", sagte der Kellner und suchte eine leere Seite auf seinem Notizblock. Dann schaute er kurz auf Mutts nasse Sachen. „Das Wasser sieht warm aus. Gute Zeit zum Schwimmen. Weißt du schon, was du willst?"

Mutt musterte den Mann, schluckte noch einmal laut, wischte sich den Mund ab und sagte: „Ich hätte gern zweimal frittierte Garnelen, einmal Wels, viele Pommes und" – Mutt deutete auf sein Glas – „noch mehr Tee."

„Wird gemacht." Der Kellner schlug seinen Block wieder zu, steckte ihn in seinen Gürtel und ging. Doch nach ein paar Schritten drehte er sich um und fragte: „Isst du allein oder wartest du auf deine Freundin?"

Die Wahrheit wäre zu kompliziert gewesen, deshalb sagte Mutt nur: „Nein, ich esse allein."

Der Kellner lächelte und klopfte auf seinen Block. „Das ist 'ne Menge Essen. Bist du sicher, du schaffst das alles?" Mutt nickte. Der Mann zuckte mit den Schultern. „In Ordnung, dann halt dich bereit."

Weder die Mücken noch die kleinen stechenden Fruchtfliegen waren heute da. Solange der Wind wehte, würde es auch so bleiben. Doch wenn der Wind auch nur einen Moment nachließ, würden alle sofort vom Deck fliehen. Mutt nippte an seinem Tee und beobachtete das Treiben um sich herum. Eine braun gebrannte, rothaarige Kellnerin ohne Make-up führte gerade zwei Touristen an den Tisch neben ihm. Die kurzen genervten Schritte der Frau, ihre zusammengekniffenen Lippen, der erhobene Kopf und die sonnenstudiogebräunte Haut sagten Mutt, dass der Mann das Restaurant ausgesucht hatte. Solche Frauen kamen sonst nicht hierher. Sie schaute auf den Stuhl, verzog angewidert das Gesicht, griff nach den Servietten und wischte die Sitzgelegenheit damit ab. Dann nahm sie sich noch eine Serviette und setzte sich darauf, damit ihre weißen kurzen Hosen auf keinen Fall mit dem Stuhl in Berührung kamen. Die Kellnerin kam mit zwei Gläsern Eistee zurück, verschwand aber sofort wieder, um Essen an einen anderen Tisch zu bringen.

Die Frau zerdrückte mit spitzen Fingern die Zitronenscheibe über ihrem Tee. Dann platzierte sie ihre perfekt modellierten Silikonlippen am Rand des Glases, schloss die Augen und trank einen Schluck. Der Geschmack war anscheinend so unerwartet, dass sie den Tee in hohem Bogen über den Tisch spuckte. Hektisch griff sie nach einer weiteren Serviette und versuchte, den Geschmack von ihrer Zunge zu rubbeln.

Mutt beobachtete die Menschen schon seit vielen Jahren. Er hatte Angst vor dem Kontakt mit ihnen, aber das bedeutete nicht, dass er sie nicht gern beobachtete. Die Frau war ein vielversprechendes Objekt. Mutt lehnte sich mit dem Kinn auf seine Hand und genoss den

Anblick. Die Kellnerin sah, dass die Frau den Tee nicht mochte, und kam von der Theke auf sie zugelaufen. Mutt beobachtete, wie dabei die Fransen ihrer abgeschnittenen Jeans über ihre sommersprossenübersäten Beine flatterten. Die paarundzwanzigjährige Kellnerin stellte einen neuen Stapel mit Servietten auf den Tisch. Sie trug einen Gürtel mit einer großen Schnalle, auf der der Name „Dixie" eingraviert war. Jetzt wandte sie sich an die Frau: „Was stimmt denn nicht, Schätzchen?"

Die Frau brüllte zurück: „Meine Güte! Was haben Sie denn hier reingerührt?" Sie trug eine dünne goldene Halskette mit dem Wort „Missy" in verschnörkelten Buchstaben als Anhänger. Jedes Mal, wenn sie sich bewegte, stießen die kleinen Buchstaben aneinander und klingelten ganz leise.

Dixie ließ sich nicht aus der Ruhe bringen. Mit solchen Gästen kannte sie sich aus. Vielleicht machte es ihr sogar Spaß. Mutt setzte sich noch bequemer hin und hatte schon fast vergessen, dass inzwischen wahrscheinlich nach ihm gesucht wurde. Dixie nahm das Glas, roch daran, trank einen großen Schluck und behielt ihn einen Moment im Mund, bevor sie ihn schluckte. Dann wischte sie sich langsam die Lippen an ihrem Schweißband ab. Ihr Gesicht verzog sich zu einem Grinsen. „Ich finde, der Tee schmeckt gut, Schätzchen." Sie stellte den Tee wieder vor die Frau auf den Tisch und drehte die Seite mit dem Abdruck ihres Lippenstifts nach hinten.

Missy war geschockt. Ihr Mund stand offen und ihre Schultern fielen nach vorn. Sie nahm das Glas und goss den Tee über das Geländer ins Wasser. Dann warf sie ihrem Begleiter einen durchdringenden Blick zu. „Rocco!", schrie sie. Rocco, mit den besten Haarimplantaten, die man kaufen konnte, studierte die Speisekarte und schien völlig unbeeindruckt. Er ließ sich von ihrem spitzen Schrei nicht stören. Wahrscheinlich kannte er diese Reaktion nur zu gut. Sein rosafarbenes Seidenhemd war bis zum Bauchnabel aufgeknöpft und offenbarte eine dichte dunkle Brustbehaarung. Eine dicke Goldkette hing um seinen Hals und eine diamantenbesetzte Rolex um sein Handgelenk vervollständigte das Bild. Mutt fiel auf, dass ihre Uhr die Frauenausführung von seiner war.

Rocco schaute von der Speisekarte hoch, seufzte tief und sagte mit ungewöhnlich tiefer Stimme: „Was ist denn los?"

Dixie steckte ihren Bleistift wieder in ihren roten Haarknoten, stopfte ihren Block zurück in die Schürze und stemmte dann eine Hand in die Hüfte. Fragend musterte sie erst Rocco und dann seine Begleiterin. Sie beugte sich vor, sodass ihre kurzen Jeans die gesamte Länge ihrer wohlgeformten Beine offenbarten, und stützte sich auf ihre Ellenbogen. „Hier unten", sagte sie mit ihrem süßen Südstaatenlächeln und deutete auf die anderen Tische, „ist Eistee kein Getränk. Es ist noch nicht einmal eine Erfrischung. Und es ist ganz bestimmt nichts, was dich rückwärts in einen Pool wirft." Dixie schaute sich um und flüsterte Rocco dann zu: „Es ist eine Religion." Dann richtete sie sich wieder auf, zuckte mit den Schultern und fügte hinzu: „Und da hält man sich dran oder nicht. Hier unten gibt es keinen ‚ungesüßten Tee'. Das ist lediglich nur eine Erfindung von Leuten, die nicht von hier sind. Sicher kann man das hier bestellen, aber die Leute werden dich komisch anschauen und dich sofort als Yankee abstempeln. Hier unten", sagte sie und deutete mit beiden Zeigefingern auf den Boden, „gibt es nur eine Sorte Tee. Süß!" Sie schaute Rocco tief in die Augen. „Wie wir." Sie legte eine Hand auf Roccos Schulter und streichelte sein Ohrläppchen. Dann sagte sie noch einmal: „Wie wir."

Damit hatte sie Roccos ungeteilte Aufmerksamkeit, und ein breites Grinsen breitete sich auf seinem Gesicht aus. Jetzt schaute Dixie zu Missy hinüber und fuhr fort: „Normalerweise ist die beste Mischung ein Drittel Zucker und zwei Drittel Tee, doch" – jetzt schaute sie wieder auf Rocco – „wie bei den meisten Dingen ist das von Gegend zu Gegend unterschiedlich, und es hängt natürlich auch von demjenigen ab, der den Tee süßt. Wirklich guten süßen Eistee kann man nicht mit Pulver anrühren oder in einer Plastikflasche erwarten. Man braucht dazu Teebeutel, die man in Wasser kocht, und die man dann drei oder vier Stunden in zuckersüßem Wasser ziehen lässt. Dieser letzte Schritt ist das Geheimnis von gutem Eistee."

Bei dem Gedanken an zuckersüßes Wasser, das man einige Stunden ziehen ließ, richtete Rocco sich auf seinem Stuhl auf und ließ seinen Blick noch einmal über Dixies wohlgeformte Beine gleiten. Dabei kraulte er sich mit der Hand die Haare auf seiner Brust. Dixie fuhr fort: „Wenn er stark und dunkel genug ist, mischt man das Ganze mit Wasser aus dem Hahn oder aus einem Schlauch, aber" – Dixie schaute angewidert auf die Flasche, die aus Missys Handtasche herausschaute – „niemals mit Wasser aus der Flasche." Jetzt stellte sie sich wieder zwischen die beiden und zog die Hosenbeine ihrer Shorts herunter. „Dann gießt man es in eine Plastikkanne, die man nicht beschriften muss, und stellt ihn neben die Milchkanne in den Kühlschrank."

Missys Mund stand offen, als Dixie mit ihrer Erklärung fertig war, und Mutt konnte deutlich die Lippenstiftspuren auf ihren Zähnen sehen. Eine Ecke ihrer künstlichen Wimpern hatte sich gelöst. Dixie kam etwas näher auf sie zu und flüsterte: „Ich denke, ihr zwei braucht noch ein paar Minuten. Ich komme später noch mal wieder."

Dann ging sie zurück zur Theke, und Roccos Augen folgten jedem ihrer Schritte. Missy, die einmal seine Aufmerksamkeit mit derselben Masche erregt hatte, packte ihn an der Halskette, griff dabei aber nur in die dunkle Haarpracht. Mutt konnte nicht alles verstehen, was sie sagte, aber er hörte: „Sie wird hier auf keinen Fall weiterarbeiten." Rocco antwortete mit einem abwesenden: „M-hm", doch seine Augen klebten immer noch an Dixie, die wieder Besteck in Servietten rollte.

Missy kaute auf ihren Fingernägeln, als Dixie zurückkam und wartend an ihrem Tisch stand. Diesmal stand sie noch näher neben Rocco. Bevor Rocco auch nur zu ihr hochschauen konnte, witterte Missy ihre Chance. Sie kniff die Augen und die Lippen zusammen, wedelte mit der Hand in Richtung Küche und sagte: „Ihr habt hier doch sicherlich diese ekelhafte Maisgrütze, oder?"

Ohne mit der Wimper zu zucken, schaute Dixie kurz über ihre Schulter, beugte sich wieder über den Tisch und flüsterte, als würde sie ein Geheimnis verraten: „Es ist eigentlich alles ganz einfach. Vor vielen Jahren gab es irgendwo hier unten einen Maisbauern, der alle Zähne verloren hatte und deshalb keinen Mais mehr essen konnte. So hat er den Mais einfach getrocknet, gemahlen und ihn so lange gekocht, bis ein weicher Brei daraus wurde. Dann hat er ihn mit Salz und Pfeffer gewürzt und zwei Löffel Butter reingerührt und es ‚Maisgrütze' genannt. Ohne die Butter ist es sogar sehr gesund. Diese Grütze ist nicht gefährlich. Dir wird nicht schlecht davon. Aber wenn du sie nicht magst, ist das für die meisten Südstaatler völlig in Ordnung. Dann bleibt mehr für uns." Sie lächelte und schubste Rocco leicht mit der Hüfte an. „Aber Schätzchen, rümpf nicht die Nase, bevor du sie nicht probiert hast. Viele von uns essen heutzutage Sushi und mögen es sogar. Es ist also alles möglich." Dixie ließ ihren Blick über den See schweifen, wo ein paar Angler in ihren Booten saßen. „Ich hätte auch nie gedacht, dass ich Köder essen würde." Wieder lächelte sie Rocco an, steckte zwei Finger in seinen Eistee, holte einen Eiswürfel heraus und steckte ihn in den Mund. Dann klopfte sie ihm leicht mit dem nassen Finger auf die Nase.

Rocco konnte kaum noch an sich halten vor Begierde. Da explodierte Missy. Sie griff nach ihrer Handtasche und stand auf, doch Rocco drückte sie mit seiner Hand zurück auf den Stuhl. Sie seufzte abgrundtief und verschränkte Arme und Beine. Dixie ging in die Küche, kam kurz danach mit einem kleinen Teller dampfender Maisgrütze mit Käse zurück und stellte ihn zwischen die beiden auf den Tisch. Sie nahm den einen Löffel und fütterte Rocco mit etwas Grütze. Rocco machte den Mund auf und wieder zu, ohne Dixie aus den Augen zu lassen. Missy warf ihren Löffel über das Geländer. „Oh, und noch eine Sache", sagte Dixie, als sie den Löffel vor Rocco auf den Tisch legte. „Kaffee – den man meistens zu der Grütze und vor dem Tee trinkt – wird hier nicht aufgebrüht; er wird gefiltert. Und man ,macht keinen Kaffee', sondern man ,gießt ihn auf'. Die meisten Leute hier unten mögen keinen Cappuccino, aber seit wir hier fast an jeder Ecke einen Starbucks haben, trinken immer mehr mal einen Latte." Dixie drehte sich um, hielt aber mitten im Schritt inne und drehte sich wieder zurück. „Oh, und Maisgrütze kann man zu fast allem essen."

Missy kaute weiter auf ihren Fingernägeln, aber Rocco aß zum ersten Mal in seinem Leben einen ganzen Teller Maisgrütze. Mutt lächelte und schaute dann zur Küchentür, aus der gerade ein dampfendes Tablett mit Essen getragen wurde. Kaum hatte es der Kellner vor ihm abgestellt, da haute Mutt auch schon rein, dabei scheute er sich nicht, auch seine Finger zu Hilfe zu nehmen.

Als der erste Hunger gestillt war, beobachtete Mutt wieder seine Tischnachbarn. Missy saß immer noch mit gerunzelter Stirn und zusammengekniffenen Lippen auf ihrem Stuhl und schaute aufs Wasser. Rocco, völlig unbeeindruckt von Missys Verhalten, tauchte gerade einen Alligatorschwanz in seine Sauce und versuchte Dixies Aufmerksamkeit auf sich zu lenken. Doch Dixie war gerade mit zwei Männern an einem anderen Tisch beschäftigt, die Bier tranken und eine Bestellung aufgeben wollten. Rocco hatte keinen Erfolg. Schließlich wischte er sich den Mund ab und verschwand in Richtung Männertoilette.

Mutt verputzte sein Essen in ungefähr acht Minuten, und die Sirenen heulten immer noch nicht auf. Das bedeutete, dass er noch Nachtisch essen konnte. Er wusste sofort, was er wollte. Selbst die Stimmen in seinem Kopf waren einverstanden. Zitronenkuchen. Er bestellte zwei Stücke und verschlang sie, als hätte er vorher nichts gegessen. Dabei beobachtete er, wie Rocco an der Theke Dixie etwas zuflüsterte. Dann kam er mit einem breiten Grinsen an seinen Tisch zu Missy zurück. Fröhlich steckte Dixie den Hundert-Dollar-Schein in ihre hintere Hosentasche und schaute gar nicht erst auf Roccos Handynummer, die er auf die Rückseite geschrieben hatte.

Mutt trank seinen Eistee aus und legte zwei Zwanzig-Dollar-Scheine auf den Tisch – genug für das Essen und ein großzügiges Trinkgeld. Er ging an Missy und Rocco vorbei und schaute sie noch einmal an. Als praktischer Denker konnte er der Versuchung nicht widerstehen und sagte: „Ma'am, wenn Sie wirklich wollen, dass man ihr Namensschild lesen kann, dann müssen Sie die Kette kürzen."

Dann drehte er sich um, sagte Dixie Auf Wiedersehen und trat auf das Dock. Er steckte eine Münze in den Automaten für Schildkrötenfutter und streute es ins Wasser. Sofort wimmelte es im Wasser von Schildkröten. Als er kein Futter mehr hatte, ging er zum Ende des Docks und merkte, dass es bereits dämmerte. Noch immer hörte er keine Sirenen. Die Ereignisse an seinem Nachbartisch waren eine willkommene Abwechslung gewesen, aber er wusste, dass er schon bald nicht mehr klar würde denken können.

Er mischte sich unter eine Gruppe von sechs oder acht Kindern, die vom Dock aus ins Wasser sprangen. Mutt sprang hinterher, schwamm ein paar Hundert Meter am nördlichen Ufer entlang, bis er zu einem gelben Kanu kam, das zum Bootshafen gehörte. Er band es los, kletterte hinein, griff nach dem Paddel und glitt langsam am Ufer entlang in Richtung Osten zu den Ausläufern des Julington Creek.

Um Viertel nach sechs paddelte Mutt wie ein Indianer durch das Mondlicht, und weder die Dunkelheit noch die Schatten störten ihn. Wie mit den Stimmen hatte er sich mit ihnen schon vor Jahren angefreundet. Nach ungefähr einer Meile Paddeln hörte er die erste Sirene.

Kapitel 4

Ich fuhr über die Grenze nach Alabama und nahm die nördliche Umgehungsstraße um Dothan herum. Dabei warf ich von Zeit zu Zeit einen Blick in den Rückspiegel. Ich bog rechts auf die 99 ab und stellte den Scheibenwischer an.

Etwas südlich von Abbeville nahm ich vier Tabletten gegen Sodbrennen. Bessie hatte recht gehabt – ihr Kaffee war wirklich schlecht. Wieder sah ich Lichter in meinem Rückspiegel und auch das Schimmern des Fahrrads auf dem Dachgepäckträger. Eine Minute später fuhr der Volvo dichter auf, zögerte einen Moment und überholte dann stümperhaft mit aufheulendem Motor. Ich nahm den Fuß vom Gas und beobachtete, wie der Fahrer über die Mittellinie fuhr. Beim Überholen spritzte eine große Ladung Regenwasser auf meine Frontscheibe.

Der Kaugummijunge lag auf dem Rücksitz und war offensichtlich eingeschlafen. Wenn der Volvo schon nicht zu Bessies Tanke gepasst hatte, dann hatte er auf den Straßen im Süden von Alabama erst recht nichts zu suchen. Völlig abwesend starrte die Frau am Steuer nach vorn und gab noch einmal Gas. Schon bald waren die roten Rücklichter des Wagens in der Dunkelheit verschwunden. Ich trank meinen Kaffee aus, aß den Rest meines trockenen Zimtbrötchens und stellte den Scheibenwischer auf Intervallschaltung. Auf der Bundesstraße 10 fuhr ich plötzlich in eine Regenwand und musste die Geschwindigkeit ziemlich drosseln. Ich sehnte mich so nach meinem Bett, aber der Regen machte mir einen Strich durch die Rechnung. Im Vergleich zu dem normalen Verkehr kroch ich bestenfalls die Straße entlang. Fünfzehn Minuten von zu Hause schaltete ich einen Gang herunter, stellte die Scheibenwischer auf die höchste Stufe und wischte die Innenseite meiner Frontscheibe immer wieder mit einem alten T-Shirt ab.

Die Scheibenwischer quietschten über die Scheibe – ich war wieder in Alabama. Jetzt war ich gleich am Ende meiner Fahrt, und meine

Gedanken kreisen um Waverly Hall. Das Land von Rex. Verbrannte Erde. Der Anfang und das Ende der meisten Gedanken. Der Mittelpunkt der Hölle.

Doch anders als die Hölle ist Clopton in Alabama ein schwarzer Punkt auf der Landkarte – und nicht mehr. Es gibt keine Ampeln oder Stoppschilder. Nur eine Kreuzung mit Schlaglöchern, an deren einer Seite ein vernagelter alter Laden steht, daneben ein verbeulter Briefkasten und ein aufgegebenes Tabaklager, das vor langer Zeit von Sklaven gebaut worden war. Gäbe es keinen Briefkasten, würde man Clopton wahrscheinlich auf keiner Landkarte finden. Ehrlich gesagt, wenn es meinen Vater nicht gäbe, wäre Clopton sowieso schon vor langer Zeit ausgestorben.

Als Sohn von Hochseilartisten, die bei einem fahrenden Zirkus auftraten, musste Rex Mason schnell erwachsen werden und für sich selbst sorgen. Er hatte ein natürliches Talent, rasch eine Menge Geld zu machen. Beim Zirkus konnte er viele Dinge ausprobieren – Ticketverkauf am Karussell, Glücksrad und vieles mehr. Einmal hatte er einen Stand, an dem er das Gewicht von Leuten erriet. Darin war er ziemlich gut. Meistens lag er richtig, nur ein oder zwei Kilo daneben. Als Teenager ging er dann noch einen Schritt weiter. Weil er richtig Geld verdienen wollte, verkaufte er auf dem Schwarzmarkt Zigaretten und Alkohol an minderjährige Kinder.

Mit einem dicken Stapel Hunderter in der Tasche beschloss er bald, dass er mit seinen Eltern und dem Zirkus nichts mehr zu tun haben wollte. Er rümpfte kurz die Nase, schlug seinen Kragen hoch und schaute nie wieder zurück. Mit fünfundzwanzig gehörten ihm bereits sieben Spirituosenläden, und er dachte darüber nach, die Vertriebsrechte für ganz Atlanta zu kaufen. Mit dreißig war er längst für ganz Georgia zuständig und steckte in Verhandlungen, weil er eine Vertriebsgesellschaft mit fünfzig Lastwagen kaufen wollte.

Mit dreiunddreißig transportierte er von Virginia aus Alkohol in elf verschiedene Staaten – im Süden bis nach Florida, im Westen bis Alabama, im Norden durch Louisiana bis nach Tennessee und alle Staaten dazwischen. Und er war nicht wählerisch bei den Marken. Wenn die Leute es tranken, dann verkaufte er es ihnen. Je mehr, desto besser, und seine Gewinnspanne war nicht knauserig. Es gab nur wenige Autobahnen, auf denen seine Lastwagen nicht zu finden waren. Mit Mitte dreißig war sein Vermögen bereits auf etwa zehn Millionen angewachsen, aber damit war er noch lange nicht zufrieden. Mit vierzig waren es dann schon mehr als fünfzig Millionen. Zu seinem Geburtstag schenkte er sich damals die Pläne für ein sechzig Stockwerke hohes Hochhaus im Stadtzentrum von Atlanta. Vier Jahre später zog er mit seinem Büro in das oberste Stockwerk.

Kurze Zeit später kaufte er sich fünfzehnhundert Morgen Land in Clopton, Alabama. Auf dem Land ließ er Steine herausbrechen, denn es gab dort Granit, verkaufte sie und renovierte eine alte Plantage mit dem Erlös des Verkaufs. Das war Waverly Hall. Der Zeitung erzählte er, dass es sein Sommerhaus werden sollte, sein Rückzugsort vor der Hektik der Stadt, ein Ort, an dem er die Füße hochlegen, seinem Hund den Kopf streichen und das Leben genießen konnte.

Nichts lag ihm ferner als das.

Waverly Hall wurde ein gigantisches Denkmal für Rex Mason. Er wachte über jede kleine Renovierung und Veränderung. Nichts geschah ohne seine Zustimmung. Seine „Renovierungsarbeiten" begann er damit, dass er sich ein paar Stangen Dynamit von den Arbeitern aus dem Steinbruch lieh. Diese Stangen wickelte er zusammen, steckte sie in den Ofen, zündete die Zündschnur an und rannte lachend aus dem Haus. Als sich der Rauch verzogen hatte, machte er den Rest platt und baute, was er wollte.

Rex benutzte seinen eigenen Granit für das Fundament, den Keller und das Erdgeschoss. Für den ersten und zweiten Stock holte er Backsteine aus Alabama.

Immer wieder betonte er, dass er seine Kacheln, Stoffe und Möbel direkt aus Italien, Frankreich und dem Orient importiert hatte. Je weiter weg, desto besser. Außerdem holte er Schreiner und Maler aus Kalifornien und New York, um seinem Haus den letzten Schliff zu geben. Um ehrlich zu sein, hätte auch keiner der Menschen, die ihn kannten, für ihn gearbeitet. Das Haus war schon von Weitem sichtbar. Allein die Räume im Erdgeschoss waren rund vier Meter zwanzig hoch, im ersten Stock dann nur noch drei Meter sechzig und lächerliche drei Meter im zweiten Stock und auf dem Dachboden. Der Bodenbelag im ersten Stock war eine seltsame Mischung aus italienischen Kacheln und spanischem Marmor, während der Boden im ersten und zweiten Stock mit handgeschlagenem Mahagoni aus Honduras ausgelegt war.

Im gesamten Haus gab es achtzehn offene Kamine – vier davon waren so groß, dass man darin hätte schlafen können. Das weiß ich, weil ich es ausprobiert habe, denn dort suchte er mich nie.

Rex' Weinkeller war immer gut gefüllt mit verstaubten Weinflaschen der edelsten Sorten, sein Getränkeschrank mit den besten Schnäpsen – obwohl er eigentlich am liebsten nur Whiskey trank – und in seinem Waffenschrank hingen außergewöhnliche, oft mit Gold verzierte Waffen, die er aus denselben Ländern importiert hatte wie die Kacheln – Deutschland, Spanien und Italien. Auf einem der sanft ansteigenden Hügel hinter dem Haus legte er eine Weide an, um die er einen Zaun aus Zedernholz zog. Dann baute er einen Stall mit zehn geräumigen Boxen und stellte die besten Vollblutpferde hinein. Neben dem Haupthaus errichtete er eine Hütte für die Bediensteten, die durch einen überdachten Weg mit dem Haus verbunden war, damit er nicht nass wurde, wenn er mitten in der Nacht etwas von ihnen wollte.

Er wollte nichts mit den Nachbarn zu tun haben, deshalb richtete er ein großes Tor vor der Einfahrt auf. Dadurch stellte er sicher, dass niemals ungebetene Gäste vor der Tür standen, die für ein kurzes nettes Gespräch einmal vorbeischauen wollten. Das Tor war eine wuchtige Backsteinmauer mit zwei Eisengitterflügeln, die ungefähr vier Meter fünfzig hoch waren. Wegen seines Gewichts und des absackenden Bodens darunter stand das ganze Gebilde etwas schief, so wie der schiefe Turm von Pisa. Statt die Ursache des Problems zu beheben, ließ Rex das Tor mit Drahtseilen und dicken langen Metallstäben im Boden festmachen, sodass es aussah wie ein seltsames Zirkuszelt. Bei jedem Gewitter warteten wir nun darauf, dass die stramm gespannten Drahtseile reißen würden. Jedenfalls versuchten wir, uns vor dem Tor so gut es ging fernzuhalten, genauso wie vor Rex.

War man erst einmal durch das Tor, wand sich der Weg serpentinenartig durch alte Eichen und Trauerweiden, an schönen Farnen und großen Feldern vorbei bis zum Haus. Vor dem Haus war ein runder Kiesplatz, um den acht Zypressen wie stramm stehende Soldaten ihre Äste in den Himmel streckten.

Als es fertig war, sah die früher elegante alte Südstaatenvilla Waverly Hall aus wie eine schlechte Kombination aus französischem Chateau und einem Tabakwarenhaus. Das Gebäude war hier in Clopton genauso fehl am Platz wie ein McDonald's in Japan. Im Laufe der Jahre, als der Fotograf in mir immer mehr zum Vorschein kam, stand ich oft in einiger Entfernung vor dem Haus und versuchte, das Bauwerk in meinem Sucher scharf zu stellen. Doch egal, was für eine Linse ich benutzte, es waren eigentlich nur Schatten auf dem Bild mit einzelnen undefinierbaren Lichtpunkten.

Kurz nachdem Miss Ella die Stelle bei Rex angenommen hatte, wollte sie das Tor etwas freundlicher gestalten und pflanzte deshalb ein paar fleißige Lieschen und Lichtnelken am Fuß der Mauer, weil sie glaubte, das würde Rex gefallen. Das tat es aber nicht. Er hackte sie mit einem Regenschirm in Stücke, zertrampelte den Rest mit seinen Cowboystiefeln und goss am Ende Diesel über die Wurzeln, damit dort ja nichts mehr wuchs.

„Aber Mister Rex, wollen Sie denn nicht, dass die Leute denken, sie seien hier willkommen?"

Er schaute sie an, als hätte sie den Verstand verloren. „Frau! *Ich* sage den Leuten, ob sie hier willkommen sind oder nicht. Nicht das verdammte Tor!" Doch es gab sowieso nur wenige Fremde, die sich zu uns verirrten.

Als ich sechs war, tauchte Rex plötzlich an einem Dienstagmorgen, was sehr ungewöhnlich war, in einem schwarzen Mercedes, was nicht ungewöhnlich war, bei uns auf und kam die Eingangsstufen hoch. In der einen Hand trug er einen Koffer und an der anderen Hand lief ein kleiner schwarzhaariger Junge. Rex blieb gerade lange genug, um zwei Gläser Whiskey zu trinken und mit Miss Ella zu sprechen. „Das ist Matthew ... Mason." Rex rümpfte die Nase und nahm einen großen Schluck, als wäre diese Aussage schmerzhaft. Nach zwei weiteren großen Schlucken fügte er hinzu: „Offensichtlich ist er mein Sohn." Dann fuhr er zum Stall, ohne ein Wort mit mir gesprochen zu haben.

Mutts Geburtsurkunde besagte, dass er im Grady-Krankenhaus in Atlanta sechs Monate nach mir geboren wurde. Der Name seiner Mutter war geschickt entfernt worden. Jetzt stand dort nur noch: „Weiblich, 29 Jahre." Mutt hatte etwas olivfarbene Haut, sodass seine Mutter wahrscheinlich nicht von hier war. Vielleicht aus Spanien, Italien oder Mexiko. Und bei den vielen „Hilfen", die Rex im Laufe der Jahre beschäftigt hatte – Hausmädchen, Büroangestellte, Gartenhilfen und Schlafzimmerhilfen – wusste nur Rex, wer Mutts Mutter war.

Dann schaute Rex noch nach seinen Pferden und Hunden, bevor er sich wieder ins Auto setzte und aus der Einfahrt fuhr. Ich beobachtete ihn durchs Fenster. Als die Luft wieder rein war, machte ich meine Spielzeugkiste auf und holte einen Spielzeugsoldaten und eine Holzpistole heraus. Während wir danach die Kiste gemeinsam durchwühlten, rief Miss Ella uns zu sich.

„Tuck?", sagte sie.

„Ja, Ma'am."

„Heute ist der Tag, an dem du teilen lernst."

„Ja, Ma'am." Sie griff nach meinem Gürtel mit den zwei Halftern, der über meinem Bett hing, und setzte sich neben dem Bett auf den Boden. „Matthew", sagte sie und musterte ihn mit ihrem rechten Auge, „mit welcher Hand malst du?" Mutt schaute auf seine Hände, drehte sie langsam um und hob dann die linke Hand. „Gut, dann ist es ja ganz leicht." Sie zog eine Schere aus ihrer Schürze und schnitt den Faden durch, mit dem das linke Halfter am Gürtel befestig war. Dann holte sie einen Ledergürtel aus dem Schrank, fädelte ihn durch das Halfter und legte Mutt den Gürtel um. „Na also", sagte sie. Wieder schaute Mutt an sich herunter, rückte den Gürtel zurecht und umarmte Miss Ella stürmisch. Die ersten Worte, die ich meinen Bruder sagen hörte, waren: „Vielen Dank." Miss Ella legte ihre dünnen Arme um ihn und sagte: „Junger Mann, du bist hier herzlich willkommen."

Ungefähr zu der Zeit, als Mutt zu uns kam – ich kann mich nicht mehr so genau erinnern –, wurde ich in der Schule wegen einer Sache oft ausgelacht und geärgert. Unser Lehrer rief uns einzeln nach vorne, damit wir vor der Klasse etwas über unsere Eltern erzählen sollten. Ich hatte meine Mutter nie gesehen und wusste eigentlich auch nicht viel über meinen Vater noch verstand ich, warum er so war, wie er nun einmal war. Deshalb erzählte ich von Miss Ella. Die ganze Klasse platzte fast vor Lachen, als ich von unserem „Hausmädchen" erzählte, und es dauerte mehrere Jahre, bevor sie das Thema wieder aufgaben. An diesem Tag wurde mir das erste Mal deutlich bewusst, dass in meinem Leben etwas nicht ganz normal war.

An diesem Tag kam ich mit hängenden Schultern nach Hause und schmiss meine Bücher einfach auf den Tisch. Miss Ella warf mir einen prüfenden Blick zu, nahm mich bei der Hand und führte mich auf die hintere Veranda. Die Sonne stand schon tief und tauchte die grünen Hügel in ein sanftes goldenes Licht. Sie kniete sich vor mich und hob mein Kinn mit einem Finger, sodass ich sie anschauen musste.

„Mein Kind", flüsterte sie, „hör zu, hör mir jetzt genau zu, denn es ist wichtig." Eine Träne kullerte mir übers Gesicht, und sie wischte sie schnell mit dem Daumen weg. „Glaube niemandem außer mir."

Ich wollte nicht schon wieder eine Predigt hören, deshalb schaute ich weg, doch sie drehte meinen Kopf sofort wieder zurück. „Den Teufel gibt es wirklich. Ihn gibt es genauso wie das Wasser, und er hat nur einen Gedanken in seinem kranken, bösen Kopf: Er will dir das Herz aus der Brust reißen, darauf herumtrampeln, dich dann mit Gift und Zorn füllen und dich hinterher wieder fallenlassen." Miss Ella konnte schon immer gut Bilder malen. „Und weißt du, hinter was er her ist?" Ich schüttelte den Kopf und hörte jetzt besser zu, denn Miss Ella hatte auch eine Träne im Auge. „Er ist hinter allem her, was gut ist in dir. Weißt du, der Herr ... er ist das Alpha und das Omega. Niemand kommt an ihm vorbei. Weder der Teufel noch Rex." Das gefiel mir, deshalb fing ich an zu grinsen. „Der Herr hat mich hierher geschickt, um auf dich aufzupassen, bis du groß bist. Der Teufel mag es auf dich abgesehen haben, er kann sich so viel gegen dich ausdenken, bis seine Hörner dampfen, aber erst muss er es mit mir aufnehmen."

Die Erinnerung an den Schulhof tat immer noch weh, aber Miss Ella hatte mich getröstet. Sie machte Erdnussbutterbrote mit Marmelade, und wir setzten uns auf die Veranda, wo wir die Pferde auf der Weide beobachten konnten. „Tucker", sagte sie. Ein Rest Erdnussbutter klebte noch in ihrem Mundwinkel. „Wenn der Teufel dir etwas tun will, dann muss er Gott um Erlaubnis bitten. So war das bei Hiob und auch bei Jesus. Also muss er es auch bei dir. Er muss anklopfen und um Erlaubnis bitten. So ist es gewesen, seit er aus dem Himmel geworfen worden ist."

Ich kniff die Augen zusammen, und die Frage, die mir schon so lange, wie ich denken kann, auf der Zunge lag, entschlüpfte mir fast. Sie schüttelte den Kopf. „Ich weiß, was du denkst, doch denk nicht weiter darüber nach. Wir verstehen nicht immer, was Gott tut oder warum." Sie legte den Zeigefinger auf meine Nase. „Doch eins weiß ich ganz sicher: Wenn der Teufel dir auch nur ein Haar auf deinem schönen kleinen Kopf krümmen will, dann muss er um Erlaubnis bitten. Und denke immer daran – ich rede die ganze Zeit mit Gott, und er hat mir gesagt, dass er nicht nachgeben wird."

Wenn Miss Ella anfing über Gott zu reden, gab es nur eine richtige Antwort: „Ja, Ma'am", sagte ich noch nicht wirklich überzeugt.

„Junge!" Sie packte mein Gesicht mit beiden Händen und drehte es so, dass ich sie anschauen musste. „Sag nicht nur mit deinem Kopf ‚Ja, Ma'am'." Sie klopfte mir mit dem Finger auf die Brust. „Sag es mit deinem Herzen."

Ich nickte. „Ja, Ma'am, Miss Ella."

Sie ließ mein Gesicht wieder los und lächelte mich an. „Das ist schon besser."

Als Rex fünfundvierzig wurde, gab es Niederlassungen von Mason Enterprises in allen Staaten im Südosten, Rex' Firma war Marktführer im Alkoholabsatz. Trotzdem war er noch nicht zufrieden. Mit fünfzig belieh er alles, was er besaß, und auch ein paar Dinge, die ihm nicht gehörten, damit er genug Geld hatte, um die Konkurrenz aufzukaufen, nur um sie in kleinen ungefährlichen Teilen wieder loszuwerden. Seine Überzeugungsmethoden waren manchmal etwas fragwürdig, doch schließlich verkaufte jeder Unternehmer seine Firma an ihn. Das Spiel – oder die Taktik –, die er anwandte, brachte den gewünschten Erfolg, und schon bald flog Rex nur noch mit dem Helikopter oder einer Cessna von seinem Hauptfirmensitz zu seinen Terminen. Eigentlich hatte Rex nur ein Talent – er hatte ein Händchen für Geld. Was er anfasste, wurde zu Gold.

Zu Hause in Waverly ließ er weiterhin Leute für sich im Steinbruch arbeiten und beutete die Erde aus. Als der Steinbruch zwanzig Meter tief war, trafen die Arbeiter auf eine unterirdische Quelle, die aus dem Steinbruch einen See machte. Doch Rex ließ sich nicht beirren. Er ließ das Wasser abpumpen und bewässerte damit seine riesigen Felder und Obstgärten. Dann baute er einen Wasserturm neben die Scheune mit einem Reservoir so groß wie ein Schwimmbad, in dem genug Wasser gespeichert werden konnte, um uns und alle Gärten sechs Monate lang zu versorgen.

Er tat das alles, obwohl er eigentlich keine Ahnung von Häusern, Waffen, Vollblutpferden, Bediensteten, Hunden oder Obstgärten hatte. Aber das machte nichts. Rex tat immer das, was er wollte, und ließ sich nicht davon abhalten, selbst wenn er nichts davon verstand.

Auf den fünfzehnhundert Morgen von Waverly Hall stand auch eine alte, heruntergekommene, von Grabsteinen umgebene Kirche, die schon lange nicht mehr genutzt wurde. St. Joseph war vor den großen Kirchen in Dale, Barbour und Henry County gebaut und später einfach aufgegeben worden. Als Rex das Grundstück kaufte, gehörte das Gotteshaus schlichtweg dazu. In dem Gebäude standen acht Kirchenbänke – alle aus Holz und sehr schmal mit einer geraden Rückenlehne. Sie boten Platz für ungefähr vierzig Besucher, wenn sie etwas zusammenrückten. Schottische Bauern hatten die Kirche vor 1800 gebaut, zu einer Zeit, als die Menschen schon froh waren, wenn sie sich überhaupt setzen konnten.

Der Altar war abgenutzt und hatte nichts Heiliges an sich, er sah eher wie der Block eines Schlachters aus. An der Wand über ihm hing ein hölzerner Jesus mit einer Dornenkrone und weißem Taubendreck auf dem Kopf, den Armen und den Knien. Das Dach hatte große Löcher, sodass der Regen ungehindert in die Kirche fiel und alles durchweichte. Vor dem Altar stand ein kleines Geländer, an dem einmal jeweils acht dünne Gemeindeglieder knieten, um das Abendmahl zu empfangen, bevor sie zurück zu ihren harten Bänken gehen konnten, wo die Kälte aus dem Boden durch ihre dünnen Schuhe bis zu ihren nackten Füßen kroch. Die Fenster, die einmal den Sommerwind hereingelassen hatten, waren schon seit vielen Jahren geschlossen und überstrichen.

Rex war gesetzlich dazu verpflichtet, den Friedhof in „gutem Zustand" zu halten, was er auch tat. „Einer meiner Männer mäht einmal im Monat den Rasen, egal, ob es nötig ist oder nicht." Doch die Kirche blieb geschlossen, nur bevölkert von den frömmsten Tauben, Spinnen und Ratten der Gegend. Näher als an dieses kleine Gebäude kamen wir als Kinder nie an eine richtige Kirche heran. Und dank der Löcher im Dach verrottete das Anwesen langsam, aber sicher.

Rex hatte ein paar Bekannte, aber überhaupt keine Freunde. Manchmal lud er Geschäftspartner zu sich nach Hause ein, vor allem solche, die es sich nicht leisten konnten, unfreundlich zu ihm zu sein. Während der zehn Jahre, in denen es ihm finanziell gesehen richtig gut ging, waren ein Dutzend Bedienstete bei ihm angestellt. Außerdem arbeiteten unzählige Männer für ihn, die wie eine Geheimpolizei immer zwischen Atlanta und Clopton hin und her wuselten. Sie alle hielten den äußeren Anschein aufrecht, den Rex im Laufe der Jahre aufgebaut hatte.

Als die Zeitschrift *Atlanta* ihren glühenden Artikel über „den hiesigen Multimillionär schrieb, dessen Fähigkeit, ein Imperium aus dem

Nichts aufzubauen, selbst König Herodes vor Neid erblassen ließe", folgte sofort ein anderer Artikel im *Atlanta Journal*, das ihn als „fetten, schwabbeligen Mann mit Knopfaugen, einem Kugelbauch und einem Napoleonkomplex" beschrieb. In beiden Artikeln stand die Wahrheit. Rex hatte tatsächlich aus dem Nichts ein Imperium geschaffen und Waverly Hall bar bezahlt, doch das *Journal* traf den Nagel auf den Kopf, denn die Kombination aus Minderwertigkeitsgefühl und Unsicherheit, zusammen mit einer unstillbaren Eifersucht hatte aus ihm einen skrupellosen Geschäftsmann gemacht, den seine Angestellten oder die Firmen, die er zerschlug, wenig kümmerten.

Ganz abgesehen von seinen beiden Söhnen.

Am Ende des Tages, wenn der ganze Papierkram erledigt war, alle Hände geschüttelt waren und die Verträge abgeschlossen – auch die unter dem Tisch, die das meiste Geld brachten –, gab es für Rex Mason nur noch ein Ziel: Kontrolle. Und so wie Rex' Leben strahlte auch Waverly Hall überall dieses Ziel aus: Kontrolle gewinnen und behalten. Rex war nie darauf aus gewesen, dass die Leute ihn mochten. Ihm reichte es, wenn sie Angst vor ihm hatten. Tag und Nacht machte er sich Gedanken darum, wie er diese Furcht erzeugen und nutzen konnte, denn schließlich stand er gegen den Rest der Welt. Dazu gehörten auch mein Bruder und ich. Die Angst der anderen gab ihm Macht über sie – und versetzte ihn damit in die Position, jede Situation zu kontrollieren. Ich weiß, wovon ich spreche, denn ich denke seit dreiunddreißig Jahren darüber nach.

Für Rex ging es immer um absolute Kontrolle. Nur dann fühlte er sich einigermaßen sicher.

Als ich sechs war, wurde Waverly Hall zu langweilig für Rex, und so kam er nicht mehr jede Woche, sondern nur noch zweimal im Monat. Nach ein bis zwei Jahren kam er nur noch alle Vierteljahre, bis er fast gar nicht mehr kam. In meinem achten Lebensjahr sah ich meinen Vater nur ein einziges Mal. Und in meinem ganzen Leben bin ich nie an meinem Geburtstag oder an Weihnachten aufgewacht, und er war da. Doch Miss Ella war immer da.

Nachdem er alles ausprobiert hatte, was in seinem Bereich möglich war, wandte sich Rex mit achtundfünfzig den Dingen zu, über die er nie die Kontrolle gewinnen konnte: Alkohol, Frauen und Pferde. In dieser Kombination wurden sie sein Untergang. Als ich in die neunte Klasse kam, wachte mein Vater jeden Morgen in seinem Büro in Atlanta auf und nahm sieben verschiedene Tabletten, hinzu kam der Alkohol, ohne den er nicht eine Stunde seines Tages überstand. Die nächsten zehn Jahre verbrachte er in einem Dämmerzustand und trank fast nur noch, bis er mit siebzig eine Striptänzerin namens Mary Victoria kennenlernte. Sie war der Star eines Nachtklubs, der eine Etage seines Gebäudes in Atlanta gemietet hatte. Sie war eine ein Meter achtzig große Schönheit mit einer Vorliebe für alles Glänzende. Schon bald füllte sie seine Nächte und sein Glas, dafür überschüttete er sie mit all den Dingen, die sie sich wünschte. Rex und Mary hatten einander verdient – und doch war es für beide keine gute Beziehung.

Als Rex fünfundsiebzig war, hatte Mary fast alles ausgegeben, was das Finanzamt nicht eingefordert hatte, und nach mehr als dreißig Jahren ohne Erfolg nahmen die Beamten nun alles, was sie kriegen konnten. Mary zog aus, kurz bevor Rex sein Büro räumen musste. Rex riss sich zusammen, blieb einen Tag nüchtern und schaffte es tatsächlich, zwei Dinge zu behalten: sein Hochhaus in Atlanta und Waverly Hall.

Vielleicht war Waverly Hall die einzig wirklich kluge Entscheidung seines Lebens. Rex hatte das Anwesen schon früh an die zwei Leute überschrieben, die es eigentlich gar nicht haben wollten – an mich und Mutt. Bis vor ein paar Jahren wusste ich das gar nicht, aber seit ich zehn war, gehörte uns praktisch alles, was man in drei Kilometern Umkreis sehen konnte. Es war gut, dass er uns nichts davon gesagt hatte, denn sonst hätten wir ihn spätestens nach zwei Minuten hinausgeschmissen.

Seit seiner Zeit beim Zirkus war Rex immer Herr über seinen Alkoholkonsum gewesen, sodass es für ihn nie ein Problem gewesen war, die Persönlichkeit an den Tag zu legen, die er sein wollte. Als ich alt genug war, um den Zusammenhang zu verstehen, erklärte mir Miss Ella: „Seine Kraft liegt im Alkohol." Doch wie die meisten Dämonen, die man ruft, überrennen sie einen am Ende doch.

Mittlerweile ist Rex Mason einundachtzig und hat Alzheimer im Endstadium. Er kann nicht mehr bis zehn zählen, der Speichel tropft ihm aus dem Mund, und seine Tage verbringt er in einer Erwachsenenwindel mit seinen eigenen Ausscheidungen. Er lebt in einem Altersheim ganz in der Nähe von Waverly Hall.

Manchmal, wenn ich daran denke, macht mich diese Vorstellung glücklich.

Kapitel 5

Nachdem Mutt zwei Meilen weiter nach Osten gepaddelt war, ließ er sich vom Wasser treiben und glitt lautlos über den Julington Creek. Der Seitenarm wurde immer schmaler und hohe Bäume wuchsen am Ufer. Das Flüsschen schlängelte sich durch die Landschaft, und überall konnte Mutt die Eulen hören, die ihn die letzten sieben Jahre in den Schlaf gesungen hatten. Wasser tropfte von seinem Paddel, das quer über dem Kanu lag. Über Mutts Kopf heulte ein Vogel von der Spitze einer Zypresse, und aus der Ferne hörte Mutt die Antwort eines anderen Vogels. Die beiden unterhielten sich fast eine Minute lang, bis sich ein dritter Vogel aus einer anderen Richtung zu Wort meldete und die beiden Vögel verstummten.

Mutt glitt weiter durch das Wasser und genoss seine wiedergefundene Freiheit, doch gleichzeitig kämpfte er heftig gegen die lauten Stimmen, die in seinem Kopf durcheinanderbrüllten. Er wusste, dass Gibby ein Boot losschicken würde, deshalb suchte er das Ufer nach einer Anlegemöglichkeit ab. Ein anderer Bach mit klarem Wasser floss über einen umgestürzten Baum in das trübe, dunkle Wasser des Julington Creek. Das klare Wasser weckte Mutts Aufmerksamkeit.

Er hob das Kanu über den Baumstamm und paddelte den Bach entlang. Der Bach wurde allmählich schmaler, und Mutt musste immer wieder Äste und Büsche zur Seite schieben oder sich flach ins Kanu legen, um sich einen Weg zu bahnen. Schließlich lichteten sich die Zweige, und Mutt erkannte, dass er in einer Sackgasse steckte. Der Bach hörte einfach auf. Offensichtlich war er an der Quelle, und sein Kanu drehte sich jetzt nur noch im Kreis. Er stieg aus und zog das Kanu ans Ufer, setzte sich dann wieder hinein, holte sein Schachbrett hervor und baute es auf der Sitzbank vor sich auf. Dann öffnete er vorsichtig eine Plastiktüte, holte ein Stück Seife heraus, tauchte seine Finger kurz ins Wasser und wusch sich gründlich die Hände. Als alles sauber war, steckte er das Stück Seife zurück in die Tüte und konzentrierte sich auf seine acht Gegenspieler. Sirenen und Motorengeräusche heulten in der Ferne, aber hier würden sie ihn nicht finden. Nur eine einzige Person würde je auf den Gedanken kommen, hier draußen nach ihm zu suchen.

Einige Stunden später kletterte ein grün-oranges Chamäleon an seinem Kanu hoch und hockte sich auf die Spitze. Fasziniert beobachtete Mutt, wie sich das Kinn immer wieder aufblähte und zusammensackte wie ein Segel im Wind. Das Ufer war hier so steil, dass es sein Versteck perfekt abschirmte. Mutt beobachtete fast eine Stunde lang, wie die Eidechse versuchte, einen imaginären Verehrer zu beeindrucken. Als der Verehrer aber auf sich warten ließ, gab das Tier schließlich auf, ließ sich ins Wasser fallen und schwamm ans andere Ufer. Dort kletterte es an einer wilden Weinranke hoch und verschwand.

Der Dreck an Mutts Körper schützte ihn zweifach. Zum einen konnten ihn die Mücken nicht erreichen und zum anderen schützte er ihn vor der kühlen Nachtluft. Mutt knetete seine Hände und presste den Rücken noch heftiger gegen die kühle Erde hinter sich, um das Zittern zu unterdrücken. Trotzdem zuckte sein Gesicht, als wäre es an eine Elektroschockmaschine angeschlossen, die immer wieder unzusammenhängende Signale sendet. Drei Monate lang hatte er die Stimmen zum Schweigen gebracht. Länger hatte er es noch nie vorher geschafft. Doch jetzt, nachdem sie so lange zum Stillschweigen verurteilt gewesen waren, schienen sie mit voller Wucht loszulegen und sich wie eine wütende Menge auf ihn zu stürzen. Er schloss die Augen und stellte sich vor, dass er auf alten, warmen Schienen in einem dunklen, feuchten Tunnel stand und auf das Geräusch des Zuges wartete. Das Schreien der Stimmen wurde lauter und mächtiger, und diesmal würden sie gewinnen, das wusste er. Irgendwie waren sie stärker geworden in den Monaten, in denen er gekämpft hatte. Ihr Geschrei sagte ihm, dass er hier und jetzt sterben konnte. Lähmungserscheinungen setzten ein, und selbst ein Otter, der an ihm vorbeiglitt, konnte ihn nicht aus seiner hypnotischen Trance holen. In den äußersten Ecken seines Verstandes, wo die Gedanken sich nicht überschlugen und mit Lichtgeschwindigkeit vorbeijagten, da, wo er die guten Erinnerungen versteckte, dort fand er Miss Ella und Tucker. Mutt hatte keine Angst vor dem Sterben; er wollte nur nicht gehen, ohne sich vorher zu verabschieden. Und das war der Moment, wo er einschlief.

Kapitel 6

Fünf Kilometer östlich von Clopton wurde die Sicht noch schlechter. Mittlerweile konnte man kaum noch drei Meter weit sehen. Der Volvo schlich mit dreißig Stundenkilometern über die Straße. Die Frau hinter dem Steuer schob die rote Baseballkappe nach hinten, stellte die Scheibenwischer neu ein und drehte sich dann zu ihrem schlafenden Sohn um, der, umgeben von zahllosen Kaugummipapierchen, in seinem Autositz friedlich schlummerte. Als sie sich nach hinten beugte, um ihm die Decke über die Schultern zu ziehen, drehte sie aus Versehen das Steuer etwas zur Seite und steuerte auf den unbefestigten Straßenrand zu. Sie riss das Lenkrad zu heftig herum, Regen und Schlamm machten dem Volvo zu schaffen, und der Wagen stoppte abrupt im Straßengraben im tiefen Dunkel eines Waldes in Alabama. Nirgends war ein Licht zu sehen. Sie legte den Rückwärtsgang ein und drückte aufs Gaspedal, doch dadurch spritzte nur der Schlamm, und die Räder arbeiteten sich noch tiefer in den aufgeweichten Boden. Sie warf einen Blick auf die Uhr. Viertel vor vier morgens.

Na großartig, dachte sie, *einfach großartig.*

Auf dem Display ihres Handys las sie „Kein Empfang".

Das wird ja immer besser. Jase war nicht aufgewacht. Sie lehnte sich zurück, stellte den Motor ab und dachte: *Es könnte schlimmer sein.*

* * *

Meine Scheibenwischer waren das Einzige, was mich um kurz vor vier noch wach hielt. Drei Kilometer vor der Kreuzung in Clopton führt die Straße leicht bergab, und ungefähr auf halbem Weg sah ich im Licht meiner Scheibenwischer den Volvo im Straßengraben liegen.

Das kann nicht sein, dachte ich. Ich fuhr daran vorbei und schaute aus dem Beifahrerfenster. *Oder doch?*

Der Gedanke, einfach weiterzufahren, als hätte ich nichts gesehen, erschien mir einen Moment lang die beste Lösung zu sein. Doch dann dachte ich an den Jungen auf dem Rücksitz. „Ich weiß – ‚was du willst, das andere dir tun', der barmherzige Samariter und das ganze andere Zeug, aber es ist schon echt spät."
Jetzt werde bloß nicht neunmalklug. Du bist noch nicht zu alt für mich und meine Rute.
Miss Ella war nun schon fast acht Jahre tot – sieben Jahre, zehn Monate und acht Tage, um genau zu sein. Und mein beruflicher Erfolg schien sie überhaupt nicht zu beeindrucken, jedenfalls zeigte sie es nicht. Wenn sie noch leben würde, wäre sie sicher stolz auf mich, würde mir aber nie erlauben, selbst stolz auf mich zu sein. Stolz war etwas, was sie überhaupt nicht ausstehen konnte. Darüber ließ sie nicht mit sich reden. Ich schüttelte nur den Kopf und antwortete: „Ja, Ma'am."

Ich fuhr rechts ran, setzte ein Stück zurück und sprang aus dem Auto. Der Regen wurde von Minute zu Minute heftiger, und das Wasser plätscherte in Rinnsalen den Berg hinunter. Ich holte meinen Regenschirm und eine Taschenlampe hinter dem Sitz hervor und rannte zum Volvo. Bewusst nahm ich meine Kamera nicht mit. Nach drei Schritten waren meine Schuhe durchnässt und ich bekam kalte Füße. Ich leuchtete mit der Taschenlampe durch die Seitenscheibe und sah, dass die Fahrerin den Kopf gegen die Scheibe gelehnt und die Augen geschlossen hatte.

Ich klopfte vorsichtig mit der Taschenlampe gegen das Glas, um sie nicht zu sehr zu erschrecken. Doch ich hatte keine Chance. Sie schrie aus Leibeskräften und wedelte mit den Armen. Eine Sekunde später heulte der Motor auf, und sie versuchte, mit Vollgas und verzweifelten Lenkbewegungen dem Graben und mir zu entkommen. Bevor ich zur Seite springen konnte, traf ich mich eine ordentliche Ladung Lehm, der mir so in den Augen brannte, dass ich nichts mehr sehen konnte. Ich taumelte zurück, spuckte Schlamm und wischte mir das Gesicht mit meinem Hemd ab. Da ich sowieso schon klatschnass war, ließ ich den Regenschirm sinken und hielt mein Gesicht in den strömenden Regen. Langsam erkannte ich wieder die Umrisse des Autos und sah wie in Zeitlupe, dass die Frau ins Handschuhfach griff und einen großen glänzenden Revolver herausholte.

Als ich das sah, sprang ich drei Schritte zurück, rannte über die Straße und warf mich in den Graben auf der anderen Straßenseite. Die

Frau schrie immer noch, als wäre der Teufel hinter ihr her, und drückte ab. Ohne zu zögern, feuerte sie alle sechs Schüsse in die Bäume hinter und über mir. Danach hörte ich, wie es noch mehrere Male klickte, als hoffte sie, es wären noch mehr Kugeln im Magazin. Mittlerweile hatte sich ihr Wagen noch tiefer in den Schlamm gefressen. Doch jetzt wurde die konstante Überbelastung bei Vollgas zu viel für den Motor. Er keuchte ein paarmal und ging dann einfach aus. Heißer Dampf quoll aus dem Motorraum, und er machte keinen Mucks mehr. Durch die Schüsse war das Fenster in tausend Stücke gesprungen, und der Regen strömte ungehindert ins Auto. Die Frau warf den Revolver auf den Beifahrersitz und sprang nach hinten zu ihrem Sohn.

Meine innere Stimme gebot mir, mich so schnell wie möglich zu verdrücken. Stattdessen kroch ich aus dem Straßengraben und beobachtete das Auto eine Weile von der anderen Straßenseite. „Sind Sie verrückt geworden? Ich will Ihnen doch nur helfen!" Mit der Taschenlampe in der einen und dem Regenschirm als Waffe in der anderen Hand überquerte ich vorsichtig die Straße. Bei der kleinsten falschen Bewegung in meine Richtung würde ich ihr einen überziehen und sie hier einfach sitzen lassen. Junge oder kein Junge, Kaugummi oder kein Kaugummi. Ich leuchtete mit der Taschenlampe auf den Rücksitz und blickte in zwei vor Schreck geweitete Augenpaare und in die Mündung von zwei glänzenden Spielzeugpistolen.

Als ich den kleinen Jungen mit seinen Pistolen und die Frau ohne ihren Revolver sah, ging ich auf das gesplitterte Seitenfenster zu und steckte den Kopf ein Stück in den Wagen. Der Junge sah verschlafen und völlig verschreckt aus. Die Frau war ungefähr in meinem Alter, mit tief eingesunken Augen, die von schwarzen Schatten umrandet waren. Ihr Gesicht konnte ich nicht erkennen, weil sie ihre Kappe tief ins Gesicht gezogen und ihren Kragen hochgekrempelt hatte. Ihre Shorts und ihr Sweatshirt waren zu groß, zu neu und sahen aus, als hätte sie sie seit Tagen nicht mehr ausgezogen. Wahrscheinlich kamen sie aus irgendeinem Billigladen neben einer Tankstelle.

Ich ließ das Licht meiner Taschenlampe über die beiden dunklen Gestalten und dann über den Rücksitz gleiten. Überall lagen Tüten mit Pommes, Burgern und Ketchup herum. Da ich gerade erst aus dem Straßengraben gekrochen war, völlig durchweicht, über und über mit Schlamm bedeckt und von dem Schreck mit einem wilden Ausdruck auf dem Gesicht, sah ich wahrscheinlich genauso aus wie das, wovor sie Angst hatte – ein verrückter Irrer. Ich war mir noch nicht einmal sicher, ob Miss Ella mich in diesem Zustand erkannt hätte. Bei dieser Vorstellung versuchte ich, mich erst einmal zu beruhigen. Dann sagte ich mit gefasster Stimme: „He Sie, ich kenne Sie nicht, und Sie kennen mich nicht, und ich bin mir nicht sicher, ob ich wissen will, was Sie mitten in der Nacht hier draußen zu suchen haben, aber Sie brauchen Hilfe. Ich könnte Ihnen helfen, wenn Sie wollen. Wenn nicht, dann gehe ich gleich wieder." Ich griff nach dem Revolver und holte die leeren Patronenhülsen heraus. Dann warf ich ihn wieder auf den Sitz, und schaute sie fragend an.

Sie deutete nach vorn. „Wir sind ... wir wollten ... mein ... mein ... mein Auto." Sie zitterte unkontrolliert.

„Dieser Sturm wird noch eine Weile dauern, und hier gibt es im weiteren Umkreis keine Tankstelle. Wollen Sie mir vielleicht erklären, was Sie beide hier draußen wollen" – ich deutete auf den Revolver – „und dann auch noch mit diesem Ding?"

Sie sagte kein Wort. Irgendetwas, was sie erlebt hatte, entweder auf der Autobahn oder noch weiter weg, machte ihr Angst. Große Angst. Dem Jungen auch. Sie lehnte sich etwas vor, und als das Licht meiner Taschenlampe in ihre Augen leuchtete, sah ich kurz etwas Vertrautes aufblitzen, das mich völlig unvorbereitet traf. „Ich wohne nur die Straße runter. Sie können sich dort beide abtrocknen und auch ein bisschen schlafen. Ich habe ein Gästehaus, aber Sie müssen mir schon vertrauen, auch ohne Revolver."

Sie schaute den Jungen an, dann die Motorhaube des Autos und den strömenden Regen. Schließlich riss sie sich zusammen, was sie in letzter Zeit wahrscheinlich häufiger hatte tun müssen, und nickte.

„Bitte", sagte ich etwas sanfter. „Ich möchte, dass Sie mit mir reden. Nicht nur nicken. Ich nehme keine nickenden Fremden mit einem Revolver mit in mein Haus. Können Sie sprechen?"

Sie schluckte und schaute mich mit verzweifelter Entschlossenheit an. „Ja", flüsterte sie, „ich kann sprechen."

Ich griff wieder nach dem Revolver und steckte ihn in meinen Gürtel. „Ich behalte ihn erst einmal. Wir alle sind sicherer, wenn Sie ihn nicht in der Hand haben." Sie schaute kurz auf den Revolver und öffnete dann die hintere Tür. Sie rutschte über die Rücksitzbank, und ich hielt schützend den Regenschirm über die Tür, obwohl er bei dem starken Wind eigentlich keinen Schutz gegen den Regen bot. Dann zog sie ihren Sohn aus dem Auto, setzte ihn auf ihre rechte Hüfte und hielt ihn immer so, dass sie zwischen ihm und mir stand. Auf halbem Weg zu meinem Auto begann sie zu schluchzen. „Es tut mir so leid, wirklich, es tut mir so leid ..." Wir bahnten uns einen Weg durch den Schlamm bis zu meinem Pick-up, und dort schob ich sie auf die Rückbank. Der Junge versuchte, seine Mutter zu beruhigen: „Wein doch nicht, Mama. Bitte nicht weinen." Ich machte die Tür zu und ging zurück zu dem Volvo.

Durch das Loch im Fenster griff ich in das Auto, öffnete die Heckklappe, holte ein paar Taschen heraus, zog den Zündschlüssel ab und ging zurück zu meinem Pick-up. Als ich die Fahrertür zuschlug, drehte ich mich um, um etwas zu sagen, aber ich hörte nur gedämpftes Schluchzen. Ich sah, wie ihre Hände zitterten, als sie sich die Kapuze ihres Sweatshirts über den Kopf zog. Ich gab ihr ein Handtuch, legte den ersten Gang ein und bemerkte im Rückspiegel, dass der Junge sich umdrehte und auf ihr Auto starrte. Der Blick genügte, denn ich wusste, warum.

Durchgefroren und zitternd rannte ich zurück zu dem Volvo, holte das Mountainbike von dem Dachgepäckträger und legte es vorsichtig auf die Ladefläche meines Pick-ups. Als ich endlich wieder auf dem Fahrersitz saß, lag der Junge eng an seine Mutter gekuschelt auf der Rückbank und beobachtete mich. Seine Mutter schaute starr geradeaus, ihr Gesicht immer noch verdeckt von der Kappe und ihrer Kapuze. Sie drückte ihren Körper so tief es ging in den Sitz, möglichst weit weg von mir.

Kapitel 7

Nach Wochen voller Angst, immer auf der Straße und weit weg von zu Hause, waren die Nerven der Frau am Ende. Sie saß auf dem Rücksitz und machte sich auf das Schlimmste gefasst. Die Fragen überschlugen sich in ihrem Kopf: *Wer ist dieser Mann? Was wäre, wenn er mir nur etwas vorgespielt hat? Was wäre, wenn ich jetzt in der Falle säße? Was wäre ...* Sie ballte ihre Hände zu Fäusten; ihre Fingerknöchel traten hervor und ihre Beine zitterten.

Sie beobachtete den Mann am Steuer – seine langsamen, sicheren Bewegungen und seine freundliche Ausstrahlung, die sie trotz des vielen Schlamms in seinem Gesicht sehen konnte. Es war dunkel im Auto. Ihr kleiner Sohn drückte seine Schulter in ihre Brust, auch er hatte Angst. Sie spürte, wie er zitterte und kaum zu atmen wagte. Der Mann bog von der Straße ab und fuhr durch eine mit wildem Wein überwucherte Mauer, an der ein altes windschiefes Tor hing. Es kam ihr irgendwie bekannt vor. Wie eine Welle durchströmte sie ein vertrautes Gefühl, aber ihren Erinnerungen traute sie schon lange nicht mehr. Es regnete noch stärker, und der Mann fuhr daher langsamer und beugte sich vor, um den Weg besser erkennen zu können. Sie drückte ihren Sohn noch fester an sich und vergewisserte sich noch einmal, dass die Tür nicht zugeschlossen war, damit sie – falls nötig – entkommen konnte. Der Mann fuhr eine lange Einfahrt entlang und um ein großes unbeleuchtetes Haus herum, das wieder eine Erinnerung tief in ihr wachrief. Doch jetzt musste sie sich auf den Mann konzentrieren, auf seine Hände und wo er sie hinbrachte.

Sie beobachtete ihn genau, seine Schultern, seine Hände, seinen tiefen Atem. Wer war er? Ein Farmer hier aus der Gegend? Jemand, den ihr Exmann angeheuert hatte? Ein barmherziger Samariter? Er spürte, dass sie ihn im Spiegel beobachtete, und ihre Augen trafen sich für den Bruchteil einer Sekunde. Auch darin war etwas Vertrautes, doch sie senkte sofort den Blick. Zu viele Männer hatten sie ausgenutzt und betrogen, und – sie befühlte mit einer Hand die geschwollene Stelle an ihrem Auge – sie hatte sich geschworen, dass es nie wieder passieren würde.

* * *

Ich schüttelte den Kopf und fuhr die fünf Kilometer bis Waverly Hall, wo der Strom wegen des Regens ausgefallen war. Es regnete mittlerweile so stark, dass ich kaum die Seitenbegrenzung des Weges sehen konnte. Ich fuhr nach hinten bis zu Miss Ellas Haus, trug den Jungen auf die Veranda, gab ihn dann seiner Mutter und holte die Taschen und das Fahrrad. Der Wind war ohrenbetäubend und der Regen trommelte auf das Blechdach. Ich schloss die Tür auf, und wir traten in das einzige Zimmer der Hütte, wo es nicht viel ruhiger war. Die Frau trug ihren Sohn herein und setzte ihn auf das Sofa. Die ganze Zeit über versuchte sie, ihr Gesicht vor mir zu verstecken. Ich suchte nach Kerzen und ein paar Handtüchern. Als ich beides endlich gefunden hatte, zündete ich die Kerze an und gab ihr die Handtücher. Ich stellte die Kerze auf den Tisch und sah dabei zum ersten Mal ihr Gesicht. Es dauerte einen Moment, und sie war inzwischen erwachsen, aber es gab keinen Zweifel. Nicht bei diesem Gesicht. Die Vergangenheit kam mit Macht zurück und traf mich hart auf der Brust. Ich stolperte einen Schritt rückwärts.

„Katie?"

Ihr erster Instinkt war, ihr Gesicht noch besser unter ihrer Kapuze zu verstecken, aber als sie meine Augen sah, nahm sie die Kerze und hielt sie mir neben das Gesicht, als wollte sie vermoderte Buchstaben auf einem alten Stein entziffern. Sie schaute hinter die sonnengebräunte Haut, die Falten um meine Augen, den Schlamm aus dem Graben, die nassen Haare, die mir im Gesicht klebten, und den Dreitagebart. Ganz tief in ihr blitzte plötzlich ein Licht auf.

Ihre Augen wurden immer größer, und sie atmete schnell und heftig. „Tucker?"

Das Kerzenlicht tanzte auf unseren regennassen Gesichtern, als wir uns lange schweigend anstarrten. Die Stille schrie in meinen Ohren. Dann kam sie einen Schritt auf mich zu, schaute mich noch einmal genau an und seufzte.

„Tucker, es tut mir leid. Ich wusste nicht ..." Ein erleichtertes Zittern lief wie eine Welle durch ihren Körper. Alle Kraft schien sie zu verlassen, und sie musste sich auf ihren Sohn stützen. Dann atmete sie tief ein. „Oh, Tucker."

Da, in diesem Seufzer, hörte ich das Mädchen, das ich einmal gekannt hatte, und das Echo einer Frau und eines Lebens voller Angst.

Kapitel 8

Es war der letzte Tag der Sommerferien. Mutt und ich waren neun und Katie ein Jahr jünger, aber da es nicht viele Spielkameraden im Umkreis gab, spielten Alter, Geschlecht und Klasse keine Rolle.

Miss Ella weckte uns bei Sonnenaufgang, legte unsere Sachen auf unsere Betten und verschwand nach unten, von wo uns schon bald der Duft von Pfannkuchen und Speck zum Frühstück rief. Katie schlief oben, und Mutt und ich teilten uns das untere Bett – was bedeutete, dass ich die ganze Nacht mit Füßen im Gesicht zu kämpfen hatte. Mutt schlief sehr unruhig und wälzte sich immer wieder hin und her. Oft drehte er sich nachts um, sodass seine Füße auf seinem Kopfkissen lagen. Doch das Schlimmste war, dass er mit den Zähnen knirschte. Er knirschte so stark, dass er Rillen auf den Zähnen hatte und später Zahnkronen brauchte.

Mein Hut und mein Gürtel mit den beiden Halftern hing an meinem Bettpfosten und meine Stiefel standen unter dem Bett. Doch es war Sommer, und wann immer ich konnte und Miss Ella und die Hitze es erlaubten, rannte ich barfuß herum. Ich boxte Mutt in den Bauch, und er stöhnte. Unter uns beiden war ich der Frühaufsteher und er der Langschläfer. Das hat sich auch nicht geändert. Er kroch aus dem Bett und legte sein Schwert und die Augenklappe an. Katie kletterte die Leiter herunter und glitt vorsichtig in ihre glitzernden Flügel und ihre silberne Krone aus Alufolie, wie an jedem Morgen in diesem Sommer. Katie wohnte nur etwa einen Kilometer entfernt und war unsere nächste Nachbarin, deshalb übernachtete sie oft bei uns.

„Mutt", sagte ich und schnallte mir meinen Gürtel um, „du darfst keine Erdnussflips mehr essen."

„Jaaaa", stimmte Katie mir zu, während sie ihre Krone zurechtrückte. „Keine Erdnussflips mehr." Sie hielt sich die Nase zu und sagte: „Phuuuh!"

„Was?" Mutt rieb sich die Augen und tat, als wüsste er nicht, wovon wir redeten.

„Du weißt, was ich meine", sagte ich und band mir mein rotes Tuch um den Hals. „Du hast die ganze Nacht gepupst. Ich bin unter der Decke fast erstickt. Nur gut, dass Rex nicht reingekommen ist und ein Streichholz angezündet hat."

„Genau", sagte Katie und hüpfte immer wieder hoch und beobachtete über die Schulter ihre Flügel. „Danach ist es nämlich zu mir hochgekommen." Wir rannten nach unten wie eine Herde kleiner Wasserbüffel, ausgestattet mit glänzenden Pistolen, Plastikschwert und zarten Flügeln. Das Frühstück stand bereits dampfend auf dem Tisch.

Miss Ella stand an der Spüle und trocknete vorsichtig die wertvollen Teller mit dem Goldrand ab. Rex hatte eigentlich keine Ahnung von wertvollem Porzellan, doch er kannte die richtigen Leute, die es für ihn gekauft hatten. Jeder Teller kostete mehr als Miss Ella in der Woche verdiente, doch es gab keine anderen. Nach dem Spülen wischte sie sich die Hände an ihrer Schürze ab und drehte sich um, um den Tisch und uns zu inspizieren. Wir saßen alle drei kerzengerade mit sauberen Tellern, gefalteten Händen und den Gabeln ordentlich abgelegt am Tisch. Dieses Bild hätte man in einer Zeitschrift für vorbildliches Benehmen abdrucken können.

Natürlich gab es für dieses Benehmen einen Grund. Wir wollten so schnell wie möglich aus dem Haus. Dort draußen war die Welt und wartete nur auf uns. Wenn das bedeutete, dass wir unsere Gabeln ordentlich auf unsere Teller legen oder sie uns in die Ohren stecken oder eine Zitrone lutschen oder Brokkoli essen mussten, dann hätten wir es getan.

Nach ungefähr einer Minute nickte Miss Ella zufrieden – das war das Signal. Sie verbrachte jeden Morgen in der Küche, um für uns Frühstück zu machen, und wir waren ihr dankbar dafür. Nie blieb auch nur ein Krümel übrig. Bei ihrem Signal sagten wir wie aus einem Mund: „Danke, Miss Ella!" Dann zog ich meinen Hut tief in die Augen und zerriss fast die Fliegengittertür bei meinem Versuch, so schnell wie möglich nach draußen zu kommen.

Katie hüpfte vom Stuhl und machte ihren üblichen Umweg über das Wohnzimmer, wo unser Klavier stand. Sie spielte ein paar Takte von irgendeinem toten Komponisten mit weißer Perücke und zauberte damit ein Lächeln auf Miss Ellas Gesicht. Dann flatterte sie mit den Flügeln und verschwand durch die Hintertür. Katies Mutter war Musiklehrerin, die bei ihnen zu Hause Musikunterricht gab. Von morgens bis abends und manchmal noch später spielte bei Katie zu Hause immer irgendjemand Klavier. Und Katie war wirklich begabt. Sie konnte eigentlich alles spielen, auch direkt vom Blatt, doch meistens brauchte sie noch nicht einmal Noten. Sie hörte einfach die Tonart, und dann übersetzte es ihr Verstand für ihre Finger. Die Musik schien einfach durch sie hindurchzufließen. Ihre Finger tanzten dann wie Balletttänzer über die Tasten und brachten das ganze Haus zum Klingen. Da saß sie dann kerzengerade, mit erhobenem Kinn, den Armen angewinkelt, mit ihren Füßen zwanzig Zentimeter über dem Boden. Ein Bild voller Kraft und Anmut.

Damals verstand ich das nicht, aber Katie lebte in der Musik. Das machte sie nicht bewusst, aber das wollte sie auch gar nicht. Die beiden trafen sich irgendwie in der Mitte – als wüsste sie, dass das Klavier sie brauchte und sie das Klavier. Ein Geben und Nehmen auf beiden Seiten. Sie spielte und das Klavier sang dazu. Damit war sie zufrieden. Wenn Katies Herz singen könnte, dachte ich oft, dann würde es klingen wie ein Klavier.

So rannten wir alle drei von der hinteren Veranda in die Sommerwelt. Ich drehte mich nicht um, denn ich wusste auch so, dass Miss Ella uns beobachtete. Wenn es um Gott ging, dann hatte ich da so meine Zweifel – obwohl ich sie nie laut äußerte –, doch ich zweifelte nie an Miss Ella. Sie passte auf uns auf.

Während seiner „Renovierungsarbeiten" war Rex natürlich nicht mit einer normalen schmalen Veranda zufrieden gewesen, von der man in zwei bis drei Schritten im Garten landete. Stattdessen führten jetzt vierzig geschwungene Steinstufen umrahmt von Marmorsäulen in den Garten. Oben an der Treppe standen Bänke aus Granit und Springbrunnen, wo das Wasser aus den Mündern von Fischen, den Flügeln von Seemöwen oder den Trompeten von überlebensgroßen Statuen spritzte. Und direkt in der Mitte von alldem stand eine lächerlich blöde Statue von ihm selbst auf seinem besten Vollbluthengst. Über den Knien lag eine getreue Bronzenachbildung seines wertvollsten Gewehrs.

Rex hatte die Statue in Auftrag gegeben, als sein Bauchumfang schon beträchtlich und sein Alkoholkonsum kaum noch kontrollierbar war. Doch statt sich der Wahrheit über seine äußere Erscheinung zu stellen, deutete er auf seinen Bauch und sagte dem Bildhauer: „Wenn Sie Ihr Geld sehen wollen, dann will ich das hier nicht an der Statue sehen." An dem Tag, als die Statue fertig war, lief er ein paarmal drum herum, gab dem Mann sein Geld und genehmigte sich dann einen Drink. Während er den Alkohol langsam in sich hineinschüttete, nahmen Mutt und ich eine Flasche Nagellack von Katies Mutter und malten die Hufe und die Nase des Pferdes rot an, streuten noch etwas Glitzerpuder und gaben der Figur so den letzten Schliff. Es dauerte nicht lange, bis Rex das sah. Sofort befahl er Miss Ella, das Zeug wieder abzuschrubben.

Dieses Bild gefiel mir überhaupt nicht. Ich wollte nicht, dass Miss Ella auf den Knien rutschen und die Hufe des Pferdes schrubben musste, obwohl wir sie doch angemalt hatten. Deshalb schnappte ich mir ein Stück Stahlwolle, und ich, Mutt, Katie und Miss Ella putzten, was das Zeug hielt. Stück für Stück schälten wir den Lack von den Hufen und der Nase, die aussah wie die glänzende Nase von Rudolf dem Rentier. Dabei wurde mir klar, dass ich einen anderen Weg finden musste, um es Rex heimzuzahlen.

Als wir drei an diesem Morgen die Veranda entlangliefen, mussten wir an der Statue vorbei. Selbst in seinen besten Zeiten hatte Rex nie so fit und schlank ausgesehen. Jeder von uns streichelte kurz über die Nase des Pferdes, bevor wir die Treppen hinunterhüpften.

Ich drehte mich um und beobachtete, wie Mutt mit seinem Schwert auf das Pferd einschlug, und Katie dabei um es herumtanzte. Als sie das Pferd und den Reiter so bearbeiteten, rief ich: „Der Letzte am Steinbruch muss einen Bauchklatscher machen."

Mutts Kopf erschien unter dem Pferdebauch. Er drehte sich kurz um und brüllte: „Danke, Miss Ella!", und stach noch einmal auf das Pferd ein. Sie nickte und wischte etwas ab, was sie in der Hand hielt. Als Mutt an mir vorbeilief, rannte er, so schnell er konnte, und kämpfte dabei mit seiner Augenklappe, die ihm immer wieder vom Auge rutschte. Katie tanzte noch eine Runde um das Pferd, lächelte, machte einen Knicks, sagte: „Danke!" zu Miss Ella am Fenster und sprang dann mit wehenden Flügeln die Treppe hinunter.

Wir drei rannten hintereinander über den Rasen, durch die Scheune und an den Pfirsichbäumen vorbei, die auf dem Hügel hinter der

Scheune wuchsen. Ich war der Schnellste, doch Mutt war nicht viel langsamer und auch Katie war kaum zu verachten. Die beiden hatten einen ordentlichen Vorsprung, doch ich rannte ungefähr nach der Hälfte an ihnen vorbei. Wir waren ziemlich gut und hätten mit noch einem mehr jeden Staffellauf gewonnen. Am Fuß des Hügel rannten wir um die Kurve und vor uns lagen die letzten fünfhundert Meter bis zum Steinbruch. Die Sonne tanzte über dem hohen Gras, das mir bis zur Schulter reichte und unbedingt gemäht werden musste. Als ich zu den Kiefern kam, lagen schon fast dreißig Meter zwischen mir und Mutt, und Katie war noch weiter hinten. Eigentlich machte mir der Bauchklatscher nichts aus, deshalb versteckte ich mich hinter einem Busch, legte mich neben einen Baum und beruhigte meinen Atem. Durch die Zweige beobachtete ich, wie Mutt vorbeiflog. Er hörte sich an wie ein Güterzug, und er wedelte heftig mit den Armen vor und zurück, um noch schneller zu werden.

Danach kam Katie. Ich sprang hinter dem Busch hervor und schrie: „Ahhhhh!" Damit erschreckte ich sie so heftig, dass sie mir mit der Hand ins Gesicht schlug und weiterrannte. „Tucker Mason, ich hätte mir fast in die Hose gepinkelt!", schrie sie außer Atem. Durch die Ohrfeige stolperte ich rückwärts gegen einen harzigen Baum, während Katie einfach weiterlief, ohne sich um mich zu kümmern.

Mutt kam als Erster am Wasser an, steckte die Hände durch die Schlaufen der Seilbahn und stieß sich von dem zwanzig Meter hohen Felsen ab. Es dauerte nie lange, bis Mutt von dort heruntersprang. Mutt kannte keine Angst, und er beschwerte sich nur manchmal, dass es nicht hoch genug und die Seilbahn nicht lang genug war.

Die Drahtseile begannen oben an der Plattform und endeten unten im Steinbruch ungefähr hundert Meter entfernt. Zuerst ging es steil bergab, doch dann blieben sie auf einer Höhe über dem Wasser und endeten auf der anderen Seite des Steinbruchs. Als Rex mit dem Steinbruch fertig war, ließ er die Seile einfach hängen. Dort hingen sie unbenutzt, bis ich sie zehn Jahre später bei einem meiner Ausflüge zufällig entdeckte. Moses hatte getestet, ob sie noch in Ordnung waren, und dann zwei Haltestangen befestigt, die wie Fahrradlenker aussahen.

Der Steinbruch war ein weiteres Beispiel für Rex' unstillbaren Hunger. Er grub so lange, bis ihm die Geologen erklärten, dass nichts mehr zu holen sei. Er hatte ihn ausgesaugt und dann aufgegeben, wie er es auch mit den Menschen um sich herum tat.

Der Steinbruch war eine Welt für sich. Miss Ella erzählte oft, dass die Straßen im Himmel aus Gold und die Häuser aus Edelsteinen sein würden – sogar die Schaukelstühle auf der Veranda. Unten in dem Steinbruch, wenn die Sonne gerade über die Baumwipfel der Kiefern stieg und die abgesprengten Granitstücke in genau dem richtigen Winkel traf, leuchteten die Steine wie tausend Diamanten. In dieser kurzen Zeit war dieses leuchtende, funkelnde Loch in der Erde unser Zufluchtsort, der uns vor allem schützte, was uns bedrohte.

Wir erzählten niemandem etwas von dem Glitzern. Denn dann würde es Rex mitbekommen und einen Weg finden, Geld damit zu machen. Doch es gab Dinge, die sollte man nicht vermarkten, fanden wir. Und so schlossen wir vier – ich, Mutt, Katie und Miss Ella – einen Pakt und besiegelten ihn mit einem Handschlag.

Wenn es ans Springen ging, konnten wir mit Mutt nicht mithalten. Er kannte einfach keine Angst. Wenn Mutt das Wasser erreichte, war er so schnell und so dicht über dem Wasser, dass er seine Fersen wie ein Skispringer nach vorne brachte und über das Wasser zischte. Ungefähr in der Hälfte ließ er los und wirbelte mehrmals herum, bis er im Wasser landete.

Sobald Mutts strahlendes Gesicht untertauchte, griff Katie nach den Schlaufen des anderen Drahtseils und sprang von der Plattform. Katies sechsundzwanzig Kilo wurden von ihren Flügeln etwas gebremst, deshalb „flog" sie etwas anmutiger in den Steinbruch als Mutt. Sie sah aus wie ein Engel in einem Trägertop, und ihre ausgefransten Jeansshorts flatterten im Wind wie ein zweites Paar Flügel. Als sie das Wasser erreichte, hob sie die Füße und fuhr bis zum Ende des Seils. Dort bremste sie die Fahrt mit ihren Füßen ab, bis sie stand.

Ich stand noch oben und wagte es kaum zu atmen. Mit zusammengekniffenen Augen beobachtete ich die beiden anderen, die schon auf den warmen Felsen saßen und zu mir hochschauten. Katie deutete auf das Wasser und klatschte mit der Hand darauf. „Okay, mein Freund. Genau hier." Ich zog die Schlaufen am Drahtseil wieder hoch, packte sie mit beiden Händen und stieß mich mit ganzer Kraft ab. Der freie Fall am Anfang war immer das Beste. Nach dem Fall spürte ich, wie die Schlaufen an der Stange das Seil berührten und ich durch den

Steinbruch schoss, während das Wasser in atemberaubender Geschwindigkeit auf mich zukam. Ich wog ein bisschen mehr als die beiden anderen, deshalb war ich normalerweise auch schneller. Unten im Steinbruch war es kälter als oben, wegen des Wassers und der kalten Steine. Ich bekam eine Gänsehaut, als ich das Wasser auf mich zukommen sah. Ich zog mich am Seil etwas hoch, schwang meine Beine nach vorn, rollte mich zusammen und drückte mich ab, sodass ich einen Moment mit dem Kopf nach vorn und völlig zusammengerollt über dem Wasser schwebte. Kurz bevor ich aufkam, streckte ich mich, sodass ich mit dem Bauch zuerst auf dem Wasser aufkam.

Klatsch!

Hier unten, so tief unter der Erde, war unsere Welt. Hier gab es keine Prügel, keinen Alkohol, keine Flüche, keine Strafen und vor allem keinen Rex. Hier unten kämpfte Peter Pan auf dem Mast der Jolly Roger gegen Kapitän Hook, die drei Musketiere schworen sich ewige Treue und der mutige Cowboy rettete immer das Mädchen aus größter Gefahr und warnte die Postkutsche, dass die Brücke zerstört war. Hier unten fanden wir unter jedem Stein Schätze. Man brauchte nur zu wissen, wo man suchen musste. Für die Erwachsenen dort oben war es nichts weiter als ein altes Loch. Doch für uns war es der Ort – der einzige Ort –, an dem wir wirklich glücklich waren. Hier unten flog Katie durch die Luft wie eine echte Fee, Mutt sagte, dass die Stimmen ihn hier nicht verfolgten, und ich verschwand von Rex' Radarschirm.

Das Gelächter der beiden entschädigte mich für den Schmerz am Bauch und die krebsrote Farbe, die er langsam annahm. Wir verbrachten den Morgen damit, von den Felsen ins Wasser zu springen und wie Peter Pan und Kapitän Hook miteinander zu kämpfen. Zwischendurch tauchten wir nach verborgenen Schätzen, immer mit einem wachsamen Auge, damit uns die blutrünstigen Krokodile nicht überraschten, die mit den Bösen gemeinsame Sache machten. Katie spielte die Meerjungfrau, Mutt spielte Smee und ich war einer der verlorenen Jungen. Die Rolle von Peter Pan spielten wir immer abwechselnd.

Gegen Mittag kletterten wir mit hungrigen Bäuchen über die Steintreppe zurück in die wirkliche Welt und in neue Schwierigkeiten. Als wir zur Scheune kamen, entdeckte ich Rex' vier Meter langes Paddelboot auf einer Seite der Scheune. Ich winkte Mutt zu mir. „Glaubst du, das kriegen wir runter in den Steinbruch?"

Mutt vergrub die Hände in den Taschen und dachte nach. Er legte den Kopf schief, schaute zum Haus und wieder zurück zur Scheune und dann hinüber zum Steinbruch – es war etwas weniger als ein Kilometer bis dahin. „Nicht ohne ein bisschen Hilfe."

Mit seinen neun Jahren konnte Mutt schon mehr bauen als die meisten Vierzigjährigen. Erst vor einem Jahr hatte er Miss Ella ein Vogelhäuschen mit Nistplätzen aus Fichtenholz gebaut. Er hatte es weiß und grün gestrichen und es dann auf einen hohen Pfosten gesetzt, damit sie es von ihrem Schlafzimmerfenster aus sehen konnte. Damit sie es im Frühling ordentlich putzen konnte, befestigte er ein System mit einem Kabel und einer Kurbel, mit dem sie es einfach herunterholen konnte, ohne ihren schmerzenden Rücken zu beanspruchen. Sie kam aus dem Haus, beugte sich zu ihm, nahm seine Hände in ihre und sagte: „Matthew, du hast wirklich eine Gabe. Ich danke dir."

Katie und ich drehten das Boot um, wischten mit den Händen die Ameisen ab und untersuchten es nach Schlangen. Als wir fertig waren, erschien Mutt mit zwei Skateboards im Arm. Wir liehen uns ein paar von Rex' Seilen aus der Scheune und befestigten das Boot damit auf den Skateboards. Dann schoben wir es langsam in Richtung Steinbruch. An diesem Tag verpassten wir das Mittagessen. Unser Appetit war einfach verschwunden. Der sanfte Abhang des Hügels machte die Arbeit leichter für uns. Einmal mussten wir das Boot sogar bremsen, statt es zu schieben. Als wir es ziehen mussten, sprang Katie ins Boot und setzte sich im Schneidersitz auf den Boden. Ich griff nach einem alten Schirm im Boot und gab ihn ihr. Den Rest des Weges spielte sie die Südstaatenschönheit. Katies Gabe war Anmut, und davon hatte sie mehr als genug.

Bis zum Rand des Steinbruchs war die Arbeit leicht. Wir schauten die zwanzig Meter in die Tiefe und wussten, dass es nur einen Weg gab, das Boot dorthin zu bekommen. Schieben und dann der Schwerkraft vertrauen. Die Vorfreude war unglaublich. Katie sprang wieder heraus, Mutt befreite das Boot von den Skateboards, und dann schoben wir es langsam vorwärts auf den Abgrund zu. Katie beobachtete uns mit großen Augen. Das Boot kippte über den Rand und hing einen Moment in der Schwebe. Dann gab Mutt ihm noch einen kleinen Schubs und es fiel nach vorn. Wir hörten die kratzenden Geräusche, als es den Granit entlangrutschte, bis es schließlich im freien Fall auf dem Wasser aufkam. Der Fall, die Geräusche und das Aufklatschen waren für uns wie ein wunderbares Konzert.

Das war der Moment, in dem uns bewusst wurde, warum das Boot dort neben der Scheune gelegen hatte. Rex hatte bei einem seiner nächtlichen Ausflüge, bei dem er besoffen auf Tontauben schoss, nicht die Tauben, sondern zweimal den Bug des Boots getroffen. Als das Boot auf das Wasser traf, sank es sofort wie ein Betonklotz. Wir konnten es durch das vierzehn Meter tiefe kristallklare Wasser deutlich sehen.

Ich schaute mit weit aufgerissenen Augen über den Rand und sagte: „Uh-oh." Mutt, kreidebleich, schaute mich an und fragte: „Wie sollen wir das nur erklären?" Von uns beiden war Mutt immer die Vorspeise und ich der Hauptgang. Katie schaute auf das Boot, dann zu mir und fiel lachend nach hinten. Sie würde wahrscheinlich auch ein paar hinter die Ohren bekommen, aber das machte ihr nicht viel aus. Der Anblick des Bootes, wie es im Wasser versank – und dann unsere Gesichter –, waren jede einzelne dieser Ohrfeigen wert.

Die Prügel konnten warten. Wir packten unsere Schwerter und sprangen.

Den Nachmittag verbrachten wir auf den warmen, glatten Granitsteinen, die wie eine Insel direkt am Ende der Drahtseile aus dem See ragten.

Am Abend fingen die Grillen an zu zirpen, und ich fühlte, dass unsere Jeans schon lange trocken waren. Miss Ella läutete die Glocke zum Abendessen. Das hieß, dass das Spielen für heute vorbei war, und wir schauten uns enttäuscht an. Der letzte Tag des Sommers war vorüber. Die Glocke läutete heute nicht nur zum Abendessen, sondern auch zum ersten Schultag. Morgen früh würde der Schulbus wieder kommen und uns fünfhundert Meter vor der Einfahrt abholen, um uns nach Clopton in die Schule zu fahren. Morgen kam ich in die fünfte Klasse und war wieder allein.

Es machte immer großen Spaß, mit den Drahtseilen in den Steinbruch hinunterzufliegen, doch es gab nur einen mühsamen Weg wieder nach oben. Die Treppen hoch. Natürlich konnte man dort abrutschen und herunterfallen, aber das war eigentlich nicht schlimm. Man landete einfach im Wasser und musste noch einmal von vorne anfangen.

Mutt rührte sich als Erster. Er kletterte immer wie eine Katze. Kaum hatte er die Steintreppe erreicht, war er auch schon halb oben. Katie und ich schauten ihm zu. Dann kam Katie. Sie stand auf und ging auf die Treppe zu. Doch aus irgendeinem Grund drehte sie sich wieder um, packte meine Hand und sagte: „Ich liebe dich, Tucker Mason." Bevor sie mich wieder losließ, stellte sie sich auf die Zehenspitzen, küsste mich flüchtig auf den Mund und glitt die Stufen hoch.

Das war mein erster Kuss, und wenn ich die Augen zumache, dann kann ich ihn immer noch spüren.

Die nassen Steine waren rutschig, deshalb ließ sie sich Zeit mit dem Klettern. Schließlich war ich allein im Steinbruch. Ich stand an der Treppe und schaute mich um. Die Schatten tanzten an den Wänden und das Wasser kühlte die Luft schnell ab. Es war immer noch heiß an diesem letzten Sommertag in Alabama, und doch spürte ich schon die kühle Herbstluft und bekam eine Gänsehaut. Der Sommer war vorbei. Und mit ihm noch vieles mehr.

Dieser Tag war der beste Tag überhaupt. Und wir hatten ihn ganz für uns gehabt. Alle Zweifel, Ängste oder bösen Vorahnungen waren für diesen Tag verschwunden. Vielleicht war es der letzte wirklich gute Tag. Den ganzen Tag hatte ich nur ein- oder zweimal an Rex gedacht oder daran, dass Mutt morgen allein in eine andere Schule ging, oder dass Katie ab morgen in die Schule für die reichen Kinder ging, wo sie ein Kleid, elegante weiße Schuhe und Söckchen mit Rüschen tragen musste und man ihr beibrachte, wie man ordentlich am Klavier sitzt. Das Problem war, dass der Tag jetzt vorbei war und die Schatten kamen. Ich schaute nach oben, wo die beiden verschwunden waren. Die verlorenen Jungen waren weg, die Meerjungfrau war nicht mehr zu finden und vielleicht hatte Kapitän Hook doch gewonnen, denn Peter Pan war auch entwichen und verfolgte wohl seinen Schatten. Rex hatte viele Dinge in seinem Leben ausgelöscht. Auch Peter Pan.

Vielleicht war es das, was ich am meisten hasste. Vielleicht fragte ich Miss Ella aus diesem Grund, ob Katie noch ein letztes Mal in diesem Sommer bei uns übernachten könnte. Vielleicht haben wir deshalb den ganzen Tag in einem aufgegebenen Steinbruch verbracht. Vielleicht haben wir deshalb das Boot hier heruntergeschoben und versenkt, weil wir wussten, dass wir es sowieso nicht wiederbekommen würden. Vielleicht brauchte ich das alles, damit es mich vor dem einen bösen Geist beschützte, dem ich nicht entkommen konnte. Jetzt war der Tag vorbei, und der Geist war überall.

Ich schaute ins Wasser und sah das Blechboot auf dem sandigen Grund liegen. Ich nickte. Das Boot war wie der Tag. Ich sprang ins Wasser, tauchte zu dem Boot hinunter und hielt mich an den Verankerungen für die Ruder fest. Meine Augen glitten über das Boot, und ich lauschte auf die Stille um mich und genoss die Sicherheit des Wassers. Als ich anfing, Sterne zu sehen, ließ ich los und tauchte auf. Ich hatte bekommen, was ich wollte. Einen Beweis, dass es wirklich passiert war. Und ich brauchte diesen Beweis heute, weil es der beste Tag gewesen war.

Der beste Tag überhaupt.

Nach diesem Tag verliebten Katie und ich uns ineinander – in der unschuldigen Art, wie Kinder es tun. Vier Jahre lang schrieben wir uns Briefchen, redeten am Telefon, hielten Händchen, wenn uns niemand beobachtete, und begleiteten uns gegenseitig auf dem unangenehmen Weg durch die Pubertät, in die sie zuerst hineinrutschte.

Während ich immer noch Baseball im Garten spielte, saß Katie am Klavier. Jedes Mal, wenn sie uns besuchte, führte Miss Ella sie zu Rex' Flügel und sagte: „Meine liebe Katie, wenn deine Finger auf den Tasten von diesem Klavier tanzen, dann erfüllt die schönste Musik, die ich je gehört habe, das ganze Haus. Bitte, spiel du für mich." Manchmal spielte Katie eine ganze Stunde. Wenn sie das tat, leuchtete Miss Ellas Gesicht und die Welt war für mich in Ordnung. Katies Finger entlockten dem Klavier Töne, die das ganze Haus fröhlich machten, so als hätte jemand einen Schalter umgelegt.

Das Problem war, dass der Schalter nie lange in dieser Stellung blieb. Die Woche vor dem ersten Tanz an der Schule zog Katie mit ihrer Familie in einen kleinen Vorort von Atlanta, weil Rex ihren Vater dorthin versetzt hatte. Ein besserer Job mit einer Menge mehr Geld. Katies Vater hatte ein Haus auf einem Hügel gekauft, von dem man ganz Atlanta überblicken konnte. Als ihr Kombi hinter dem Umzugswagen aus der Einfahrt rollte, rannte ich dem Auto bis zum Tor hinterher und winkte ihr nach. Für mich war es wie eine Beerdigung, bei der mein Herz in einem Sarg irgendwo im Kofferraum des Kombis lag. Katie schaute durchs Fenster, winkte und blies mir mit einem schiefen Lächeln einen letzten Kuss zu, der mich nie erreichte. Ich lehnte mich gegen das Tor, presste mein Gesicht gegen die kalten Gitterstäbe und sah dem Wagen nach, bis er in der Ferne verschwand. Einsamkeit breitete sich in mir aus wie Kälte an einem frostigen Wintertag.

Ich winkte, spielte den starken Mann, doch sobald das Auto nicht mehr zu sehen war, rannte ich zu dem alten Steinbruch und weinte, bis Miss Ella mich dort zusammengerollt unter den Drahtseilen fand. Sie setzte sich neben mich, legte meinen Kopf auf ihren Schoß und streichelte mir immer wieder über die Haare und das Gesicht, bis ich aufhörte zu zittern. Sie sagte kein Wort. Das musste sie auch nicht. Als ich hochschaute, sah ich, dass sie auch weinte.

Eine Woche später fand ich die Wahrheit heraus. Rex hatte sich in seinem Arbeitszimmer verkrochen und feierte seinen letzten Vertragsabschluss zusammen mit seinem neuen besten Freund. Ich lag auf dem Boden, presste das eine Ohr gegen das Gitter der Lüftung, deren Rohre von Rex' Büro direkt in mein Zimmer führten, und belauschte die Unterhaltung. Mir war eigentlich egal, *was* er sagte. Ich musste nur wissen, *wie* er es sagte, denn dadurch wusste ich, auf welcher Seite er später aus seinem Büro kommen würde – schlecht gelaunt oder absolut geladen. Mit der schlechten Laune konnten wir umgehen, aber das andere tat meistens ziemlich weh. Wenn ich ihn durch die Lüftung belauschte, war es so, als würde ich seinen Puls fühlen. Wenn er mehr fluchte als gewöhnlich oder Versprechungen machte, die er nicht halten konnte, dann rutschte ich leise das Treppengeländer herunter und brachte Miss Ella aus dem Haus, um sie zu verstecken, bis er sich wieder etwas beruhigt oder besoffen eingeschlafen war. Ich hoffte immer auf das Letztere.

Mit meinem Ohr an den Lüftungsschlitzen hörte ich, wie der andere Mann sagte: „Ich habe gehört, Sie haben einen Mann von hier an die Spitze Ihres Unternehmens in Atlanta gesetzt. Sie haben ihm wohl ein ziemlich gutes Angebot gemacht?"

„Ja", erwiderte Rex und klimperte mit den Eiswürfeln in seinem Glas. „Das denkt er jedenfalls." Ein weiterer Schluck. Mehr Geklimper. „Ich musste ihn versetzen und" – noch ein Schluck – „besonders seine Tochter, wenn Sie verstehen, was ich meine."

Der andere Mann lachte leise. „Ihr Sohn hat sich wohl in die Tochter verguckt?"

Rex stand auf, trat ans Fenster und ließ den Blick über seine Welt schweifen. Ich strengte meine Ohren an, um ja kein Wort zu verpassen. „Bis mein ältester Sohn erwachsen wird und ich ihn ins Geschäft einführen kann, muss er noch einiges lernen und hart werden. Mason Enterprises kann nicht von einem Mann geleitet werden, der schwache

Knie bekommt, wenn eine hübsche Frau um die Ecke kommt. Das kann er gar nicht früh genug lernen." Wieder ein Schluck. „Das muss man ihnen frühzeitig austreiben. Wenn er älter ist, wird er schon noch lernen, wofür die Frauen gut sind."

Sie lachten beide. „Ja", sagte Rex, und ich hörte, wie er sich eine seiner Zigarren anzündete. „Der Mann tut mir fast ein bisschen leid. Er wird dort in Atlanta ankommen mit seiner glücklichen Familie und denken, der amerikanische Traum ist endlich für ihn wahr geworden. Wahrscheinlich arbeitet er ein paar Wochen mit einem fröhlichen Gesicht, bis er sich plötzlich mitten in einem Ermittlungsverfahren wiederfindet, wo ihm vorgeworfen wird, 50.000 Dollar bei Mason Enterprises unterschlagen zu haben. Ganz zu schweigen von der halb nackten Frau, die er in seinem Büro finden wird, wenn meine Anwälte kommen, um ihm seine Möglichkeiten zu erklären." Jetzt lachte er laut auf. „Lassen Sie mich nur sagen, dass es nicht gut aussieht für einen treuen Familienvater." Wieder eine Pause und Rex' Stimme wurde leiser. „Und wenn ich ihm dann die Möglichkeit biete zu verschwinden, dann wird er sein süßes Töchterchen schnappen und nach Norden abhauen. Sollte mich nicht mehr als zehn oder fünfzehn Riesen kosten."

„Es scheint, sie hatte es wirklich auf Ihren Sohn abgesehen."

„Es ist besser, wenn man es früh genug beendet", erwiderte Rex. „Die paar Kratzer in seinem Herzen werden ihm guttun. Das macht ihn zu einem richtigen Mann."

Das traf mich hart. Ich hob den Kopf, schaute durch die Schlitze, roch den Zigarrenqualm und wusste zum ersten Mal in meinem Leben, wie der Tod roch.

Kapitel 9

Ich zog den Revolver aus meinem Gürtel und gab ihn Katie zurück. Die beiden trockneten sich ab, während ich ein Feuer im Kamin anzündete. Dann ging ich in die Küche, drehte das Gas an und setzte einen Topf mit Wasser auf, um Tee zu kochen.

„Katie, ich bin die ganze Woche unterwegs gewesen. Ich bin so müde, dass ich kaum noch geradeaus gucken kann. Du bist hier herzlich willkommen und kannst gern hierbleiben. Vor was oder wem auch immer du davonläufst, hier wird man dich nicht finden. Hier in diesen vier Wänden ist der sicherste Ort der Welt."

„Ich weiß", flüsterte sie. Sie rubbelte erst ihrem Sohn und dann sich selbst die kurzen Haare trocken. „Jase", sagte sie und kniete sich neben ihn. „Das ist mein Freund Tucker." Sie schob ihm die Haare aus dem Gesicht, damit er mich genau ansehen konnte.

Ich hockte mich daneben und streckte ihm die Hand hin. „Meine Freunde nennen mich Tuck." Er versteckte sich hinter seiner Mutter. Das freundliche Kind, das ich bei Bessie getroffen hatte, war jetzt völlig verängstigt. „Ist schon in Ordnung. Als ich so alt war wie du, hatte ich auch vor fast allen Erwachsenen Angst."

Ich ging zur Tür, und Katie kam hinter mir her. „Wirst du die Polizei rufen?", fragte sie.

„Sollte ich das tun?" Sie schüttelte den Kopf, und ihre Schultern entspannten sich etwas. „Vielleicht können wir morgen darüber reden." Es war schon lange her, seit ich Katie das letzte Mal gesehen hatte, doch ich konnte ihr Gesicht immer noch lesen. Sie hatte nichts verbockt, sondern war wahrscheinlich einfach zur falschen Zeit am falschen Ort gewesen.

Ich deutete auf die Eingangstür. „Ich gehe jetzt zu diesem überdimensionierten prunkvollen Haus da drüben, dann falle ich die Stufen ins Untergeschoss herunter und in mein Bett. Und ich habe nicht vor, bei Sonnenaufgang wieder aufzustehen. Dein Auto steckt fest und ist überhitzt, und du weißt sicher noch, dass es hier im Umkreis von dreißig Kilometern keinen richtigen Mechaniker gibt. Selbst wenn es einen gäbe, wüsste er wahrscheinlich nicht, wie man einen Volvo repariert. Doch wenn du etwas klauen willst, um von hier wegzukommen, der Traktor steht in der Scheune."

„Danke", flüsterte sie mit einem schiefen Lächeln und kämpfte gegen die Tränen. Jason hob den Kopf über das Sofa und klammerte sich mit beiden Händen an einem Kissen fest. Ich schaute ihn an, tippte mir zum Abschied an einen imaginären Hut und sagte: „Nacht, Partner."

Jason lächelte und tippte an seine Baseballkappe.

„Morgen können wir vielleicht noch ein paar Bilder schießen." Er grinste noch breiter, und Katie schaute mich verwirrt an. „Das ist 'ne lange Geschichte. Erzähl ich dir morgen."

Ich machte die Tür auf und ging nach draußen. Katie folgte mir. Auf ihrem Gesicht lag eine Mischung aus Angst, Sorge und Erleichterung.

Langsam entfernte ich mich, doch dann drehte ich mich noch einmal um. Katie lehnte im Türrahmen und suchte nach Worten. In meinem Kopf überschlugen sich die Fragen. „Warum hier? Nach all den Jahren?", stieß ich schließlich hervor.

Sie zuckte mit den Schultern und schüttelte den Kopf. „Ich weiß es nicht. Doch jedes Mal, wenn ich geblinzelt oder auf die Karte geschaut habe, sah ich nur Clopton. Es war, als würde mich der Ort zu sich winken."

Ich trat in den Regen, zu müde, um noch irgendwas zu verstehen. Jetzt brauchte ich nur ein weiches Bett, Stille und zehn Stunden Schlaf.

* * *

Immer, wenn ich müde werde und mir die Augen zufallen, erinnere ich mich daran, dass Miss Ella abends immer bei Mutt und mir im Bett gelegen und uns aus der Bibel vorgelesen hatte. Eines Abends, als wir noch so klein waren, dass wir einteilige Schlafanzüge trugen, war ich so müde, dass ich nicht zuhören wollte. Also sagte ich ihr: „Miss Ella, warum liest du uns das immer vor? Das meiste davon verstehe ich gar nicht."

Bevor sie antwortete, drückte sie nachdenklich ein Auge zu. Dann ging sie ans Fenster, von dem man fast das ganze Haus und alle Ländereien überblicken konnte. „Ihr zwei Jungs, kommt mal zu mir", sagte sie schließlich. Wir schlüpften aus den Betten und liefen zu ihr. Sie deutete auf die Felder und Wiesen hinter dem Haus. „Seht ihr das alles?"

Wir nickten.

„Alles, was ihr seht, sieht ordentlich aus. Die Wände sind gerade, die Ecken sind im richtigen Winkel, die Gebäude und die Stufen sind eben und nicht schief. Alles hier hat seine Ordnung. Seht ihr das?"

Mittlerweile waren wir ziemlich verwirrt, aber wir nickten.

„Das liegt daran, dass die Arbeiter beim Bauen Lot und Wasserwaage benutzt haben." Sie holte ein Lot, das an einer Schnur hing, aus ihrer Schürzentasche und zeigte es uns. „Seht ihr, die Ingenieure nehmen so etwas, hängen es an eine Schnur und dieser Punkt, dieser Ort, wo es hängt, von da aus wird alles andere gebaut und gemessen. Ohne diesen Punkt gäbe es keine Ordnung für nichts in dem Haus. Nur Chaos. Das Lot" – sie ließ es vor unseren Augen hin und her schwingen – „ist der Anfangspunkt, der Anfang und das Ende, das ..."

Mutt unterbrach sie. „Das Alpha und das Omega?"

Miss Ella lächelte. „Ja, mein Schatz." Wir sprangen zurück ins Bett, und sie klopfte auf ihre Bibel. „Ich möchte, dass ihr zwei gerade aufwachst ..." Sie schwieg einen Moment und dachte nach. „Mit starken Wänden und ordentlichen Ecken, damit ihr nicht umgehauen werdet, wenn der Sturm kommt. Doch das kann ich nicht ohne ein Lot. Deshalb" – sie klopfte wieder sachte auf ihre Bibel – „brauche ich das. Ich lese euch jeden Abend daraus vor, damit ..."

Diesmal unterbrach ich sie. „Damit wir so werden wie du und nicht wie Rex."

Sie schüttelte den Kopf. „Nein, mein Kind. Damit ihr so werdet wie die Männer in diesem Buch. Ich würde mich nie mit ihnen vergleichen. Ich bin es noch nicht mal wert, ihnen die Schuhe auszuziehen."

Hier draußen im Regen konnte ich das Bild von Miss Ella, wie sie ihre Bibel streichelte, deutlich sehen.

Ich ergriff die beiden Krüge von Whitey und ging durch die Hintertür ins Haus und die Treppe hinunter in mein Zimmer. Ich hatte nicht vor, mich volllaufen zu lassen, aber ich wollte auch nicht, dass sie in meinem Pick-up explodierten. Ein guter Pick-up ist schwer zu finden.

Würden sie dagegen im Haus explodieren, würde ich das gerne beobachten. Vielleicht sogar meine Nachbarn dazu einladen.

Als Rex das Haus bauen ließ, führte die Treppe direkt von der Küche in den Vorratskeller. So konnte das Personal schnell alles Nötige erreichen. Außerdem lagerte Rex dort unten auch seine eigenen Vorräte. Immer, wenn er jemanden durchs Haus führte, fing er im Keller bei seiner riesigen Weinsammlung an. Ich landete im Keller, und meine Augen brauchten einen Moment, um sich an die Dunkelheit zu gewöhnen. Dann ging ich am Weinkeller vorbei zu meinem Bett und schob die Krüge darunter.

Auf meinem Nachttisch waren drei Dinge: ein Bild von Miss Ella, wie sie auf einem Eimer neben der Scheune saß – das Bild hatte ich gemacht, bevor sie krank wurde –, ihre Bibel – zerlesen, staubig und mit ihren Daumenabdrücken auf den Seiten – und das Lot, das sie uns damals gezeigt hatte.

„Nein, Ma'am", sagte ich laut. „Ich weiß nicht, was sie hier machen oder warum sie hier sind." Ich zog an der Schnur für den Deckenventilator, stellte ihn auf Sturm und fiel ins Bett. „Du weißt alles, was ich weiß. Vielleicht sogar noch mehr." Ich wickelte mir das kalte Kopfkissen um den Nacken und schloss die Augen. „Ich bin nur froh, dass sie nicht schießen kann."

* * *

Trotz ihrer vielen Predigten ging Miss Ella nie mit uns in eine Kirche. Jedenfalls nicht wirklich. Nicht in ein Gebäude mit einem Chor, Kirchenbänken und einem Pastor. Rex hätte sie dafür halb totgeschlagen. Als ich noch im Kindergarten war, hatte sie einmal versucht, mit uns zu einem Gottesdienst zu gehen. Er sah uns im Auto aus seinem Fenster im zweiten Stock. Wir waren herausgeputzt, und die Vorfreude stand uns ins Gesicht geschrieben. Es war fast wie ein Abenteuer für uns. Von außen sah es aber wahrscheinlich eher so aus, als würden wir auf eine Beerdigung gehen, denn wir waren ganz in Schwarz gekleidet und saßen in einem schwarzen Cadillac. Rex rannte in seinem Bademantel nach draußen. Seine Haare hingen ihm wirr in die Stirn, sein Gesicht war aufgedunsen, die Augen blutunterlaufen und er schrie aus vollem

Hals hinter uns her. Miss Ella hielt an, kurbelte das Fenster herunter und sagte: „Ja, Sir, Mr Rex? Wollen Sie mit uns fahren?"

Er riss sie fast vom Vordersitz. „Frau, wo willst du mit den beiden hin?"

„Aber Mr Rex! Wissen Sie denn nicht, was für ein Tag heute ist?" Rex war immer noch benebelt, und obwohl es bereits fast elf Uhr morgens war, wäre er bei einer Alkoholkontrolle sicher von der Polizei festgehalten worden. Er hielt sich am Auto fest, um nicht umzukippen. Der Schweiß floss ihm langsam an den Schläfen entlang, und er atmete immer noch schwer von dem Sprint aus dem Haus. „Mr Rex, es ist Ostern." Miss Ella deutete auf den Garten. „Haben Sie die Lilien noch gar nicht gesehen?" Vor ein paar Monaten hatte Moses Miss Ella etwas von seinem Geld gegeben, damit sie ein paar Lilienzwiebeln im Vorgarten pflanzen konnte. Er war sogar an einem Sonntagnachmittag vorbeigekommen und hatte die Zwiebeln mit uns zusammen gepflanzt. An diesem Ostermorgen standen sie alle in voller Blüte und leuchteten um die Wette.

„Frau, es ist mir scheißegal ..." Speichel sammelte sich in seinen Mundwinkeln, als er durch das Autofenster griff und Miss Ella am Kragen packte und ihr die Luft abschnürte.

„Aber Mr Rex, ich habe Sie doch gestern Abend beim Abendessen gefragt."

Er drückte noch fester zu. „Es ist mir scheißegal, was für ein Tag heute ist! Du wirst diese Jungs NICHT, NIEMALS" – jetzt schrie er aus voller Kehle – „mit in die Kirche nehmen!" Er zog ihr Gesicht durch das Fenster und blitzte sie böse an. Seine Fingerknöchel wurden weiß, und seine Halsvene schwoll an. „Hast du das verstanden, Frau?"

„Ja, Sir. Mr Rex."

Rex warf sie zurück in den Wagen, strich seinen Bademantel glatt und ging dann auf das Lilienbeet zu. Dort zertrampelte er so viele Blumen, wie er konnte. Er lief immer im Kreis und zog seine Schuhe dicht über dem Boden hinter sich her, damit er die Blumen auch wirklich ausriss. Er sah aus wie ein Kind, das einen Wutanfall bekam, nachdem die Lehrerin ihm verboten hatte, auf dem Klettergerüst herumzuklettern. Schwer atmend ging er danach zurück ins Haus. An seinem Bademantel klebten die Überreste der zerstörten Blumen. Miss Ella fuhr den Wagen wieder in die Garage und wich unseren Blicken aus, da-

mit wir nicht ihre Tränen sahen. Ich erinnere mich noch an ihre leisen Schluchzer, die sich mit dem Knirschen der Kieselsteine auf unserer Einfahrt mischten. „Also gut, Jungs. Geht raus und spielt."
„Aber Miss Ella", unterbrach ich sie, „wir wollen doch in die Kirche."
„Kind." Miss Ella kniete sich vor mich. Die Tränen standen ihr immer noch in den Augen. Sie schaute kurz über die Schulter, um zu sehen, ob Rex sie noch beobachtete. „Ihr lieben Jungs." Sie nahm uns beide in die Arme. „Wenn ich euch mit in die Kirche nehme, dann würdet ihr mich nie wiedersehen."

Ich nickte, denn ich verstand, was sie damit sagen wollte, obwohl ich erst sechs war. Mutt schaute sie verständnislos an. Er blinzelte verwirrt, runzelte die Stirn und schaute auf die Tür, durch die Rex verschwunden war. Mutt und ich liefen zum Steinbruch, wo wir vor Rex sicher waren. Es dauerte meist bis nach dem Mittagessen, bis er seinen Kater wieder los war – oder wenigstens an einem neuen arbeitete –, seine neueste Bettgefährtin wieder los war und sich auf den Weg nach Atlanta machte.

„Später" – Miss Ella schob mir die Haare aus dem Gesicht und versuchte zu lächeln – „können wir vielleicht ein Eis essen gehen."

Als wir an der Scheune vorbeiliefen, sah ich Moses aus den Augenwinkeln. Moses kam ungefähr einmal in der Woche, um nach den Pferden zu sehen, und ungefähr jeden zweiten Tag, um nach seiner Schwester zu sehen.

Zu der Zeit, als Miss Ella Moses zum College schickte, gab es in Südalabama nicht viele schwarze Ärzte. Doch er hatte sich das Ziel gesetzt, arbeitete hart und absolvierte das College in zweieinhalb Jahren, machte seine Prüfungen und studierte dann zwei Jahre Medizin und wurde Chirurg. Das war etwas, was ihm die meisten seiner Professoren niemals zugetraut hätten. Moses war groß, schlaksig und so dünn, dass sein Gürtel nur von seinen Hüftknochen gehalten wurde. Er hatte knorrige Bauernhände, große Ohren, große Augen und eine Haut, die nicht weiß war. Doch während die Professoren ihre medizinische Fakultät kontrollieren und bestimmen konnten, was aus wem wurde, konnten sie einen Mann namens Adolf Hitler nicht kontrollieren. Der Zweite Weltkrieg brach aus, und Moses bekam eine Aufforderung, der Armee beizutreten. Er verließ die Schule und ging in die Armee. Er wurde sofort nach Europa geschickt und arbeitete an vorderster Front –

und lernte schnell, mit einem Helm auf dem Kopf zu operieren. Seine Schichten waren oft achtundvierzig Stunden lang mit nur vier Stunden Schlaf bis zur nächsten. Neben den Menschen, die Moses dort versorgte, lernte er auch, die verwundeten Pferde zu verarzten. Auf dem europäischen Kriegsschauplatz gab es kaum Tierärzte. Als die vier wunderschönen Hengste eines befehlshabenden Offiziers, die er auf einem verlassenen Gutshof „gefunden" hatte, Koliken und Husten bekamen, rief man Moses, und er kümmert sich um sie. Umgeben von blutenden, schreienden und sterbenden Menschen lernte Moses zu nähen, zu amputieren und Granatsplitter zu entfernen. Doch was noch wichtiger war, er lernte zu heilen. Und Moses Rain war ein guter Heiler und auch kein schlechter Tierarzt.

Nach dem Krieg kam Moses mit einer Sammlung von Orden wieder nach Hause. Er ging zurück an die medizinische Hochschule – eine reine Formsache, da er ja schon als Arzt gearbeitet hatte. Mithilfe des Soldes konnte er seine Assistenzarztzeit im Emory in Atlanta ableisten. Sein Ruf eilte ihm dorthin voraus und jeder nannte ihn „Sir". Im Emory lernte Moses auch, Kinder auf die Welt zu holen – das war in Europa nicht so häufig vorgekommen. Danach bestand er sein letztes Examen, lehnte ein halbes Dutzend Stellen ab, heiratete eine Krankenschwester namens Anna aus Mobile und ließ sich zusammen mit ihr als Arzt in seiner Heimatstadt etwas südlich von Montgomery nieder. Während die meisten seiner Kollegen ihre Wände mit ihren Auszeichnungen und Abschlüssen dekorierten, hing an seiner Tür nur ein einfaches Schild mit der Aufschrift: „Moses".

Das Motto für seine Praxis war einfach: Jeder kann kommen. Und das taten sie. Von überall her. Moses verdiente nie viel Geld, aber er musste auch nie hungern. Es fehlte ihm an nichts. Wenn sein Auto nicht ansprang, fand sich sofort ein dankbarer Vater, der es wieder reparierte, ohne etwas dafür zu verlangen. Wenn die Temperaturen tief unter null sanken und sein Ofen ausging und nicht mehr richtig zog, fand er eine Ladung Brennholz vor seiner Hintertür und einen Mann, der sich um den Schornstein kümmerte. Wenn sein Kühlschrank den Geist aufgab und das ganze Essen schlecht wurde, fanden Anna und er am Abend unzählige mit Folie abgedeckte Teller in ihrer Wohnung mit Hähnchenschenkeln, grünen Bohnen, Bratkartoffeln und Hackbraten. Und an der Stelle ihres alten Kühlschranks stand ein neuer, gefüllt mit einem Dutzend Eier, Schinken, Milch und einem köstlichen Zitronenkuchen. Und als während eines Sturms ein Baum auf ihr Haus fiel und es in zwei Hälften teilte, kamen die Rains abends nach Hause und fanden acht Männer, die den Baum schon zersägten und das Feuerholz aufstapelten. Fünf Tage später hatten sie den Schaden behoben, ein komplett neues Dach auf das Haus genagelt und einen kleinen Anbau hinten am Haus begonnen. Und als Anna im Alter von nur siebenundfünfzig Jahren starb, kamen so viele Leute, dass die meisten von ihnen nicht in die Kapelle passten.

Fünfzig Jahre lang ging Moses Rain die fünfzehn Minuten zu seiner Praxis zu Fuß, blieb dort, bis alle Patienten versorgt waren, und machte dann noch ein paar Hausbesuche, bevor er nach Hause ging. Die meisten armen Kinder, weiße und schwarze – außerdem auch ein paar Pferde –, die im Umkreis von ungefähr siebzig Kilometern geboren sind, hatte Dr. Moses Rain auf die Welt geholt.

Moses hatte von Anfang an kein Vertrauen zu Rex und mochte ihn nicht. Ich konnte es an seinem Gesicht ablesen. Als Rex, der fast dreißig Zentimeter kleiner und einige Jahre jünger war als Moses, ihn zum ersten Mal sah, schnaubte er abfällig, reckte sein Kinn und nannte ihn „Junge". Moses reagierte gelassen, lächelte nur und schaute seit der Zeit regelmäßig nach den Pferden.

Da er nun praktisch der Tierarzt für die Pferde und irgendwie auch Rex' Arzt war, denn kein anderer Arzt würde ihn auch nur anfassen, sah ich Moses relativ oft bei uns im Haus. Die Tatsache, dass Rex Moses als Arzt und Tierarzt brauchte, gab Miss Ella eine gewisse Sicherheit, die sie sonst nicht gehabt hätte, auch was ihren Job anging. Außerdem konnte Moses so seine Schwester im Auge behalten.

Viele Nächte stand ich vor Miss Ellas Fenster und hörte, wie er sie zu überreden versuchte, endlich die Polizei zu rufen und uns von Waverly wegzubringen. Davon wollte sie nichts hören und wehrte immer wieder ab. An einem Abend wurde die Diskussion so heftig, dass sie ihre Tür aufmachte und ihn bat zu gehen. „Moses, ich lasse diese beiden Jungs nicht allein. Ich habe meinen Frieden damit gemacht – egal, was er mir antut. Er kann mich umbringen oder ich ihn, aber ich lasse diese Jungs nicht allein zurück und ich überlasse sie auch nicht dem Staat. Heute nicht. Und niemals." Von diesem Augenblick an kam Moses jeden Tag. Manchmal mehrmals, wenn Rex gerade zu Hause war. Moses fuhr immer zur Hintertür, schaute sich unsere Gesichter genau an, suchte unseren ganzen Körper nach Wunden und blauen Flecken ab, trank eine Tasse Kaffee und fuhr dann wieder zur Arbeit.

An dem Tag, an dem Miss Ella uns mit in die Kirche nehmen wollte, war Moses schon früh am Morgen gekommen. Wahrscheinlich hatte er sich gedacht, dass Rex von der Idee nicht gerade begeistert sein würde, deshalb versteckte er sich draußen hinter den Büschen, um zur Stelle zu sein, wenn wir ihn brauchen sollten.

Als Rex wieder verschwunden war, stand Moses in der offenen Tür der Scheune und starrte auf die Einfahrt. Er hatte meinen alten Baseballschläger in der einen Hand und eine kleine Axt in der anderen. Sogar aus dieser Entfernung konnte ich seine zusammengebissenen Zähne und seine vor Zorn zitternden Nasenflügel sehen. Wir gingen auf ihn zu, aber er hörte uns nicht kommen. Er war so zornig, dass er halblaut vor sich hin schimpfte. Wir warteten eine Minute, und als er uns dann immer noch nicht bemerkt hatte, zupfte ich ihn am Hosenbein seines Sonntagsanzugs.

„Dr. Moses, hacken Sie heute für Miss Ella Holz?"

„Was?" Moses erwachte aus seiner Trance und versteckte beide Hände hinter dem Rücken. „Was hast du gesagt, Tuck?"

Ich deutete auf seinen Rücken. „Können wir Ihnen beim Holzhacken helfen? Wir könnten es für Sie aufstapeln." Obwohl er immer sanft mit seinen Patienten war, musste er nie zweimal zuschlagen, um ein Stück Holz zu spalten.

Moses lächelte, zeigte uns den Baseballschläger in seiner Hand und wischte sich die Stirn mit seinem Taschentuch ab. „Nein, Jungs, ich räum nur eure alten Sachen weg. Geht einfach in den Garten und spielt. Ich werde" – er hielt den Schläger hoch und sah ihn sich genau an – „den alten Schläger ein bisschen mit Schmirgelpapier bearbeiten. Vielleicht können wir später damit spielen." Er blickte in die Scheune. „Aber jetzt muss ich mich erst um die Pferde kümmern. Ich rufe euch, wenn ich fertig bin."

„Ja, Sir." Moses ging zurück in die Scheune, lehnte meinen Schläger an die Wand, holte dann sein Stethoskop aus seiner Tasche und tat so, als würde er die Pferde abhören.

***

Miss Ella nahm uns nie mit in die Kirche – sie hielt ihr Wort auch Rex gegenüber –, aber auf dem Rücksitz dieses Autos hörten wir mindestens zehntausend Predigten. Jeden Sonntagabend und noch an einem anderen Tag in der Woche nahm Miss Ella uns mit zu einem wie zufällig geplanten Ausflug zur Eisdiele in der Stadt oder an einem Wochentag zum Einkaufen. Manchmal machten wir auch beides. Mutt und ich waren Experten beim Einkaufen. Wir wussten, wo jedes einzelne Teil zu finden war. Miss Ella gab uns beiden eine Liste und wir legten alles in den Einkaufswagen. Außerdem wussten wir auch ganz genau den Preis von einer Kugel Vanilleeis mit Schokostreuseln. Doch das war nicht der Grund, warum wir ins Auto stiegen.

Wenn wir am Ende der Einfahrt ankamen, lehnte sich Miss Ella vor und schaltete das Radio ein. Durch das anfängliche Rauschen begrüßte uns Pastor Danny Randall von der Gemeinde in Dothan zum Gottesdienst. Wenn es Sonntagabend war, hörten wir uns auf der Fahrt die Liveübertragung seiner Sonntagspredigt an. Wenn es ein Wochentag war, holte Miss Ella eine Kassette aus ihrer Handtasche und steckte sie in den Kassettenrekorder. Sie hielt viel von der Kirche und von Predigten, doch sie mussten von Pastor Danny sein, sonst taugten sie nichts. „Mein Kind, ich studiere nun schon mein ganzes Leben lang die Bibel, und ich weiß, was da drinsteht." Sie klopfte auf ihre Handtasche. „Das Wort Gottes wird so oft falsch zitiert, und die Prediger, die das tun, sind noch nicht mal das Pulver wert, mit dem ich sie in die Luft jagen würde. Die meisten Prediger predigen zu viel über den Pfeffer und nicht über das Steak. Pastor Danny ist anders. Er gibt dir auch noch einen Knochen mit dem Steak."

Bis ich achtzehn war, glaubte ich, dass Miss Ella so ziemlich jede Kassette kaufte, die Pastor Danny jemals aufgenommen hatte.

Ungefähr einmal im Monat, während seiner Ankündigungen am Anfang seiner Sendung oder in seinem Gebet am Ende, nannte er unsere Namen. Jedes Mal schauten wir uns auf dem Rücksitz des Autos fragend an und wunderten uns, warum er so viel über uns wusste. Doch eines Freitagnachmittags sah ich, wie Miss Ella die Telefonschnur bis in die Vorratskammer zog. Ich presste mein Ohr gegen die Tür und hörte, wie sie der Sekretärin des Pastors ihre Gebetsanliegen zuflüsterte.

Wenn wir an unserem Ziel ankamen – entweder am Supermarkt oder bei der Eisdiele –, parkte Miss Ella den Wagen, zog ihre Bibel aus der

Handtasche und schlug sie an der angegebenen Stelle auf. Dann lasen wir den Text zusammen mit Pastor Danny. Als ich in die neunte Klasse kam, hatte ich auf diese Weise die Bibel schon fünfmal durchgelesen. Wenn die Predigt vorbei war, nahm Miss Ella uns an den Händen und wir hörten zu, wie Pastor Danny betete. Nach dem Gebet schaltete sie das Radio aus und schaute einen von uns an. „Heute bist du dran." Dann beteten wir und baten Gott, uns zu beschützen und dass er den Teufel aus Rex austreibe. Dann betete Miss Ella noch, dass Gott uns vor dem Teufel beschütze.

* * *

Als ich zwölf war, nahm Miss Ella mich mit nach Atlanta, um meinen Vater zu besuchen – ein Abendessen mit einem Mann, den ich nicht kannte und vor dem ich Angst hatte. Wir aßen in seinem Büro im obersten Stock seines Hochhauses in Atlanta.

Miss Ella schob mich durch die Tür des Aufzugs, und ich quetschte mich zwischen die anderen fünfzehn Leute im Aufzug, alle in dunklen Anzügen, mit Ledertaschen und traurigen Gesichtern. Manche hatten auch Regenschirme dabei. Ich schaute nach unten auf die dreißig blank polierten, unbequem aussehenden Schuhe und fragte mich, was diese Menschen dachten. In diesem engen Raum mit einer Mischung aus fünfzehn verschiedenen Aftershaves und Haarsprays wurde mir schwindelig und übel.

Miss Ella hatte eine Schwäche. Sie liebte Hüte. Doch Rex zahlte ihr nur den Mindestlohn, deshalb konnte sie sich nur ab und zu einen neuen leisten. Ich erinnere mich, wie ich in dem Aufzug hochschaute an all den Schultern, Ellenbogen, Handtaschen und roten Fingernägeln vorbei und Miss Ellas hellgelben Hut sah, an dem auf der einen Seite eine Fasanenfeder steckte. Gelb und rot in einem Meer aus Grau. So war Miss Ella. Ein Licht in der Dunkelheit.

Als der Aufzug sich in Bewegung setzte, kam Leben in Miss Ella. Hier konnten sie ihr nicht entkommen. „Ich möchte diese Möglichkeit nutzen und Ihnen etwas über unseren Herrn Jesus Christus erzählen. Jesus liebt Sie und bietet Ihnen Vergebung an und eine Möglichkeit, Ihre Sünden zu bereuen. Folgen Sie ihm nach und halten Sie sich an sein Wort."

Diese Frau war wirklich ganz anders. Ich schaute in all die Gesichter um mich herum und lächelte. Ob sie wollten oder nicht, diese unglücklichen Menschen mussten sich jetzt sechzig Stockwerke lang eine Predigt anhören. Bis heute bin ich fest davon überzeugt, dass einige von ihnen ausgestiegen sind, obwohl es gar nicht ihr Stockwerk war. Und bis heute glaube ich genauso fest, dass Miss Ella ihr ganzes Leben damit verbracht hat, drei Dinge zu beschützen: Mutt, mich und dieses Buch.

Kapitel 10

Die Arztpraxis von Moses lag nur etwa zehn Kilometer von Waverly entfernt. Da er so oft bei uns war, prägt Moses Rain bis heute mein Bild von einem Arzt. Als Miss Ella mir das Fahrradfahren beibrachte, und ich über den Lenker flog und mir dabei beide Knie und die Lippe aufschlug, war Moses zur Stelle und flickte mich wieder zusammen. Als Mutt so hohes Fieber hatte, dass er zwei Bettlaken durchschwitzte, und sich das Fieber durch nichts senken ließ, saß Moses die ganze Nacht an seinem Bett. Und als Mutt aufwachte und ein Eis wollte, ging Moses nach unten und durchsuchte den ganzen Gefrierschrank, bis er drei mit Kirschgeschmack fand, legte dann die Füße hoch und schleckte mit uns mitten in der Nacht ein Eis. Und als ich mir einmal den Rücken verletzte und mit den Röntgenbildern unterm Arm nach Hause kam, schaute er kurz drauf, wischte mir die Tränen aus dem Gesicht und umarmte mich. Dann sagte er: „Mein Sohn, ich schaue dir so gern beim Baseball zu."

Moses ist der einzige Mann, der mich je in den Arm genommen hat.

Und als seine Schwester krank wurde, und ihm schließlich doch von ihrem Krebs erzählte, sagte er ihr, dass sie eine sture alte Frau sei. Trotzdem brachte er ihr jeden Tag das Frühstück und das Abendessen und las ihr jeden Abend vor. Manchmal blieb er die ganze Nacht. Nach mehr als fünfzig Jahren als Arzt verkaufte er seine Praxis an einen jungen Doktor aus Montgomery und setzte sich zur Ruhe. Doch ich fand bald heraus, dass er immer noch eine Schwäche für Pferde hatte.

Vor fünf Jahren hörte ich von einer Rennbahn am Rande von Dallas mit einem Stall, die Pferde für Farmen in West Texas und andere Cowboystaaten züchteten. Ich verbrachte ein paar Tage auf der Rennbahn und machte Photos von den Pferden und den Cowboys.

Wenn die Pferde alt genug waren, ließ der Besitzer sie ein paar Rennen laufen, hängte ihnen Schleifen um den Hals und verkaufte den Samen der Hengste oder auch das ganze Pferd für den richtigen Preis. Aus einer Laune heraus hatte sich der Züchter vor einiger Zeit ein besonderes Pferd gekauft – ein Tennessee Walker – und sein Glück versucht. Aber vergeblich. Ein dunkelbraunes Pferd, schwarze Mähne und über eins achtzig Stockmaß. Ein Traum von einem Pferd. Doch vermutlich hasste es den Rennstallbesitzer oder die Show. Jedenfalls gewann er nie einen Preis mit dem Gaul. Nach ein paar Shows und einer Menge verschwendetem Geld war es der Besitzer leid und kümmerte sich lieber wieder um seine anderen Pferde. Er stellte den Tennessee Walker in einen Stall, wo er nicht viel anstellen konnte, und nannte ihn „Hafti". Als er mich in seinem Stall herumführte, deutete er auf das Pferd und erklärte: „Das ist Hafti! Denn man braucht eine gute Haftcreme, um bei dem im Sattel zu bleiben. Ich hätte ihn schon längst loswerden sollen."

Während der nächsten Tage lungerte ich oft auf der Stallgasse vor Haftis Box herum. Am Ende der Woche streckte er jedes Mal den Kopf über die Boxentür, wenn ich vorbeikam, und ich hatte immer Möhren in der Tasche für ihn. Irgendwann erkundigte ich mich beiläufig danach, wie viel er wohl kosten würde, und der Rennstallbesitzer verkaufte ihn mir auf der Stelle für dreitausend Dollar. Für den Preis bekam ich außerdem zwei Sättel und auch alles andere, was ich jemals für ein Pferd brauchen würde. Ich bezahlte einen Cowboy aus der Gegend dafür, dass er mich und Hafti nach Alabama fuhr, doch weiter waren meine Pläne zu diesem Zeitpunkt noch nicht fortgeschritten. Ich dachte nur, dass ich ihn zu Hause auf die Weide lassen würde. Schon seit Jahren hatte kein Pferd mehr darauf gegrast, und Moses langweilte sich schon. Ich konnte mir vorstellen, dass die beiden gut miteinander auskommen würden. Und ich hatte recht. Bereits nach ein paar Monaten waren Moses und Hafti unzertrennlich. Eines Tages sagte ich zu Moses: „Moses, er gehört zur Hälfte dir. Du kannst dir aussuchen, ob du lieber die vordere oder die hintere Hälfte haben willst."

Doch dann passierte etwas, mit dem ich nicht gerechnet hatte. Eines Tages hielten ein paar der Plantagenbesitzer aus der Gegend auf der Straße neben Haftis Weide an und musterten mein Pferd von oben bis unten. Moses saß gerade auf dem Traktor und mähte das Gras auf der Weide, aber als er sie sah, kam er zu ihnen, lehnte sich gegen den Zaun und steckte die Hände in seine Latzhose.

„Entschuldigung, Sir", wandten sich die Leute an ihn. „Ist das Ihr Pferd?"

„Nun", grinste Moses und schob sich den Hut in den Nacken, „die eine Hälfte. Die andere Hälfte gehört dem Menschen, dem auch diese Weide gehört."

„Wir haben uns gefragt, ob es wohl möglich wäre, dass er ein paar unserer Stuten decken könnte?"

Moses grinste wieder. „Warum eigentlich nicht, aber –" Moses deutete auf Hafti, „vielleicht sollten wir ihn erst mal fragen." Es stellte sich heraus, dass Hafti überhaupt nichts dagegen hatte. Und es gab einige Leute, die bereit waren, ziemliche Summen für ihn als Vater ihrer Fohlen auszugeben.

So kamen Moses und ich zur Pferdezucht, und Hafti machte sich an die Arbeit. Als ich Hafti auf unsere Namen eintragen ließ und ihm formell den schönen Namen „Waverly Rain" gab, fand ich heraus, dass es in seinem Stammbaum einige hoch ausgezeichnete Ahnen gab, darunter auch einen Allroundsieger. Danach hoben Moses und ich die Gebühren für das Decken an. Haftis Ruhm breitete sich aus, und immer mehr Plantagenbesitzer von Nord Florida bis North Carolina und von Tennessee bis Texas brachten ihre Stuten trotz der gestiegenen Preise, um sie von Hafti decken zu lassen.

Fünf Jahre später hat Hafti bereits achtzig Fohlen gezeugt, und sein Terminkalender an der Wand im Stall ist völlig ausgebucht. Irgendwann war Moses es leid, den ganzen Tag am Telefon zu hängen und Termine zu vergeben, weshalb er einen Anrufbeantworter gekauft hat. Bevor Hafti zu uns kam, hat sich Moses oft gefragt, was er mit der ganzen Zeit im Ruhestand wohl anfangen sollte. Doch mit Deckgebühren von fünfzehnhundert Dollar pro Mal, die durch drei geteilt wurden – ich, Moses und der Stall –, kann Moses sich nicht wirklich über Langeweile beschweren. Mit seinen einundachtzig Jahren steht Moses jeden Morgen bei Sonnenaufgang auf, geht zum Stall, wo er sich Kaffee kocht, den Stall ausmistet und Hafti etwas vorsingt.

Kapitel 11

Eigentlich wollte ich bis zum Mittag schlafen, aber ich wachte schon bei Sonnenaufgang auf. Lebenslange Gewohnheiten kann man nur schwer durchbrechen, selbst wenn man müde ist. Meine immer gleichen Gedanken beim Aufwachen waren ein weiterer Beweis dafür. Ich joggte eine halbe Stunde, duschte, ging die Treppe hoch und goss mir eine Tasse Kaffee ein.

In der Scheune, wo Haftis Stall war, brannte Licht. Moses war also auch schon wach und bei der Arbeit. Ich schlenderte zur Scheune und fand ihn auf eine Mistgabel gestützt. Er sang Hafti gerade ein altes Gospellied vor und schien mich gar nicht zu bemerken. Vorsichtig schlich ich von hinten an ihn heran – ein Spiel, das ich schon als Kind mit ihm gespielt habe. Ich kam bis auf zwei Meter an ihn heran, als er plötzlich sagte: „Wenn du schon neue Mieter aufnimmst, hättest du mir wenigstens Bescheid sagen können, dann hätte ich das Haus meiner Schwester vorher ein bisschen putzen können, damit sie sich dort auch zu Hause fühlen."

„Hallo, Moses." Ich klopfte ihm auf die Schulter.

„Und wenn ich gewusst hätte, dass du Frauenbesuch hast" – er wischte sich kurz mit den Händen über seinen ausgewaschenen Overall – „dann hätte ich mich heute fein gemacht."

Wenn die Sonne es jemals schaffen sollte, die dunklen Wolken aus Waverly Hall zu vertreiben, die sich in all den Jahren meiner Kindheit zwischen den Mauern zusammengeballt hatten, dann hätte sie in solchen Momenten wie jetzt mit Moses die größte Chance. Er nickte zum Haus hinüber und seine Augen verrieten die Frage, die ihm auf der Zunge lag.

„Es ist eine lange Geschichte", erklärte ich. „Vieles davon verstehe ich selbst nicht, aber es ist eine Frau und ihr Kind. Ihr Sohn."

Moses unterbrach mich. „Tucker, ich erinnere mich noch sehr gut an die kleine Katie. Sieht so aus, als wäre sie etwas erwachsener geworden."

Sein Gedächtnis überraschte mich. „Sie sind ..." Mein Blick wanderte in die Ferne. „Sie laufen vor etwas weg. Ich habe sie gestern Abend im strömenden Regen gefunden. Ihr Auto hing im Straßengraben fest, und ich konnte sie da nicht einfach liegen lassen. Ich musste die ganze Zeit an Miss Ella denken."

„Ohhhh." Moses holte die Pferdeäpfel mit der Mistgabel aus der Box und schleuderte sie in die Schubkarre. „Du weißt genauso gut wie ich, dass sie dasselbe getan hätte, wenn sie noch hier wäre. Außer, dass sie jetzt in der Küche wäre, um das Frühstück vorzubereiten." Ich ging zur Boxentür, wo Hafti genüsslich sein Heu kaute, und rieb ihm die Nase. Dann kletterte ich auf den Heuboden und warf einen Heuballen runter. Als Hafti versorgt war, ging ich zu Miss Ellas Haus und spähte durchs Fenster.

„Tuck", flüsterte Moses, „sei vorsichtig, wenn du heimlich durch das Fenster hier guckst. Der Geist meiner Schwester könnte dich erwischen und dich durchs Fenster ziehen."

Ich musste lachen. Er hatte recht.

* * *

Gegen Mittag kam Katie in eine Decke gehüllt auf die hintere Veranda. Ich war gerade in der Scheune und putzte Haftis Sattel, die Steigbügel und die Zügel, als ich die Tür hörte. Ich ging nach draußen, und da fiel mir zum ersten Mal auf, wie sehr sie immer noch wie die kleine Katie von damals aussah. Die Decke war etwas nach unten gerutscht, sodass ich ihre nackten Schultern sehen konnte. Der Geruch von frisch gemähtem Gras gemischt mit Mistgestank wehte über die Veranda. Der Geruch war stark und erfüllte meine Lungen mit jedem Atemzug.

Als sie mich sah, kam sie langsam auf mich zu. Sie trug eine weite Jeans und ein Flanellunterhemd, doch beides schien ihr nicht wirklich zu passen. Kurz bevor sie bei mir war, zog sie die Decke hoch und wickelte sie wieder um die Schultern.

„Guten Morgen." Sie flüsterte fast. Dann kniff sie die Augen zusammen und suchte die Einfahrt ab, als würde sie etwas suchen.

Ich deutete auf die Kaffeekanne, die auf der Bank stand. „Vor etwa einer Stunde habe ich frischen Kaffee gekocht. Vielleicht hilft er dir beim Aufwachen." Sie nickte, schützte ihre Augen, so gut es ging, vor der Sonne und goss sich einen Kaffee ein. Dann nahm sie die Tasse zwischen die Hände, blies vorsichtig hinein und trank einen Schluck.

„Gestern Nacht konnte ich zwei und zwei nicht mehr zusammenzählen. Ich hatte keine Ahnung, dass ich hier gelandet war. Erst als ich sah, dass du du bist, wusste ich, wo ich war." Sie blies wieder in die Tasse und wich meinem Blick aus. „Alles war so ... nun, es dauerte eine Weile, bevor es bei mir Klick machte" – sie tippte sich mit dem Finger an den Kopf – „die Erinnerungen." Ich nickte und rieb den Sattel weiter ab. „Ich bin überrascht, dass du immer noch hier wohnst", sagte sie schließlich.

Ich schaute mich um. „Es ist gut, dass ich es getan habe. Sonst würde uns bestimmt gleich einer rausschmeißen."

Sie lächelte und blies nachdenklich in den Kaffeedampf. Dann deutete sie auf den Sattel. „Was machst du da?"

„Also, dieser Sattel gehört zu diesem Pferd." Ich deutete auf Haftis Box, an der ein großes Namensschild prangte. „Und ich schätze, dass der kleine Junge in ein paar Minuten aus diesem Haus gerannt kommt und das Pferd sieht. Und dann wird er sicher reiten wollen. Deshalb habe ich mir gedacht, ich mach schon mal alles fertig."

Sie nickte und lächelte, als hätte eine Erinnerung ihr gerade etwas zugeflüstert. Ich unterbrach die Stille.

„Ich habe dein Auto heute Morgen abschleppen lassen. Es steht jetzt bei John in der Werkstatt in Abbeville." Ich legte beide Arme unter den Sattel, trug ihn zu Haftis Box und hängte ihn dort über die Tür. „John ist hier in der Gegend der Einzige, der vielleicht den Hauch einer Ahnung hat, wie man deinen Volvo wieder in Gang bringen kann. Aber ich denke, du solltest dich auf mindestens zwei Wochen einstellen, bevor du dich wieder hinters Steuer setzen kannst." Ich schwieg einen Moment, denn ich wollte ihr nicht zu viele schlechte Nachrichten auf einmal zumuten. „Ich hoffe, du hast eine gute Versicherung."

„So schlimm?", fragte sie.

„Ja, so schlimm."

Sie nickte wieder und ging zurück zur Kaffeekanne. Dort drehte sie kurz den Kopf und sagte: „Danke."

„Um ehrlich zu sein, Moses hat den Kaffee gekauft und gekocht. Ich habe einfach ein bisschen heißes Wasser über das alte Pulver geschüttet."

Sie schaute auf ihre Füße und trat etwas nervös hin und her. „Das habe ich nicht gemeint."

„Oh, dann willst du dich sicher dafür bedanken, dass ich nicht zurückgeschossen habe."

Sie schüttelte den Kopf, und diesmal schaute sie mir direkt in die Augen.

Ich verstand ihre Andeutung und sagte nur: „Gern geschehen."

Neben der Box stand Haftis Putzzeug. Sie griff sich eine Bürste und begann, Haftis Mähne zu bürsten. Er schien sie sofort zu mögen, denn er schubste sie freundschaftlich mit der Nase an.

* * *

In der Mittelstufe merkten die Baseballtrainer der Gegend, dass ich ein guter Spieler war. Immer wieder kamen sie auf den Trainer unserer Schulmannschaft zu und sagten: „Der Junge hat Talent." „Aus ihm wird mal ein Star." „Ich hab schon lange keinen mehr gesehen, der die Bälle so hart schlägt wie er." Ich muss zugeben, dass mir das viele Lob ziemlich zu Kopf stieg. Es tat mir deshalb so gut, weil es das erste Mal war, seit ich mich erinnern kann, dass ich in den Augen anderer Leute etwas richtig machte. Plötzlich war ich jemand und nicht einfach nur „der Junge von Rex Mason".

Eines Nachmittags kam ich mit stolzgeschwellter Brust nach Hause, und Miss Ella brüllte mir zu, dass ich auf keinen Fall den Dreck mit ins Haus bringen sollte. Ich ignorierte sie. So schnell wie der Blitz stand sie neben mir, packte mich und sagte: „Kind, jetzt hörst du mir mal gut zu, und ich will, dass du mich anschaust, wenn ich mit dir rede. Ich bin vielleicht nur eine alte Angestellte hier und dazu auch noch eine Bauersfrau, aber ich bin auch ein Mensch. Und weißt du noch was? Gott hat an mich gedacht. Er hat sich sogar Zeit genommen, mich zu erschaffen. Vielleicht bin ich nicht besonders schön, aber trotzdem hat mein Leben durch Gott angefangen, also steh nicht hier herum und tu so, als gäbe es mich nicht. Merk dir das." Das musste Miss Ella mir nur einmal sagen. Seit dem Tag habe ich meine Stollenschuhe immer vor der Tür ausgezogen.

Später am Abend, als sie mich ins Bett brachte, schaute ich zu ihr hoch, und sie drückte sanft einen ihrer von der Gicht verkrümmten Finger in meine Brust. „Hier drin ist etwas ganz Besonderes. Vielleicht hast du die grünsten Augen, die es gibt, und den besten Schlag in der ganzen Liga, aber hier drin steckt etwas Besseres als schöne Augen und gute Schläge. Du hast etwas hier drin, das nicht viele Leute haben. Gott hat dir einen Platz für Menschen hier drin gegeben, in den mehr als nur du allein reinpassen. Wenn du anfängst zu glauben, was die anderen Leute gerade über dich sagen, dann wird es nicht lange dauern, und du selbst denkst auch nur noch an dich, und es ist kein Platz mehr für andere hier drin. Denk immer daran, dass dein Herz und dein Kopf zusammenhängen. Wenn dir der Kopf schwillt durch das viele Lob, dann schrumpft dein Herz. Tucker, du bist mehr als nur ein guter Baseballspieler, und dein Wert hat nichts damit zu tun, wie gut du im letzten Spiel warst. Wenn du eines Tages weißt, was du werden willst – vielleicht willst du Baseball spielen, vielleicht aber auch nicht, egal, was es ist –, lass es dir nicht zu Kopf steigen. Bleib hier unten bei uns. Mir ist es egal, ob du eines Tages auf der Titelseite der *Times* bist, bleib immer Tucker Mason."

„Aber, Miss Ella, ich will gar nicht Tucker Mason sein."

„Nun, mein Kind", sagte sie mit einem ungläubigen Lächeln und legte ihre Hand auf meine Brust. „Wer willst du denn sonst sein?"

„Ich will Tucker Rain sein."

Ihr Gesicht glättete sich, und ihr entfuhr ein „Ohhhh". Sie strich mir die verschwitzten Haare aus dem Gesicht, und ich spürte ihren Atem. „Du kannst dir deine Eltern nicht aussuchen, mein Kind. Das Einzige, was du in diesem Leben kontrollieren kannst, ist, was du sagst und tust."

An dem Tag, an dem sie starb, nahm ich den Namen Tucker Rain an.

* * *

Katie lehnte sich gegen die Werkbank und beobachtete, wie meine Hände das Leder bearbeiteten. „Ich habe immer wieder nach deinem Namen unter den Fotos auf der Titelseite der wichtigsten Zeitschriften gesucht. Und dann, eines Tages" – sie drehte sich um und schaute über die Weide – „ging ich an einer Zeitschriftenbude vorbei und sah die

Titelseite der *Times*. Ich musste gar nicht auf den Namen schauen. Ich wusste einfach, dass es von dir war."

Vor zwei Jahren schickte Doc mich nach Sierra Leone, um über den Diamantenhandel und den damit verbundenen Bürgerkrieg zu berichten. Nach zwei Wochen dort unten machte ich ein Foto von drei Amputierten, die Schulter an Schulter nebeneinanderstanden und lächelten, jeder mit einer silbernen Bettelbüchse um den Hals. Ein schmerzhaftes Paradox. So gesund wie Pferde und doch konnten sie weder allein essen, sich anziehen noch auf die Toilette gehen. Sechs Wochen später rief Doc mich an. Ich konnte die Tränen förmlich hören, die ihm übers Gesicht liefen. „Tucker ... Tuck ... du bist auf der Titelseite ... die *Times* nimmt dich auf die Titelseite."

Katie schaute zu mir hoch. „Tucker, ich glaube, Miss Ella wäre stolz auf dich gewesen." Sie bohrte ihre Ferse in den Dreck und schaute in ihre Tasse. „Ich war es jedenfalls."

Ich war fertig mit dem Sattel und packte jetzt meine Kameratasche Linse für Linse auf der Werkbank aus. Das hatte ich schon lange nicht mehr getan, und es war Zeit, dass ich meine Linsen mal wieder überprüfte. Ich griff nach einer Kamelhaarbürste und staubte die Linsen ab. Katie schaute mir schweigend zu und kaute nervös auf ihrer Unterlippe. Ihr lag etwas auf dem Herzen, und sie suchte anscheinend die richtigen Worte. Schließlich fand sie den Mut. „Ich schulde dir eine Erklärung."

„Der Gedanke ist mir auch schon gekommen."

„Willst du die lange oder die kurze Version?"

„Ich will die Version, die mich nicht zu einem Komplizen für irgendwas macht."

Sie lächelte wieder und nickte. „Das habe ich schon kommen sehen."

„Bestimmt."

„Der Revolver liegt in der obersten Schublade. Er ist nicht geladen. Ich habe ihn in dem Schuhkarton mit den alten Bildern versteckt. Die meisten sind von dir. Ich hab sogar ein oder zwei von mir gefunden. Egal, er ist jedenfalls so weit oben, dass Jase nicht drankommt. Nicht, dass er ihn wollte, aber du kannst mit dem Revolver machen, was du willst. Es ist dir sicher aufgefallen, dass ich nicht wirklich damit umgehen kann."

Jetzt blickte ich zum ersten Mal auf die Tränensäcke unter ihren Augen. Es waren gar keine Tränensäcke. „Hast du diese blauen Flecken von demselben Typen, dem du den Revolver geklaut hast?"

Sie lehnte sich zurück und versteckte ihre Hände hinter dem Rücken. Wahrscheinlich würde ich jetzt etwas über die letzten zwanzig Jahre ihres Lebens hören.

„Papa hat uns mit nach Atlanta genommen. Von Anfang an hatte er kein gutes Gefühl dabei, für deinen Vater zu arbeiten, deshalb hat er nach nur drei Tagen wieder gekündigt. Er fand einen Job bei einem Freund, der ihn davor gewarnt hatte, für Rex Mason zu arbeiten. Jedenfalls hat Papa seinen Platz gefunden und ich auch. Sie meldeten mich an einer Privatschule mit einer guten Musikausbildung an, die ganz in der Nähe der Pace-Akademie war. Die Lehrer haben mir viel beigebracht. Dort habe ich auch zum ersten Mal verstanden, was für eine gute Lehrerin meine Mutter gewesen war. Eins führte zum anderen ... ich habe vorgespielt und ein Stipendium bekommen. Ich war vier Jahre lang auf der Schule in New York, spielte Klavier und fror wie ein Schneider von November bis März."

Katie hatte sich verändert; ihre Stimme, ihre Figur, ihre Gesichtszüge – alles an ihr – war erwachsen geworden und zeugte von ihrer Geschichte. Doch die Art, wie sie sich über sich selbst lustig machte, zeigte mir, dass sie immer noch dieselbe war. Ganz tief in dieser verängstigten Frau klang immer noch die vertraute Stimme.

„Um Geld zu verdienen, spielte ich am Wochenende in Kellerbars und zweitklassigen Jazzklubs im unteren Teil von Manhatten. In meinem Abschlussjahr war ich schon bekannter, und die Hotelmanager buchten mich für romantische Abende im Restaurant bei Kerzenschein."

„Das bedeutete wahrscheinlich, dass das Trinkgeld besser war und dich nicht so viele Leute mit Bier bespuckten, oder?"

„Genau. Eines Nachts leerte ich meine Trinkgeldschale, nachdem das Restaurant geschlossen hatte, und fand einen Tausend-Dollar-Schein! Ich dachte, jemand hätte sich vergriffen. Das war der erste Tausender in meinem Leben, den ich in der Hand hielt. Nun, danach machte ich mein Examen, beschloss, dass ich den Central Park im Frühling mochte, und verdiente eine Menge Geld."

„Du hast New York wirklich gemocht?", unterbrach ich sie und griff nach einer anderen Linse.

Sie zuckte mit den Schultern. „Am Anfang nicht, aber ich hab mich dran gewöhnt. Es ist gar kein so schlechter Ort." Sie lächelte. „Ich bin ein bisschen verrückt geworden und habe für ein Bauernmädchen aus Alabama etwas zu schnell gelebt. Als ich fünfundzwanzig war, rief mich ein Jazzrestaurant aus der Fifth Avenue an – das Ivory Brass – und buchte mich für vier Abende die Woche. Fast die ganze Wall Street fand sich dort im Laufe der Woche ein. Ich fühlte mich, als hätte ich den Jackpot gewonnen."

Katie trank noch einen Schluck Kaffee und starrte dann in die Ferne. Ich konnte förmlich sehen, wie sie in Gedanken die Fifth Avenue entlangging. Sie war einen weiten Weg gekommen, seit ich ihr durch das Autofenster das letzte Mal zugewunken hatte.

„Ein Freund von einem Freund von mir stellte mich Trevor vor. Ein erfolgreicher Börsenmakler, ein Partner in seiner eigenen Firma, die auf dem Weg nach oben war, und mit einem guten Ruf, der überall an der Wall Street bekannt war. Er wirkte auf mich sensibel, mit gutem Geschmack und Manieren" – sie schüttelte den Kopf – „und einer Vorliebe für Tausend-Dollar-Scheine." Wieder blickte sie über die Felder und schwieg lange. „Ich höre mich an wie ... eine New Yorkerin." Sie rieb sich die Augen und malte mit den Zehen im Dreck.

Dann fuhr sie fort. „Er kam regelmäßig. Es dauerte nicht lange, und er brachte mich abends nach Hause. Wahrscheinlich habe ich mich einfach gefreut, ein bekanntes, freundliches Gesicht in der Menge zu sehen. Nach ein paar Monaten und nachdem ich ihn ein paarmal abgewiesen hatte, sagte ich schließlich ‚vielleicht' und zog zu ihm. Eine Probezeit könnte man sagen. Ich weiß immer noch nicht so genau, warum ich eingewilligt habe. Keine Alternativen, nehme ich an."

Das konnte ich nicht glauben. Katie standen immer alle Türen offen. Eine Frau wie sie, schön und mit der Gabe, ein Klavier wie einen Vogel singen zu lassen, hatte immer eine Alternative. Sie hörte sich verloren an. Einsam. Voller Heimweh. Hilflos.

„Er war schon älter und wollte gleich Kinder. Ich gab nach und spielte weiter, bis Jase geboren wurde."

Ich ging zur Kaffeekanne und füllte unsere Tassen auf. Dann putzte ich weiter meine Linsen. Sie trank einen kleinen Schluck und fuhr fort. „Ich freute mich auf Jasons Geburt, und eine Zeit lang waren wir richtig glücklich ... Wir fanden beide, dass wir heiraten sollten. Als Jase dann einen Monat zu früh kam, heirateten wir einfach nur auf dem Standesamt ohne große Feier. Eine reine Formsache. Vielleicht dachten wir ... oder nur ich, dass Jase durch unsere Heirat irgendwie gerechtfertigt wurde. Ich bin mir nicht sicher, ob ich Trevor jemals geliebt habe. Nein ..." Sie schüttelte den Kopf. „Ich wusste es von Anfang an. Ich wollte es nur nicht wahrhaben."

„Katie, ich bin mir sicher –"

„Nein", unterbrach sie mich und hob die Hand. „Ich habe versucht, ihn zu lieben, doch aus irgendeinem Grund habe ich es nie getan. So schlimm sich das anhört – ich glaube, mir gefiel, was er mir bieten konnte. Jedenfalls bis ich ihn richtig kennenlernte. Obwohl er nach außen anders wirkte, war Trevor nicht wirklich liebenswert. Der sensible, intelligente Mann mit den guten Manieren verwandelte sich von Dr. Jekyll in Mr Hyde. Dazu kam noch etwas: Jase war eine Frühgeburt und war von Anfang an nicht der Stärkste. Vom ersten Tag an gab es Probleme bei ihm. Er war viel zu klein, seine Lungen brauchten Zeit, um sich richtig zu entfalten, und ungefähr ein halbes Jahr lang schlief er am Tag und schrie die ganze Nacht." Sie öffnete die Arme, als wollte sie ihren nächsten Satz unterstreichen. „Ich war nie besonders üppig ausgestattet und hatte Probleme beim Stillen. Trevor verdiente gutes Geld, und er konnte es nicht ertragen, dass seine Frau irgendwie nicht zu dem Glitzer und Gold der gehobenen Gesellschaft passte, in der er sich bewegte. Die Größe musste stimmen. Im wahrsten Sinne des Wortes."

Ich musste lächeln, schaute aber weiter auf meine Arbeit. „Das kann ich gut verstehen."

„Was?"

„Na ja, das letzte Mal, als ich dich oben ohne sah, warst du genauso platt wie ich. Außerdem hattest du eine ziemliche Hühnerbrust."

Sie schlug mir auf den Arm. „Tucker!" Die kleine Kabbelei fühlte sich gut an. Das Lachen auch.

„Ich mach nur Spaß." Ich hob die Hände und trat ein paar Schritte zurück. „Hilfe! Ich gebe auf." Aber meine Neugier war noch nicht befriedigt. „Woher weißt du es?"

„Trevor ist ganz wild nach guten Kameras. Er ist kein wirklich guter Fotograf, aber er tut gern so. Unser Briefkasten quoll immer über von Zeitschriften übers Fotografieren. Ich hätte deine Karriere also gar nicht verpassen können." Sie warf mir einen kurzen Blick zu. „Ich mag den Namen: Tucker Rain, Rain wie Regen."

Ich nickte, ohne aufzuschauen. „Es ist ein guter Name."

„Ich mag auch deine Fotos." Sie schwieg einen Moment, als suchte sie nach den richtigen Worten. „Vor allem, wenn du Gesichter fotografierst. Irgendwie schaffst du es, die Gefühle eines Menschen auf seinem Gesicht festzuhalten."

Wieder nickte ich und dachte an die letzten sieben Jahre, in denen ich wie wahnsinnig durch die Welt gereist war, immer auf der Suche nach dem nächsten Bild. „Manchmal schaffe ich es. Doch meistens verschwende ich einfach die Filme."

„Das glaube ich nicht." Sie kam einen Schritt auf mich zu und schaute auf die Kamera in meiner Hand. Anscheinend fühlte sie sich in meiner Gegenwart jetzt etwas wohler. „Wie dem auch sei, nach zwei Jahren, zu vielen Arbeitsessen und langen Nächten im Büro, die er nicht erklären konnte oder wollte, verlor er immer häufiger das Geld seiner Klienten und langsam auch seine gute Figur und wurde zu jemandem, mit dem ich nicht mehr zusammen sein wollte. Es gab noch drei andere Frauen – jedenfalls soweit ich weiß." Sie zuckte mit den Schultern. „Wegen Jase biss ich mir auf die Lippen, blieb bei ihm und gab die Hoffnung nicht auf." Sie drehte sich um und ging zum Eingang der Scheune. „Vergeblich. Schon bald verheimlichte er seine Affären gar nicht mehr vor mir, und wenn ich ihn zur Rede stellte, wurde er handgreiflich. Ich versuchte, mich damit zu arrangieren, schützte ihn nach außen und hoffte, er würde sich wieder ändern. Doch dann ..."

„Dann?"

„Dann schlug er Jase. Einmal. Ich packte meine Koffer, reichte die Scheidung ein, und als Trevor völlig besoffen zur ersten Anhörung kam und keinen Satz zu Ende bringen konnte, warf ihn der Richter wegen Trunkenheit vor Gericht ins Gefängnis und sprach mir das alleinige Sorgerecht zu. In der Ausnüchterungszelle kam Trevor wieder zu sich und merkte, dass die Dinge anders gelaufen waren, als er sie geplant hatte. Das hat ihm gar nicht gefallen und tut es auch immer noch nicht.

In den letzten zwei Jahren haben wir es mit einer Therapie versucht. Das war meine Idee. Ich dachte, wenn wir Freunde werden könnten, wären wir auch bessere Eltern. Ich dachte nur an Jase. Er brauchte ...

braucht ... einen Vater. Und Trevor ist vielleicht nicht der beste, aber er ist der einzige, den er hat."

„Wurde es besser?"

„Trevor hat sich angestrengt. Er hat sogar aufgehört zu trinken, aber ich bin mir ziemlich sicher, dass er das andere" – wieder zuckte sie mit den Schultern – „nie aufgegeben hat. Nun ja, unser Therapeut schlug einen Familienurlaub vor, und so sind wir vor fünf Wochen nach Colorado zum Skifahren geflogen. Trevor stieg ins Flugzeug und sprach davon, dass der Urlaub ‚lange überfällig' sei. Ich hoffte, dass uns die Veränderung guttun würde. Vielleicht würde ihn eine Schneeballschlacht etwas zur Vernunft bringen. Und" – wieder bohrte sie ihre Zehen in den Dreck auf dem Boden – „wahrscheinlich habe ich gehofft, ich könnte einen Grund finden, noch einmal von vorn anzufangen. Wir waren erst eine Woche da, als er einen Anruf aus dem Büro bekam. Sie hatten ihren besten Kunden verloren. An diesem Abend kam ich vom Einkaufen nach Hause und fand ihn mit seiner Skilehrerin im Bett." Wieder ein Schulterzucken. „Sie brachte ihm nicht wirklich das Skifahren bei. Ich stellte ihn zur Rede, und er hat mich geschlagen." Sie deutete auf ihr Auge. „Dann machte er sich auf die Suche nach Jase, der sich draußen versteckt hatte. Ich fand ihn zuerst und wir liefen davon. Doch zuerst machte Trevors Kopf noch Bekanntschaft mit einem Schürhaken."

Das hörte sich an wie die Katie, die ich kannte. Die Katie, die ich kannte, hätte ihm schon in New York eins mit dem Schürhaken über den Kopf gezogen, doch Erwachsene brauchen meistens länger zum Aufwachen als Kinder.

Wieder suchten ihre Augen die Einfahrt ab. „Jase und ich flogen zurück nach New York und packten unsere Koffer. Ich erwirkte eine einstweilige Verfügung gegen Trevor – was nicht schwer war, da das Gericht unsere Geschichte kannte. Außerdem lag Trevor in Colorado im Krankenhaus und die Skilehrerin sagte zu meinen Gunsten aus, als sie herausfand, wer ich war. Seit dem Tag sind wir praktisch auf der Flucht."

Langsam lief sie durch die Scheune und atmete tief den Geruch von Hafti, Leder, Pferdemist, Pferdefutter und staubigen Spinnweben ein. „Trevor ist kein Dummkopf, und wahrscheinlich wird er uns früher oder später finden. Er mag es nicht, wenn man ihm sagt, dass er etwas nicht tun kann ... oder nicht haben darf." Sie hob fröstelnd die Schultern und schaute mir direkt in die Augen. „Ich konnte nicht in New York bleiben, und ich konnte auch nicht nach Atlanta zurück, denn dort würde er mich finden. Ich wusste nicht, wo ich hinsollte. So bin ich einfach in diese Richtung gefahren, weil ich wusste, hier würde ich wenigstens nachdenken können. Hier hatte ich einen Platz, und ich hoffte, hier würde ich vielleicht sogar Frieden finden."

Sie schaute sich in der Scheune um, dann glitt ihr Blick über das große Haus und die Weiden. Überall leuchtete die sanfte warme Morgensonne, und der Tau, der sich langsam von den Wiesen hob, sah aus wie goldener Honig, der langsam aus dem Himmel auf die Erde tropfte. „Als wir noch Kinder waren", fuhr sie fort, „war ich hier glücklich. Richtig glücklich. Ich kann mich noch genau erinnern. Oft wünschte ich mir, der Tag würde nicht zu Ende gehen, ich könnte einfach weiter auf dem Flügel deines Vater spielen. Wenn ich spielte, saß Miss Ella immer neben mir und lächelte und genoss die Musik."

Bei dem Gedanken musste sie selbst lächeln. „Nie wieder haben die Augen eines Menschen mich so angeschaut wie Miss Ellas. Manchmal, spät abends, wenn die Leute nach Hause gingen, habe ich die Augen zugemacht und mir vorgestellt, dass sie neben mir auf dem Klavierstuhl vor dem Flügel deines Vaters sitzt und mir ins Ohr flüstert, dass ich eines Tages vor ausverkauften Häusern spielen würde, vielleicht sogar in der Oper in Sydney." Katie schüttelte den Kopf. „Sie war mein größter Fan. Der beste. Immer, wenn ich spiele, stelle ich mir vor, sie sitzt neben mir. Lächelnd, mit leuchtenden Augen und ihr Körper wiegt sich mit der Melodie. Manchmal kann ich sogar fast ihre Stimme hören und ihre Handcreme riechen."

Ich lächelte, sagte aber nichts. Erst musste Katie sich alles von der Seele reden. Ich griff nach einer anderen Linse und merkte, wie ich den Klang ihrer Stimme vermisst hatte. „Hast du irgendwelche Pläne?"

„Oh, ja." Sie lachte. „Neu anfangen. Wurzeln schlagen. Meinem Sohn beibringen, wie man Baseball spielt." Sie wischte sich mit der Decke über die Augen und verschmierte dabei ihr Make-up. Ich deutete auf das Fahrrad, das neben der Scheune stand. „Das haben wir in Macon gekauft", erklärte sie. „Damit er etwas zu tun hatte, während ich darüber nachdachte, wohin wir fahren und was wir tun sollten. Ich wollte irgendwohin, wo Trevor mich nicht finden würde." Sie schaute sich um und versuchte zu lächeln. „Sieht so aus, als hätte ich den Ort gefunden."

„Woher weißt du, dass er nicht einfach deinen Kreditkartenrechnungen folgt?"

„Ich hatte einen guten Anwalt bei unserer Scheidung, ich habe also genug Geld, aber für diese Fahrt ... nun, vor Jahren habe ich ein Konto in Atlanta eröffnet und immer wieder ein bisschen Geld eingezahlt. Für Notzeiten sozusagen."

„Für Zeiten wie diese."

Sie nickte und schaute wieder auf die Wiesen. „Das könnte man so sagen." Sie lehnte sich gegen die Wand und schloss die Augen. Der Wind wehte durch die Tür und brachte den Geruch von reifen Pfirsichen mit sich, der die Scheune füllte.

* * *

Ein paar Minuten später kam Moses mit den Daumen in den Schlaufen seiner Latzhose herein – er sah aus wie ein richtiger Bauer.

„Sieh mal einer an. Hallo, kleine Katie." Moses war immer noch so wie früher. Er nahm seinen Hut ab, wischte sich den Schweiß von der Stirn und setzte den Hut wieder auf.

Katie ging ein paar Schritte auf ihn zu und starrte ihn einen Moment lang nachdenklich an. Dann breitete sich ein ausgedehntes Lächeln auf ihrem Gesicht aus. „Moses?"

„Kleines Fräulein, das hier ist nicht mein Haus, aber weil ich diesen Jungen dort praktisch mit erzogen habe, heiße ich dich hier in Waverly herzlich willkommen. Bleib, so lange du willst und noch länger, wenn es geht."

Sie legte ihm die Arme um den Hals und gab ihm einen Kuss auf die Wange.

In dem Moment kam ein kleiner Cowboy mit einem Hemd, kurzen Hosen, Cowboystiefeln, einem Pistolengürtel und einem Sheriffstern auf der Brust die Veranda entlanggestürmt. Er rannte in die Scheune mit einer Pistole in der einen und dem Cowboyhut in der anderen Hand. „Mama, Mama, Mama schau mal!" Er deutete auf Hafti. „Da ist ein Pferd!"

Moses stand ihm am nächsten. Er kniete sich hin, nahm seinen Hut ab, streckte die Hand aus und sagte: „Nett, Sie kennenzulernen, Sheriff." Jase zog beide Waffen und zielte auf Moses. Der ließ sofort seinen Hut fallen und hob die Hände.

„Jase" – Katie kniete sich neben Jason – „das ist Dr. Moses. Und das", sagte sie und deutete auf das Pferd, „ist Hafti."

„Moses", sagte ich und deutete auf die beiden Pistolen, „sei vorsichtig. Doch eigentlich solltest du dich vor *ihren* Waffen noch mehr in Acht nehmen."

Katie schaute zu Moses. „Er redet über letzte Nacht. Wir waren –"

„Ich weiß." Moses machte eine abwehrende Handbewegung. „Tuck hat es mir erzählt. Er kann nur nicht aufhören, weil bisher noch niemand auf ihn geschossen hat. Ich dagegen habe vier Jahre in Europa verbracht, wo fast jeden Tag einer auf mich geschossen hat. Auf mich darfst du zielen, so viel du willst."

„Klasse, nimm sie auch noch in Schutz", sagte ich.

„Katie" – Moses legte ihr einen Arm um die Schultern und grinste breit – „wie wäre es mit einem Brunch? Wir haben alles versucht, als er noch klein war, aber dieser kleine Pimpf hat nie wirklich Manieren gelernt."

„Ich erinnere mich", sagte sie über die Schulter.

„Moses", unterbrach ich sie, „lass dich nicht täuschen. Diese Frau ist ein Wolf im Schafspelz."

„Liebe Katie", erwiderte Moses gespielt ärgerlich, „hör gar nicht auf das, was dieser kleine Wicht sagt. Wenn er sich nicht benimmt, hol ich die Weidenrute und bring ihm ein bisschen Disziplin bei."

„Das würde ich gerne sehen", sagte sie grinsend.

Jase schlich sich an Haftis Box und streckte seine Hand aus. Hafti lehnte seinen Kopf aus der Box und kitzelte Jases Fingerspitzen mit seiner Nase. Ich hob etwas Heu von der Stallgasse auf und hielt es Hafti hin. Hafti wieherte leise und fraß vorsichtig aus meiner Hand. Jase machte es mir nach und lachte laut, als Hafti ihm aus der Hand fraß. Es war ein schönes Geräusch.

Das Einzige, was jetzt noch fehlte, war eine kleine schwarze Frau mit einem Glasauge, die auf einem großen Eimer saß, das Kleid über die Knie hochgezogen und die Kniestrümpfe heruntergerollt bis zu den Fesseln. Miss Ella hat große Fußspuren hinterlassen. Sie haben die von Rex geschluckt.

Kapitel 12

Die beiden gingen zum Haus. Moses Arm lag immer noch um Katies Schultern, und sie ließen Jason und mich einfach allein in der Scheune zurück.

„Gefällt dir mein Pferd?"

Jase nickte.

„Willst du ihn mal reiten?"

Wieder nickte Jason, diesmal etwas heftiger. „Hey, Moses", rief ich den beiden nach. „Arbeitet Hafti heute?"

„Jep. Sie kommen heute Nachmittag."

Ich nickte und schaute zu Jase. „Warte hier auf mich, Partner." Ich holte ein Halfter, eine trockene Satteldecke und den Kinderwesternsattel, den ich heute Morgen geputzt hatte, aus der Sattelkammer. Er passte für Pferd und Reiter wie angegossen. Ich setzte Jase auf Hafti, machte die Steigbügel etwas kürzer und beobachtete, wie Jases Gesicht aufleuchtete, als er seine Stiefel in die Steigbügel steckte. Drei Minuten später führte ich Hafti aus der Box.

Katie sah uns, befreite sich von Moses' Arm und machte Anstalten, ihren Sohn wieder vom Pferd zu holen. „Liebe Katie", sagte Moses und hakte sich bei ihr ein, „dieses Pferd ist fast so sanftmütig wie der junge Mann, der es führt. Du kommst jetzt am besten mit mir und wir frühstücken erst einmal. Ich will mir unbedingt deine Augen ansehen."

Ich ging Richtung Süden durch die Weide, unter dem alten Wasserturm hindurch, der mittlerweile völlig überwachsen war mit Efeu, auf die Obstbäume zu. Wir liefen südlich um die Obstbäume herum, durch die alten Kiefern, und kamen bald an den Rand des Steinbruchs. Am Rand des zwanzig Meter hohen Steilhangs mit den alten verrosteten Drahtseilen hielten wir an und schauten auf den See, der unter uns lag.

„Onkel Tuck?"

Das ließ mich aufhorchen. Ich hob den einen Steigbügel und zog den Sattelgurt nach. Dann schaute ich zu Jase hoch. „Wer hat dir gesagt, dass du mich Onkel Tuck nennen sollst?"

Jases Gesicht verspannte sich, und er sah wieder genauso aus wie in der Tankstelle – so als würde er jeden Moment eine Tracht Prügel erwarten. Ich legte eine Hand auf das Sattelhorn und senkte die Stimme. „Hat deine Mama dir gesagt, du sollst mich Onkel Tuck nennen?"

Jase nickte. Die Angst stand ihm ins Gesicht geschrieben.

„Nun dann" – ich lächelte ihn an und klopfte ihm beruhigend auf den Fuß – „solltest du das besser auch tun. Wenn du mich von jetzt an nicht Onkel Tuck nennst, dann tauche ich dich in den See dort unten. Verstanden?"

Jase lächelte und nickte aufgeregt. Ich schnalzte mit der Zunge, und Hafti setzte sich wieder in Bewegung. „Onkel Tuck, woher hast du das Pferd?"

„Tja ..." Ich pflückte einen Grashalm und steckte ihn zwischen die Lippen. „Ich hab mal in Texas gearbeitet, als –"

„Mit deiner Kamera?"

Ich hielt die Kamera kurz hoch und nickte. „Ja, mit meiner Kamera." Ich pflückte einen neuen Grashalm und gab ihm die Hälfte davon. Als ich ihn mir in den Mund steckte, tat er dasselbe. „Dort habe ich so 'nen Typen getroffen, der ganz viele Pferde hatte. Er züchtet sie, weißt du, aber er war eher ein ungeduldiger Mensch und mochte den alten Hafti nicht allzu sehr. Er dachte sogar darüber nach, ihn zu einem Wallach zu machen oder ihn schlachten zu lassen, als ich ihn fragte, ob ich ihn haben könnte."

„Was ist ein Wallach?"

„Tja ..." Ich rieb mir das Kinn, das unbedingt mal wieder rasiert werden musste, und dachte über die Antwort nach. „Ein Wallach ist ein Pferd, dem man die Du-weißt-schon-Was abgeschnitten hat."

Jase zog die Augenbrauen zusammen und dachte angestrengt nach. Nach ein paar Sekunden fragte er schließlich: „Was sind diese Du-weißt-schon-Was?"

Ich hob die Augenbrauen, schaute kurz zurück zur Scheune, dann auf Hafti und sagte: „Brrr."

Nachdenklich legte ich meine Hand auf das Sattelhorn, dachte noch einmal über die richtigen Worte nach und deutete dann unter Hafti. „Du weißt schon, seine ... hmmmm ... seine Ausstattung."

Jases Augen leuchteten auf, und sein Gesicht sah aus, als hätte ihm gerade jemand das Geheimnis des Lebens erklärt. Er richtete sich im Sattel auf, versuchte wichtig auszusehen und erwiderte: „Oh."

Dann beugte er sich, so weit er konnte, vor, um unter Haftis Bauch schauen zu können. „Hat er dort unten noch alles?"

„Yep", antwortete ich.

„Lass mich mal sehen." Ich hob Jase von Haftis Rücken, und wir hockten uns beide neben das Pferd. Ich deutete auf Haftis Genitalien und nickte. Ohne nachzudenken, spuckte ich zur Seite und hob Jase wieder auf Haftis Rücken. Jase steckte die Füße in die Steigbügel und wollte es mir nachmachen, doch der Speichel lief ihm nur übers Kinn auf sein Hemd. Als ich das sah, wischte ich ihm übers Gesicht und erklärte: „Das war schon nicht schlecht für den Anfang, doch das nächste Mal musst du dich etwas nach vorne beugen und mit der Zunge etwas härter gegen die Zähne drücken." Jase nickte, als würde er genau wissen, wovon ich redete.

Ein paar Minuten später, nachdem wir den Steinbruch hinter uns gelassen hatten, fragte Jase: „Warum wollte der Mann in Texas so etwas Gemeines machen?"

„Nun" – ich nahm den Grashalm aus dem Mund und spuckte wieder aus – „manchmal kann ein Pferd ziemlich frech sein oder auch richtig gemein und gefährlich, und wenn man dann seine Du-weißt-schon-Was abschneidet, dann wird es ruhiger. Ich denke, dann kann man ihn einfach besser reiten." Ich dachte kurz nach. „Es ist so, als würde man damit auch alles Gemeine rausschneiden."

Jase schwieg eine Weile. „Onkel Tuck, kann man das mit Menschen auch machen?"

Ich sagte erst einmal nichts. Schließlich war ich mir nicht sicher, wohin das Gespräch noch führte. Nachdenklich riss ich noch einen Grashalm ab. „Nun, vielleicht schon. Ich habe es noch nie erlebt, aber ich hab schon mal gehört, dass sie das manchmal mit Leuten im Gefängnis machen, wenn sie anderen was ganz Schlimmes angetan haben."

Zwischen den Kiefern war das Licht weicher als auf den Wiesen, deshalb band ich Hafti an einem der Bäume fest und machte ein paar Bilder von Jason auf dem Pferd. Ich nahm mir vor, sie Katie zu schicken, wenn sie wusste, wohin sie wollte. Durch den Sucher beobachtete ich Jason. Er war verschwitzt, voller Dreckspritzer, mit offenen, neugierigen und erwartungsvollen Augen. Das ganze Bild strahlte etwas Gutes aus, alles, was ein Kind sein sollte. Ich hängte mir die Kamera wieder über die Schulter und nahm den Strick in die Hand. Dann machte ich drei oder vier Schritte und merkte, dass das Leben, und zwar ganz viel davon, direkt auf meinem Pferd saß.

Wir liefen am Schlachthaus und an alten Blumentöpfen mit wilden Blumen vorbei. Kletterrosen wuchsen hier an den Wänden und wanden sich durch jeden Schlitz und jede Öffnung. Hierher war Rex nie gekommen, deshalb wuchs hier die Natur so, wie sie es wollte. Schließlich dirigierte ich Hafti am Friedhof vorbei zurück zum Haus. Zuerst liefen wir hinter der alten Kirche St. Joseph vorbei, dann an Waverly Hall und schließlich standen wir wieder vor Miss Ellas Haus. Wir waren fast eine Stunde unterwegs gewesen, aber es kam mir vor wie ein paar Minuten. Als wir zur Veranda kamen, sprang Katie nervös aus Miss Ellas Schaukelstuhl auf und kam die Stufen hinunter. „Hey, mein Großer, hat's Spaß gemacht?" Sie hob Jase aus dem Sattel und hockte sich neben ihn, um seinen Gürtel geradezuziehen.

„Du, Mama, wusstest du, dass ein ganz gemeiner Typ in Texas Haftis Du-weißt-schon-Was abschneiden wollte?"

Katie schaute ihn mit großen Augen an. „Was meinst du mit ‚Du-weißt-schon-Was'?"

„Also" – Jase hockte sich hin und deutete unter Hafti – „Onkel Tuck hat diesen Typen in Texas getroffen, der so richtig gemein war, und der wollte Haftis Dinger da unten mit seinem Taschenmesser oder mit einer Schere abschneiden!"

Katies Blick wanderte zu mir, und ich versuchte, mit den Füßen ein Loch in den Boden zu graben, um darin zu verschwinden. Jase fuhr fort. „Ich hab Onkel Tuck gefragt, ob man das auch mit Menschen machen kann, denn ich dachte, wenn man das mit Papa machen könnte, vielleicht wäre er dann nicht mehr so gemein."

Noch bevor er weiterreden konnte, nahm Katie ihn auf den Arm und brachte ihn ins Haus. „Komm jetzt, mein kleiner Cowboy. Es ist Zeit zum Mittagessen."

* * *

Nach dem Essen legte Katie ihn zum Mittagsschlaf ins Bett, obwohl er sich heftig dagegen wehrte. Es war das erste Mal, dass ich ihn schreien und treten sah, aber sie ließ sich gar nicht darauf ein, und die letzten Worte, die ich von ihm hörte, als sie ihn durch die Tür trug, waren: „Ja, Ma'am." Das erinnerte mich an eine andere Frau, die ich einmal gekannt hatte.
Kind, ich erziehe dich, weil ich dich liebe. Genauso macht es auch der Herr. „Er züchtigt die, die er liebt." Du solltest dich also besser daran gewöhnen.
Katie holte mich am Zaun kurz vor der alten Kirche ein.
„Ich wollte gerne mit dir über die ‚Onkel-Tuck-Sache' sprechen."
„Das ist schon in Ordnung. Es hat mich zuerst etwas überrascht, aber es ist wahrscheinlich das Beste so."
„Es tut mir trotzdem leid. Ich wusste einfach nicht, was ich ihm sonst sagen sollte. Ich möchte nicht, dass er das Gefühl hat, wir gehören nirgendwo mehr hin. Wir sind jetzt schon so lange mit dem Auto einfach nur gefahren. Ohne ein Ziel. Er braucht eine Verbindung. Es war nicht richtig, aber ich wusste einfach nicht, was ich ihm sonst sagen sollte. Es tut mir leid."
„Er ist ein tolles Kind. Ich weiß ja nicht viel über deinen Exmann, aber irgendjemand hat bei dem Jungen gute Arbeit geleistet." Sie lächelte, nickte und schaute über die Wiese zu der Kirche hinüber. „Ich hab ein paar Bilder von ihm auf dem Pferd gemacht. Ich schicke sie dir, wenn du erst einmal weißt, wo du hinwillst."
Sie verschränkte die Arme vor der Brust, als wäre ihr kalt, und nickte langsam. „Das ... das wäre schön." Wir liefen weiter am Zaun entlang und beobachteten einen Schwarm Wildgänse, die in einem lang gestreckten V weit über uns hinwegflogen.
„Wo willst du hin?"
Ich blieb stehen und deutete auf die Kirche. „Ich dachte, ich schaue mal nach dem Rechten." Ich war mir nicht ganz sicher, ob ich wollte, dass sie mit mir kam.
Katie musterte die Kirche. „Wann ist sie gestorben?"
Ich wusste es genau, doch ich tat so, als müsste ich einen Moment nachdenken. „Vor etwas mehr als sieben Jahren."
„Vermisst du sie?"
Eine ganze Maulwurfsfamilie hatte sich durch die Wiese gegraben

und überall kleine Erdhügel hinterlassen. Ich machte einen großen Schritt über einen besonders großen Erdhügel und erwiderte: „Jeden Tag."

Wir gingen um die Kirche herum zum Vordereingang, wo ein Weinstock wie ein Wachposten um die Pfosten gewachsen war. Wenn die Trauben reif waren, hatte Miss Ella immer welche gepflückt, sie ausgesaugt und die Kerne wieder ausgespuckt. Dabei sah ihr Gesicht aus, als würde sie ein süßes Bonbon lutschen. „Wenn ich nicht gerade wie verrückt durch die Welt gondele" – ich deutete auf die Kamera an meiner Seite – „dann komme ich hierher."

Wir traten über die Schwelle, und die Bretter knarrten unter unserem Gewicht. Tauben flogen von den Balken an der Decke, flatterten mit ihren fetten Flügeln, meckerten ein bisschen und flogen zurück in ihre Nester. Eine einzelne blaue Taube saß auf Jesu Kopf und lief in der Dornenkrone hin und her. Die Sonne schien durch das Loch im Dach direkt auf den Altar und tauchte ihn in helles Tageslicht. Fast überall hingen Spinnweben, und auf einer Seite halb unter einer Bank lag ein vom Regen durchweichtes Gebetbuch. Der Umschlag war angefressen.

Ich deutete mit der Hand von Wand zu Wand, vom Altar bis zur Decke. „Sie hat diesen Ort geliebt."

Katie nickte.

Ungefähr ein Jahr nachdem Miss Ella in Rex' Haus gekommen war, erklärte Rex die Kirche offiziell für geschlossen und mietete ein paar Bulldozer, damit sie das Gebäude platt machten. Miss Ella hörte von seinem Plan, rannte zur Kirche und deutete mit ihrem krummen Zeigefinger auf die Männer in den Bulldozern. Die Kirche wurde schon seit mehr als fünfzig Jahren nicht mehr offiziell genutzt, doch die Leute in der Gegend kamen dorthin, um zu beten, zu heiraten und ihre Toten zu begraben. Rex fand die Sache heraus, stürmte in die Küche und fand Miss Ella in der Küche beim Kochen. „Frau! Wenn ich dir befehle, etwas zu tun, dann tust du das auch!"

Miss Ella ließ sich nicht aus der Ruhe bringen.

Rex trat neben sie und schlug ihr ins Gesicht, mit der flachen Hand. Ich sah es, denn ich war der sechsjährige Junge, der sich in der Vorratskammer versteckt hatte. Miss Ella legte den Löffel weg, wischte sich die Hände an der Schürze ab und schaute Rex direkt in die Augen.

Sie war einen Kopf kleiner als er, deshalb musste sie den Hals ziemlich recken. Sanft und leise sagte sie: „Wenn Sie nicht so werden wie einer von denen" – sie deutete auf das zitternde Häufchen Elend in der Vorratskammer – „werden Sie den Himmel nicht sehen."

Rex' Gesicht wurde krebsrot. Er schnaubte, als wollte er gleich explodieren, und strich mit den Fingern immer wieder über seinen Gürtel. „Frau", brach es schließlich aus ihm heraus, „deine Bibelzitate sind mir scheißegal. Wenn du nicht aufpasst, sitzt du mit deinem arroganten Hintern bald auf der Straße. Was ich sage, wird gemacht. Verstanden?" Er packte ihre Wange und quetschte sie zwischen den Fingern, bis das Blut kam. Mit Rex' Hand immer noch an ihrer Wange kletterte Miss Ella auf den Stuhl hinter sich und kam so auf Augenhöhe mit Rex. Als er ihr in die Augen schaute, ließ er los.

Sie wischte sich das Blut mit der Schürze ab. „Mister Rex, bisher habe ich immer alles getan, was Sie mir gesagt haben. Aber das werde ich nicht tun. Das ist Gottes Haus, und wenn Sie darauf bestehen, es abzureißen, dann werde ich mich am Kirchturm festbinden und alle Zeitungen von Alabama anrufen. Meine Mutter und mein Vater sind dort beerdigt." Sie schaute aus dem Fenster zu dem Friedhof und drehte den Ehering an ihrer Hand. „Und George auch."

Sie kletterte wieder vom Stuhl und ging zurück zu ihren Töpfen. Dann sagte sie: „Ich brauche diese Arbeit, und ich brauche auch das Geld, aber was viel wichtiger ist" – sie schaute ihn wieder an – „Sie brauchen mich, denn Sie werden keine andere Menschenseele finden, die es mit Ihnen aushält, weil Sie durch und durch gemein sind."

Dann flüsterte sie noch: „Ich bin aus einem bestimmten Grund hier. Also lassen Sie bitte alles, was mit der Kirche zu tun hat."

Die Rädchen in Rex' Kopf drehten sich sichtbar, und er wusste, er würde nie wieder jemanden wie Miss Ella finden. Wenn er sie hinausschmiss, dann müsste er ein richtiger Vater werden, und das wollte er nicht. Er schlug ihr noch einmal hart auf die Wange und spuckte ihr mitten ins Gesicht. Dann schrie er auf dem Weg aus der Küche: „Beim nächsten Mal lasse ich mir das nicht bieten. Dann kannst du wieder auf den Feldern arbeiten, wo du hingehörst!"

Miss Ella wischte sich das Blut von der Lippe, und ich kroch aus der Kammer. Ich legte einen Eiswürfel in ein nasses, kaltes Tuch und gab es ihr. Ich hatte zu viel Angst, um etwas zu sagen, aber sie konnte mein

Gesicht lesen. Sie lächelte mich an, hob mich auf ihren Schoß und rieb ihre Stirn an meiner Nase. „Kind, mach dir keine Sorgen. Mir geht es gut." Ihre Augen schauten zur Küchentür, durch die Rex gestürmt war. „Es ging mir noch nie besser."

* * *

Katie und ich liefen nebeneinander den schmalen Gang zwischen den Kirchenbänken entlang. Im Vorbeigehen strich Katie immer wieder mit der Hand über die Seitenpfosten und sagte: „Davon habe ich immer geträumt."
„Was meinst du?"
„So vor den Traualtar zu treten."
„Was? Mit mir?"
„Nein." Wieder boxte sie mich in die Schulter wie schon heute Morgen in der Scheune. „Nur so allgemein, du Dummkopf."
„Es ist schon lange her, dass du mir das an den Kopf geworfen hast."
„Stimmt. Irgendwie komisch. Trevor war nie ein großer Fan von Kirchen."
Die Kirchenbänke gingen fast bis zu den Fenstern, sodass man sich gegen die Wand lehnen konnte, wenn man am Rand saß. Ich deutete unter die zweite Bank von vorn. „Einmal hat sie mich hier unten drunter zusammengerollt gefunden. Ich war ungefähr sieben und hatte mich dort vor Rex versteckt. Es war schon spät, und er hatte eine seiner Launen."
Katie nickte und vergrub die Hände in ihrer Jeans. Sie trug keinen Ehering, aber an der dünnen weißen Linie an ihrer linken Hand konnte man immer noch sehen, wo er einmal gewesen war. Die Sorgen standen ihr immer noch ins Gesicht geschrieben. Die letzte Nacht hatte ihr gutgetan, aber es reichte noch nicht, um ihre Sorgenfalten zu glätten. Ich fuhr fort. „Miss Ella holte mich hoch und fragte: ‚Kind, was ist passiert?'
Ich antwortete: ‚Miss Ella, ich habe Angst.' Sie zog mich mit sich zu dieser Absperrung. Wir setzten uns mit dem Rücken zum Altar, lehnten uns gegen das Geländer und schauten da hinaus." Ich deutete den Gang entlang durch die Eingangstür. „Sie rückte ganz dicht an mich heran und legte ihren Arm um mich. ‚Tucker, hab ich dir nicht gesagt,

dass ich es nicht zulassen werde, dass dir etwas passiert?', sagte sie und lächelte mich an. ‚Der Teufel darf dich nicht anfassen. Niemals. Bevor er das kann, muss er den Herrn um Erlaubnis fragen, und der Herr wird Nein sagen. Mach jetzt einfach die Augen zu und leg dich hier hin. Ich werde dich beschützen.' Ich streckte mich also auf dem Polster aus und legte meinen Kopf auf ihren Schoß. Ich kann mich noch genau erinnern, dass ich todmüde war. Sie legte mir ihre Hand auf die Wange und sagte: ‚Wenn du Angst hast, dann erinnere dich immer daran: ‚Keiner Waffe, die gegen dich geschärft wird, soll es gelingen.'"

„Ich glaube, das war einer ihrer Lieblingsverse."

Obwohl Katie mir zuhörte, waren ihre Augen doch ganz woanders. Seit sie hier angekommen war, sah Katie aus, als wäre sie jederzeit bereit zum Sprung, und ihr Kopf war immer in Bewegung. Selbst hier in der Kirche stand sie so, dass sie die Einfahrt und Miss Ellas Haus sehen konnte.

Ich legte meine Hand auf ihre Schulter. „Katie." Damit hatte sie nicht gerechnet, und sie zuckte zusammen. „Das bin nur ich." Sie lächelte und atmete tief ein. „Er ist nicht hier, und er wird dich hier auch nicht finden. Wenn er dich hier doch findet, dann habe ich einen riesigen Baseballschläger, und ich habe auch keine Angst, ihn zu benutzen."

Sie lachte unruhig.

„Und wenn das nichts hilft, dann habe ich noch ein paar erstklassige Schusswaffen in der Bibliothek." Sie wischte meine Hand von ihrer Schulter, trotzdem wollte ich sie gerne aufheitern. „Außerdem hast du ja auch immer noch dieses andere Ding in der Schublade bei deinen Sachen. Wenn du ein bisschen übst, triffst du vielleicht bald sogar ein Scheunentor."

„Ist ja gut." Diesmal lächelte sie richtig. „Ich weiß, was du sagen willst."

„Katie" – meine Stimme wurde sanfter und ernster – „und wenn all das nichts bringt, kenne ich immer noch eine alte Dame im Himmel, die dort in der ersten Reihe sitzt. Sie kann ein ordentliches Donnerwetter ablassen und würde damit auch nicht lange zögern. Ich spreche aus Erfahrung."

Katie sank an dem Geländer auf den Boden, seufzte tief und schaute in die Ferne. Ich ging wie im Traum durch die Bänke und ließ meine Hand über das Holz gleiten. „Als ich ein bisschen älter war, vielleicht so neun, kam ich eines Tages hierher und fand Miss Ella, die ungefähr an der Stelle, wo du jetzt sitzt, vor dem Geländer kniete." Katie schaute auf den alten lila Samt des Kniekissens und strich mit der Hand darüber.

„Tränen liefen ihr übers Gesicht. Ich rannte zu ihr und legte ihr den Arm um die Schultern, so wie sie es sonst immer mit mir machte. ‚Miss Ella, ist alles in Ordnung?' Sie nickte und wischte sich die Tränen aus den Augen. ‚Was machst du hier?', fragte ich. Sie drehte sich um und saß ungefähr so wie du jetzt und sagte: ‚Ich habe zu Gott gebetet, dass er dich beschützt und den Teufel von dir fernhält. Er hat vor langer Zeit schon einmal Prügel bezogen, deshalb bitte ich Gott einfach nur, damit weiterzumachen. Damit der Teufel bekommt, was er verdient.'

Mit gefiel der Gedanke, dass zur Abwechslung mal jemand anders die Prügel bekam, deshalb setzte ich mich grinsend neben sie und zog ein durchweichtes warmes Sandwich mit Erdnussbutter und Marmelade aus meiner Hosentasche. Ich leckte an den Rändern und fragte: ‚Miss Ella, sprichst du auch mit dem Teufel?'

Sie schüttelte den Kopf. ‚Nein, nicht wirklich, außer, dass ich ihm manchmal sage, dass er sich zur Hölle scheren und dort auch bleiben soll.' Sie deutete unter sich, und wir mussten lachen. Das Lachen tat so gut, dass wir ziemlich lange weiterlachten.

Miss Ella drückte mir ihren Zeigefinger in den Bauch und fügte hinzu: ‚Und ich hab ihm auch gesagt, dass ich es ihm da richtig heiß wünsche.' Sie legte ihren Arm um mich und riss sich ein Stück von meinem Sandwich ab. ‚Gib mir ein Stück von deinem Brot ab, Junge. Ich habe auch Hunger. Immer, wenn ich mit dem Teufel gekämpft habe, kriege ich Hunger.' Wir kauten eine Weile schweigend vor uns hin. Schließlich fragte ich: ‚Miss Ella, muss mein Papa dich um Erlaubnis bitten, bevor er mir wehtun darf?' Sie schluckte ihren Bissen herunter, nahm mich auf ihren Schoß und hob mein Kinn, sodass ich sie anschauen musste. ‚Aber natürlich. Keiner darf dich anfassen, ohne mich vorher gefragt zu haben. Nicht der Teufel und auch nicht dein Vater.'

Ich fragte weiter. ‚Miss Ella, ist mein Vater der Teufel?' Sie schüttelte den Kopf. ‚Nein, dein Vater ist nicht der Teufel. Aber der Teufel steckt in ihm. Besonders dann, wenn er trinkt.'

Die Antwort gefiel mir nicht, deshalb fragte ich weiter: ‚Wie kriegen wir den Teufel aus ihm raus?' Ohne nachzudenken, legte sie ihre

Hand auf das Kissen und lehnte ihren Kopf an das Geländer. ‚Wir müssen hier eine Menge Zeit verbringen.' Sie streichelte das Geländer und betrachtete den Raum. ‚Mein Kind, ich bin vielleicht schwach, wiege nicht viel und habe Arthritis, die mich langsam auffrisst, aber hier' – sie legte ihre verkrümmte Hand wieder auf das Geländer – ‚bin ich ungeschlagen.'"

Ich lächelte, denn mir gefiel der Gedanke, dass Miss Ella unschlagbar war. Ich setzte mich neben Katie und legte die Füße auf die erste Bank. Schweigend saßen wir so eine ganze Weile nebeneinander, während die Tauben über uns gurrten.

„Kurz nachdem ihr weggezogen seid, hatten wir hier eine Dürre. Es schien, als hätte es mindestens ein Jahr lang nicht geregnet und überall war Staub. Miss Ella lief den ganzen Tag mit einem Lappen und einer Sprühflasche herum. Mutt und ich kamen immer wieder auf dumme Gedanken, und eines Tages beschlossen wir, Kautabak auszuprobieren. Ich kann mich nicht mehr erinnern, wer auf die Idee kam, aber wir überzeugten uns gegenseitig, dass das sicher gegen den staubigen Geschmack in unserem Mund helfen würde."

Katie grinste und lehnte sich gegen das Geländer. „Das hört sich an wie eine dieser Lektionen, die das Leben lehrt."

„Lach nicht. Deine Zeit kommt auch noch. Jetzt schläft er noch friedlich da drüben."

„Du brauchst mich nicht daran zu erinnern."

„Wie dem auch sei. Wir rannten runter zu dem Laden an der Ecke und klauten welchen." Ich legte mir die Hand über die Augen und den Kopf in den Nacken. „Ich kann ihn immer noch schmecken. Noch nie zuvor habe ich mir so gewünscht zu sterben." Katie lachte und zog die Knie unters Kinn. „Jedenfalls sind wir aus dem Laden gerannt, haben die Dose aufgerissen und brüderlich geteilt." Bei der Erinnerung daran musste ich lachen, und ich hielt ihr meine Hand hin, als wären Erdnüsse drin. „Wir steckten nicht nur eine Prise, verstehst du, sondern eine ganze Handvoll in den Mund. Wahrscheinlich haben wir die erste Hälfte davon sofort geschluckt. Auf dem Weg nach Hause schluckten wir dann die andere Hälfte. Ich fiel gegen die Eingangstür und die ganze Welt drehte sich. Neben mir standen zwei Mutts, und ich sah drei Eingangstüren. Ich drückte auf den Klingelknopf. Dann kam der Schweiß, und ich wusste, jetzt würde ich nicht mehr lange leben. Aber ich wusste auch, dass es alles andere als schön enden würde. Miss Ella machte in dem Moment die Tür auf, als ich mich erbrechen musste. Mutt schien mich als gutes Beispiel zu nehmen und tat dasselbe. Wir bespritzten die arme Frau mit Erdnussbutter, Marmelade, Weißbrot und Kautabak.

Miss Ella dachte, wir hätten einen schlimmen Magen-Darm-Grippevirus, deshalb stopfte sie uns sofort ins Auto und raste zu Moses' Praxis. Wir jammerten den ganzen Weg, hielten unsere Bäuche und erbrachen uns immer wieder. Er trug uns rein, und alle behandelten uns wie akute Notfälle. Sofort schnitt Moses uns die klebrigen Kleider vom Leib. Als die Schere auf die leere Dose Kautabak stieß, hielt er inne und untersuchte die Dose genauer. Wir beteten inständig, dass Gott uns einfach sterben lassen würde, denn sonst würde Miss Ella das bestimmt für ihn erledigen. Und wir behielten recht. Ihr Bruder war kaum mit der Dose im Wartezimmer verschwunden, da war sie auch schon da."

Katie warf den Kopf in den Nacken und lachte laut. Ich fuhr fort.

„Sie baute sich vor uns auf, packte jeden von uns am Ohr, zerrte uns zum Auto und stopfte uns auf die Rücksitzbank. Wir weinten und versuchten immer wieder, uns zu entschuldigen. ‚Es tut uns so leid. Wir machen es bestimmt nicht wieder.' Sie fuchtelte wild mit dem Finger in der Luft. ‚Da habt ihr recht, ihr werdet es nicht wieder tun, denn wenn ich mit euch fertig bin, dann rührt ihr das Zeug nie wieder an.' Wir kamen nach Hause und fielen aus dem Auto einfach auf die Einfahrt, so als wären wir tot. Miss Ella ging schnurstracks ins Haus und kam mit einer langen dünnen Rute zurück. Krank oder nicht, sie hat es uns richtig gegeben."

Katie liefen vor Lachen die Tränen über die Wangen.

„Ja" – ich lächelte – „jetzt ist es witzig, doch damals wünschte ich mir, dass die Erde sich auftun würde, um mich zu verschlucken. Sie hat uns richtig verprügelt. Als sie fertig war, sagte sie: ‚Tucker Mason, wenn du mir noch einmal solche Angst einjagst, dann nehme ich nicht nur eine Rute. Das nächste Mal nehme ich den ganzen Baum.' Mir war immer noch zu schwindelig, deshalb blieb ich einfach, wo ich war. Aber ich wischte mir, so gut es ging, mein Gesicht ab und schaffte ein: ‚Ja, Ma'am.'"

„Wie lange hat es gedauert, bis ihr den Tabak noch mal probiert habt?"

Ich lachte. Es war eine schöne Erinnerung. Eine, die ich schon vergessen hatte. „Ungefähr sechs Monate." Ich stand auf und ging hinter den Altar. „Jedes Mal, wenn ich in die Kirche hier komme, kann ich das Echo ihres Lachens hören." Ich strich mit der Hand über das ausgebleichte polierte Holz und erinnerte mich, wie sie das Holz immer mit Wachs poliert hatte. „Und jedes Mal, wenn ich in das große Haus gehe, höre ich das Schreien meines Vaters." Ich schaute zu Waverly Hall hinüber, das wie ein Grabstein aus der Erde ragte. „Wenn Miss Ella das Haus nicht so gemocht hätte, wäre es schon längst in Flammen aufgegangen."

Ich griff über mich und rückte das etwas schiefe Holzkreuz wieder gerade. Dann zog ich mein Taschentuch aus der Tasche und polierte den Kopf. Der trockene Taubendreck fiel in weißen Flocken auf die Erde.

Kapitel 13

Die Zeit verging, und die Sonne schien mittlerweile durch die bunten Glasfenster hinter uns. Katie schaute auf ihre Uhr und flüsterte: „Jase wird bald hungrig wie ein Wolf aufwachen. Wir sollten uns schon einmal Gedanken über das Abendessen machen."

„Es wird schwierig werden, hier im Haus etwas Essbares zu finden. Ich hab schon seit Monaten nichts mehr gekocht. Jedenfalls nichts, was ich euch beiden gerne vorsetzen würde. Und ich war schon eine Ewigkeit nicht mehr einkaufen."

„Du kommst nicht wirklich oft hierher, oder?"

„So wenig wie möglich. Ich komme durch meine Arbeit viel herum."

Wir verließen die Kirche und schoben den Wein zur Seite. Katie wartete, während ich die Tür mit einem alten Backstein sicherte. Dann gingen wir die Wiese entlang zurück zum Haus, ohne uns dabei zu nahe zu kommen.

Wir gingen an Miss Ellas Hütte vorbei, und Katie lauschte am Fenster, ob sie Jase schon hören konnte. Ihre Schritte waren auf den Verandabrettern kaum zu vernehmen.

„Wenn du das Essen hier aus dem Süden immer noch magst", flüsterte ich, „dann können wir ins Banquet-Café gehen."

„Hört sich gut an. Ich lade dich ein. Und keinen Widerspruch."

„In einer Viertelstunde?"

Sie nickte, und ich ging zum Haus. Das Licht in der Scheune war aus. Das bedeutete, dass Hafti für heute fertig und Moses bereits gegangen war. Ich sprang die Verandastufen hinauf und sah mein Spiegelbild im Fenster der Hintertür. Das Ungewöhnliche an diesem Spiegelbild war der Anflug eines Lächelns auf dem Gesicht. Ich ging nach unten duschen. Als mir das kalte Wasser über den Kopf floss, erinnert ich mich, dass ich vergessen hatte, den Boiler anzustellen.

Zehn Minuten später kamen Katie und Jase durch die Hintertür. Ich saß in der Küche vor dem Feuer, starrte in die Flammen und hatte eine Sprite in der Hand. Aus mehreren Gründen trinke ich kein Bier, aber Moses trinkt ganz gern ab und zu eins, deshalb habe ich immer ein paar Dosen im Kühlschrank. Als ich den Kühlschrank aufmachte, um ihnen eine Sprite anzubieten, fiel Jases Blick auf das Bier. Er zuckte heftig zusammen, versteckte sich zwischen Katies Beinen und zitterte am ganzen Körper. Ich brauchte nicht lange, um zwei und zwei zusammenzuzählen. Ich schaute auf das Bier und dann zu Katie. Ihr Gesicht erklärte den Rest.

Langsam ging ich zu Jase und kniete mich hin. „Hey, kleiner Kerl." Ich deutete auf die Kühlschranktür. „Macht dir das Angst?" Er linste zwischen Katies Beinen hervor, schniefte und nickte.

Ich klopfte ihm auf den Rücken. „Das macht mir auch Angst." Ich stand mit einem Ruck auf, machte den Kühlschrank wieder auf, holte den ganzen Kasten aus dem untersten Fach und stellte ihn auf die Arbeitsplatte. „Aber du scheinst das Tolle am Bier noch nicht zu kennen", sagte ich mit einem Lächeln. Jase zog fragend die Augen zusammen. Die Angst auf seinem Gesicht war verschwunden, und er schaute mich neugierig an. Die Flammen leuchteten auf seinem Gesicht. Als ich nichts sagte, schüttelte er den Kopf, und da sah er wieder aus wie der kleine Junge, den ich bei Bessie getroffen hatte.

Tucker, dieser Junge hängt in der Luft. „Wer aber einen dieser Kleinen, die an mich glauben, zum Abfall verführt, für den wäre es besser, dass ein Mühlstein an seinen Hals gehängt und er ersäuft würde im Meer, wo es am tiefsten ist."

Miss Ella, ich bin ja noch nicht fertig. Warte doch erst mal, bevor du mich gleich beschimpfst. Vielleicht gefällt dir ja sogar, was jetzt kommt.

Mit der einen Hand griff ich nach dem Kasten und streckte ihm die andere hin. Er schaute mich an, als hätte ich den Verstand verloren. „Ist schon in Ordnung. Ich will dir nur zeigen, wofür Bier eigentlich gemacht wird." Er nahm meine Hand, und unsere Blicke trafen sich.

Siehst du diese Augen?

Ja, Ma'am.

Erinnern sie dich an jemanden?

Fragend sah Katie mich an, machte aber trotzdem die Hintertür auf. Ich führte ihn auf die Veranda, dann ein paar Stufen hinunter und setzte mich dann neben die Statue von Rex. Langsam nahm ich eine Dose nach der anderen aus dem Kasten und stellte sie neben mich auf den Boden, bis alle zweiundzwanzig Dosen ordentlich aufgereiht neben mir standen. Dann griff ich zwei davon und gab sie Jase. Verständnislos sah er mich an, und jetzt mischte sich auch Katie ein. „Tucker, weißt du eigentlich, was du da tust?" Ich gab ihr auch zwei Dosen und nahm mir dann selbst auch zwei. So saßen wir auf den Stufen, und ich gab ihnen die nächsten Anweisungen. „Also los. Es ist sehr wichtig, dass ihr euch genau an die Anweisungen haltet."

Jase unterbrach mich. „Was heißt das?"

„Das heißt, tu das, was ich tue." Ich drehte seine Baseballkappe mit dem Schild nach hinten, sodass sein Pony durch das Loch lugte. „Heute brauchen wir die Rennkappen." Er lächelte, umklammerte die Dosen und wartete auf die Anweisungen. „Du nimmst jetzt die Dosen und schüttelst sie, bis deine Arme nicht mehr schütteln können. Dann nimmst du dir zwei neue Dosen und schüttelst die auch. Dann nimmst du dir wieder zwei und schüttelst wie verrückt, bis alle Dosen geschüttelt worden sind. Du musst sie schütteln, bis du fast umfällst, und die Dosen fast von selbst explodieren." Jase nickte, und ein breites Grinsen breitete sich auf seinem Gesicht aus. „Aber du musst auch richtig schütteln. Das Schütteln ist das Allerwichtigste."

Katie beugte sich zu mir und flüsterte: „Hat Miss Ella dich für diesen Gedanken auch geprügelt oder ist ihr das entgangen?"

Erstaunt hob ich die Augenbrauen. „Meinst du nicht eher, sie hat uns erklärt, wie man das macht?" Jase stand erwartungsvoll vor uns und wartete auf das Startsignal. „Auf die Plätze." Das Grinsen wurde noch breiter. „Fertig." Sein ganzer Körper zitterte vor Aufregung. „Los!"

Jases Arme bewegten sich wie zwei Kolben in einer Rennmaschine, und er hüpfte fast dabei. Er biss die Zähne zusammen, umklammerte die Dosen mit ganzer Kraft und bewegte seine Arme in kurzen ruckartigen Stößen immer hoch und runter.

Katie schüttelte nur halbherzig. „Oh nein. So wird das nichts", sagte ich, während ich schüttelte, was das Zeug hielt. „Du musst es mit ganzer Kraft machen. So!" Ich schüttelte die Dosen über meinem Kopf, vor meinem Bauch und hinter meinem Rücken, und tanzte schreiend wie ein Indianer um den leeren Kasten. Dann fing ich an, ein Indianerlied zu singen. Jase erkannte das Lied und sang die zweite Zeile mit seiner hohen Kinderstimme mit, die durch das heftige Schütteln leicht zitterte. Wieder tanzte ich um die Statue, immer noch wild am Schütteln und sang eine Oktave tiefer. Katie tanzte direkt hinter mir und sang jetzt auch mit. Ich nahm Jase seine zwei Dosen aus der Hand und gab ihm zwei neue. Dasselbe tat ich auch bei Katie und mir. Mittlerweile tanzten und hüpften wir wie die Wilden. Wir drehten uns, brüllten laut, wedelten mit den Armen und sangen aus voller Kehle, als wären wir auf dem Kriegspfad. Jase wurde schwindelig und setzte sich, aber er schüttelte immer noch mit ganzer Kraft.

„Onkel Tuck?"

„Ja, mein Freund", sagte ich über die Schulter.

„Meine Arme tun weh."

„Oh nein, du kannst jetzt nicht aufhören." Ich schüttelte die Dosen über meinem Kopf. „Komm schon. Ein bisschen schaffst du noch." Ich zog ihn wieder hoch und gab ihm noch zwei Dosen. „Du auch", sagte ich zu Katie, die aussah, als wollte sie gleich aufhören. „Das ist erst die neunte Runde. Du kannst jetzt nicht aufgeben. Es steht fünf zu vier, wir liegen ein Tor hinten. Und du hast es in der Hand. Das ist deine Chance. Ergreif sie." Sie nahm sich zwei weitere Dosen und stellte sich wieder hinter mich. Wir schüttelten jede Dose, bis sie so unter Druck stand, dass sie fast von selbst explodierte. Schwer atmend und mit Schweiß auf der Stirn gab ich das Zeichen zum Aufhören. „Okay, seid ihr bereit?" Jase nickte, und ich schob seinen Fingernagel vorsichtig unter die Öse. „Nein, das bist du noch nicht. Ich meine, SEID IHR BEREIT?"

„JA!"

Gleichzeitig zogen wir an den Ösen und eine Bierfontäne schoss in den Himmel. Noch bevor der erste Tropfen den Boden wieder erreichte, öffnete ich noch drei weitere Dosen und gab jedem eine davon. Sie stopften sie sich unter die Arme und hüpften herum wie ein Rennfahrer mit der Sektflasche. Es regnete Bier vom Himmel, und mit der nächsten Dose zielte ich auf Katie. Sekunden später war sie über und über mit Bierschaum bedeckt. Sie schnappte sich zwei weitere Dosen, öffnete sie und gab eine davon Jase. Dann zielten sie von zwei Seiten auf mich und übergossen mich mit einer ganzen Ladung Bier. Die leeren Dosen stapelten sich neben uns auf der Veranda. Ich hatte nur noch ein paar Dosen übrig, deshalb machte ich jetzt drei auf einmal auf und hielt sie wie ein Gewehr mit drei Läufen vor mich. Dann jagte ich sie ein letztes Mal um die Statue. Jase hob die letzte Dose auf und hielt sie mir hin. Ich schüttelte den Kopf und sagte keuchend: „Nimm du sie, Partner, sie gehört dir." Er hielt sie mit ausgestrecktem Arm, schüttelte sie noch einmal ordentlich und zog an der Öse. Das Bier schoss gerade in die Höhe und regnete auf uns, Rex und das Pferd herab, als würden wir unter der Dusche stehen.

Völlig erschöpft sanken wir zwischen den leeren Dosen und den Bierpfützen auf der Veranda zu Boden.

Ich setzte mich wieder auf, wischte mir das Bier von den Fingern und sagte: „Okay, wer hat Hunger?"

Mit einem riesigen Satz hüpfte Jase über seine Mutter und landete auf meinem Schoß. Er schlang seine kleinen Arme um meinen Hals, drückte, so fest er konnte, und sagte: „Ich trinke gerne Bier mit dir. Können wir das irgendwann noch mal machen?"

Ich wusste nicht, ob ich ihn umarmen sollte oder nicht. Ich hob die Arme und schaute Katie fragend an. Sie formte lautlos die Worte: „Vielen Dank!", und ich war mir nicht ganz sicher, ob es Biertränen oder richtige Tränen waren, die ihr über die Wangen liefen. Ich legte die Arme um Jase, und für einen Moment erinnerte ich mich an die Nacht, in der mein Bauch so wehgetan und Miss Ella mich durch ihr Fenster zu sich ins Zimmer gehoben hatte.

Ich legte meine Arme eng um seinen Bauch und hielt ihn fest. Sein Lächeln war bis in seine Fußspitzen zu spüren. Alles an Jase strahlte.

Fühlt sich gut an, oder?

Kapitel 14

Die Sonne ging über den Zypressen auf und spiegelte sich im Wasser, das um Mutts Füße plätscherte. Seine Nägel waren dreckig und mussten unbedingt geschnitten werden. Das Wasser war trübe und voller Seifenblasen, aber Mutts Hände waren absolut sauber. Schlamm, Blätter und Insektenstiche übersäten den Rest seines Körpers. Die ganze Nacht hatte er den Geräuschen um sich herum gelauscht, alles beobachtet und nachgedacht – wenn man das so nennen konnte. Vor ein paar Stunden waren die Sirenen verstummt. Er hatte Motorboote gehört, aber sie waren nie dicht genug gekommen. Während der Nacht hatte er seine Finger ununterbrochen beschäftigt. Er hatte Fliegen gebunden, Schach gespielt, mehr Fliegen gebunden und so weiter. Bei Tagesanbruch schwirrten die lebendigen Fliegen um seinen Kopf, aber das machte ihm nichts. Das Summen der Fliegen war wenigstens eine Abwechslung zu den Stimmen in seinem Kopf. Sein Verstand raste, die Stimmen führten acht verschiedene Gespräche gleichzeitig. Sein Gesichtsausdruck war verzerrt, und seine Arme drehten sich immer wieder unkontrolliert in komische Stellungen. Seine Augen blickten sich wild um, sahen aber nichts, und doch gab es nur einen Gedanken, der seinen Verstand gefangen hielt.

Kapitel 15

Katie trug Jase zurück zu Miss Ellas Hütte, um ihn noch einmal zu duschen, und ich ging nach unten. Nach einer weiteren kalten Dusche kletterte ich die Stufen hoch in die Küche, wo die beiden schon neben dem Feuer saßen und auf mich warteten.

Irgendetwas stimmte nicht. Ich konnte meinen Finger nicht darauf legen, aber die Gänsehaut an meinem Körper sagte mir, dass es etwas gab, das ich wissen sollte. Ich schaute mich um, aber alles schien in Ordnung zu sein. Sie waren warm, lächelten mich beide an und schienen gar nicht zu bemerken, dass mich etwas beschäftigte. Ich atmete tief ein. Der Geruch. Die Luft roch nach Lavendel. Ich schnupperte noch einmal und folgte dem Duft, der mich zu Katie führte.

„Ich hoffe, es macht dir nichts aus", sagte sie und wedelte mit der Hand um sich herum. „es gibt nicht wirklich eine große Auswahl an den Tankstellen, und es stand noch im Badezimmer. Tut mir leid, wenn ich einfach ..."

Ich hob die Hand und schüttelte den Kopf. „Nein, nein. Und ich denke, es hätte ihr auch nichts ausgemacht. Es ist nur, dass ich den Duft schon lange nicht mehr gerochen habe."

„Gefällt er dir?"

Im Gegensatz zu anderen Frauen brauchte sie nicht lange unter der Dusche. Das überraschte mich. Ich hatte mich nicht beeilt, aber auch nicht getrödelt, und sie war trotz Jase schneller gewesen als ich. „Der Duft erinnert mich daran, wie sie mich vor langer Zeit einmal umarmt hat." Ich fischte die Schlüssel aus meiner Tasche, deutete auf ihre frischen Sachen und rubbelte meine Haare trocken. „Du bist schnell."

„Das war nicht immer so. Das kommt von alleine, wenn man Mutter wird."

Ich warf das Handtuch die Treppen hinunter. „Dann lass uns essen gehen. Nach der ganzen Schüttelei habe ich jetzt einen Bärenhunger."

Ich klapperte mit den Schlüsseln und öffnete die Tür für die beiden, als das Telefon klingelte. Ich winkte ab. „Ist wahrscheinlich sowieso für Hafti. Der Anrufbeantworter soll drangehen." Nach viermal Klingeln sprang die Maschine an, und wir waren schon fast aus der Tür. Der Anrufer hängte auf und rief sofort noch einmal an. Katie schaute das Telefon genauso nervös und ängstlich an wie ich. Ich zuckte mit den Schultern, und sie nahm ab. Ihre Stimme zitterte, als sie sich meldete. „Hier ist der Anschluss von Tucker Rain."
Als der Anrufer sich meldete, entspannten sich Katies Schultern und ihre Gesichtszüge langsam. Sie lehnte sich gegen den Türrahmen und hörte zu. Nach einer Minute sagte sie: „Bitte warten Sie einen Augenblick." Sie drückte den Hörer gegen ihre Brust. „Da ist ein gewisser Wagemaker."

Ich nahm ihr den Hörer ab. „Hallo?"

„Tucker, hier spricht Gilbert Wagemaker."

„Gibby?"

„Tucker, Mutt ist weg. Schon seit vierundzwanzig Stunden."

„Was ist passiert?"

„Er ist durch sein Zimmerfenster entwischt. Wir haben keine Ahnung, wo er ist." Gibby klang so, als wäre das erst der Anfang der schlechten Nachricht. „Ein Kellner von Clarks hat ihn mithilfe eines Fotos identifiziert und uns erzählt, dass Mutt bei ihnen gegessen hat, so viel wie sonst drei Mann. Aber danach verliert sich seine Spur. Wir haben keine Ahnung, wo er jetzt ist."

Ich schloss die Augen und fuhr mir nervös mit der freien Hand durch die Haare. Katie machte einen Schritt auf mich zu und legte mir die Hand auf den Arm. „Ich bin morgen früh da."

„Tuck?"

„Ja?"

„In vierundzwanzig Stunden hören seine Medikamente auf zu wirken."

„Das heißt?" Ich kannte die Antwort schon.

„Er ist eine tickende Zeitbombe, und ich weiß nicht, was er tut, wenn sie losgeht."

Kapitel 16

Als Mutt und ich zehn waren, hatten wir außer Baseball noch zwei Lieblingsspiele. Baseball war für uns das Spiel schlechthin und ist es auch immer noch, aber wenn wir nicht mit Baseball beschäftigt waren, spielten wie oft zwei ziemlich finstere Spiele. Das erste war das Schockspiel. Dabei schlidderte man auf Socken über den Holzboden, um sich statisch aufzuladen, und berührte dann die erste Person, der man begegnete. Wir haben uns gegenseitig wahrscheinlich mehrere Tausend Mal einen elektrischen Schlag versetzt. Miss Ella erlaubte es uns nicht, sie zu berühren, deshalb blieben oft nur wir beide übrig.

Das zweite Spiel war das Füttern der Krähen auf der Weide. Nur nahmen wir dafür kein normales Vogelfutter. Wir besorgten uns Alka-Seltzer, und wir liebten es, ihnen beim Fressen zuzuschauen. Normalerweise fraß jeder Vogel drei Tabletten, flog dann zu dem Wasserturm, um zu trinken, und flog dann wieder hoch. In der Luft fühlten sie sich ziemlich blubberig, und ungefähr über der Mitte der Weide traf es sie dann wie aus heiterem Himmel. Vierzig Flügelschläge nach dem Wasserturm schwollen sie an und fielen dann mit einem dumpfen Schlag wie ein Backstein zu Boden. Dann legten wir neue Tabletten aus. Wir wussten, dass Miss Ella uns dieses Spiel niemals erlauben würde, deshalb schlichen wir uns zu dem Laden an der Ecke, kauften fünf Packungen Alka-Seltzer, erzählten dem Kaufmann, dass Rex Probleme mit der Verdauung hatte, und rannten dann über die geteerte Straße zum hinteren Zaun unserer Weide. Wir legten unsere Tabletten um ein überfahrenes Tier – meist ein Opossum – und versteckten uns dann mit den leeren Tablettenpackungen in der Hosentasche wieder auf der anderen Seite des Zauns. Wir mussten uns den Mund zuhalten, um nicht die ganze Zeit zu kichern, wenn sich schließlich ein Schwarm Vögel bei den Tabletten niederließ. An diesem Tag waren es Mäusebussarde. Die hatten wir bestimmt nicht erwartet. Bis dahin waren unsere Opfer immer Krähen gewesen.

Die Bussarde überraschten uns. Diese großen schwarzen, hässlichen Vögel schluckten die Tabletten wie Zuckerwaffeln. Ungefähr fünf Minuten passierte gar nichts, und wir dachten schon, dass Alka-Seltzer bei Bussarden gar nicht wirkte. Doch dann quoll der Schaum aus ihren Schnäbeln, und sie starben wie die Fliegen. Es war das größte Schauspiel, das wir je gesehen hatten. Überall flatterten die Bussards, spuckten Alka-Seltzer-Schaum und liefen herum wie Rex nach zehn oder zwölf Drinks. Ungefähr zwanzig Vögel flogen davon. Das waren die schwächeren Vögel, die gar nicht erst in die Nähe des Alka-Seltzers gekommen waren, da die stärksten alles für sich allein wollten. Diesmal war ihre Schwäche ihr Glück, eine totale Umkehr des Satzes vom Überleben der Stärkeren.

Als wieder Ruhe eingekehrt war, lagen da acht tote Mäusebussarde in der Ecke unserer Weide. Zur gleichen Zeit hörten wir, wie Miss Ella die Glocke zum Abendessen läutete, und wir wussten, dass wir geliefert waren. Ich schaute Mutt an und sagte: „Jetzt stecken wir ganz schön in der Scheiße." Irgendwo ganz tief in mir war ich cool geworden und hatte gelernt zu fluchen, wenn Miss Ella nicht in der Nähe war. Wir nickten und deuteten auf die Wiese. Es war unmöglich, die acht Bussarde noch vor dem Abendessen zu vergraben, deshalb beschlossen wir, es auf den nächsten Morgen zu verschieben. Wir würden uns mit einer Schaufel bewaffnet aus dem Haus schleichen und die Vögel mitsamt den leeren Packungen vergraben.

Wir sprangen auf unsere Räder und rasten die geteerte Straße entlang. In der Zwischenzeit hatte es leicht zu nieseln begonnen. Nur ein paar Hundert Meter vor dem Tor zu Waverly Hall fuhr ein weißer Cadillac hinter uns, der seinen Blinker gesetzt hatte. Er wollte offensichtlich zu dem Laden, der auf der anderen Straßenseite gegenüber unseres Tors lag. Der Fahrer fuhr gedankenverloren an Mutt vorbei, aber ich legte noch einen Zahn zu.

Ich dachte, ich hätte das Auto abgezogen, und drehte mich um. Da sah ich, wie das große, lange Auto direkt vor Mutt abbog und ihm den Weg abschnitt. Mutt bremste mit ganzer Kraft, aber sein Rad rutschte auf der regennassen Straße einfach weiter. Er rutschte seitwärts, knallte frontal gegen die Seite des Cadillacs, flog über den Lenker und den Kofferraum und landete mit dem Gesicht zuerst auf einem Kanaldeckel nur ein paar Meter von mir entfernt. Der Fahrer gab Gas, die Räder drehten durch, rutschten zur Seite und das Auto verschwand. Ich schaute auf Mutt herunter, aber er hatte seine Augen geschlossen und bewegte sich nicht.

Er lag zusammengerollt in einem Haufen schlaffer Arme und Beine. Ich ließ mein Rad auf den Boden fallen, rannte in den Laden und schrie den Mann hinter dem Ladentisch an, doch der war schon am Telefon und rief den Krankenwagen. Als ich wieder zu Mutt kam, lag er zusammengerollt wie ein Baby da, mit weit aufgerissenen Augen, und zitterte. Er blutete von Kopf bis Fuß und lag in einer Pfütze aus Blut und Urin. Der Notarzt kam ein paar Minuten später. Ich erzählte ihnen, was passiert war, und nannte ihnen Mutts Namen und Adresse. Dann schoben sie ihn in den Notarztwagen. Sechzig Sekunden später waren die Sirenen in der Ferne verklungen, und ich stand im Nieselregen und fragte mich, wie um alles in der Welt ich Miss Ella das Ganze erklären sollte.

So etwas bringt man am besten immer schnell hinter sich, deshalb schwang ich mich auf mein Fahrrad und raste, so schnell ich konnte, nach Hause. Ich fegte die Einfahrt entlang und stürmte klatschnass und schreiend durch die Hintertür ins Haus. „Mama Ella! Mama Ella!" Sie rannte auf mich zu, und als sie mich ohne Mutt dort stehen sah, packte sie die Schlüssel von Rex' altem Auto und zerrte mich mit sich. Kaum saßen wir im Auto, da drehten auch schon die Räder durch und spritzten den Dreck nach allen Seiten. Wir fuhren mit Höchstgeschwindigkeit aus dem Tor, und ich erzählte Miss Ella, was passiert war. Auch die Sache mit den Vögeln. Es machte keinen Sinn, sie anzulügen, deshalb erzählte ich ihr die ganze Wahrheit. Dabei wurden ihre Lippen immer schmaler, ihr Fuß immer schwerer und ihre Fingerknöchel weißer. Sie fuhr noch schneller. Wir kamen zum Krankenhaus und wandten uns an die Krankenschwester in der Anmeldung. Sie bestätigte, dass ein Matthew Mason eingeliefert worden war. Doch wir mussten noch warten, bis die Ärzte mit der Untersuchung fertig waren. Als Miss Ella fragte: „Kann ich zu ihm?", schnauzte die Schwester ein kurzes „Nein!" in unsere Richtung und verschwand.

Wir warteten eine Stunde. Miss Ella saß mit dem Rücken zum Fenster, ihre Handtasche auf dem Schoß und ließ die Anmeldung nicht aus den Augen. Als nach einer Stunde immer noch keiner kam, stand sie entschlossen auf, schlang sich die Tasche über die Schulter, nahm meine Hand und zog mich hinter sich her zu dem Tisch. Ohne ein Wort beugte sie sich darüber, drückte einen großen roten Knopf, der die automatische Tür bediente, und wir waren drin. Am Ende des ersten Flurs sahen wir eine dicke schwarze Frau, die aus mehreren Wunden blutete. Eine Handvoll Ärzte rannte hin und her und kümmerte sich um sie. Miss Ella hielt mir mit der Hand die Augen zu und bog in einen anderen Flur ab. Doch dort sah es nicht besser aus. Zwei Kinder, ungefähr so alt wie ich, lagen auf zwei riesigen Betten in einem Zimmer und wurden von einer ganzen Schar Ärzte versorgt. Und in dem Zimmer daneben lag ein großer breitschultriger Mann mit einem riesigen Bauch. Jemand hatte seinen Overall aufgeschnitten und neben das Bett gelegt. Ein Arzt legte ihm gerade ein weißes Tuch über das Gesicht. Miss Ella sah es und sagte: „Herr Jesus, hab Erbarmen!"

Schließlich bogen wir um eine zweite Ecke und liefen wieder auf den Eingang zu. Wir kamen an einem kleinen Zimmer vorbei, das vollgestopft war mit Spritzen, Bandagen und Flaschen jeder Sorte, Größe und Farbe. In der Ecke sah ich eine Krankentrage an der Wand, auf der ein kleiner Junge lag, der unkontrolliert zitterte. Ich zupfte Miss Ella am Arm und sie wurde ärgerlich. „Was ist, Kind?"

Ich deutete auf den Jungen. „Oh, Matthew, Liebling ..." Sie trat in das Zimmer. „Es tut mir so leid." Miss Ella nahm sich einen der Drehstühle, auf denen sonst die Ärzte durch den Raum rollen, wenn sie ihre Patienten untersuchen. Sie rollte ihn neben das Bett und schaute durch das Gitter, ihre Augen nur zwanzig Zentimeter von Mutt entfernt. Er zitterte heftig. Ich stand neben dem Bett und beobachtete die beiden. Sein Körper war mit einer dünnen Decke bedeckt, aber seine Haut war kalt. Er war sehr blass, und irgendjemand hatte ihm alle seine Sachen außer der Spiderman-Unterwäsche vom Leib geschnitten. Miss Ella schlüpfte mit der Hand in das Bett und zog seine blassen Finger von seinen Knien. Dann legte sie eine Hand unter seinen Kopf, und Tränen liefen ihr übers Gesicht. „Matthew? Matthew, kannst du mich hören, mein lieber Junge?" Mutt nickte und zitterte nicht mehr so schrecklich. Miss Ellas Stimme schaffte so etwas. Sie griff meine Hand und zog mich zu sich. „Tucker, wir beten jetzt für deinen Bruder."

„Ja, Ma'am."

„Herr, dieser Junge hier hat Angst. Wir haben alle Angst. Aber du hast uns diese Angst nicht gegeben. Du hast uns Kraft, Liebe und einen gesunden Verstand gegeben." Sie legte ihm die Hand auf den Kopf. „Ich lege Mutt vor deine Füße und bitte dich, ihn zu verbinden. Halte ihn in deiner starken rechten Hand."

Sie zog mich noch näher zu sich und sagte: „Beide Jungen, Herr." In diesem Moment wusste ich, dass ich nicht mehr cool sein wollte und nie wieder Alka-Seltzer kaufen würde. „Leg deine Hände schützend über diese Jungs. Tu das, was ich nicht kann. Sei ihr Schild, ihr Schutz; pass auf diese wunderbaren Jungen auf." Sie machte die Augen auf, versuchte zu lächeln und drückte unsere Hände. „Amen?"

„Amen", antworteten wir. Ich sagte es mit Nachdruck, damit sie hörte, wie ernst es mir war. Ich wollte, dass sie wusste, wie leid mir die Sache mit den Vögeln und dem Fluchen tat.

Mutt schaute sie an und sagte: „M-M-Mama Ella?"

„Ja?"

„Ich glaube, ich mag Krankenhäuser nicht. Kann ich jetzt nach Hause?"

Sie legte ihren Zeigefinger auf seine Nasenspitze und sagte: „Ich auch nicht, und ja." Wir wollten gerade gehen, als eine große blonde Ärztin mit einem weißen Kittel, einem Stethoskop um den Hals und ein paar Röntgenaufnahmen den Raum betrat.

„Ma'am? Sind Sie Miss Ella Rain?", fragte die Ärztin mit ruhiger, sanfter Stimme.

„Das bin ich", erwiderte Miss Ella mit einem entschlossenen Ausdruck auf dem Gesicht.

„Das sind die Röntgenaufnahmen von Matthew. Keine bleibenden Schäden. Nur ein paar Stiche und ein heftiger Schlag auf den Kopf. Er wird es überleben." Die Ärztin lächelte. „Viel Ruhe und Eis würden ihm jetzt guttun."

Miss Ella seufzte erleichtert und schaute aus der Tür. „Sieht so aus, als hätten Sie alle Hände voll zu tun."

Die Ärztin nickte. „Der Fahrer eines Abschleppwagens hatte einen Schlaganfall, der Lastwagen zog über die Mittellinie und ist frontal mit einem anderen Auto zusammengestoßen, in dem eine Großmutter mit ihren beiden Enkeln saß. Schlimmer kann es eigentlich gar nicht kommen."

Miss Ella nahm uns bei der Hand, und wir gingen zum Ausgang. Auf halbem Weg blieb sie plötzlich stehen, nickte, murmelte etwas vor sich hin und ging dann zurück zu den anderen Verletzten – vor allem zu der Frau auf dem Tisch. Miss Ella ging zur Tür und sah, wie die Ärzte gerade ihren Bauch zusammenflickten. Ich sagte: „Miss Ella, nähen die da gerade ihren Platz für besondere Menschen zusammen?"

„Ja, Kind", antwortete sie. „Das tun sie." Miss Ella senkte den Kopf und betete: „Herr, hier drin wirst du auch gebraucht. Du hast genug Platz zu deinen Füßen. Bitte erbarme dich und heile diese Frau. Fang bei ihrem Herzen an."

Dann gingen wir zu dem Zimmer daneben, wo die beiden Kinder lagen. Miss Ella ging zu dem Fenster. Die Kinder lagen mit geschlossenen Augen in den Betten, und Ärzte und Schwestern liefen immer zwischen ihnen hin und her. Miss Ella legte ihre Hand an die Tür. „Hier drin auch, Herr."

Am Ende gingen wir auch noch zu dem Zimmer, in dem der große weiße Mann lag. Ich konnte nicht sagen, ob es immer noch er war, der auf dem Tisch lag, oder nicht, denn ein großes weißes Tuch bedeckte alles. Nur ein kleiner Teil seiner linken Hand schaute aus dem Tuch heraus, und man konnte einen einfachen goldenen Ring an seinem Ringfinger sehen. Miss Ella schloss wieder die Augen und betete: „Herr, hier drin wirst du auch gebraucht oder vielleicht noch mehr bei ihm zu Hause. Kümmere dich um seine Frau."

In meinem ganzen Leben habe ich nie wieder jemanden wie Miss Ella getroffen. Sie war nur knappe eins fünfzig groß, doch sie überschattete alle Menschen, die ich sonst kannte.

Sie hielt jeden von uns an der Hand, und wir gingen zum Auto. Wir krabbelten auf den Rücksitz und fuhren eng aneinandergekuschelt nach Hause. Sie verlor kein Wort mehr über die Vögel oder die Tabletten, und am nächsten Morgen wurde alles ordentlich beerdigt. Mit Gebet und allem. Wir streuten sogar ein bisschen Vogelfutter für die anderen Vögel aus.

***

Es war diese Erinnerung oder vielleicht eher das Bild von Mutt, wie er da so allein und zitternd im Krankenhaus gelegen hatte, das mich am meisten beschäftigte, als ich meine Tasche zum Auto trug. Ich wollte dieses Bild nicht wiedersehen, wenn ich morgen nach Jacksonville kam.

Ich machte die hintere Tür auf und fand Katie und Jason auf der Rücksitzbank.

„Was macht ihr hier?", fragte ich.

„Wir fahren mit dir."

„Katie, ich habe keine Zeit, mich mit dir zu streiten, und du weißt noch nicht einmal die Hälfte von dem, was hier los ist. Ich glaube, es wäre am besten, wenn ihr beide euch hier einfach noch ein paar Tage ausruht. Ihr dürft so lange bleiben, wie ihr wollt, und Moses kommt jeden Tag vorbei, um nach dem Rechten zu sehen, aber hier" – ich deutete auf den Pick-up – „wollt ihr bestimmt nicht mit."

Sie deutete auf den Vordersitz. „Fahr los!"

Ich hatte wirklich keine Zeit zum Streiten. Vor mir lagen mindestens fünf bis sechs Stunden Autofahrt, und ich musste auf jeden Fall noch einen Abstecher nach Abbeville machen. Wenn ich mich beeilte, dann konnte ich alles schaffen, was ich noch tun musste. Dann würde ich wieder ins Auto springen, um noch vor Sonnenaufgang in Jacksonville zu sein, und hätte den ganzen Tag Zeit, nach Mutt zu suchen. Und die würde ich auch brauchen. Verstecken war eine Sache, die Mutt besonders gut konnte. Er hatte es die ganze Kindheit lang geübt. Das hatten wir beide, deshalb war ich auch der Einzige, der ihn wirklich finden konnte. Wenn er nicht gefunden werden wollte, dann würde ihn keiner außer mir je finden.

Ich schaute Katie an und schüttelte den Kopf. Eigentlich wollte ich, dass sie mitkam. Ich hatte mich nur nicht getraut zu fragen.

Kapitel 17

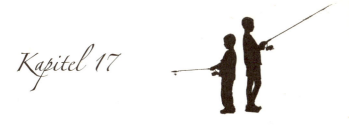

Eine Steinmauer um den alten Friedhof von St. Joseph verhinderte, dass Pferde oder Traktoren den Gräbern zu nah kamen, deshalb mussten auch alle neuen Gräber mit der Hand gegraben werden. Und obwohl es nicht mehr so oft vorkam, wollten doch immer noch viele von den alten Leuten der Gegend neben ihren Verwandten begraben werden. Ehefrauen, Ehemänner, Kinder oder Eltern. So auch der alte Franklin Harbor, der nach siebenundneunzig Jahren und einem erfüllten Leben letzte Woche gestorben war. Ohne einen Traktor gab es nur eine Möglichkeit, ein Grab auszuheben – mit Schaufel und Hacke. In den letzten zehn Jahren hatte Moses jedes einzelne der neuen Gräber geschaufelt, ungefähr jeden Monat eins. Die Beerdigung war morgen, deshalb wusste ich, wo ich Moses heute finden würde.

Ich fuhr zum hinteren Eingang von St. Joseph und fand ihn hüfthoch in einem frisch ausgehobenen Grab.

„Moses?", rief ich, als ich auf ihn zuging.

Moses schaute mit schweißüberströmtem Gesicht zu mir hoch. Mit seinen einundachtzig Jahren war er immer noch dünn wie eine Bohnenstange, aber trotzdem stark wie ein Ochse. Für so ein Grab brauchte er ungefähr dreieinhalb Stunden. Er hatte eine Lampe aufgehängt, und es sah so aus, als wäre er noch eine Weile beschäftigt. „Mutt ist weg." Ich trat gegen den Dreckhaufen vor mir. „Nun, vielleicht würde ‚flüchten' es besser treffen. Ich fahre hin, um ihn zu suchen. Kümmerst du dich hier um alles?"

„Du weißt doch, dass ich das immer tue", sagte er und fing wieder an zu graben.

„Ich weiß, aber ..." Moses nickte, legte beide Hände auf den Stiel der Schaufel und erwiderte: „Hafti arbeitet morgen und die ganze Woche. Ein Züchter aus Albany bringt ein paar Stuten vorbei."

Ich deutete auf den Boden des Lochs. „Mach's dir dort nicht zu bequem; ich will nicht in ein paar Tagen zurückkommen und deine kalten Finger noch an der Schaufel finden."

„Tucker, wenn meine Zeit kommt, dann werde ich dafür sorgen, dass du das Loch gräbst." Er schaute über den Friedhof. „Ich habe genug Gräber gegraben. Es wird langsam Zeit, dass du es lernst."

„Ich kann warten."

* * *

Die Rolling-Hills-Einrichtung für betreutes Wohnen in Alabama war von vorne bis hinten abstoßend. Überall stank es nach Urin. Rolling Hills war ein Altersheim, in dem vor allem Patienten mit Alzheimer oder Parkinson wohnten. Eigentlich war es eher ein Hospiz, denn keiner der Patienten verließ die Einrichtung lebend wieder. Ich parkte den Pick-up, ließ den Motor laufen und flüsterte zu Katie: „Bin in zehn Minuten zurück. Muss nur kurz nach dem Richter sehen." Mehr musste ich ihr nicht erklären.

Der Richter hatte die Augen starr auf die Tür gerichtet, als ich eintrat. „Hey, Junge! Wo bist du gewesen? Ich habe schon seit fünf Wochen Entzugserscheinungen."

Ich stellte mich neben sein Bett und nickte. „Aber ich hab Ihnen doch das letzte Mal ein paar dagelassen. Hier in der Schublade."

„Die Schwestern erlauben es mir nicht. Und dein Vater, Gott segne diesen trübsinnigen alten Mann, könnte kein Streichholz mehr anzünden, selbst wenn sein Leben davon abhinge. So liege ich hier jeden Tag nur einen Meter vom Ziel und kann doch nichts machen."

Rex reagierte weder verbal noch körperlich, als ich ihn anschaute. Das tat er nie. Er saß in der Ecke und schaute aus dem Fenster. Genauso hatte er bei meinem Besuch vor sechs Wochen auch dagesessen. Rex' Schuhe waren lose geschnürt, sein Hemd aufgeknöpft, sein Hosenstall stand offen, sein Gesicht unrasiert und seine Haare ungekämmt.

„Hört sich an wie ein persönliches Problem", sagte ich lächelnd.

„Mach dich nicht über mich lustig, du kleiner Pimpf. Ich komm zwar nicht mehr aus dem Bett, aber" – er nickte in Richtung des Geräts, das nur wenige Zentimeter vor seinem Mund hing – „dieses Organ funktioniert noch einwandfrei."

Der Richter konnte sich vom Hals abwärts nicht mehr bewegen.

Sein Körper war ein verkrümmter Haufen Gliedmaßen. Seine Finger und seine Zehen waren eingerollt, sein Körper lag eingesunken auf den Bettlaken, sein künstlicher Darmausgang war nie ganz dicht und sein Katheder war praktisch immer verrutscht, sodass sein Bett eine einzige Pfütze war. Aber der Richter starb einfach nicht. Und so war der Richter schon seit sechs Jahren Rex' Zimmergenosse. Während dieser ganzen Zeit hatte Rex es nie geschafft, eine einigermaßen normale Unterhaltung mit ihm zu führen. Er konnte sich nicht daran erinnern, wie man Schuhe band und wo man aufs Klo ging. Deshalb verbrachte er seine Tage in offenen Turnschuhen und mit einer Erwachsenenwindel.

Überall im Raum gab es Lufterfrischer. Sie hingen von allen Ventilatoren und steckten in jeder Steckdose, manchmal sogar zwei davon. Ohne sie würde man es in dem Raum gar nicht aushalten. Der Duft der Lufterfrischer kämpfte den ganzen Tag gegen den unerträglichen Gestank im Zimmer an und behielt auch meist die Oberhand. Trotzdem war die Mischung alles andere als angenehm.

Ich zog zwei Zigarren aus der obersten Schublade seiner Kommode, ließ ihn kurz daran riechen und schnitt dann die Spitze an. Sorgfältig zündete ich eine der Zigarren an. Ich ließ das Streichholz lange brennen und drehte die Zigarre immer wieder in der Flamme, um sie gleichmäßig zum Glühen zu bringen. Dann paffte ich lange und tief. In der Zwischenzeit leckte der Richter immer wieder seine Mundwinkel und warf den Kopf von einer Seite auf die andere. „Komm schon, Junge. Lass mich nicht so lange warten. Hab Erbarmen mit einem alten Mann."

Ich blies ihm eine Wolke Qualm ins Gesicht und steckte ihm die Zigarre zwischen seine sabbernden Lippen. Sofort biss er mit den Zähnen darauf, als könnte sie ihm jemand wieder wegnehmen, und füllte seine Lungen mit dem lang ersehnten Rauch. Er zog so heftig, dass sich die Innenseiten seiner Wangen tatsächlich berührten. Volle zwei Minuten lang tat er nichts anderes, als ziehen und paffen. Als seine Augen fast aus den Höhlen traten, nickte er befriedigt und atmete mit einem tiefen Seufzer aus. „Vielen Dank", flüsterte er. Er schloss die Augen und überließ sich der Wirkung des Nikotins.

Ich legte die Zigarre auf den Tisch, öffnete das Fenster und stellte den Ventilator so, dass er den Rauch nach draußen blasen konnte. „Wie wäre es, wenn Sie jetzt den Ventilator anstellen würden?", sagte ich und nickte ihm zu. Er saugte zweimal an dem Gerät vor seinem Mund, blies dreimal hinein und saugte noch einmal. Die Maschine piepste und der Ventilator reagierte und fing sofort an zu surren. Mit seinem Mund und dem Fünfzehntausend-Dollar-Computer über seinem Kopf, den er mit dem Gerät vor seinem Mund bediente, konnte der Richter alle elektrischen Geräte im Raum bedienen. Sogar den Feueralarm, das Telefon und die Heizung.

Ich legte meine Füße auf sein Bett und fragte: „Wie geht es ihm denn so?" Bevor der Richter antwortete, hielt ich ihm wieder die Zigarre an die Lippen.

„Tuck", erwiderte der Richter zwischen zwei Zügen, „es geht ihm nicht gut. Er hat weder seine Blase noch seinen Stuhlgang noch seine Zunge unter Kontrolle. Alle paar Tage brüllt er hier die schlimmsten Obszönitäten durch das gesamte Haus. Viel schlimmer als ich. Nur so krankes Zeug. Und das ist alles, was ich je von ihm höre. Er schreit seine Worte einfach nur so, ohne sie jemandem an den Kopf zu werfen. Es ist so, als würde er mit Leuten sprechen, die gar nicht hier sind. Vielleicht waren sie das einmal, aber ich kann sie nicht sehen. Ich bin mir nicht sicher, wie viel hier oben bei ihm noch stimmt." Ich schaute wieder zu Rex, der dort ans Fenster gelehnt saß. Der Speichel tropfte ihm von der zitternden Unterlippe. Der Richter zog den Rauch noch einmal tief ein und lächelte. „Wahrscheinlich ist dort oben einfach einiges schiefgelaufen."

Wir saßen einige Minuten schweigend nebeneinander, während der Richter seine Zigarre fertig rauchte. Zwischendurch steckte eine der Schwestern den Kopf durch die Tür. Der Richter sah sie und sagte: „Was? Glauben Sie etwa, dass die mich umbringt?"

„Das ist mir egal, solange Sie diesen Telefonanruf vorher noch machen und sich um mein Ticket kümmern."

„Delores, Schätzchen", sagte der Richter durch eine weiße Rauchwolke, „das habe ich doch schon getan. Ich hab mich auch schon um deine abgelaufene Versicherung gekümmert. Und jetzt lass mich in Ruhe. Gönn mir doch die eine Freude, die ich im Leben noch habe."

Sie lächelte, warf ihm eine Kusshand zu und ging weiter.

„Sie liebt mich", sagte er und schaute immer noch zur Tür. „Sie kümmert sich immer um mich und ... wenn ich nicht an dieses Bett gefesselt wäre, dann würde ich sie sogar heiraten."

„Richter, ich muss jetzt gehen. Ich muss heute Nacht noch nach Jacksonville."

Der Richter zog die Augenbrauen zusammen und schaute mich fragend an. „Hast du dort zu tun, mein Sohn?"

„Nein, mein Bruder wird vermisst. Ich muss hin, um ihn zu suchen."

„Geht's Mutt gut?" Der Richter drehte den Kopf näher zu seinem Gerät. „Soll ich ein paar Anrufe für dich machen?"

„Ich weiß es noch nicht. Ich werde mich melden. Vielleicht später."

„Das nächste Mal wartest du aber nicht wieder sechs Wochen, bevor du kommst. Das hier hält ungefähr drei Tage vor, dann bricht mir wieder der Schweiß aus und ich fange an zu zittern."

„Was ist denn mit Delores?"

„Neee." Der Richter schaute aus dem Fenster. „Ich glaube nicht, dass sie mich so sehr liebt. Sie braucht mich nur, weil sie immer zu schnell fährt."

Noch einmal hielt ich ihm die Zigarre hin, und er nahm einen letzten Zug. „Bis bald, Richter." Ich ging zur Tür, drehte mich noch einmal um und sah zu Rex, der immer noch am Fenster saß und hinausstarrte. Er blinzelte nicht einmal.

Kapitel 18

Mutt brach die Schule in der elften Klasse ab. Gelangweilt, gleichgültig. Ich weiß nicht, warum er sich so von der Welt und dem Leben verabschiedet hatte, aber er hat es getan. An seinem Blick konnte ich sehen, dass in seinem Inneren viel mehr arbeitete, als aus seinem Mund kam. Doch egal, was ich versuchte, ich kriegte es nicht aus ihm heraus. Ich habe alles versucht. Ich habe ihn bis zur Erschöpfung getrieben, ihn tagelang ausruhen lassen, ihn mit tausend Sachen beschäftigt, ihn besoffen gemacht – nur geschlagen habe ich ihn nie. Trotzdem bin ich nicht zu dem Kern durchgedrungen. Mutt hatte sich einfach abgemeldet. Er verbrachte seine ganze Zeit in Waverly und baute alles, was man sich nur vorstellen kann. Dabei hielt er sich in einem ungenutzten Teil der Scheune auf – seiner Werkstatt – und verbrachte den ganzen Tag und die halbe Nacht dort mit Hämmern, Sägen und Bauen. Wenn sein Verstand sich etwas ausdachte, dann konnten seine Hände es auch bauen. Meistens arbeitete er mit Holz, aber das Material war letztlich egal. Wenn er ein Werkzeug fand, mit dem er ein Material bearbeiten konnte, dann benutzte er es.

Als Miss Ella sechzig wurde, führte er sie in den Wald in der Nähe des alten Steinbruchs. Aus Neugier folgte ich ihnen. Die Sonne stand schon tief und schien durch die Kiefern. Er hielt sie an der Hand und führte sie auf einen Weg, den er für sie mit frischen Kiefernnadeln ausgelegt hatte. Unter dem Dach der vierzig Jahre alten Kiefern drehte er sich zu ihr und sagte: „Miss Ella, du hast mir immer gesagt: ‚Kein Kreuz, keine Krone.'"

Sie nickte und sah aus, als würde sie nicht ganz verstehen, worauf er hinauswollte.

„Miss Ella, ich habe kein Gold, deshalb habe ich das hier für dich gebaut." Er deutete nach rechts, und dort am Ende des Weges voller Kiefernnadeln stand ein Kreuz. Es war in der Erde versenkt und ungefähr vier Meter hoch und zwei Meter breit. Es war aus Holz, liebevoll mit Sandpapier abgeschmirgelt und glänzend abgeschliffen, mit fünfundzwanzig Zentimeter dicken Balken, bei denen man keine Fuge mehr erkennen konnte. Der Baum schien einfach so gewachsen zu sein, und Mutt hatte ihn einfach nur geschliffen. Miss Ella konnte es kaum glauben. Sie rannte hin und stand mit gefalteten Händen davor. Die Tränen liefen ihr über die Wangen. Vorsichtig legte sie ihre Hände gegen das Holz und schaute nach oben. Mehrere Minuten stand sie einfach nur so da mit den Händen an dem glatten Holz, als würde dort oben tatsächlich jemand hängen. Als ihr die Tränen vom Kinn tropften, fiel sie auf die Knie und lehnte die Stirn gegen den Balken. Regungslos saß sie so da mit geschlossenen Augen und betete.

„Matthew", sagte sie schließlich und nahm seine Hände in ihre, „vielen Dank. So habe ich es mir immer vorgestellt. Du hast das Bild in meinem Kopf nachgebaut. Es ist das Schönste, was mir jemals jemand geschenkt hat." Mutt nickte und wollte gehen. „Matthew?"

Er drehte sich wieder um, und sie griff in ihre Schürze.

„Ich habe das für dich machen lassen. Ich habe nur auf den richtigen Zeitpunkt gewartet, um es dir zu geben." Sie streckte die Hand aus und legte ein poliertes Stück Granit in seine Hand, schwarz wie Onyx, ungefähr so groß wie ein Flusskiesel. Auf der Vorderseite stand in Blockbuchstaben eingeritzt: „Matthew". Mutt rollte ihn in seiner Hand und fuhr die Buchstaben mit dem Zeigefinger nach. „Mutt." Sie legte ihre Hand an seine Wange. „Für den Augenblick, wenn die Stimmen dich wieder anlügen. Damit du dich erinnerst." Er nickte, machte die Hand zu und steckte den Stein in die Hosentasche. Nach diesem Tag verbrachte Miss Ella viel Zeit am Fuß des Kreuzes.

Danach weiß ich nicht mehr viel von Mutts Geschichte, denn ich habe ihn nicht mehr oft gesehen. Ich spielte jede wache Minute meines Tages Baseball, und Mutt verschwand. Später fand ich heraus, dass er viel in Zügen herumfuhr. Schwarz. Nach meinen Informationen fuhr er von New York nach Miami, weiter nach Seattle und wieder zurück, ohne jemals einen Fahrschein zu kaufen. Ich nehme an, das war seine Art, die Welt zu sehen, ohne selbst gesehen zu werden. Und je mehr ich darüber nachdachte, desto sicherer wurde ich mir, dass das gleichmäßige *Klack-Klack* der Schienen und die wechselnde Landschaft beruhigend für ihn waren.

Ich weiß nicht, warum ich so anders geworden bin. Auch darüber habe ich viel nachgedacht. Vielleicht bin ich einfach grundlegend anders als Mutt. Aber ich bin mir nicht sicher.

Als ich vier wurde, schenkte mir Miss Ella einen Baseball und einen Schläger zum Geburtstag. Ich hatte noch nie vorher einen Baseballschläger gesehen, deshalb konnte ich damit auch nichts anfangen. „Was ist das?", fragte ich, und sie zeigte es mir. Und ich habe es schnell gelernt. Von dem Tag an bettelte ich jeden Morgen, Mittag und Nachmittag: „Miss Ella, wirfst du wieder den Ball für mich?" „Miss Ella, können wir ein bisschen Baseball üben?" „Miss Ella, können wir ...?" Überraschenderweise spielte sie mit mir. Sogar ziemlich oft. „Kind, wenn das bedeutet, dass du im Freien spielst, ohne immer gleich im Schlamm zu landen und den Dreck dann über das Haus zu verteilen, dann werfe ich den ganzen Tag für dich."

Da wir nur einen Baseball besaßen, und Miss Ella die meiste Zeit arbeitete, mussten Mutt und ich improvisieren. Wir sammelten Feuersteine und schlugen sie über den Steinbruch. Es war nicht unbedingt gut für den Schläger, aber wir waren draußen und mussten uns nie Gedanken um den Ball machen. Ziemlich bald warf Mutt den Ball von allen Seiten und in verschiedenen Höhen, und ich lernte, den Ball in jeder Lage zu kontrollieren. Zum Beispiel konnte ich noch kurz vor dem Schlag entscheiden, ob der Stein nach rechts oder links fliegen sollte. Als ich in der siebten Klasse warf, zerbrachen die Feuersteine beim Aufprall, so hart schlug ich sie. In der achten zerfielen sie in kleine Stücke. In der neunten rieselten sie als feiner Staub auf die Erde. Ich kann mich immer noch an die Staubwolke erinnern, die der Stein verursachte, und an Mutts breites Grinsen. „Ich hoffe, den brauchst du nicht mehr", sagte er. „Selbst Sekundenkleber würde den nicht mehr kleben."

Wir waren so bei der Sache, dass wir auch bei Dunkelheit nicht aufhören wollten. Deshalb installierte Mutt Strahler in der Scheune, und wir schütteten einen Wurfhügel an der hinteren Wand der Scheune auf. Es dauerte nicht lange und ich schlug Löcher in die Bretter der Scheunenwand. Nach einem Monat sah die Wand aus wie ein löchriger Schweizer Käse. Rex war außer sich, als er das sah. Er griff in eine Zypresse, brach einen Ast ab und schlug damit wild auf mein Hinterteil ein. Das war mir egal, es lohnte sich trotzdem. Wir machten einfach weiter.

In dem Sommer bevor ich in die zehnte Klasse kam, hörte die Zeitschrift *Southern Living* von Waverly Hall und plante eine Reportage über das Haus mit dem Titel „Die Rückkehr der Südstaatenplantagen". Ich fand das seltsam, denn Waverly war ja alles andere als das. Rex liebte die Aufmerksamkeit, die ihm zuteilwurde, und kam extra aus Atlanta, um die Bediensteten zu beaufsichtigen, und posierte für die Kamera. Ich war in der Scheune und schwang meinen Schläger, immer darauf bedacht, das Haus nicht zu betreten, wenn mein Vater zu Hause war. Einer der Fotografen machte Bilder von der Umgebung und sah uns in der Scheune. Natürlich fielen ihm sofort die Löcher in der Wand auf.

Ich war allein und schlug einen Ball an einer Schnur, die an einem der Deckenbalken befestigt war. Der Fotograf sah mich und verstand sofort. „Hast du das gemacht?"

Ich nickte nur, weil ich kein Gespräch anfangen wollte. Ich war lieber allein und brauchte keine Gesellschaft. Er stellte seine Kamera in der Scheune auf, mitten auf dem Spielfeld, und prüfte das Licht. Ich legte meinen Schläger zur Seite, kletterte auf den Heuboden und beobachtete ihn neugierig. Der Fotograf besaß eine ganze Reihe technischer Hilfsmittel, die ihm aus der Weste hingen. Immer wieder lief er hin und her, prüfte das Licht und suchte nach dem richtigen Winkel. Er verschoss ungefähr eine Filmrolle, doch nach dreißig Minuten gab er frustriert auf. Die Löcher in der Wand störten seine Messgeräte, und es gab kein direktes Licht in der Scheune. Das Licht hier drin kam nur durch die vielen Ritzen und malte Bilder und Schatten an die Wände, ohne es richtig hell zu machen. Er sah das nicht, aber ich. Ich denke, in dem Moment erkannte ich, wie Licht Bilder erzeugen kann.

Miss Ella kam aus der Küche in die Scheune und lehnte sich gegen das Scheunentor. Nachdenklich beobachtete sie mich, während sie ihre Hände an der Schürze abtrocknete. Viele Jahre später erzählte sie mir, dass sie damals erkannte, dass ich ein ganz besonderes Talent hatte, größer noch als meine Fähigkeit, einen Baseballschläger zu schwingen. Nämlich das Talent, Licht zu sehen und zu verstehen.

Es gab nicht viel Platz in der Scheune, die Winkel waren ungünstig, und der Fotograf wurde immer frustrierter mit seinen Einstellungen. Mir war die Lösung für sein Problem schon dreißig Minuten vorher gekommen, aber ich sagte nichts. Als er richtig frustriert war, kletterte ich über den Heuboden in eine Ecke, schaute hinunter und sagte:

„Wie wäre es hier drüben?" Der Mann winkte ab, als wäre ich eine lästige Mücke, doch dann blickte er hoch und kratzte sich am Kopf. Als die Reportage in der Juliausgabe erschien, war meine Perspektive das Titelbild des Artikels. Am selben Tag ging Miss Ella ins Pfandhaus, und brachte eine alte Canon A1, eine Bedienungsanleitung und sechs Filmrollen mit nach Hause. Sie hatte keine Ahnung von Kameras, deshalb sagte sie nur: „Hier! Wenn die alle sind, besorge ich dir neue." Von diesem Moment an drehte sich mein Leben nur noch um zwei Dinge: Baseball und Fotografieren.

Am Ende der elften Klasse sah man mich selten ohne meinen Baseballschläger in der einen und meine Kamera in der anderen Hand. Wenn ich jemanden fand, der für mich warf, schlug ich die Bälle vom Schulschluss bis zum Abendessen und manchmal auch noch danach. Miss Ella war es längst leid geworden, die Bälle zu suchen und für mich zu werfen, deshalb bestellte sie mir eine Wurfmaschine und bezahlte sie von ihrem Einkaufsgeld. Mutt machte die Box auf und brachte die Maschine in die Scheune.

Wir verlagerten den Schlagort von der Mitte der Scheune, wo jetzt die Maschine stand, ans andere Ende, genau gegenüber der heiligen Wand, wie wir sie mittlerweile nannten. Mutt baute einige der Strahler von draußen ab und installierte sie in der Scheune. Jetzt konnte ich so lange schlagen, wie ich wollte. Ich musste nur immer wieder die Bälle einsammeln und in den Eimer über der Maschine werfen. Es passierte nicht selten, dass Miss Ella sich abends auf einen umgestülpten Eimer setzte und mir mit heruntergerollten Kniestrümpfen und gerafftem Kleid zuschaute. „Tuck", sagte sie dann mit einem Kopfschütteln, „du triffst daneben. Mach einen Schritt auf den Werfer zu." „Lass den Kopf unten, Kind. Du triffst den Ball nicht, wenn du ihn nicht im Auge behältst." „Schlag nicht so vorsichtig. Du musst den Schläger richtig schwingen. Gib alles, was du hast. Ich muss dich stöhnen hören."

Miss Ella liebte es, auf dem Eimer zu sitzen, mit einem Stock dagegenzuschlagen und mir beim Baseballspielen zuzuschauen. Viele Nächte verbrachten wir drei in der Scheune und stellten uns vor, wir wären bei einem der großen Endspiele gegen die wirklich bekannten Baseballteams dabei.

In dem Sommer vor meinem Abschlussjahr fand ich meinen Schlag. In den letzten sechs Monaten hatte ich viel in der Scheune geübt, aber auch den Stall ausgemistet, die Zäune repariert, mich um den Obstgarten gekümmert und eine Menge anderer Jobs gemacht, sodass meine Handgelenke, Arme, Hüften und mein Rücken mehr Kraft hatten als je zuvor. Zusammen mit meiner Schnelligkeit in den Händen bedeutete das nur noch mehr zerbrochene Bretter in der Wand. Ende August saß Miss Ella in der Sommerhitze wieder einmal auf dem Eimer und ich schlug einen Ball über die Maschine. Der Ball traf eines der Zypressenholzbretter der hinteren Wand und schlug es komplett heraus. Miss Ella stand auf, strich ihr Kleid und ihre Schürze glatt und lächelte mich an. Das war er, mein Schlag, und wir wussten es beide. Ich drehte mich um und lächelte zurück. Sie nickte, lehnte sich gegen das Tor und kaute auf einem Strohhalm.

Mein Schultrainer erklärte den Talentsuchern, dass ich ein Naturtalent war. In dem Sommer, bevor ich nach Atlanta ging, hängten wir ein Netz über die Rückwand der Scheune. In meinem ersten Jahr auf dem College fing ich endlich an zu wachsen. Ich war jetzt ein Meter fünfundachtzig, wog über hundert Kilo und schlug absolut präzise Bälle. Jetzt machte Baseball erst richtig Spaß.

Es dauerte nicht lange, und ich war festes Mitglied in der Collegemannschaft und schlug Bälle, von denen ich früher nur geträumt hätte. Als unsere Mannschaft nach Omaha flog, um an dem nationalen Collegecup teilzunehmen, flog Miss Ella mit Mutt dorthin und sah jedes Spiel. Als ich in einem Spiel einen unerreichbaren Ball schlug und locker eine ganze Runde lief, schaute ich am Ende hoch und sah Miss Ella mit ihrem roten Hut unter den Zuschauern hervorleuchten. Sie jubelte, winkte mir zu und strahlte über das ganze Gesicht. Nach dem Spiel schenkte ich ihr den Ball.

In diesem Sommer schlug ich ein paar Bälle auf dem Spielfeld, umringt von ein paar Talentsuchern für die Profimannschaften. Ich schlug nicht anders als sonst. Einfach nur so wie schon hunderttausend Mal vorher. Doch plötzlich spürte ich ein Plopp in meinem Rücken, und ein stechender Schmerz durchfuhr meine Wirbelsäule. Nach zwei weiteren Schlägen spürte ich den Schmerz auch im rechten Bein. Ein paar mehr Schläge und ich spürte ihn auf der ganzen rechten Seite. Als ich in meinen Schlafsaal zurückging, humpelte ich und kam kaum mehr vorwärts. Ich legte mich ins Bett und sagte mir, dass ich mir wahrscheinlich nur einen Muskel gezerrt hatte. Aber wirklich überzeugt war ich nicht. Am nächsten Morgen brauchte ich sechs Aspirin, um aus dem Bett zu kommen. In diesem Moment wurde mir klar, dass ich nie Profibaseball spielen würde.

Der Mannschaftsarzt machte zwölf Röntgenaufnahmen und ein MRT. Als er mit den Bildern zu mir kam, drückte sein Gesicht den Ernst meines Zustands aus. Ich kann mich nicht mehr genau daran erinnern, was er gesagt hat, aber ich erinnere mich noch gut an diesen einen Satz: „Du wirst nie wieder einen Schläger schwingen."

Es ist schon komisch, ich kann immer noch den Geruch in seinem Büro riechen. Es roch nach Popcorn, und im Zimmer davor erzählte eine seiner Assistentinnen einer Freundin gerade von ihrem Rendezvous am Abend vorher. Ich ging zurück zum College, packte meine Taschen, sah noch kurz beim Trainer vorbei und fuhr weg. Auf dem Weg hielt ich nur einmal an, um mir eine Sprite zu kaufen, und um Mitternacht fuhr ich die Einfahrt nach Waverly entlang. Jede Faser meines Körpers war taub.

Obwohl sie absolut dagegen war und mir das auch sagte, brach ich das College ab und versuchte, so weit wie möglich vom Baseball und von Waverly wegzukommen. Doch nach ein paar Tagen war ich wieder in Atlanta und nahm eine Stelle beim *Atlanta Journal* an. Ich sollte Fotos bei Gerichtsverhandlungen schießen.

Meine Anfänge als Fotograf waren nicht herausragend, aber ich arbeitete mich ein und versuchte, über der Arbeit meinen Schmerz zu vergessen. Als mich die Zeitung einstellte, fragten sie mich: „Was weiß ein Baseballspieler schon vom Fotografieren?" Dank Miss Ella konnte ich ihnen ein paar meiner besten Aufnahmen zeigen. Ich zog sie aus einer Mappe und legte sie auf den Schreibtisch – und bekam den Job. Ich übernahm alles, was sie mir anboten, und das hieß, dass ich viel unterwegs war.

Wahrscheinlich war das meine Art zu rebellieren. Jedenfalls sah Miss Ella das so und ließ mich gehen. Wie Rex war ich jetzt viel unterwegs, und sie blieb allein in Waverly zurück. Selbst Moses wusste nicht, dass sie schwer krank war, bis es zu spät war.

Ich war gerade in New York, brachte Doc ein paar Negative vorbei, kaufte eine neue Kamera und verhandelte über meinen nächsten Auftrag, als ich den Anruf bekam. Es war Moses. Ich nahm den ersten Flieger, kam durch die Tür und fand Miss Ella im Bett, versteckt unter allen Decken, die sie besaß, und mit schmerzverzerrtem Gesicht. Ich wollte sie sofort ins Krankenhaus bringen, aber sie schüttelte nur den Kopf. Moses und ich holten einen Krebsspezialisten aus Montgomery, aber es half nichts mehr. Der Krebs war schon überall. Er machte seine Tasche zu, zog sich das Stethoskop vom Hals und sagte die fünf schrecklichsten Worte, die ich je gehört habe: „Es dauert nicht mehr lange."

Ich legte meine Kamera zur Seite, zog einen Stuhl ans Bett, hielt einfach nur ihre Hand und betete. Die letzten drei Wochen waren die schlimmsten. Miss Ella hatte furchtbare Schmerzen, war aber zu stur, um Schmerzmittel zu nehmen. Manchmal versuchte ich die Tabletten in ihrer Suppe oder ihrem Tee aufzulösen, damit sie es nicht merkte. Aber diesen Trick hatte ich von ihr gelernt, deshalb durchschaute sie ihn ziemlich schnell. Sie schüttelte nur den Kopf. „Kind, ich brauche die Pillen nicht." Sie streichelte über ihre alte Bibel. „Der Mensch lebt nicht vom Brot allein, sondern von den Worten hier drin. Lies mir etwas vor." Und das tat ich. Ich fing bei den Psalmen an und las alle unterstrichenen Stellen bis zur Offenbarung.

Am Tag der Beerdigung stand das Herbstlaub in voller Farbenpracht. Überall sah man orange, rote und gelbe Farbtupfer. Moses grub das Grab, zog seinen einzigen schwarzen Anzug an und beerdigte seine Schwester neben ihrem Vater. Auf der anderen Seite ließ er noch etwas Platz für sich selbst. Er deutete nach unten auf Miss Ella und seine Anna und sagte: „Ich werde bald zu euch kommen." In diesem Moment trat Mutt völlig überraschend zwischen den Bäumen hervor. Keiner wusste, wo er gewesen oder wo er hergekommen war, doch sein Aussehen sagte uns, was er nicht getan hatte. Bart, verknotete Haare, zerrissene Klamotten und ohne Schuhe. Er hatte schon lange nicht mehr geduscht.

Rex tauchte nicht auf.

Ungefähr drei Wochen lang hingen Mutt und ich im Haus rum, ohne viel zu reden. Öl und Wasser. Ost und West. Zimmergenossen mit wenig Gemeinsamkeiten. In der vierten Woche hatte Mutt einen von seinen Anfällen. Mittlerweile kenne ich mich besser damit aus, aber damals hatte ich keine Ahnung, was los war. Er blieb acht Tage und Nächte in Folge wach und baute vor meinen Augen immer mehr ab. Ich hörte die Unterhaltungen, das nächtliche Gebrabbel, sah das verzerrte Gesicht und die körperlichen Symptome und beschloss, dass es jetzt reichte. Ich kämpfte gegen meine eigenen Dämonen und wollte mich nicht auch noch um einen Verrückten kümmern. So hängte ich mich an den Computer und fand Spiraling Oaks im Internet. Sofort packte ich Mutt ins Auto, fuhr nach Jacksonville und gab ihn dort ab. Doch das Schlimmste war, dass ich mich zum Abschied nicht einmal umgeschaut habe.

Vielleicht waren die Bilder und Eindrücke einfach zu viel. Rex, Miss Ella, Mutt. Was auch immer es war, ich ließ Mutt einfach dort zurück und stöpselte mein Handy ein. Wenn es das Böse in meinem Herzen gab, dann kam es an diesem Tag zum Vorschein. Ich fuhr auf die Fuller-Warren-Brücke und hielt auf dem Standstreifen an. Direkt unter mir kreuzten zwei Autobahnen. Eine führte nach Norden, die andere nach Westen. Dort oben, mit meiner Kamera auf dem Schoß, traf ich meine Entscheidung. Ich wählte eine Nummer, und Doc meldete sich.

„Doc?" Er verschluckte sich fast an seiner Zigarette.

„Tucker! Wo um alles in der Welt bist du gewesen? Ich versuche seit zwei Monaten, dich zu erreichen. Ich wäre fast selbst gekommen, aber ich hab Clopton auf keiner Karte gefunden."

Ich sagte nur vier Worte: „Schick mich irgendwo hin." Und in den letzten sieben Jahren hat Doc genau das getan.

Kapitel 19

Im Pick-up war es dunkel und still. Ich konnte Jase friedlich auf dem Rücksitz schlafen hören. Sein Atem ging tief und regelmäßig, es war die Sorte Schlaf, von der die meisten Erwachsenen nur träumen können. Ich kratzte mich am rechten Arm und versuchte, eine etwas bequemere Sitzposition zu finden. Katie drehte sich um und zog die Decke über Jases Schultern und seine drei Stofftiere – etwas, was Miss Ella unendlich oft bei mir getan hat. Der große Bubba und der kleine Bubba waren die große und kleine Ausführung desselben Stoffpferdes, und Trumper war ein Delfin. Alle drei Stofftiere lagen sicher in seinen Armen.

Sie deutete nach hinten in Richtung Rolling Hills. „Ein alter Freund?"

„Ja", erwiderte ich. „Richter Faulkner. Hat mir einmal aus 'ner Zwickmühle geholfen." Das war eigentlich gelogen oder höchstens die halbe Wahrheit. „Er ist vom Hals abwärts gelähmt, keine Familie, keinen zum Reden. Ich schau ab und an mal nach ihm. Sein Verstand funktioniert noch gut, nur sein Körper nicht mehr."

„Er mag Zigarren?"

Ich roch an meinem Hemd und fragte: „Stinkt übel, was?"

„Ziemlich."

„Tut mir leid, er hat eine Schwäche für kubanische Zigarren, und ich bin der Einzige, der ihm beim Rauchen hilft. Ich mache immer einen Zwischenstopp bei ihm, wenn ich in die Stadt komme." Mehr sagte ich nicht, kein Wort über Rex.

Sie zog ihre Schuhe aus, legte die Füße auf das Armaturenbrett und starrte aus dem Seitenfenster. Ein Pflaster klebte auf einem ihrer Fußknöchel. „Hast du dich beim Rasieren geschnitten?"

„Genau." Sie zog das Pflaster ab und untersuchte die Wunde. „Ich hatte Glück, dass ich nicht die Arterie getroffen habe. Ich habe zwei Rasierklingen gebraucht, um den Urwald an meinen Beinen zu roden."

Sie konnte sich immer noch über sich selbst lustig machen – wie damals.

Die Minuten vergingen, und wir hingen beide unseren Gedanken nach. Sie wickelte sich immer wieder eine Haarsträhne um den Finger und lehnte schließlich den Kopf gegen die Kopfstütze. Ich fragte nicht, aber wenn ich ihre Gedanken raten sollte, würde ich sagen, sie dachte an Trevor und wie lange es dauern würde, bis er den Volvo fand. Als wir nach Jacksonville kamen, ging gerade die Sonne auf.

Wegen eines Unfalls ging es nur langsam voran. Katie musste unbedingt einmal raus, deshalb hielt ich an einer Tankstelle, und sie rannte hinein. Jase schlief immer noch friedlich auf dem Rücksitz – zusammengerollt unter seiner Fleecedecke und mit seiner Herde Tiere im Arm. Ich saß schweigend am Steuer und wartete auf Katie. Nervös klopfte ich mit den Fingern auf dem Lenkrad herum, schaute mich immer wieder nach Jase um und fragte mich, wann ich wohl das letzte Mal so friedlich geschlafen hatte.

Katie kam wieder aus der Tankstelle und blieb noch kurz vor dem Getränkeautomaten stehen. Mit einer Cola light in der Hand setzte sie sich wieder auf den Beifahrersitz, drehte sich zu mir um und sagte: „Du wolltest mir gerade von deinem Vater erzählen."

„Meinem Vater?"

Katie nickte.

„Oh ja, mein Vater."

Sie deutete auf ihr Auge und sagte: „Ich kenne mich ein bisschen mit Leuten aus, die sich selbst anlügen, wenn sie von Leuten geschlagen werden, die ihnen nahestehen."

Ich atmete tief ein, vergewisserte mich, dass Jase immer noch schlief, und fragte mich, wie viel von der Geschichte ich ihr erzählen sollte. „Einen Teil der Geschichte kennst du schon. Er war immer noch sehr hart zu uns, nachdem du weggezogen warst." Ich rieb mir das Kinn. „Miss Ella sagte immer, dass seine Kraft im Alkohol lag, und wenn er sein fünftes Glas geleert hatte, fand er sie meist auch. Und normalerweise auch ziemlich viel davon."

Wieder drehte ich mich zu Jase um, dann fuhr ich fort: „Mutt ist einmal beim Fahrradfahren von einem Auto angefahren worden. Rex hat es irgendwie erfahren und kam am gleichen Abend noch nach Waverly. Er war in schlechter Stimmung. Er weckte Miss Ella, doch bis Mutt und ich die Schreie hörten und zu ihr rennen konnten, hatte er sie schon bewusstlos geschlagen und war wieder verschwunden. Sie lag auf der Veranda vor ihrer Hütte, ihr Nachthemd voller Blutflecke, und sie blutete heftig aus dem Mund, weil er ihr ungefähr acht Zähne ausgeschlagen hatte. Er ließ sie einfach dort liegen, und so warteten wir, bis er wieder im Haus war, und rannten zu ihr. Dann zogen wir sie in ihre Hütte. Der Anblick von Miss Ella an diesem Abend hat Mutt ziemlich mitgenommen. Immer wieder sah er auf ihren Mund, musste dann aber schnell wieder wegschauen, weil das Blut immer noch von ihren Lippen tropfte und ihr Gesicht langsam anschwoll. Ich rief Moses an. Er kam sofort und wenige Minuten später wachte sie auf. Sie hatte große Schmerzen, versuchte sich aber wegen uns nichts anmerken zu lassen. Rex hatte ihr außerdem noch ein paar Rippen gebrochen, doch das fanden wir erst später heraus. Als die Schwellung zurückging, kümmerte sich der Zahnarzt um ihre Zähne. Leider konnte er nichts mehr retten." Ich schüttelte den Kopf. „Ihr Gebiss kam ungefähr zwei Wochen später. Sie konnte sich nie damit anfreunden, aber es war immer noch besser als die andere Alternative.

Moses passte in der nächsten Zeit gut auf sie auf, und in den kommenden acht Jahren fasste Rex sie auch nicht mehr an. In meinem letzten Jahr auf der Schule kam ich eines Tages vom Baseballtraining nach Hause. Ich holte gerade den Milchkrug aus dem Kühlschrank, als ich Rex auf einmal oben brüllen und Glas zersplittern hörte. Ich wusste sofort, was los war. Ich erinnere mich noch an das Gefühl, wie meine Baseballschuhe mit den langen Spikes tiefe Furchen in den Holzboden gruben, als ich quer durch die Küche lief. Ich riss die Kammertür auf und packte das erste Teil, das ich sah. Es war eine von Rex' Lieblingswaffen. Ich holte zwei Patronen aus der Schachtel, lud die Waffe und flog die Treppe hoch, immer drei Stufen auf einmal. Ich erreichte den Flur und rannte zu Rex' Zimmer. Dort fand ich ihn, wie er neben Miss Ella auf dem Boden kniete und immer wieder auf sie einschlug, immer und immer wieder ..." Ich schluckte und versuchte, meinen zitternden Atem zu beruhigen. „Blut, Haut und Zähne klebten an seiner Hand. Sie war schon lange bewusstlos und hing nur noch wie eine Stoffpuppe an seiner Hand. Er holte noch einmal richtig aus und dann, nun ... Ich kann mich noch erinnern, wie ich ihren Kieferknochen krachen hörte, als er sie traf. Rex' Gesicht war krebsrot, die Venen an seinem Hals sahen aus, als würden sie jeden Moment explodieren, und seine Augen waren schon seit einer Woche blutunterlaufen. Er schrie irgendwas und beschimpfte sie wild ..." Ich brach ab. Eine Minute verging. „Sie lag zusammengesunken vor ihm auf dem Boden, ein Auge entstellt, und ihr Gebiss lag in Stücken überall verteilt.

Rex sah mich und grinste mich mit diesem glasigen, unverständigen Ausdruck an, der das Fass zum Überlaufen brachte. Mit drei Schritten war ich bei ihm, packte ihn an der Gurgel, bis er auf Zehenspitzen stand, und rammte ihm den Pistolenlauf in den Mund. Dabei schlug ich ihm die Schneidezähne aus und ..."

Ich blickte in die Ferne. Katie saß schweigend neben mir. Wieder schaute ich mich nach Jase um, um sicherzugehen, dass er noch schlief, und fuhr fort. „Zum ersten Mal in meinem Leben sah ich etwas in Rex, was ich vorher noch nie gesehen hatte: Er hatte Angst vor mir."

Ich atmete tief ein und bemerkte meine weißen Fingerknöchel am Lenkrad. Ich versuchte, mich zu entspannen. „Meine linke Hand drückte ihm die Luft ab, und meine rechte Hand hielt ihm die Waffe in den Mund. ‚Nun mach schon, drück ab', röchelte er. Ich ließ den Finger an den Abzug gleiten und spürte ein Zupfen an meinem Knöchel. Miss Ella war zu uns gekrochen, der Boden hinter ihr mit Blut bedeckt. ‚Tucker, er ist es nicht wert.' Sie hustete und ich hörte ein Gurgeln tief in ihrer Brust. ‚Das Böse stirbt nicht, wenn du jetzt abdrückst. Es wird ziellos durch die Erde streifen und schließlich auf dich kommen und dir dein Licht nehmen.'

Ich rammte den Lauf noch tiefer in seinen Mund und schnitt ihm damit die Luft komplett ab. Sein Gesicht lief blau an, seine Hände umklammerten den Stuhl hinter sich und seine Augen traten aus den Höhlen hervor. In diesem Moment fing ich an zu schreien ..." Wieder drehte ich mich zu Jase um und sprach noch etwas leiser. „Ich liebe diese Frau! Ich liebe sie mehr, als du deinen Alkohol liebst. Mehr als mein Leben. Wenn du sie noch einmal anfasst ... dann drücke ich ab.' Dann wurde Rex ohnmächtig. Ich löste meinen Griff, warf ihn gegen die Wand und er sackte auf dem Boden zusammen. Ich holte die Patronen aus der Waffe und warf sie dann auf das Bett.

Miss Ella setzte sich auf, und da sah ich erst, was er ihr angetan hatte. Ihr rechtes Auge war zerschnitten. Direkt durch die Hornhaut mit einer Glasscherbe. Es tropfte und sah richtig schlimm aus. Ich versuchte

sie aufzurichten, doch sie war zu schwer verletzt. Sie fiel wieder auf die Knie, und ich hörte sie sagen: ‚Herr, lass meine Feinde nicht über mich triumphieren.' Sie konnte nicht laufen, deshalb kniete ich mich neben sie, um sie hochzuheben. Da fühlte ich die Schere. In ihrer Schürzentasche steckte unsere große Küchenschere und zwei Häkelnadeln. Ich schaute sie verständnislos an und fragte: ‚Warum hast du die nicht benutzt?' Sie schüttelte leicht den Kopf und spuckte etwas Blut aus: ‚Ich will auch nicht, dass mein Licht verlöscht.'
‚Aber Miss Ella ...'
Wieder schüttelte sie müde den Kopf und sagte: ‚Wenn ich Böses mit Bösem vergelte, dann bin ich nicht besser als er.'"
Ich überließ mich der Erinnerung an diesen Tag und schwieg eine Weile. Dann fuhr ich fort: "Als ich ins Krankenhaus kam, traf ich Moses, der gerade mit den Ärzten sprach. Doch ein Blick reichte, um zu sehen, was sie ihm sagen würden. Sie entfernten ihr zerschnittenes Auge und drei Wochen später kam ihre Prothese. Als sie endlich mit einer weißen Augenklappe in ihrem Zimmer im Krankenhaus war, griff sie nach meiner Hand und sagte: ‚Geh und such deinen Bruder!' Ich verließ das Krankenhaus gegen drei Uhr morgens und fuhr zurück nach Waverly. Dort fand ich Rex mit einer leeren Flasche Whiskey in der Hand auf dem Boden vor der Bar.
In der Ecke stand mein Baseballschläger. Ich holte ihn, stellte mich neben ihn und tippte ihn an. Keine Reaktion. Ich tippte ihn wieder mit dem Schläger an, diesmal etwas energischer, und sein Kopf wabbelte wie Wackelpudding. Ich stand einige Zeit neben ihm und stellte mir vor, wie ich seinen Kopf mit dem Schläger zertrümmerte.
Irgendwann gegen Morgen fuhr ich wieder ins Krankenhaus und half Miss Ella, zwei weitere Aspirin zu schlucken. ‚Wo warst du?', flüsterte sie. Ich gab ihr noch einen Schluck Wasser und antwortete: ‚Im Haus.' Sie schob die Tasse zur Seite und murmelte: ‚Hast du Böses mit Bösem vergolten?' Ich schüttelte den Kopf und erwiderte: ‚Nein, Ma'am.' Sie drückte meine Hand. ‚Schau mir in die Augen und sag das noch mal.' Sie wollte es genau wissen, denn sie hatte den Ausdruck in meinen Augen gesehen, als ich Rex die Waffe in den Hals gerammt hatte. ‚Nein, Ma'am.' Sie schlief wieder ein, und ich fuhr gegen neun Uhr zurück zum Haus. Rex war mittlerweile verschwunden. Spurlos. Das Auto war weg, die Koffer fehlten, alles. Sogar ein paar Flaschen. Das hieß, dass er

so bald nicht wiederkommen würde. Ich fand Mutt ein paar Stunden später. Er lag zusammengerollt unter dem Kreuz, das er Miss Ella zum Geburtstag geschenkt hatte. Ich versuchte, ihn ins Haus zu kriegen oder ins Krankenhaus, aber er schüttelte nur den Kopf. Er wollte sie nicht sehen und auch nicht ins Haus."

Katie runzelte die Stirn und drehte die leere Dose zwischen ihren Händen. „Nur wenige Leute wussten, dass eins ihrer Augen aus Glas war, denn man merkte es kaum. Doch Miss Ella ist mit einem Glasauge gestorben. Ich glaube, das hat ihr mehr ausgemacht als das Gebiss. Manchmal wandte sie sogar das Gesicht ab, wenn sie mit Leuten redete, damit sie es nicht sahen. Im Laufe der Jahre konnte sie es auch nicht mehr unter Make-up verbergen, und das machte ihr noch mehr aus. Ein paar Wochen danach fand ich sie vor dem Spiegel. Sie versuchte, es herunterzuspielen. ‚Ich war mein ganzes Leben lang hässlich, aber das hat sicher nicht geholfen.'" Wieder starrte ich auf die Straße. „Miss Ella war die schönste Frau, die Gott je gemacht hat. Und wenn sie mich nicht am Fuß gezogen hätte, hätte ich abgedrückt." Ich schüttelte den Kopf und rutschte auf meinem Sitz hin und her. „Ich habe ihn danach zwei Jahre lang nicht gesehen."

Diesmal drehte sich Katie zu Jase um und flüsterte: „Was war mit Mutt?"

„Mutt und ich sind zwei unterschiedliche Wege gegangen. Ich hatte ein Ventil. Baseball. Jedes Mal, wenn der Ball auf mich zugeflogen kam, verlangsamte ich ihn in meinem Kopf und stellte mir vor, es sei das Gesicht von Rex, das auf mich zugeflogen kommt. Ich schlug immer zu. Das war mein Ausweg. Doch irgendwann verlor Baseball für mich an Bedeutung."

Ich beugte mich vor, streckte meinen Rücken und schaltete zurück. „Nach meiner Rückenverletzung ersetzte ich einfach eine Droge durch eine andere. Jedes Mal, wenn ich den Auslöser drückte, brannte ich ein neues Bild in meinen Kopf und überdeckte das Bild von Rex, das sich an jenem Abend in mein Hirn gebrannte hatte."

Ich schwieg wieder eine Weile. „Selbst heute ist es noch so. Doch manche Bilder ... wollen einfach nicht verschwinden." Ich straffte die Schultern. „Miss Ella hat immer gesagt, dass die Liebe alles besiegt, aber ..." Ich zuckte mit den Schultern und hob meine Kamera hoch. „Ich habe mich mit Baseball und Fotografieren betäubt."

Ich strich mir die Haare aus dem Gesicht und seufzte. „Ich kenne nicht alle Details über Mutt, aber er ist viel umhergestrichen. Ich weiß, dass er immer noch oft schwarz Zug gefahren ist. Wurde ein richtiger Landstreicher. Eine Zeit lang arbeitete er auf einem Fischerboot vor der Küste von Charleston, dann in einer Kohlengrube in West Virginia, in den Orangenplantagen von Florida und Texas, und bis heute weiß ich nicht, wie er von Miss Ellas Tod erfahren hat. Wie er bei der Beerdigung auftauchen konnte, ist mir ein Rätsel. Seit damals wohnt er hier, und Gibby" – ich deutete vor das Auto – „Dr. Wagemaker hat ihm regelmäßig einen ganzen Cocktail an Medikamenten verabreicht. Um ehrlich zu sein, weiß ich gar nicht, ob ich Mutt noch erkenne."

Wir fuhren schweigend auf die Stadt zu. Als mir eine Träne über die Wange lief, war ich so sehr in der Erinnerung gefangen, dass ich es gar nicht merkte. Katie wischte sie mit ihrem Ärmel ab.

Wir fuhren über die Brücke und bogen ab. „Noch mal zu Rex. Miss Ella erklärte mir: ‚Der Teufel hat deinen Vater schon vor langer Zeit gefangen. Deshalb musst du das Böse hassen, nicht Rex.'" Ich schüttelte wieder den Kopf und zuckte mit den Schultern. „Ist mir nicht wirklich gelungen."

Wir fuhren durch San Marco, und Jase' Gesicht erschien unter der Decke. Er rieb sich die Augen und sagte: „Mama, Donnamackels?"

Ich schaute Katie fragend an. Sie antwortete nicht sofort, und so zog Jase mich am Ärmel und sagte: „Onkel Tuck, können wir zu Donnamackels gehen?"

Katie rieb sich die Augen und antwortete: „Weißt du was, das hört sich gut an, Jase." Sie schaute mich an und sagte: „Wie wäre es mit einem Egg McMuffin?"

„Oh", erwiderte ich. „McDonald's."

Ein paar Minuten später biss ich in meinen Muffin und schlürfte eine Tasse Kaffee. Jase saß auf dem Rücksitz und verschlang gerade seinen zweiten Muffin. Katie knabberte an einem Egg McMuffin. Sie hatte seit McDonald's nichts mehr gesagt. „Du siehst so aus, als wolltest du etwas sagen", unterbrach ich ihr Schweigen. Sie dachte einen Moment nach und schüttelte dann den Kopf.

Keiner sagte mehr ein Wort, während wir die Bundesstraße nach Süden durch das historische San José und schließlich durch Mandarin in Richtung Julington Creek fuhren. Als wir dort an einer roten

Ampel anhalten mussten, zupfte mich Jase am Ärmel und sagte: „Onkel Tuck?"

Ich rieb mir die müden Augen, blinzelte in die aufgehende Sonne und brauchte einen Moment, bevor ich antworten konnte. „Ja, mein Freund?"

„War dein Vater richtig gemein?"

„Nun" – wie sollte ich ihm das nur erklären? – „er hat mir oft ordentlich den Hintern versohlt."

Jase dachte einen Moment nach und sagte dann mit Nachdruck: „Onkel Tuck, ich bin genauso wie du."

„Oh wirklich, Partner, wie meinst du das?"

„Mein Papa hat mich auch geschlagen."

Kapitel 20

Gegen sieben Uhr morgens kamen wir vor Spiraling Oaks an, und Gibby kam aus der Tür, um uns zu begrüßen. Er war kein bisschen älter geworden. Immer noch der gleiche zottelige, ungepflegte, verrückt aussehende Mann, den ich vor sieben Jahren hier getroffen hatte. Damals und heute hätte er sich gut auf einem Foto gemacht.

„Hallo Tucker", sagte er und streckte mir die Hand entgegen.

„Hey Gibby, darf ich dir zwei meiner ... Freunde vorstellen? Das hier ist Katie Withers, und" – ich kniete mich neben Jase – „dieser kleine Cowboy hier ist Jase."

Gibby beugte sich herunter und schüttelte erst Jase die Hand und dann Katie. Wir verschwendeten gar nicht erst viel Zeit mit Small Talk. Gibby sagte mir gleich, wir könnten später noch reden. Wir setzten uns in Gibbys Büro, und er begann sofort: „Tuck, wenn Mutt immer noch so ist wie in den letzten sieben Jahren, dann gerät er bald in den Strudel einer seiner zwanghaften Phasen. Ich habe schon vor einer Weile gemerkt, dass er unruhiger wird, zwanghafter, kontrollierender, aber mit dem hier habe ich nicht gerechnet. Ich gebe zu, dass ich in Mutts Fall tatsächlich einen Fehler gemacht habe, der mir nicht hätte passieren dürfen. Vor ungefähr sechsunddreißig Stunden kam eine Schwester in Mutts Zimmer, um nach dem Abendessen nach ihm zu sehen. Sie fand das Fenster offen, das Abendessen in der Toilette heruntergespült und keinen Mutt. Offensichtlich hatte er sein Schachspiel, ein paar Stücke Seife und meine Zange fürs Fliegenbinden mitgenommen."

„Seife?", fragte ich.

„So schreitet seine Krankheit fort. Mutt ist zwanghaft, und einer seiner neueren Zwänge ist die Sauberkeit seiner Hände und alles anderen." Ich nickte. „Er hatte Schwierigkeiten mit dem Einschlafen, und wenn er endlich schlief, wachte er oft auf. In den letzten Monaten hat er den Schwestern nicht mehr vertraut, weil er dachte – so nehme ich jedenfalls an –, dass sie sich gegen ihn verschworen hätten. Schon seit Jahren glaubt er, dass die Leute ihn überall anstarren, und die Stimmen kennst du ja schon. Was sich wirklich verändert hat, seitdem du ihn das letzte Mal gesehen hast, ist die Lautstärke dieser Stimmen – mittlerweile müssen sie ohrenbetäubend sein. Wenn sie tatsächlich etwas sagen und nicht nur durcheinanderschreien, dann kann man das auf seinem Gesicht sehen. Die Stimmen klagen ihn an, bedrohen ihn und streiten mit ihm.

Mutt hat keine stabilen Beziehungen hier, einen immer stärker werdenden Verfolgungswahn, Wahnvorstellungen, auditive Halluzinationen schlimmer als je zuvor, und in der letzten Zeit hat er sich immer wieder darüber beschwert, dass seine Träume ihm Angst machen. Besonders die Träume, in denen er erfriert, gelähmt wird oder einem geliebten Menschen in Not nicht helfen kann. Bis jetzt ist er nie aggressiv oder selbstmordgefährdet gewesen, aber er ist wahrscheinlich der gequälteste Mensch, der mir je begegnet ist. Egal, was ich ihm gebe und wie viel, kein Eingriff – weder chemisch noch elektrisch oder etwas anderes – dringt bis zu den Wurzeln seiner Krankheit vor. Meine anderen Patienten hier sind wirklich geistesgestört, aber Mutt ist meiner fachkundigen Meinung nach nicht wirklich gestört. Es ist nur ein Abfallprodukt von einem anderen Problem, das er niemals überwinden kann. Irgendein Dämon aus seiner Vergangenheit, der sich durch nichts austreiben lässt."

Ich war mir nicht sicher, was ich erwartet hatte, aber es war auf keinen Fall das, was Gibby mir gerade sagte. Er fuhr fort: „Mutt hat viele Zwänge oder Verschrobenheiten, wenn man es so nennen möchte. Er wäscht sich bei jeder Mahlzeit dreimal die Hände, hält seine Brote oder das Besteck mit einer Serviette und wirft dann nach jedem Bissen die Serviette weg. 90 Prozent des Tages trägt er Gummihandschuhe, sein Zimmer steht voller Flaschen mit Reinigungsmitteln, er wäscht selbst die Seife, um die Bakterien abzukriegen. Wenn wir ihm Flüssigseife kaufen, dann reinigt er den Spender mit Desinfektionsmittel. Auf den Türklinken in seinem Zimmer ist kein Messing mehr, weil er es wegpoliert hat. Er hat immer eine kleine Flasche mit Desinfektionsmittel in der Tasche und schneidet sich ständig die Fingernägel. Ohne Zweifel ist er der sauberste Mensch, der mir je begegnet ist."

Ich schaute aus dem Fenster und ließ meinen Blick über den Fluss schweifen. Der Gedanke, dass Mutt irgendwie weniger war als damals, als ich ihn abgeliefert hatte, berührte einen Schmerz ganz tief in mir. Es war, als hätte mir jemand ein Schwert in den Rücken gerammt und würde es jetzt langsam und unaufhaltsam weiter in mich hineinbohren. Wenn ich geglaubt hatte, dass mein Platz für besondere Menschen vorher schon wehtat, dann pulsierte der Schmerz jetzt, als Gibby fertig war. „Irgendein Anhaltspunkt, wo er sein könnte?"

Gibby stand auf und ging ans Fenster. Hinter mir saß Katie und hielt Jase auf dem Schoß. Ich wusste nicht, was sie dachte, aber sie schien sich darin ziemlich zu verlieren. Jase lutschte an einem Lolli und beäugte Gibbys Angelausrüstung überall im Zimmer. Die Unterhaltung schien ihm ziemlich egal zu sein. Gibby deutete auf Clarks. „Dort drüben hat er zu Abend gegessen, offensichtlich eine ganze Menge, und ist dann zwischen den anderen Menschen auf dem Dock verschwunden."

Bei seiner Erfahrung mit Zügen könnte Mutt mittlerweile in North Dakota sein. Ich ging ans Fenster, schaute zu Clarks und ließ meinen Blick dann über das Ufer gleiten, bis ich den kleinen Jachthafen sah. „Ist er irgendwann mal bei dem Hafen dort gewesen?"

„Ein paarmal, die Schwestern und Pfleger mieten dort ab und an mal ein paar Kanus und rudern mit ein paar Patienten den Creek entlang. Doch sie bleiben immer in Sichtweite des Docks."

„Ist Mutt mal bei einem solchen Ausflug dabei gewesen?"

„Jedes Mal, wenn sie angeboten wurden."

„Wie gut kennen Sie den Besitzer?"

„Gut genug, um ein Boot bei ihm mieten zu können."

„Dann lassen Sie uns hingehen."

Gibby hielt mich am Arm fest, als wir sein Büro verließen. „Noch eine Sache. Ich habe dir am Telefon gesagt, dass er eine tickende Zeitbombe ist."

„Glauben Sie, dass Mutt gewalttätig wird?"

Gibby nickte.

„Mutt hat in seinem Leben noch nie irgendjemandem etwas zuleide getan."

„Ich weiß, Tuck, ich habe nur so ein Gefühl. Er hat diesen Blick ... wie eine sprungbereite Katze, jederzeit bereit zum Angriff. Und wenn er das tut ..." Gibby schüttelte nur den Kopf. „Es ist, als verharrte er schon seit fünfzehn Jahren in dieser Position, und die Spannung dahinter lässt sich nicht mehr aufhalten."

„Wie kommen Sie auf diesen Gedanken?"

„Der fortschreitende Verfall seiner verstandesmäßigen Fähigkeiten."

„Das heißt?"

„Sein Verstand belügt ihn jetzt mehr als je zuvor. Er kann nicht mehr zwischen einem verrückten und einem normalen Gedanken unterscheiden. Oder wenn er es noch kann, dann will er nicht mehr unterscheiden. Er hat viel Medizin bekommen, über eine lange Zeit. Wenn die Wirkung langsam nachlässt, dann wird er noch verwirrter. Schizophrenie, manisch-depressive Störungen sind chronische Erkrankungen. Unglücklicherweise werden sie immer schlimmer. Nicht besser. Wenn Patienten ihre Medizin nicht mehr nehmen, dann dekompensieren sie das, bekommen eine Psychose und müssen ins Krankenhaus. Ich weiß nicht, was du hier erwartet hast, aber ich muss dich warnen. Es ist nicht so, dass du ihn hier vor sieben Jahren mit einer Fleischwunde abgeliefert hast, die mittlerweile geheilt ist und von der man nur noch eine Narbe sieht. Es ist eher so, als hättest du ihn hier mit einem Krebsgeschwür abgegeben, dass mittlerweile jede Faser seines Körpers befallen hat. Falls du ihn findest, dann ist es am sichersten, wenn du ihm das hier gibst." Gibby zog eine durchsichtige Plastikbox mit zwei Spritzen aus der Tasche und hielt sie mir hin. „Dreihundert Milligramm Thorazin in jeder. Und wenn du es nicht schaffst, innerhalb einer Stunde wieder hier zu sein, dann gib ihm auch die zweite." Gibby packte mich wieder mit festem Griff am Arm. „Genauso wie eine Grippeimpfung."

Ich nahm die Box, drehte sie kurz in der Hand und steckte sie dann in die Tasche meiner Fleecejacke. „Gibby, was passiert, wenn ich ihn finde?"

„Wenn du ihn findest, können wir ihn in den Norden schicken, zu einer Einrichtung, in der die Wände gepolstert sind und wo er eines Tages an Altersschwäche sterben wird."

„Wie wäre es, wenn ich ihn mit nach Hause nähme?"

„Nicht ratsam und auch nicht wirklich möglich."

„Warum nicht?"

„Ganz ehrlich?"

Ich nickte.

„Weil das für dich die Hölle wäre."

Ich schaute wieder aus dem Fenster und schwamm mit den Augen bis zu Clarks. „Bei allem Respekt, wir sind dort aufgewachsen und kennen es gar nicht anders."

Kapitel 21

Der Besitzer des Jachthafens freute sich nicht darüber, Gibby zu sehen. Mich auch nicht. Die Nachricht, dass ein Verrückter auf dem Creek unterwegs war und keiner wusste, wo er war, hatte sich wie ein Lauffeuer verbreitet, und die Leute waren unruhig. Clarks hatte einen pensionierten Polizisten verpflichtet, das Dock im Auge zu behalten und alles Ungewöhnliche zu melden.

„Morgen", sagte der Besitzer und schüttelte uns halbherzig die Hand. „Steve Baxter."

„Tucker Rain."

„Sind Sie mit dem Burschen verwandt, der abgehauen ist?"

„Er ist mein Bruder."

„Nichts für ungut, aber ich hoffe, dass Sie ihn wieder einfangen, bevor er irgendwas Dummes anstellt. Ich habe gehört, dass sein Aufzug es nicht ganz bis ins oberste Stockwerk schafft."

Ich zuckte die Schultern. „Das oder er nimmt lieber die Treppe."

„Nun, ich rede mir schon seit Jahren bei der Stadt den Mund fusselig, dass diese Verrückten hier wegmüssen, bevor noch jemandem was passiert. Vielleicht hören sie mir jetzt zu, nachdem ein Kuckuck aus dem Nest geflogen ist."

Ich war nicht in Stimmung für so eine Unterhaltung, deshalb wechselte ich das Thema. „Ich würde mir gern ein Kanu mieten. Vielleicht haben Sie ja eins mit einem 5-PS-Motor?"

Er nickte. „Ich gebe Ihnen mein eigenes. Es ist ein Old Town, fünf Meter lang, mit einem 5-PS-Motor, das Sie ohne Probleme den Creek hoch- und wieder zurückbringen wird."

Ich wandte mich an Gibby. „Würden Sie sich bitte in der Zwischenzeit um Katie und Jase kümmern?"

„Sehr gern." Er legte Jase eine Hand auf die Schulter. „Ich und dieser Cowboy hier wollten sowieso gerade angeln gehen."

„Mach dir keine Sorgen", sagte Katie und hob Jase auf ihre Hüfte. Er war fast halb so groß wie sie, deshalb hingen seine Beine auch bis zu ihren Schienbeinen herunter. Er lutschte immer noch an seinem Lolli und sah fast aus wie ein Einheimischer. Baxter fuhr mit seinem Boot an den Landungssteg, kletterte heraus und hielt das Boot, während ich einstieg. Es war sauber, zuverlässig und leise. Perfekt geeignet zum Entenjagen, Angeln oder Menschenaufspüren. Ich schaute zum Dock hoch, und mir fiel zum ersten Mal auf, wie klein Katie wirklich war. Aber das hieß nicht, dass sie auch schwach war. Ich stieß mich ab und spürte, wie sich mein Platz für besondere Menschen langsam öffnete und die zwei hineinschlüpften.

Ich versuchte erst gar nicht, sie aufzuhalten.

Kapitel 22

Das schwarze Wasser war noch ziemlich warm für diese Jahreszeit. Ich tuckerte an Clarks vorbei und stand gleich darauf vor einem Problem. Der Creek teilte sich. Es war erst acht Uhr morgens, deshalb entschied ich mich für den systematischen Weg. Ich nahm den linken Arm, den kleineren der beiden, und folgte dem gewundenen Lauf. An den Ufern tummelten sich die Schildkröten, kleine Alligatoren und ein paar Waschbären. Auf dem Wasser bahnte ich mir einen Weg durch die Wasserrosen, die wie Sommersprossen überall wuchsen. Glücklicherweise gab es noch nicht viele Mücken. Um halb elf schaltete ich den Motor aus und beschloss zu paddeln. Der Creek war schmaler geworden und nur noch etwa dreizehn Meter breit, und ich dachte, wenn Mutt wirklich hier war, wäre es sicher gut, ihn zu überraschen. Um zwölf kam eine Seekuh neben dem Boot an die Wasseroberfläche, blies eine Wasserfontäne in die Luft und erschreckte mich fast zu Tode. Sie war fast drei Meter lang, und ihr breiter, schwerer Schwanz rammte den hinteren Teil des Boots. Ich paddelte neben sie, tätschelte ihren Rücken mit meiner Hand und sah die Narben von einigen Bootsschrauben. „Hey, Süße", sagte ich, „wenn du hierbleibst, dann kommst du nicht mit den Propellern da draußen in Kontakt." Sie knickte einmal heftig und tauchte ab. Das nächste Mal, als ich sie sah, war sie schon zehn Meter weg. „Aber wenn ich du wäre, würde ich auch lieber in dem großen See schwimmen. Pass auf dich auf." Sie schnaubte noch einmal und verschwand.

Immer noch gab es kein Anzeichen für ein weiteres menschliches Wesen in meiner Nähe, aber ich genoss die Stille, das gleichmäßige Paddeln und das Alleinsein auf dem Wasser. Gegen drei kam ich an eine Stelle, an der sich der Creek in viele kleine Flüsschen teilte, die in jede Richtung weitergingen. Es wäre einfacher, die Nadel im Heuhaufen zu finden als die richtige Abzweigung. Ich tauchte mein Paddel wie ein Ruder ins Wasser, drehte das Boot und warf den Motor wieder an. Langsam steuerte ich das Boot durch die Seerosen zurück. Gegen halb vier war ich wieder am Landungssteg neben Clarks und konnte von da aus das Dock von Spiraling Oaks erkennen. Unermüdlich zeigte Gibby dort Jase, wie man die Angel richtig auswarf, während Katie mit Sonnenbrille danebensaß und ein Buch las. Aus dieser Entfernung sah sie so friedlich aus. Vielleicht das erste Mal seit langer Zeit.

Ich drehte das Boot, winkte dem strahlenden Jase kurz zu, nickte schnell in Katies Richtung und ruderte dann in den rechten Arm des Creeks. Ich versuchte, mich in Mutt hineinzuversetzen, aber das war unmöglich. Wahrscheinlich hatte er seine Flucht gar nicht richtig geplant, sondern einfach einen Fuß vor den anderen gesetzt, ohne sich über die Folgen Gedanken zu machen. Der rechte Arm war breiter und führte mehr Wasser als der linke, aber die Natur war genauso schön. Eine Welt für sich. Ein großer Fischreiher flog über mich hinweg, glitt mit ein paar Flügelschlägen den Creek flussaufwärts und landete dann elegant zwischen den Seerosen, wo seine Beute nur auf ihn zu warten schien.

Einen Kilometer weiter stromaufwärts kam ich zu einer alten, jetzt abgestorbenen Zypresse, an der ein paar Kinder vor einigen Jahren ein Seil befestigt hatten. Ich konnte die Kinder fast vor mir sehen, wie sie sich mit dem Seil in der Hand von dem benachbarten Baum abstießen und weit über das Wasser schwangen, bevor sie losließen und mit einem lauten Platsch mitten in den Creek tauchten. Jetzt war das Seil vermodert und schon seit Jahren nicht mehr in Gebrauch. Irgendwie erinnerte mich dieser Ort an unseren Steinbruch.

Um fünf wechselte ich den Benzintank und dachte ans Abendessen. Ich hatte den ganzen Tag nichts gegessen und wurde trotz meiner Sorge um Mutt langsam ziemlich hungrig. Der Essensduft von Clarks wehte mir vom See in die Nase und ließ mich an nichts anderes mehr denken. Trotz meiner Sorge um Mutt wendete ich das Boot. Bei Einbruch der Dunkelheit erreichte ich das Dock und schob das Boot aus dem Wasser ans Ufer. Ich fand Gibby in seinem Büro und Katie und Jase beim Tischtennisspielen in dem ansonsten leeren Spielezimmer. Der Geruch erinnerte mich an Rolling Hills.

Gibby schaute von seinen Akten auf, und als er Mutt nicht bei mir sah, fragte er: „Hast du Hunger?"

„Ja, ich denke, ich könnte was zu essen vertragen."

„Gut. Ich glaube, deine Freunde haben auch Hunger. Ich habe ihnen etwas angeboten, aber sie wollten lieber auf dich warten. Ich weiß schon, wo wir hingehen."

Clarks war ziemlich voll, als wir ankamen, aber in vierzig Minuten würde ein Tisch frei werden. Ich warf eine Münze in den Automaten mit dem Schildkrötenfutter und nahm Jase mit zum Wasser. Er war neugierig. Freundlich. Und sehr aufmerksam. Ihm entging nichts. Als sie den Namen „Rain" über den Lautsprecher aufriefen, sagte er gleich: „Onkel Tuck, das sind wir."

Wir gingen durch das Restaurant an den ausgestopften Tieren und den vollen Tellern vorbei zu unserem Tisch. Jases Augen waren kugelrund. Unser Tisch war direkt am Fenster mit einem schönen Blick auf den Creek. Unser Teil des Restaurants ragte sogar an einigen Stellen über das Wasser.

Als die Getränke auf dem Tisch standen, schaute ich auf Jase, der seine Milch durch einen Strohhalm schlürfte und den Creek nicht eine Sekunde aus den Augen ließ. Ich nahm einen Schluck Tee und genoss den süßen Geschmack im Mund. Braune Budweiser-Bierflaschen glitzerten überall im Raum und verstärkten die gemütliche Atmosphäre.

Ich erzählte kurz von meiner Suche, während Gibby für uns alle bestellte: Garnelen, Wels, Pommes, Bratkartoffeln und natürlich Maisgrütze. Die Kellnerin stellte eine kleine Schüssel Grütze vor Katie, die nur die Nase rümpfte und die Schüssel mit der Gabel zur Seite schob. Ich beugte mich vor und schob die Schüssel wieder vor sie. „Wenn du sie nicht wenigstens probierst, ist das eine Beleidigung für den Koch." Ich aß einen Bissen von meiner und lächelte. Jase beobachtete seine Mutter, wie sie vorsichtig die Gabelspitze in die Grütze tunkte und sie dann in den Mund steckte. Langsam leckte sie die Gabel ab und hob erstaunt die Augenbrauen. Sie nickte anerkennend und aß einen weiteren Bissen, diesmal etwas größer. Nach all den Jahren in New York hatte sich ihr Geschmack anscheinend nicht sonderlich verändert. Jase sah ihr Lächeln, tauchte seinen Löffel in die Grütze und schaufelte sich ungefähr die Hälfte seiner Schüssel in den Mund.

„Das Beste an Grütze ist", sagte ich und schaute Katie und Jase an, „wenn man sie zwischen seinen Zähnen durchdrückt." Katie hielt sich die Augen zu, als ich die Grütze wie Pudding durch die Zähne drückte.

Jase aß einen zweiten Löffel voll, wollte es mir nachmachen und kleckerte die Grütze auf seine Hosen und auf den Tisch.

Wir aßen und dabei erzählte uns Gibby wegen Jase die jugendfreie Version von Mutts Geschichte. Trotz des unerfreulichen Themas war das Essen großartig. Katie bezahlte die Rechnung. Das hatte sie auf dem Weg zur Toilette mit dem Kellner so abgemacht, und dann führte Gibby uns zum Ende des Docks, wo er uns seine Vermutungen über Mutts Verschwinden erklärte.

Überall leuchteten die Lichter aus den Hütten am Ufer des Creeks und spiegelten sich im Wasser. Ein kühler Wind wehte über das Wasser und erfrischte mein Gesicht. Irgendwo sprang ein Fisch ein paarmal über das Wasser und verschwand wieder. In der Ferne hörten wir eine Eule rufen und im Westen sahen wir die letzten Strahlen der untergehenden Sonne.

„Wo werdet ihr übernachten?", fragte Gibby.

Daran hatte ich noch gar nicht gedacht.

Katie mischte sich ein, bevor ich antworten konnte. „Wir haben ein Zimmer im Marriot-Hotel am Ende der Straße." Ich schaute sie verständnislos an. Gibby nahm die Antwort einfach so hin, doch ich kämpfte mit dem „Wir" in: „Wir haben ein Zimmer."

„Ich nehme an, dass du morgen wieder früh aufbrechen willst?", fragte Gibby.

„Bei Tagesanbruch", erwiderte ich. Ich schaute über das Wasser und fragte mich, ob er noch lebte, ertrunken oder noch in Florida war. Doch ich wusste, dass ich damit nicht weiterkam.

Wir setzten Gibby vor Spiraling Oaks ab und fuhren dann die paar Kilometer bis zum Hotel. Jase entdeckte eine Eisdiele kurz vor dem Hotel. Ich bog in die Einfahrt und tat so, als wäre ich begeistert, während meine Gedanken sich nur um das „Wir haben ein Zimmer" drehten.

Ich drückte die Tür zu der riesigen Eisdiele auf, und Katie hakte sich bei mir unter. „Keine Sorge. Es ist eine Suite. Du kannst auf dem Ausziehsofa im Wohnzimmer schlafen."

Ich bestellte zwei Kugeln Schokolade, Katie eine Kugel Moccaeis und Jase drei Kugeln: Erdbeer, Kaugummieis und Erdnusseis mit Schokoladensoße und einer Scheibe Banane.

Erst um halb zehn betraten wir endlich unsere Suite, und Jase hing schlaff an Katies Hand. Ich hob ihn hoch, trug ihn ins Zimmer und nickte in Richtung Schlafzimmer. Katie deckte das Bett auf, und ich zog ihm die Kappe ab, streifte seine Stiefel ab und legte ihn vorsichtig auf das Bett. Katie steckte ihn in seinen Schlafanzug und küsste ihn auf die Backe. Ohne ein weiteres Wort drehte er sich auf die Seite und schlief ein.

Ich folgte Katie ins Wohnzimmer. Plötzlich hörte ich hinter mir ein müdes, leises, aber dennoch nachdrückliches Flüstern. „Onkel Tuck?"

Ich drehte mich noch einmal um. „Ja, mein Freund."

„Du hast mir keinen Gute-Nacht-Kuss gegeben."

Ich ging zurück zum Bett und kniete mich daneben. Jase legte mir die Arme um den Hals und drückte mich. Dann küsste er mich auf die Wange und sagte: „Gute Nacht, Onkel Tuck", und legte sich wieder hin. Als ich aus dem Zimmer schlich, atmete er bereits tief und regelmäßig und träumte wahrscheinlich vom Fliegenfischen und riesigen Fischen.

Ich machte die Tür hinter mir zu und sagte: „Ich weiß nicht viel über deinen Exmann, aber das ist ein tolles Kind."

„Ja", erwiderte sie und wühlte in ihrer Tasche nach der Zahncreme, „das ist er, trotz seines Vaters."

Ich stand etwas verloren im Wohnzimmer, als Katie aus dem Bad kam. Sie trug einen Trainingsanzug, und ich entspannte mich etwas. Dann setzte sie sich im Schneidersitz auf das Sofa, während ich zwei Kinder draußen am Whirlpool beobachtete.

„Tucker", unterbrach sie meine Gedanken und rieb sich nervös die Hände. „Ich bin nicht ganz ehrlich gewesen. Doch nach heute und ..." Sie warf einen kurzen Blick in Richtung Schlafzimmer. „Nun, es gibt ein paar Dinge, die solltest du wissen."

Ich setzte mich ihr gegenüber auf den Boden und lehnte mich gegen die Wand. Unsicher schaute sie auf ihre Hände und fuhr fort: „Ich habe das alleinige Sorgerecht für Jase und eine einstweilige Verfügung, aber davon lässt sich Trevor nicht beeindrucken. Einige seiner Klienten arbeiten für die Regierung, das FBI und was nicht alles. Ich denke, er wird alle Hebel in Bewegung setzen, um mich zu finden. Und wenn das passiert ..." Sie schüttelte den Kopf. „Ich habe mich gefragt, ob vielleicht ... nun, ich habe ein paar Freunde in Kalifornien, die mich für ein paar Monate bei sich aufnehmen würden, ohne viele Fragen zu stellen. Und ich kann Jase ein neues Fahrrad kaufen." Sie schaute mich an. Tränen hingen in ihren Wimpern. „Vielleicht sollten wir einfach in einen Bus steigen."

Mein Blick schweifte aus dem Fenster, und ich atmete tief ein. Der Whirlpool war mittlerweile leer, und alles war still.

Tucker?

Ich hatte schon darauf gewartet, dass sie sich einmischte. Sie konnte sich einfach nicht zurückhalten, wenn so viel auf dem Spiel stand. Um ehrlich zu sein, brauchte ich auch dringend einen Rat.

Tucker? Ich ließ den Kopf sinken und hörte ihr zu. Ich wusste, jetzt würde eine Predigt kommen. *Nicht einmal Salomo in seiner Herrlichkeit war gekleidet wie eine von diesen. Mach dir keine Sorgen über morgen. Jeder Tag hat seine eigene Plage.*

Langsam schaute ich hoch und sah Katie in die Augen. Von meiner Antwort hing so viel für sie ab. Ich konnte sehen, dass sie nicht weiterwusste. Sie wollte nicht weg, aber auf der anderen Seite wollte sie mich auch nicht in eine Sache reinziehen, die von einer Sekunde auf die andere eskalieren konnte. Ihr Auge war immer noch etwas blau, sah aber eher übermüdet aus, nicht wie das Ergebnis eines harten Faustschlags. „Miss Ella hat mir und Mutt immer gesagt, dass jeder Tag seine eigene Plage hat und dass wir uns keine Sorgen über den nächsten Tag machen sollen, bevor er nicht angebrochen ist. Lass uns heute nicht über morgen reden. Morgen können wir uns Gedanken über den neuen Tag machen, in Ordnung?"

Eine Träne lief ihr über die Wange. Schnell wischte sie sie mit dem Ärmel weg und stand mit einem etwas schiefen Lächeln auf. Ihr war zum Weinen zumute, das konnte ich deutlich sehen, aber sie tat es nicht. „Ich bin müde. Wir sehen uns morgen."

Ich nickte, und sie verschwand in Jases Zimmer. Lautlos schloss sie die Tür hinter sich. Ich lauschte, doch sie schloss sie nicht ab.

Danach lag ich noch bis nach Mitternacht wach auf der Couch. Ich war müde, aber mehr als alles andere spürte ich wieder diesen Schmerz hinter meinem Bauchnabel. Nur diesmal konnte Miss Ella mich nicht durchs Fenster zu sich ins Zimmer ziehen.

Kapitel 23

Die Sonne schien durchs Fenster und weckte mich um halb sieben. Ich war wütend auf mich selbst, dass ich so lange geschlafen hatte, doch als ich die Augen aufschlug, blieb mir fast das Herz stehen. Über meinem Gesicht hingen seidige schwarze Haare. Langsam hob ich den Kopf und sah Jase' geschlossene Augen. Er schlief noch. Sein weicher Schlafanzug lag auf meinem nackten Arm, und ich roch den sauberen, unverwechselbaren Duft von kleinen Jungs. Seine Kinderhand lag in meiner – sie passte genau hinein.

Ich versuchte, unter der Decke hervorzukriechen, ohne ihn zu wecken, aber er legte einfach seinen Arm über meine Brust. In diesem Moment roch ich den Kaffee. Jetzt erst sah ich Katie in einem Sessel am Fußende des Sofas mit einer Tasse Kaffee in den Händen.

Sie legte ihren Finger an die Lippen und flüsterte: „Pst! Ich bin vor einer Stunde aufgewacht, und er war weg. Ich bin aus dem Zimmer gerannt, um dich zu holen, da habe ich ihn hier gefunden." Sie lächelte und zuckte mit den Schultern. „Ich weiß nicht, ob es dir aufgefallen ist, aber ich denke, du hast einen Freund gefunden."

Ich nickte, hob seinen Arm ein wenig und schlüpfte vom Sofa. Dann deckte ich ihn vorsichtig zu.

Als ich gerade in die Dusche stieg, wurde die Tür von außen einen Spalt geöffnet und Katie schob eine Tasse Kaffee hindurch. Dann machte sie die Tür wieder zu.

Die Dusche und das heiße Wasser taten gut. Ich zog mich an, trank meinen Kaffee und kam ein paar Minuten später aus dem Bad.

Jase schlief immer noch, und so zog ich meine Jacke an und ging zur Tür. „Ihr zwei bleibt einfach hier, und ich sage Gibby Bescheid, wo ihr seid."

„Mach dir keine Sorgen", sagte sie und winkte ab. „Ich habe nebenan ein paar Geschäfte gesehen. Vielleicht gehen wir einfach einkaufen."

„Macht Sinn", erwiderte ich. „Wenn du willst, kann Gibby euch nachher abholen und mit zum Fischen nehmen oder so was."

„Wir kriegen das schon hin." Sie drehte sich um und schaute zu Jase. „Wenn es dich nicht stört, dann sind wir noch hier, wenn du zurückkommst."

Ich nickte, winkte und machte die Tür hinter mir zu.

Das Boot war immer noch am selben Platz wie gestern Abend. Tau lag auf der Sitzbank und auf den Paddeln, deshalb wischte ich sie mit den Händen ab und startete dann den Motor. Ich glitt wieder den Creek entlang, bis ich zu den beiden Seitenarmen kam. Dort fuhr ich wieder nach rechts, denselben Weg wie gestern Nachmittag. Gegen neun schaltete ich den Motor aus und paddelte stattdessen durch das dunkle Wasser. Die Sonne war schon warm, und so zog ich meine Jacke bald aus. Nach kurzer Zeit kam ich wieder an das Seil und arbeitete mich dann weiter in den immer enger werdenden Creek vor.

Das Wasser kam hier aus zwei Richtungen. Der größte Teil kam aus dem Fluss, der den See speiste, während eine kleine Strömung mit Wasser aus dem Sumpf dazufloss. Ich paddelte in die kleinere Strömung und bemerkte, dass das Wasser hier immer klarer wurde. Ein paar Hundert Meter weiter kam ich an eine Quelle. Hier an der Quelle endete der Bach, und ich kam nicht weiter. Das Wasser sprudelte von unten aus der Quelle um die Wurzeln einer Zypresse. Von hier aus erstreckte sich der Sumpf viele Hundert Meter weit in jede Richtung.

Ich steckte in einer Sackgasse, also wendete ich das Kanu, das dabei vorne und hinten am Ufer entlangkratzte. Dann paddelte ich wieder in den breiteren Strom. Als ich dort ankam, musste ich lächeln, denn das klare Wasser erinnerte mich an den Steinbruch. Es erinnerte mich an den allerbesten Tag.

Ich paddelte wieder in das schwarze Wasser, und da traf es mich wie ein Faustschlag. Der allerbeste Tag. Wenn mich das klare Wasser daran erinnert hatte, dann war es bei Mutt vielleicht genauso gewesen.

Wieder wendete ich das Kanu und glitt in den Arm mit dem klaren Wasser, und da sah ich die Seifenblasen. Klein – kaum erkennbar, es sei denn, man suchte nach ihnen – Seifenblasen, die an den Wurzeln der Zypresse hingen. Ich zog mich an ein paar tief hängenden Ästen vorwärts, legte mich zurück und glitt dann unter ihnen hindurch ans Ufer.

Als ich mich wieder aufsetzte, kam das Kanu in der Nähe des Ufers zum Stehen. Das Wasser blubberte von unten, hier war ich am Ende der Sackgasse angekommen. Um mich herum lag das matschige und mit Unkraut, Iris und Wasserrosen bewachsene Ufer. Rote Amaryllis wuchs in der Nähe des Ufers und ließ die Blätter ins Wasser hängen. Ein Kolibri flog immer wieder zu den trichterförmigen Blüten. Dieser Ort wimmelte nur so von Leben.

Ein gestrandetes Kanu lag am Ufer. Auf der Sitzbank stand ein erst halb fertig gespieltes Schachspiel mit der Hälfte der Figuren ordentlich auf dem Boden des Kanus aufgereiht. Mit den Augen folgte ich den Fußspuren am Ufer, bis sie unter den Pflanzen verschwanden. Ich suchte das Ufer ab, fand aber kein Lebenszeichen von Mutt. Ich machte das Kanu fest und stieg dann in das kniehohe kalte Quellwasser. Das Paddel legte ich leise in das Boot und kroch das Ufer hoch. Auf halber Höhe entdeckte ich ein Loch, das jemand als Unterschlupf in den Boden gegraben hatte. Es war gerade groß genug, dass ein Mensch sich zusammengekauert hineinhocken konnte. Ich zog die Ranken zur Seite, und zwei Augen starrten mir aus dem Matsch entgegen, der nicht nur das Ufer, sondern auch jeden Zentimeter seines Körpers bedeckte. Das Weiß in den Augen leuchtete wie Sterne am dunklen Nachthimmel. Nur seine Hände waren absolut sauber.

Die Haare hingen ihm in verfilzten Strähnen über die Ohren, und er zitterte, als würde er heftig frieren. Ich robbte mich langsam zu ihm vor, setzte mich neben ihn und lehnte mich gegen die Ranken. Ich sagte kein Wort, sondern fragte mich, ob das der Anfang vom Ende war. Mutt ließ mich keine Sekunde aus den Augen. Nach drei oder vier Minuten öffnete er langsam seine linke Faust, und auf seiner Handfläche lag ein kleines Stück Seife, das nicht mehr lange reichen würde. Seine linke Hand lag zusammengeballt und unbeweglich an seiner Brust. Er streckte den rechten Arm aus und hielt mir die Seife hin. Langsam nahm ich ihm die Seife aus der Hand, und sein Arm bewegte sich fast automatisch zurück in die Ausgangsposition.

Sein Gesicht war von Mücken zerstochen und geschwollen, genauso wie seine sauberen Hände. Mutt sagte kein Wort. Noch nie hatte ich ihn in einem solchen Zustand gesehen. Ich hatte überhaupt noch nie einen Menschen in so einem Zustand gesehen. Er war nur noch eine Hülle.

„Hey, mein Freund", flüsterte ich. Er blinzelte nicht einmal. Ich wusch mir die Hände. „An was denkst du?"

Ein paar Minuten vergingen, in denen seine Augen den Sumpf absuchten. Mit einem heiseren, fast unhörbaren Flüstern sagte er: „Die Sonne festhalten ... auf einer Wolke reiten ... den Regen zusammenrechen."

Er streckte wieder den Arm aus und deutete auf die Landschaft.

„Ist auf der Wolke Platz für zwei?"

Er dachte einen Moment nach, schaute kurz herunter auf seine linke Hand und auf das, was er darin verborgen hielt, öffnete die Faust ein wenig und machte sie sofort wieder zu. Dann nickte er. „Rutsch rüber", flüsterte er.

Eine Stunde lang saßen wir schweigend in der Dunkelheit. Ohne Vorwarnung schaute Mutt mich schließlich an und sagte: „Erinnerst du dich noch daran, wie Miss Ella uns immer aus der Bibel vorgelesen hat?"

Ich nickte, überrascht von dem klaren Gedanken.

Mutt fuhr fort. „Ich habe hier gesessen und mir vorgestellt, wie Abraham das Messer über Isaak hält."

„Wirklich?", fragte ich.

„Denkst du, er hätte es getan?"

„Ja." Ich nickte. „Das denke ich schon. Ich glaube, Gott wusste das auch."

Mutt nickte und schaute mich an, als wäre das das Einzige, was gerade zählte. „Ich denke, du hast recht. Ich glaube auch, dass er es getan hätte."

Wieder saßen wir schweigend nebeneinander und starrten in die Dunkelheit. „Ich kann dich mit zurücknehmen, wenn du willst." Mutt schüttelte den Kopf. „Nicht zurück in dein Zimmer", ergänzte ich. „Mit nach Hause."

Mutt schaute zu mir hoch, und seine Augenbrauen zogen sich zusammen. „Geht das mit Gibby in Ordnung?"

„Ich lasse ihm keine andere Wahl."

Mutt schaute über die Quelle, als könnte er direkt in sein Zimmer in Spiraling Oaks schauen. „Gibby ist ein guter Mann."

Ich nickte, kroch zurück zu meinem Kanu und kam mit meiner Jacke zurück. Langsam zog ich die Plastikbox aus meiner Jackentasche und hielt sie Mutt vors Gesicht. Sein Blick war immer noch starr. „Ich muss dir das hier geben."

Mutt schaute auf seine linke Schulter und dann zu mir. Ich zog die Plastikkappe von der Nadel, drückte die Luft heraus, schob seinen kurzen Ärmel nach oben und drückte die Nadel durch den verkrusteten Schlamm in den weichen Muskel seines linken Oberarms. Ich drückte ihm die ganze Ladung Thorazin in den Arm und warf dann die Spritze weit weg von uns in den Sumpf. Dann steckte ich die Plastikbox wieder in meine Jacke. Mutt zuckte nicht einmal.

Er stand aus seinem Unterschlupf auf. Er war massiger als damals bei unserem Abschied, aber bestimmt nicht übergewichtig. Immer noch dürr, aber an manchen Stellen runder. Er stopfte seine zusammengeballte linke Faust in die Hosentasche und ließ sie dort. Ich trat einen Schritt zurück und beobachtete ihn schweigend aus einiger Distanz.

Endlich zog er die Hand wieder aus der Tasche und klopfte zur Sicherheit ein paarmal darauf. „Damit ich mich erinnern kann." Ich kletterte zu seinem Kanu, packte das Schachspiel zusammen, stopfte es in seine Bauchtasche und stieg dann in mein Kanu. Er schaute kurz auf die vordere Sitzbank, entschied sich aber dagegen und rollte sich stattdessen in der Mitte des Boots wie ein Ball zusammen.

Ich schob das Kanu vom Ufer weg und paddelte unter den herabhängenden Zweigen der Zypresse durch die Dunkelheit zurück in das schwarze Wasser des Creeks. Paddeln dauerte länger, aber ich entschied mich trotzdem gegen den Motor.

Gegen halb elf kamen wir am Dock an. Ich zog das Kanu ans Ufer und sah Licht in Gibbys Büro. Ein leises Klopfen gegen die Scheibe und Gibby kam durch die Farne ans Ufer gerannt. Vorsichtig bahnte er sich einen Weg zum Boot. Ich deutete hinein und legte den Finger an die Lippen. Gibby kniete sich hin, entdeckte Mutt und streichelte ihm sanft den Kopf. Ich hielt ihm die Plastikbox hin, um ihm zu zeigen, dass eine Spritze fehlte, und er nickte. Ich trug Mutt in sein Zimmer, legte ihn auf sein Bett und machte das Licht aus.

Dann erzählte ich Gibby die ganze Geschichte, aber ich machte es kurz. Mit meinen Gedanken war ich im Mariott-Hotel. Als ich fertig war, rief ich dort an. Nach neunmal Klingeln legte ich wieder auf und ließ mich enttäuscht auf einen Stuhl fallen. „Sie sind nicht da", sagte Gibby.

Ich schaute verwirrt hoch.

„Ich habe sie heute Morgen angerufen", erklärte er, „um zu fragen, ob sie mit zum Angeln wollen. Da hat mir die Frau am Empfang gesagt, dass sie sich ein Taxi gerufen und mit ihren Taschen das Hotel verlassen haben. Ich habe den ganzen Tag nichts von ihnen gehört."

„Bis morgen dann. Und ... danke, Gibby."

Ich ging den Flur entlang an Mutts Zimmer vorbei und durch die Eingangstür. Als ich zum Hotel kam und die Zimmertür aufmachte, waren die Betten gemacht, und meine Tasche stand ordentlich auf der Couch. Ich suchte das ganze Zimmer ab, fand aber keine Nachricht.

Das Restaurant und die Bar waren leer außer dem Barmann und einem Mann auf Geschäftsreise, der seinen Schlips gelöst hatte und sich an einem Bier festhielt. Überall um ihn herum lagen leere Erdnussschalen. Seine Augen starrten auf den Fernseher, wo ein Baseballspiel lief, aber er schien es gar nicht zu sehen. Seine Hände klammerten sich an das Glas, und ab und zu trank er einen großen Schluck. Mechanisch stopfte er sich zwischendurch immer wieder Erdnüsse in den Mund und warf die Schalen auf den Boden. Mit einem anderen Gesicht könnte das Rex' Geist sein, den ich da sah. Ein Mann und sein Alkohol. Gefangen irgendwo zwischen seinen Dämonen und der Hoffnung für die Menschheit.

Der Barmann wischte die Theke ab und fragte: „Kann ich Ihnen etwas bringen?"

„Ich suche nach einer attraktiven Frau, ungefähr 1,65 m groß, und einem kleinen ungefähr fünfjährigen Kind."

„Gut aussehende Frau mit kurzen Haaren? Hübsches Kind mit einem Pistolengürtel?"

„Die meine ich."

„Sie haben hier Mittag gegessen, aber das ist schon eine Weile her. Hab sie seitdem nicht mehr gesehen."

„Danke."

Jetzt wusste ich nicht mehr, wo ich suchen sollte, deshalb ging ich in mein Zimmer, zog mich um und joggte dann den Weg am Fluss entlang. Riesige ausladende Eichen säumten die Allee auf beiden Seiten und hingen über die Straße. Frische tiefe und alte überwachsene Wunden an den Unterseiten der Äste zeugten von unbeabsichtigten Begegnungen mit zu großen Lastwagen. Eine Stunde später war ich wieder in meinem Zimmer, aber die Einsamkeit war immer noch da. Es würde mehr als eine Stunde dauern, um mir das alles von der Seele zu rennen.

Ich sprang in den Whirlpool, schloss die Augen und genoss die Hitze, die langsam durch meinen Körper kroch. Was, wenn sie doch nicht einkaufen gegangen waren? Was, wenn sie schon auf halbem Weg nach Kalifornien waren? Was, wenn ...?

Um meinen Kopf herum blubberte es angenehm, doch der Schmerz in mir wurde dadurch nur noch größer. So einsam war ich das letzte Mal nach Miss Ellas Tod gewesen. Wahrscheinlich hatten sie sich ein Taxi zum Flughafen genommen und waren mittlerweile schon fast in Kalifornien.

Ich blieb so lange im Wasser, bis meine Haut faltig wurde, und dann roch ich Lavendel. Sie legte mir die Hände über die Augen, und ich hörte ein Kreischen und Platschen, als Jase in den Pool sprang.

Ich drehte mich um und sah Katie mit drei Handtüchern und einem Badeanzug neben mir knien. „Es gab keine Fahrkarten mehr an der Busstation, und" – sie ließ sich neben mir ins Wasser gleiten, als Jase auf meinen Schoß sprang – „wir hätten im Bus auch nicht einkaufen können."

„Hallo, mein Freund."

„Hallo, Onkel Tuck, wir waren einkaufen, und Mama hat mir einen Tiger-Rucksack gekauft. Dir hat sie auch was gekauft, aber das ist eine Überraschung, und ich darf dir nichts verraten."

„Wirklich?"

Ich ließ Jase auf meinen Knien reiten, als wäre ich ein Pferd, und schaute zu Katie. Das Wasser dampfte ihr ins Gesicht und tropfte von ihrer Nase und ihren Ohren. Das Licht aus dem Pool erleuchtete ihr Gesicht, und sie sah wieder aus wie das Mädchen, das im Steinbruch getanzt hatte. Sie blinzelte, legte den Kopf auf die Fliesen und lächelte zufrieden. „Ich konnte die Sachen aus den Billigläden einfach nicht mehr sehen." Sie deutete über die Schulter in Richtung Spiraling Oaks. „Gibby hat uns von Mutt erzählt." Ich schaute ins Wasser, und mein Blick fiel auf ihre Hüften, die durch das Wasser sanft hin und her wiegten. Der Kontrast zwischen dem Mädchen in meiner Erinnerung und der Frau neben mir war erstaunlich.

Sie zog Jase auf ihren Schoß, legte die Arme um ihn, rieb ihre Nase an seiner und gab ihm einen Kuss. Sie war eine gute Mutter. Das stand ihrem Sohn ins Gesicht geschrieben.

Miss Ella?
Ja, Kind.
Ich bin hier auf unbekanntem Boden.
Wie meinst du das?
Ich weiß nicht, wie ich es sagen soll ...
Meinst du den Jungen da?
Ich dachte einen Moment nach. *Ja.*
Glaubst du, du bist etwas Besseres als ich?
Was meinst du damit?
Tucker, du warst nicht mein eigenes Fleisch und Blut, und ich habe mich trotzdem um dich gekümmert.
So habe ich das noch nie gesehen.
Und, Tucker, keine Mutter hat ihr Kind je so geliebt wie ich dich.
Aber ich weiß nicht, was ich mit so einem Jungen machen soll.
Wenn ich dich mit ins Kino genommen hab, wann habe ich dir deine Karte gegeben?
Wenn wir an die Tür kamen, und der Mann „Karten bitte!", gesagt hat.
Kind, der Herr gibt dir, was du brauchst, wenn du es brauchst.

Kapitel 24

Am nächsten Morgen fuhren wir mit Jase zwischen uns nach Spiraling Oaks. Seine beiden kleinen Füße lagen auf dem Armaturenbrett, und er sah so unternehmungslustig aus, als wollte er es mit der Sonne aufnehmen. Jedes Mal, wenn ich schaltete, legte er seine Hand mit ernstem Gesicht auf meine und schob den Schalthebel in die richtige Richtung.

Gibby wartete in seinem Büro auf uns. Wir gingen zusammen zu Mutts Zimmer und öffneten die Tür. Die Kameras hatten ihn die ganze Nacht überwacht, und er war nicht ein einziges Mal aufgewacht. „Das macht das Thorazin", erklärte Gibby. Ich ging ins Zimmer und trat an Mutts Bett, und er schaute zu mir hoch.

Ich stand am Fußende und zwickte ihn in die Zehen. „Ich will nach Hause", flüsterte er.

„Wo ist das?", wollte ich wissen.

„Ich bin nicht sicher, aber ich glaube, es ist da, wo du bist."

„Dann dusch dich jetzt, und wir treffen uns draußen."

Wir gingen ins Wartezimmer. Dort legte Gibby mir sanft die Hand auf den Arm. „Ich bewundere dich dafür, aber du musst wissen, auf was du dich da einlässt."

„Gibby, ich verdanke Ihnen sehr viel, aber aus verschiedenen Gründen kann ich ihn einfach nicht mehr hierlassen."

„Wenn du einen Schuldkomplex hast, dann tue es nicht –"

„Gibby, ich habe keinen Schuldkomplex. Das ist nicht der Grund."

Gibby nickte. „Ich nehme an, dass du gute Gründe hast."

„Genau."

Gibby zog mich zum Fenster. „In Mutts Fall glaube ich schon seit längerer Zeit, dass der Heilungsprozess dann anfangen kann, wenn man die Wurzel seiner Qualen finden könnte. Ohne die Wurzeln kann man nichts tun. Es ist nicht wie bei Rosen. Ein bisschen Beschneidung hier und da reicht nicht." Ich nickte.

Gibby fuhr fort. „Folgendes wird dich erwarten, Tucker: Mutts Persönlichkeit wird weiter verfallen, es sei denn, ein Wunder passiert. Meiner Ansicht nach ist Mutt wahrscheinlich schizoaffektiv, eine Mischung aus schizophren und affektiv. Stell dir eine Uhr vor. Zwischen zwölf und drei hast du Störungen beim Denken und zeigst schizophrenes Verhalten. Zwischen drei und sechs hast du eine affektive Störung, wie Stimmungsschwankungen, die drastische emotionale Äußerungen mit sich bringen. Himmelhoch jauchzend und zu Tode betrübt und alles innerhalb einer Minute. Zwischen sechs und neun hast du Verhaltensstörungen, wie unter einer Lampe hin und her laufen, sich nicht waschen oder nur auf einem Bein hüpfen. Und zwischen neun und zwölf hast du Wahrnehmungsprobleme, was man auch psychotische Tendenzen nennen könnte. Halluzinationen, imaginäre Stimmen, rasende Gedanken und Schlaflosigkeit. Anders als meine anderen Patienten befindet sich Mutt immer an einer anderen Stelle dieser Uhr, doch meistens lebt er ungefähr gegen drei Uhr. Er ist motivationslos und asozial. Manchmal wird er hyperaktiv und aufgeregt, doch wird das schnell von Paranoia und Wahnvorstellungen abgelöst, und er ist überzeugt, dass die da draußen ihn kriegen werden. Er sieht Dinge, die nicht da sind, hört Worte und Stimmen, fühlt, dass jemand ihn umbringen will, und wenn die Panik ihn ergreift, dann könnte er auch um sich schlagen.

Er wird dann wahrscheinlich unruhig hin und her laufen, sich immer wieder umdrehen – und jeden verdächtigen, weil er glaubt, jemand könnte ihn in seinem eigenen Zimmer vergasen. Er könnte sich weigern, aus dem Haus zu gehen, weil er glaubt, von Außerirdischen kontrolliert zu werden. Ohne besonderen Grund könnte er anfangen zu schreien, zu brüllen, zu schlagen und mit allem zu kämpfen – von der Kühlschranktür bis zum Lampenkabel. Egal, was du tust, er denkt sehr buchstäblich. Das heißt im Klartext, wenn du ihm sagst, er soll sich keine Gedanken um ungelegte Eier machen, wird er vielleicht nach den Eiern suchen. Wenn du ihm sagst, er soll im Glashaus nicht mit Steinen werfen, dann wird er sagen: ‚Natürlich nicht, dann macht man ja etwas kaputt.' Wenn er ein Schild sieht mit der Aufschrift: ‚Langsam! Spielende Kinder!', dann wird er nach den Kindern suchen, die langsam spielen.

Um diese Vorfälle hinauszuzögern und zu reduzieren, musst du ihm das hier regelmäßig geben." Gibby reichte mir zwei kleine Tablettenröhrchen und sagte: „Je eine, zweimal am Tag. Wenn sie zur Neige gehen, ruf mich an und ich schicke dir mehr davon." In seiner anderen Hand hielt er eine weitere Plastikbox, diesmal mit sechs Spritzen. „Pass auf, dass es nicht wieder so schlimm wird wie gestern. Wenn doch, dann gib ihm eine Spritze, ruf mich an und ich springe ins Auto. Wenn es bei dir nicht klappt, dann hat er immer noch ein Zuhause bei uns." Ich nickte und steckte die Tabletten und Spritzen in meine Tasche. „Noch etwas: Du solltest dir überlegen, wie du seine Hände beschäftigst. Seine Hände bestimmen seinen Verstand; finde etwas zum Arbeiten für ihn oder so. Aber überlass es am besten ihm, was das ist. Schlag ihm einfach ein paar Sachen vor, und lass ihn aussuchen. Irgendwas Mechanisches."

Mutt kam mit nassen, ungekämmten Haaren aus der Tür, aber er war vollständig angezogen, der Reißverschluss halb geschlossen, seine Augen noch übermüdet und die Schuhe geschnürt. In der Hand hielt er seine prall gefüllte Tasche. Gibby schaute ihn an und sagte dann mit Blick zu mir und Katie: „Lass ihn unter keinen Umständen mit irgendjemandem allein. Besonders nicht mit dem Jungen. Lass ihn nicht in die Nähe von kleinen Kindern. Auf keinen Fall. Einerseits denke ich nicht, dass Mutt einer Fliege etwas zuleide tut, aber andererseits bin ich nun schon seit mehr als vierzig Jahren Psychiater." Er klopfte mir auf die Schulter und sagte: „Ich bin immer noch fest davon überzeugt, dass es mit Mutt nicht mehr besser wird, aber ich bewundere dich für das, was du versuchen willst. Mach dir aber keine allzu großen Hoffnungen. Die Frage ist bei ihm nicht, wann die Explosion kommt; die Frage ist, wo sie wen und wie schlimm treffen wird. Vor einem Jahr hat er hier einen Pfleger geschlagen. Hat bei dem Kampf ein paar Zähne verloren und sich die Fingerknöchel aufgerissen. Ich hätte es nicht geglaubt, wenn ich es nicht selbst gesehen hätte." Gibby schaute zu Mutt und murmelte leise vor sich hin: „Er ist körperlich gesund wie ein Ochse, doch mental – wer weiß. Nach vierzig Jahren kann ich nur mit Sicherheit sagen, dass wir alle gefallene Menschen in einer gefallenen Schöpfung sind. Mutt ist einfach gefallen, wo andere es nicht sind. Wenn ich vor Gott stehe, was eine ganze Weile vor euch der Fall sein dürfte, dann habe ich jedenfalls ein paar Fragen."

„Ich auch", sagte ich und beobachtete Mutt. „Danke, Gibby."

Mutt gab Gibby eine Plastiktüte, gefüllt mit etwas, das ungefähr wie fünfzig verschiedene Fliegen aussah. „Ganz unten ist eine ganz neue."

Gibbys Augen leuchteten auf. „Eine Clauser?"

Mutt nickte.

„Vielen Dank, Matthew." Mutt griff über den Schreibtisch am Eingang, drückte den roten Knopf irgendwo in einer versteckten Ecke und stand stolz neben mir, als sich die Schiebetüren automatisch öffneten. Dann ging er langsam hindurch, als könnte er es kaum glauben und wartete im hellen Sonnenlicht vor der Tür auf uns. Gemeinsam gingen wir über die überall verstreut liegenden Eicheln bis zum Parkplatz und zu meinem Auto.

Dort machte ich ihm die Beifahrertür auf, doch Mutt drehte sich zu Katie und Jase um. Dann schaute er wieder zu mir und ging ohne ein Wort zur Ladefläche des Pick-ups, kletterte hoch und legte sich hin. Gibby beobachtete uns von der Eingangstür, nickte zustimmend und winkte. Dreißig Minuten später waren wir auf der Autobahn in Richtung Osten unterwegs, und Jase kniete immer noch auf dem Rücksitz und ließ Mutt nicht aus den Augen. Der schlief friedlich unter den Wolken, in der leichten Brise, dem Holpern des Autos und unter dem Einfluss von Thorazin.

Kapitel 25

Am späten Nachmittag kamen wir in Waverly an. Die Sonne fiel schräg durch das hohe Gras, das im leichten Wind hin und her wogte. Die Wellen fingen immer an einer Ecke an und breiteten sich dann über die ganze Wiese aus, und die Farben leuchteten, als gäbe es etwas zu feiern.

Mutt sprang von der Ladefläche und musterte Waverly aus sicherer Entfernung. Unkraut überwucherte den Vorgarten; der einmal weiße Zaun war mittlerweile grün bemoost und brauchte unbedingt ein bisschen Farbe. Außerdem fehlten ein paar Bretter. Wilder Wein wuchs an der Hauswand und um die Fenster, und Moos bedeckte das Dach und die Regenrinnen, aus denen auch alte Blätter und trockene Zweige ragten. Das Haus glich eher einem Geisterhaus als einem Wohnhaus.

Mutt ging um das Haus herum, an Miss Ellas Hütte vorbei und reckte die Nase in die Luft. Er lief direkt zu der windschiefen Scheune, blieb kurz vor Haftis Box stehen und stand schließlich vor der alten Baseballwurfmaschine, die verstaubt und mit Spinnweben überzogen an der Wand lehnte. Er wischte den Staub und die Spinnweben ab und streichelte das verrostete Metall. Dann drehte er sich um und blickte hinter sich. Die Rückwand der Scheune war immer noch mit Löchern aus unserer Baseballzeit überzogen. Keiner hatte sie repariert. Doch jetzt roch es in der Scheune nach frischem Heu, das Moses heute Morgen in Haftis Box gestreut hatte. Mutt trat wieder ins Freie und ging zum alten Wasserturm. Er stellte sich darunter und musterte die Holz- und Metallkonstruktion an der Unterseite, die bis oben auf den Wasserturm führte. Plötzlich griff er nach der untersten Stufe der Leiter, zog sich hoch und schlang die Beine um den ersten Stützpfosten. Dann kletterte er die Leiter bis ganz nach oben hinauf, klemmte sich zwischen Leiter und Wassertank und ließ seinen Blick über die Wiese, über St. Josephs bis zum alten Steinbruch schweifen. Er machte seine Bauchtasche auf, zog eine Plastiktüte mit einem Stück Seife heraus und wollte gerade seine Hände eintauchen, als er das Wasser sah. Schon seit Jahren war das Wasser im Tank nicht mehr gewechselt worden. Es stank und wimmelte nur so von Algen und Bakterien. Mutt stopfte die Seife zurück in seine Bauchtasche, kletterte die Leiter wieder herunter und sprang auf den Boden. Nach kurzer Überlegung ging er entschlossen zu einem der Bolzen, die an der Unterseite des Tanks waren, packte ihn mit beiden Händen und stemmte sich mit seinem ganzen Gewicht dagegen. Er stöhnte und der Bolzen knirschte. Nach einer kurzen Drehung löste sich der Bolzen und sprang ab. Das Wasser rauschte aus der fünf Zentimeter großen Öffnung und ergoss sich um Mutts Schuhe auf den Boden. Es war fast schwarz durch die Algen und die Ablagerungen. Schon bald bildeten sich große Pfützen, und es floss in kleinen Rinnsalen in Richtung Obstgarten.

Zufrieden steckte Mutt seine Hände in die Taschen und kletterte über den Zaun auf die Weide, wo er langsam durch das hüfthohe Gras schlenderte. Wir folgten ihm mit etwas Abstand. Mutt lief quer über die Weide, unter den Kiefern hindurch bis zum Steinbruch. Dort versuchte er die Seilwinde zu betätigen, doch sie war eingerostet, völlig überwachsen und ließ sich nicht mehr bewegen. Lange schaute er in die Tiefe und ließ seinen Blick über die Wände und das Wasser des Steinbruchs wandern. Dann drehte er sich abrupt um, ging durch die Bäume zurück zum Haus und weiter Richtung Nordwesten, wo die höheren Kiefern wuchsen. Er lief um die Wiese herum und schien auf dem Weg zum Schlachthaus zu sein. Auf halbem Weg zur Weide kamen wir an dem Kreuz vorbei, das er für Miss Ella gemacht hatte. Es stand immer noch so da, wie er es hingestellt hatte. Nur jetzt blühte wilder Jasmin um die Balken. Katie sah das Kreuz, schaute mich mit großen Augen an, setzte sich auf die Kiefernnadeln und nahm Jase auf den Schoß.

Mutt rieb mit der Hand über das glatte Holz, roch am Jasmin und stand ein paar Minuten schweigend davor. Die Kiefern um das Kreuz waren noch höher gewachsen, und die Sonnenstrahlen wurden durch ihre dichten Zweige gefiltert. Mutt sah aus, als stünde er allein in einer großen gotischen Kathedrale. Irgendein Kraut war zwischen dem Jasmin gewachsen und hatte sich am Kreuz nach oben gerankt. Vorsichtig zog er es aus dem Jasmin, um die zarten Blüten nicht zu zerstören, und riss die Wurzeln aus.

Dann warf er das Unkraut hinter sich und wanderte weiter in Richtung St. Joseph. Als er zum Friedhof kam, sprang er über die Mauer und verschwand. Ich führte Katie und Jase durch das kleine Eingangstor, und wir fanden Mutt an Miss Ellas Grab.

Nach ein paar Minuten verließ er den Friedhof wieder, lief den Zaun entlang zur hinteren Veranda und stieg die Stufen hinauf zu der Statue von Rex. Dort stand er einen Moment und musterte das Pferd und den Reiter. Nachdenklich lief er darum herum, kratzte sich am Kopf und drehte sich zu Katie um, als würde er nach den richtigen Worten suchen. Er brauchte gar nicht zu fragen. Sie machte ihre Handtasche auf und gab ihm eine ziemlich große Flasche mit rotem Nagellack. Mutt ging zu dem Pferd zurück und malte ihm sorgfältig die Nase an. Dabei ließ ihn Jase nicht aus den Augen, die Neugier stand dem Jungen geradezu ins Gesicht geschrieben. Dann rannte er zu seiner Mutter. „Mama, kann ich auch welchen haben?" Katie zog eine zweite Flasche aus ihrer Tasche und gab sie ihm. Jase rannte zu Mutt, der wortlos auf die Hufe deutete. Einen Augenblick später knieten die beiden nebeneinander und malten die Pferdehufe grellrot an.

Ich hörte ein fernes Flüstern. *Wenn ihr nicht werdet wie einer von diesen, dann werdet ihr das Himmelreich nicht erben.*

Ich schaute zu Katie und deutete auf ihre Handtasche. „Hast du da drin noch mehr?" Sie schüttelte den Kopf und lächelte. „Tut mit leid, mehr habe ich nicht."

Mutt gab Katie die leere Flasche zurück und schaute zu Waverly. Er musterte das Haus ein paar Minuten lang, stopfte die Hände wieder in die Taschen und ging zurück in die Scheune. Als ich die Leiter zum Heuboden hinter ihm hinaufkletterte, hatte er bereits eine Wolldecke auf dem Heu ausgebreitet und sein Schachspiel ausgepackt. Er rollte sich auf der Decke zusammen und schloss die Augen. Der Mond stand bereits am Himmel, schien durch die Löcher der heiligen Wand und erhellte Mutts Gesicht. Um seine geschlossenen Augen konnte ich in dem fahlen Licht deutlich die dunklen pulsierenden Äderchen sehen.

Mutt sah aus, als wäre er tot. Ich beugte mich vor und spürte seinen Atem.

„Ich bin hier", flüsterte er.

„Gibby hat mir erzählt, dass du einen Pfleger geschlagen hast."

Mutt nickte.

„Hatte er es verdient?"

Wieder nickte er schweigend.

„Ich will, dass du mir etwas versprichst." Mutt öffnete seine blutunterlaufenen, müden Augen und sah mich an. „Versprich mir, dass du mir Bescheid sagst, bevor du jemanden schlägst oder ihm wehtust."

Mutt dachte einen Augenblick nach, nickte ein drittes Mal und stellte keine Fragen. „Du hast mich noch nie belogen. Und Matthew Mason hat noch nie sein Wort gebrochen."

„Rain. Matthew Rain." Ich lächelte. „Einverstanden?"

„Einverstanden." Mutt machte die Augen wieder zu und verschränkte die Arme vor dem Bauch.

„Oh, und du sollst diese beiden Pillen hier noch schlucken." Mutt klappte den Mund auf und ich steckte ihm je eine Tablette in den Mund. Ohne Probleme schluckte er sie und schon war er eingeschlafen. Er atmete tief und füllte seinen Verstand und seine Träume mit dem Geruch der Decke, der Scheune, dem Heu und dem Pferd. Ich weckte ihn noch einmal. „Je eine, morgens und abends." Er nickte und ich legte die Tabletten neben ihm auf die Decke. Er kannte die Prozedur. „Nacht, Kumpel." Mutt blinzelte kurz, doch seine Augen blieben geschlossen. Er rührte sich nicht mehr, und sein regelmäßiger Atem sagte mir, dass er fast schlief. Unter dem Wasserturm strömte das Wasser immer noch aus dem Tank und verwandelte die Erde darunter in ein Schlammloch. Überall sah man gestrandete Kaulquappen im Mondlicht. Bei der Größe des Tanks würde das Wasser wohl die ganze Nacht weiterlaufen, vielleicht sogar noch den nächsten Morgen und den ganzen darauffolgenden Tag.

Um zwei Uhr morgens klingelte mein Handy. Ich drückte den „Ruf aus"-Knopf und drehte mich um. Drei Sekunden später klingelte es wieder.

„Ja!"

„Tucker?"

„Was?"

„Hier ist Mutt."

„Im Ernst? Was machst du gerade?"

„Nun ..." Er brach ab, offensichtlich, um sich umzusehen. „Ich stehe gerade in der Scheune neben der Kaffeemaschine und telefoniere mit dem Telefon, das an der Wand neben dem Kalender hängt."

Vielleicht hätte ich keine so konkrete Frage stellen sollen. „Mutt ..."
Ich rieb mir die Augen und überlegte mir die nächsten Worte gründlich. „Warum rufst du mich an?"

„Weißt du noch, heute, als du mich abgeholt hast, da habe ich den Türgriff an deinem Auto angefasst. Also, er ist dreckig. Ich würde ihn gerne putzen. Hast du irgendwo Putzmittel und so was?"

Mir war nicht nach einer Diskussion zumute, deshalb sagte ich nur: „Schau in dem Schränkchen unter der Kaffeemaschine nach. Moses hat immer ein Putzmittel da. Unten hinter dir in dem Schrank sind alte Lappen und so Zeug." Ich war gereizt und kurz angebunden – und wusste es auch. Schon als ich auflegte, wusste ich, dass es kommen würde.

Kind, das ist dein Bruder! Er fragt dich nur, weil er Angst hat, dein Auto ohne deine Erlaubnis zu putzen.

Ich packte ihr Foto und legte es mit dem Bild nach unten auf die Bibel.

Was soll das denn?

„Lass mich in Ruhe", sagte ich laut. „Ich muss ungefähr eine Woche Schlaf nachholen."

Erst, wenn du mir zustimmst.

Ich setzte mich im Bett auf, knipste das Licht an und nahm ihr Foto in die Hand. „Ja, du hast recht. Können wir bitte morgen weiter darüber reden?"

Tucker, Mutt muss damit eine Sekunde nach der anderen umgehen. Er kann dem nie entkommen. Wenn du schon müde bist, was ist dann erst mit Matthew?

Ich stellte das Bild wieder auf, zog meine Jeans und ein T-Shirt an und stampfte die Treppe hoch. Die Luft draußen war schon ziemlich kalt. Mutt hatte meinen Pick-up in den Eingang der Scheune geschoben und alle Strahler angemacht und auf das Auto gerichtet. Als ich dazukam, war mein Auto bereits gewaschen, abgetrocknet und Mutt wollte gerade mit dem Wachsen anfangen. Der Türgriff auf der Beifahrerseite war abgeschrubbt, und ich konnte die Kratzer, die die Bürste hinterlassen hatte, deutlich sehen. Mutt schaute hoch. Sein Gesicht war voller Seifen- und Wachsspritzer. Er schaute mich verblüfft an. Ich schüttelte den Kopf, schaute kurz auf die Uhr und griff dann nach einem Tuch. Ich riss es in zwei Teile, kniete mich neben Mutt und begann zu rubbeln. Er trug das Wachs auf und ich polierte.

Als es am Horizont langsam zu dämmern begann, waren wir endlich fertig. Meine Augenlider waren schwer, und ich wollte nur noch die Füße hochlegen und schlafen. Mutt musterte den Pick-up von oben bis unten, griff dann nach dem Wachsbehälter und trug eine zweite Schicht Wachs auf – das war meinem Pick-up bis heute noch nicht passiert. Es würde nichts bringen, ihn davon abzuhalten, deshalb schaltete ich die Kaffeemaschine an und griff nach einem neuen Tuch.

Eine Stunde später fielen die ersten Sonnenstrahlen auf mein weißes Auto und glitzerten wie Perlen. Es war wunderschön. Mutt hatte sogar eine dünne Schicht Reifenöl auf meine Räder aufgetragen. Der Pick-up sah brandneu aus. Auf dem Boden um uns herum lagen die Überreste von ungefähr zwanzig Tüchern, drei Rollen Papiertüchern, vier leere Putzflaschen und drei leere Autowachsbehälter. Mutt stopfte den Müll in einen Sack, und ich goss uns zwei Tassen Kaffee ein. „Nein, danke", sagte er. Wir lehnten uns gegen die Scheune, schauten auf den Pick-up und schwiegen zufrieden. Glücklich kletterte Mutt wieder auf den Heuboden und legte sich schlafen.

Ich hörte, wie er redete, aber nicht mit mir.

Kapitel 26

Um sieben Uhr trat Katie auf die Veranda vor Miss Ellas Hütte. Von meinem Beobachtungsposten in der nordwestlichen Ecke der Weide spähte ich durch mein Teleobjektiv in ihre Richtung. Sie reckte sich ausgiebig und gähnte. Dann roch sie offensichtlich meinen drei Stunden alten Kaffee in der Kaffeemaschine und schaute sich um. Sie ging die Stufen hinunter, den Weg zum Haus entlang und verschwand durch die Hintertür. Ein paar Minuten später tauchte sie mit einer dampfenden Tasse in den Händen wieder auf. Die Tasse war anscheinend sehr heiß, denn schon nach kurzer Zeit zog sie sich die Ärmel ihres Sweatshirts über die Hände. Neben meinem Auto blieb sie stehen, denn ihr Blick fiel auf den Volvo, den ich direkt neben meinen Pick-up geparkt hatte. Sie begutachtete die Reparaturarbeiten, schien aber nicht sehr erfreut über den Anblick ihres Autos zu sein.

Langsam ging sie zum Zaun der Weide, lehnte sich dagegen und ließ ihren Blick über die Weide schweifen. Da sah sie den frisch getrampelten Weg im taunassen Gras, folgte ihm mit den Augen und entdeckte mich schließlich mit dem Teleobjektiv vor der Nase. Sie hielt sich schützend die Hand über die Augen, reckte den Hals und kletterte dann durch den Zaun.

„Guten Morgen", begrüßte sie mich, als sie mich erreichte.

Ich schaute noch ein letztes Mal durch den Sucher, rückte meine Baseballkappe zurecht und versuchte professionell zu wirken. Auf keinen Fall sollte sie denken, ich hätte sie beobachtet.

„Hi."

Sie schaute auf die Kamera, hob die Tasse an die Lippen und trank einen Schluck. Das Schildchen eines Teebeutels hing aus ihrer Tasse. „Was machst du hier draußen?"

„Nur schauen."

Sie war nicht ganz überzeugt. „Hast du schon ein paar gute Bilder gemacht?"

„Nein", erwiderte ich und versuchte, ihrem Blick auszuweichen.

„Sag schon", drängte sie. „Was willst du fotografieren?"

Ich machte die hintere Klappe auf und hielt ihr die Kamera hin. Es war kein Film drin. Sie sah mich verwirrt und misstrauisch an. „Wenn man lange genug durch eine Linse das Leben betrachtet, wird sie für dich das Fenster zur Welt."

Sie nickte, aber das Misstrauen stand ihr immer noch ins Gesicht geschrieben. Ich machte eine Handbewegung über die Weide. „Ich bin früher öfter hierher gekommen, habe mein Stativ aufgebaut und alle fünf Minuten ein Schwarz-Weiß-Bild vom Sonnenuntergang oder -aufgang geschossen. Dann habe ich die Bilder entwickelt und mir die Farbkontraste angesehen." Ich zuckte mit den Schultern. „Dadurch habe ich Perspektive gelernt." Ich tippte auf die Kamera und sagte: „Wenn ich die Linse wechseln muss, dann tue ich es immer hier."

Sie trat hinter mich und schaute über die Kiefern zum alten Steinbruch. „Ich würde gern mit dir ein bisschen laufen."

Ihr Ton war ernst. „Okay", erwiderte ich und stellte die Kamera zwischen uns.

„Ich würde gerne über das reden, worüber wir nicht reden."

„Okay", sagte ich wieder, ohne die leiseste Ahnung, worüber wir nicht redeten oder wohin das Gespräch führen würde.

Sie lief ihm Kreis um mich herum, und ich fühlte mich irgendwie begutachtet. „Irgendwo da draußen gibt es einen Mann, der sehr zornig ist, dass ich seinen Sohn mitgenommen habe, obwohl er sich nie wirklich um ihn gekümmert hat. Ich brauche einen sicheren Ort, an dem ich ..." – sie brach ab und atmete tief durch – „.... eine Weile bleiben kann." Sie drehte sich zu mir und kam zwei Schritte auf mich zu. Dann sah sie zu mir hoch, und ich konnte ihren Atem auf meinem Gesicht spüren. Er war warm und süß und roch nach Earl-Grey-Tee.

„Du nimmst immer noch kein Blatt vor den Mund, oder?"

„Nicht, wenn ich es vermeiden kann", sagte Katie.

„Ich ..." Mein Stimme wurde heiser und ich räusperte mich. „Ich glaube nicht, dass Miss Ella etwas dagegen hätte."

Sie kam noch einen Schritt näher und übertrat die unsichtbare Grenze meiner Privatsphäre. Ich machte einen Schritt zurück, als hätte sie mich geschubst, aber sie kam mir hinterher. Mit ihrem rechten Zeigefinger schob sie mir die Baseballkappe aus der Stirn.

„Ich habe aber nicht Miss Ella gefragt, sondern dich."

„Ich fände es schön."

„Nur ‚schön'?"

Ich zuckte mit den Schultern, trat wieder einen Schritt zurück, legte eine Hand auf meine Kamera und straffte die Schultern.

Sie stemmte eine Hand in die Hüfte, und ihr Gesicht verspannte sich. „Ich gehe hier nicht mit einem Schulterzucken und einer angedeuteten Antwort weg. Ich brauche mehr als das. Ich muss wissen, ob es für dich in Ordnung ist, wenn wir ein paar Wochen hierbleiben. Wäre das ein Problem für dich?" Sie deutete auf die Hütte, und die Worte „ein paar Wochen" klingelten mir in den Ohren.

Ich nickte. „Ja, das wäre für mich in Ordnung", sagte ich und schüttelte dann den Kopf. „Und nein, es wäre kein Problem."

Wieder lief sie im Kreis um mich herum. „Vielen Dank." Noch ein Kreis. „Ich kann dafür bezahlen."

Da brach Miss Ella in meine Gedanken. *Tucker, wenn du auch nur einen Penny von dieser Frau nimmst, werde ich dir höchstpersönlich den Hintern versohlen. Nur weil ich jetzt hier oben bin, bist du noch lange nicht vor mir sicher.*

„Nein, ich glaube nicht, dass Miss Ella Geld von dir will."

„Bist du dir sicher? Ich meine darüber, dass wir hierbleiben können."

Sie hatte den Kopf gesenkt. „Bitte sag Miss Ella ‚Danke' von mir."

Ich hob eine Augenbraue: „Ich denke, das muss ich ihr nicht sagen. Sie hatte immer Augen im Hinterkopf und konnte deine innersten Gedanken hören, selbst wenn du sie dir nur selbst zugeflüstert hast. Und dass sie jetzt da oben ist" – ich deutete auf den Himmel – „ändert daran nichts."

„Selbst wenn du wieder losgeschickt wirst, um noch ein paar Alligatorfotos zu schießen – könnten Jase und ich hierbleiben?"

„Du machst wirklich gern Nägel mit Köpfen, oder?"

„Vielleicht, wenn ich allein wäre. Aber" – sie schaute zur Hütte – „ich frage nicht für mich. Ich möchte es für ihn. Er muss wissen, dass ich die Sache in der Hand habe und länger planen kann als bis nächste Woche. Deshalb habe ich ihm auch gesagt, dass er dich Onkel Tuck nennen soll."

Ich hätte es ahnen können. „Ja", sagte ich schnell, „egal, wo ich bin oder was ich tue, ihr seid hier herzlich willkommen. Und ihr dürft Hafti so oft reiten, wie ihr wollt. Was meine Reisen betrifft, glaube ich nicht, dass ich viel weg sein werde, jetzt, wo Mutt hier ist. Dass er jetzt hier ist, wird für mich mehr verändern, als ich am Anfang dachte. Die letzte Nacht hat mir das mehr als deutlich gemacht."

Katie legte wieder die Hand über die Augen. „Der Pick-up sieht übrigens klasse aus, aber du hast wirklich alle Hände voll zu tun."

Ich blinzelte in Richtung Scheune. „So könnte man es nennen."

Kapitel 27

Am nächsten Morgen joggte ich um die Weide, am Friedhof der Mäusebussarde vorbei, durch die Kiefern und schließlich an der geteerten Straße entlang. Was ich da sah, ließ mich anhalten. An der südlichen Seite der Straße – auf unserem Grundstück – konnte ich deutlich frische Reifenspuren im Matsch neben dem Teer erkennen. Sie stammten von einem Bus oder einem anderen schweren Auto. Im hohen Gras des Straßengrabens fand ich einige Zigarettenstummel und eine große Kaffeetasse aus Plastik. Die Spuren konnten von jedem x-beliebigen Auto stammen, dessen Fahrer hier eine kleine Pause eingelegt hatte, so etwas passierte häufiger. Doch als ich hochschaute, machte ich mir doch Sorgen. Fußspuren führten vom Auto durch die Bäume bis zu dem Zaun, von wo aus man mit einer Linse oder einem Fernglas einen guten Blick auf das Haus, Miss Ellas Hütte und die hintere Veranda hatte. Ich lehnte mich über den Zaun und sah ein weiteres Dutzend Zigarettenstummel im Dreck liegen. Jemand hatte gestern hier gestanden, und wahrscheinlich auch lange genug, um Katie und mich auf der Weide beim Reden zu beobachten. Mittlerweile wusste man wohl auch schon in New York, wo Katie war.

Als ich in die Scheune zurückkam, kochte Moses gerade Kaffee. Er goss mir eine Tasse ein und musterte mich. „Was liegt dir auf dem Herzen, Tuck?"

Ich dachte einen Augenblick nach und sagte: „Ich glaube, wir müssen wachsam sein!" Moses hob die Augenbrauen, nickte in Richtung von Miss Ellas Hütte und schaute mich fragend an. Ich fuhr fort. „Heute Morgen habe ich Zigarettenstummel am Zaun neben der Straße gefunden. Jemand hat uns von dort aus beobachtet." Ich schaute in die Ferne. „Eine ganze Weile lang." Moses folgte meinem Blick und trank einen Schluck.

„Willst du die Polizei anrufen?", fragte er.

Ich schüttelte den Kopf. „Katies Exmann hat Freunde beim FBI und überall in der Regierung. Wenn wir ihren Aufenthaltsort hier offiziell machen, dann sickert es bis New York durch, wenn sie es dort nicht sowieso schon wissen. Wahrscheinlich warten sie nur darauf, dass wir uns bei der Polizei melden."

Moses nickte zustimmend und sagte: „Dann wäre es am besten, wir sind auf der Hut." Ich stellte meine Tasse ab und nahm mir vor, Rex' Waffen und Munition zu überprüfen.

Um zehn wachte Mutt auf und sah Jase und mir direkt ins Gesicht. Wir standen auf der Leiter, starrten ihn an, und Jase zwickte ihn in den Zeh. „Hi, Mr Mutt."

Mutt blickte sich um und zog sich dann die Decke unters Kinn. „Hi."

Jase deutete auf Mutts rechte Faust. „Warum hast du diesen Stein da in der Hand?"

Mutt machte die Faust auf und blickte auf den glatten schwarzen Granit. „Damit ich meinen Namen nicht vergesse."

„Hast du deinen eigenen Namen schon mal vergessen?"

Mutt nickte. „Manchmal vergesse ich ihn. Aber wenn ich ihn auf dem Stein lese, dann erinnere ich mich wieder."

„Kann ich ihn mal sehen?"

Mutt schaute auf den Stein und dann auf Jase. Schließlich hielt er ihm den Stein hin. Jase beugte sich über die oberste Sprosse der Leiter und musterte den Stein. „Kannst du mir auch so einen machen?"

Mutt zog den Stein zurück, versteckte ihn unter seiner Decke und nickte.

Jase kletterte eine Sprosse tiefer, kam dann aber wieder hoch. „Mr Mutt, ich weiß nicht, wie man meinen Namen buchstabiert. Weißt du, wie man meinen Namen schreibt?"

Mutt nickte.

„Oh, in Ordnung. Du hättest auch meine Mama oder Onkel Tuck fragen können, falls du es nicht gewusst hättest."

Wieder nickte Mutt.

Jase kletterte zwei Sprossen herunter, überlegte es sich dann anders und kam wieder hoch. „Hast du Hunger?"

Mutt nickte wieder, als würde er heute Morgen das erste Mal nicken.

„Onkel Tuck und Mama wollen Eier, Toast, Speck und Pfannkuchen machen. Und noch was, aber ich kann mich nicht erinnern." Jase zählte die Sachen noch einmal an den Fingern ab, aber es fiel ihm nicht ein.

Mutt hob den Kopf vom Kopfkissen, und seine Augen leuchteten. „Maisgrütze?"

„Was ist eine Grütze?"

Mutt schaute sich um, warf die Decke zurück, stopfte den Stein in die Hosentasche, griff nach seiner Tasche und kletterte auf der anderen Seite vom Heuboden.

Mutt führte uns an der Hütte vorbei und schob die Hintertür von Waverly auf. In der Küche rührte Katie gerade geriebenen Käse in die Eier. Mutt ging zum Herd, roch die Maisgrütze, stellte sein Schachspiel auf den Küchentisch und gewann in sieben schnellen Zügen gegen mich.

Während des Frühstücks schwieg Mutt, weil er mit dem Essen beschäftigt war. Dann wandte er sich an mich und sagte nur: „Ich will in die Kirche gehen."

„Gut. In welche denn?"

Mutt zuckte mit den Schultern. „Die an der Ecke." Ich wusste, welche er meinte, obwohl es eigentlich keinen Sinn machte.

„Vielleicht solltest du zuerst baden."

Mutt roch an seinen Achseln und an seinen Händen. „Haben wir Geld?"

„Ja."

„Kann ich welches haben?"

„Ja."

„Kann ich die Schlüssel für dein Auto haben?"

Ich deutete auf einen Nagel neben der Hintertür. Mutt stand auf, schnappte sich die Schlüssel und ging durch die Tür. Im Türrahmen blieb er kurz stehen, drehte sich um und sagte: „Geld." Ich deutete auf meine Brieftasche auf der Anrichte. „Visakarte. Die Karte, wo unten ‚Rain LLC' draufsteht."

Mutt zog die Karte heraus und steckte sie neben den Stein in die Hosentasche. Dreißig Sekunden später sahen wir, wie er mit dem Pickup und einem kleinen Anhänger die Einfahrt entlangfuhr. Ich wusste nicht, wann er das letzte Mal Auto gefahren war, aber als mir dieser Gedanke kam, war Mutt längst verschwunden.

Gegen Mittag kam er zurück und begann sofort, den Anhänger und den Pick-up auszuladen. Beide waren voller Flaschen und Kisten mit Reinigungsmitteln und Putzzeug. Er gab mir drei Kassenzettel und verschwand dann in der Scheune. Als ich die Beträge zusammenzählte – ein Zettel war von Wal-Mart, einer von einem Baumarkt und der letzte von einem Laden mit Schwimmbadzubehör – kam ich auf eine Summe von über zweitausend Dollar.

Katie schaute mir über die Schulter, sah die Beträge und flüsterte: „Großer Gott!"

Ich steckte sie in die Tasche und erwiderte: „Immer noch billiger als Spiraling Oaks."

Die nächste Stunde verbrachte ich damit, Hafti zu putzen, obwohl er es nicht wirklich brauchte. Ich wollte unbedingt herausfinden, was Mutt mit all dem Putzzeug vorhatte und was in den anderen Kisten war. Die Sattelkammer stand voller Scheuermilch, die man überall in der Scheune riechen konnte. Deshalb entließ ich Hafti nach dem Putzen auf die Weide und beobachtete stattdessen Mutt, der vier Flaschen Scheuermilch an seinem Gürtel befestigte und damit auf den Wasserturm kletterte. Oben auf der Leiter schmiss er die Flaschen einfach hinein, kletterte die Leiter wieder herunter und verschwand in der Sattelkammer. Als er wieder auftauchte, trug er kniehohe Gummistiefel, eine weiße Gesichtsmaske mit Filter um den Kopf und hatte zwei harte Bürsten und einen überdimensionalen Schrubber in den Händen. Er stopfte sich die Bürsten wie Pinsel in die hinteren Hosentaschen und schlang sich den Schrubber über die Schultern. Dann setzte er die Gesichtsmaske auf und kletterte die Leiter wieder hoch.

In den nächsten Stunden hörte man aus dem Inneren des Wasserturms nur laute Putzgeräusche und ab und zu ein Stöhnen. Alle paar Minuten flogen große Brocken mit Algen und Dreck, in denen es vor Kaulquappen nur so wimmelte, oben aus dem Wasserturm. Gegen Viertel vor vier erschien Mutt oben auf der Leiter. Seine Sachen waren dreckverkrustet und wiesen einige weiße Flecken von den Bleichmitteln auf. Er kletterte die Leiter herunter, lehnte sich mit aller Kraft gegen ein großes Rad, mit dem man das Wasser auf dem Steinbruch andrehte, und wartete darauf, dass das Wasser in den Tank floss. Die Pumpe war allerdings seit Jahren nicht mehr benutzt worden, doch so weit hatte Mutt nicht gedacht.

Als kein Wasser kam, wanderten seine Augen zu der Pumpe, die verrostet und unbenutzt neben der Scheune unter einer Plane stand. Ein Blick reichte, und er hängte seine Gesichtsmaske an einen Nagel, schlüpfte aus seinen Stiefeln, kletterte wieder in mein Auto und verschwand. Eine Stunde später kam er mit einer neuen Pumpe und einem Dutzend Rohren und anderem Kleinkram zurück. Er tauschte die Pumpe aus, füllte sie mithilfe eines Schlauchs aus dem Garten und schaltete sie an. Nach einigem Gurgeln und Spritzen arbeitete die Pumpe einwandfrei und pumpte das Wasser in den Tank. Mutt schlüpfte wieder in seine Gummistiefel, zog die Maske auf und kletterte mit einer Verlängerungsschnur und einem Strahler die Leiter wieder hinauf. Um halb elf konnte ich die Augen nicht mehr offen halten, deshalb ließ ich Mutt allein weiterputzen und ging ins Haus.

Bei Sonnenaufgang wachte ich völlig verkrampft und verspannt in einem Stuhl vor dem Kamin auf. Ich schluckte zwei Schmerztabletten und machte mir eine Tasse heißen Kakao. Mit der Tasse in der Hand lief ich zum Wasserturm, aber da war kein Mutt. Der Pick-up stand unbenutzt und mit kaltem Motor in der Einfahrt und sah aus, als wäre er noch einmal geputzt worden, denn er glänzte im Sonnenlicht und um ihn herum lagen ein Haufen Handtücher und benutzte Papiertücher.

Ich schaute auf dem Heuboden nach, aber sein Bett war leer. Die Wasserpumpe lief laut, doch ich hörte trotzdem ein Platschen im Wassertank. Es hörte sich fast so an, als würde ein Kind schwimmen. Ich kletterte die Leiter hinauf und zog mich das letzte Stück bis zum Rand. Die Sonne blendete mich, deswegen konnte ich erst gar nichts erkennen. Ich rieb mir die Augen, und dann sah ich Mutt, der in dem makellos sauberen Wassertank im klaren Wasser schwamm. Er spritzte herum wie ein Delfin, der seine Freiheit genoss. Er war splitternackt und bedeckt von Seifenblasen, mit einem Stück Seife in jeder Hand. Ich schüttelte den Kopf und machte mich an den beschwerlichen Abstieg.

„Tuck?"

Ich steckte den Kopf noch einmal über den Rand und sah ihn fragend an. Er deutete hinter mich und schwamm weiter. Sonnenstrahlen blitzten durch die hohen Kiefern und erleuchteten die Tautropfen auf dem Gras, die wie kleine Diamanten funkelten. Am anderen Ende der Weide konnte ich einen kleinen schwarzen Punkt auf einem etwas größerem schwarzen Punkt erkennen, die über die Weide getrabt kamen.

Dreißig Minuten später stand Katie mit Hafti wieder vor der Scheune. Trotz der kühlen Morgenluft schwitzten beide und waren außer Atem. „Ich wusste gar nicht, dass du reiten kannst", sagte ich und nahm ihr die Zügel ab.

„Du hast ja auch nicht danach gefragt", erwiderte sie und sprang aus dem Sattel.

„So wie es aussieht, war es auch nicht das erste Mal."

Ich löste den Sattel, trug ihn in die Scheune und nahm Hafti die Trense ab. Liebevoll streichelte Katie ihm über die Nase.

„Ich geh schnell duschen, bevor Jase aufwacht."

„Ich kümmere mich um Hafti. Du kannst gern gleich gehen."

Während ich Hafti trockenrieb, ging sie zu der Hütte und zog ihr T-Shirt aus der Hose. Als sie die Tür aufmachte, rannte Jase ihr entgegen, der seine Cowboysachen schon wieder anhatte. Er rannte um Katie herum, sagte kurz: „Hi, Mama", und flitzte dann direkt zu mir. Er klammerte sich an mein Bein und sah bittend zu mir hoch. Er war schrecklich aufgeregt und überschlug sich fast beim Reden. „Onkel Tuck! Onkel Tuck! Kann ich jetzt reiten? Kann ich jetzt reiten?"

Ich musste unbedingt mit Doc telefonieren, um ihm meine nächsten Pläne zu erklären, aber ein Blick auf Jase sagte mir, dass Doc noch warten musste. Also legte ich Hafti den Sattel wieder auf und führte ihn aus der Scheune, wo Mutt mit verschränkten Armen immer noch nackt unter dem Wasserturm stand. Er drehte uns den Rücken zu und schaute nach oben. Es war nicht unbedingt das Bild, das ich gerne am frühen Morgen sah. Oder auch sonst. Seine Haut war schneeweiß, und er stand völlig bewegungslos. Die Muskeln an seinem Rücken und seinem Hintern hingen schlaff herunter nach all den Jahren mit Psychopharmaka und Beruhigungsmitteln.

„Mutt?"

Mutt zuckte zusammen, antwortete aber nicht. Er schaute einfach in Richtung der Obstbäume und tropfte.

„Ist alles in Ordnung?"

„Ja." Ich ließ Jase in der Scheune stehen und stellte mich neben Mutt.

„Was machst du?"

Mutt schaute auf seine Arme und Beine. „Ich trockne."

Ich deutete auf das Haus. „Soll ich dir ein Handtuch holen?"

Mutt schaute kurz nach links und rechts und nickte dann. Ich reichte

Jase die Zügel hinauf und sagte: „Keine Angst, Hafti bewegt sich nur, wenn ich es ihm sage. Aber tritt ihm nicht in die Seite. Halt einfach die Beine ruhig." Jase nahm die Zügel, lächelte und zog sich den Hut tiefer ins Gesicht, als ob er ein richtiger Cowboy wäre.

Ich rannte zu Miss Ellas Hütte und klopfte, aber Katie antwortete nicht. Vorsichtig machte ich die Tür auf und fragte: „Katie?" Immer noch keine Antwort. Ich nahm an, dass sie ins Haus gegangen war, um Frühstück zu machen oder so was, und machte die Badezimmertür auf.

Dort stand sie vornübergebeugt und rubbelte sich die Haare, während der Dampf der heißen Dusche das Bad erfüllte. Sie stand einfach nur da und ich hörte mich flüstern: „Großer Gott!" Erschreckt nahm sie das Handtuch und hielt es sich vor die Brust. Es verbarg alles außer ihrer Silhouette. Das Wasser tropfte ihr von den Schultern und lief an ihrem Körper herunter – ein Bild wie vor zwanzig Jahren.

Das Kind in mir wäre am liebsten geblieben, umhüllt von der Erinnerung an das, was war. Doch der Mann in mir wollte nur weg, weg und sie trotzdem vor allem beschützen, was da draußen wartete – mich eingeschlossen. Ich wollte sie vor allen beschützen, die weniger in ihr sahen als das kleine Mädchen, das sie war, oder die etwas von ihr wollten, das sie nicht bereit war zu geben.

Einen Moment lang war ich wie erstarrt, und mein Blick hing an den kleinen Fältchen um ihre Augen. „Katie, es tut mir leid." Ich legte mir die rechte Hand über die Augen. „Ich dachte, du wärst ... ich meine ..." Ich kniff die Augen zusammen und deutete mit der freien Hand nach draußen. Ich wusste, es klang wie eine Ausrede, deshalb hielt ich einfach den Mund und wartete auf das Donnerwetter – auf das von Katie und auf das, was auf mich wartete, wenn ich mich umdrehte. Egal, wie es passiert war, ich konnte es nicht plausibel erklären.

Katie hatte sich nicht bewegt. Sie stand einfach nur da. Ich schluckte und hielt mir die Augen zu. Mein Herz klopfte wie wild. „Mutt braucht ... ein Handtuch", brachte ich schließlich doch heraus. „Für Mutt."

Ich hörte, wie sie auf mich zukam und ein trockenes Handtuch aus dem Regal zog. Ich streckte die Hand danach aus, ohne die Augen zu öffnen, und sie legte ihre Hand in meine. Sie war warm, nass und kleiner als meine, trotzdem stark. Die Berührung war nicht besonders zärtlich, aber sehr vertraut.

Sie legte ihre Handfläche auf meine, und die Berührung war warm

– wie der Nebel, der aus dem Wasser im Steinbruch stieg. Langsam strich sie mir über die Hand und berührte meine Fingerkuppen mit ihren. Zaghaft öffnete ich ein Auge, und sie lächelte mich an wie das Mädchen, das mich damals im Steinbruch geküsst hatte.

„Tucker", flüsterte sie, „ich bin es." Zärtlich drückte sie meine Hand. Ich bin immer noch das kleine Mädchen, das dich im Steinbruch geküsst hat. Das mit dir Händchen gehalten hat, wenn keiner es gesehen hat. Das dir Briefchen geschrieben hat und dir einen Abschiedskuss aus dem Auto seines Vaters zugeworfen hat." Sie wickelte sich das Handtuch um und kam noch näher, umfasste meine Hand mit beiden Händen und legte sie auf ihr Herz. „Ich habe nur ein paar Narben mehr als damals." Sie schwieg einen Moment. „Wie wir alle."

Ich weiß nicht, wie lange wir so dastanden. Eine Minute. Vielleicht zwei. Ich sah sie vor mir, sah sie aber nicht wirklich an. Zurückversetzt an einen Ort, vor dem ich all die Jahre davongelaufen war, und in eine Zeit, die ich fast vergessen hatte. Ich schluckte noch einmal, griff dann langsam nach dem Handtuch für Mutt und wandte mich zum Gehen. Ich wünschte mir so, ich könnte sie an der Hand nehmen, mit ihr zum Steinbruch rennen, all die Jahre zurückdrehen und noch einmal da anfangen, wo wie aufgehört hatten.

Wieder der Junge sein, der zum ersten Mal erkannt hatte, was Liebe war.

Noch einmal drehte ich mich um und suchte nach Antworten auf Fragen, die ich schon lange nicht mehr gestellt hatte. Ich fand die Antworten auf ihrem Gesicht, doch was sollte ich jetzt tun? Ich hatte Angst. Abrupt drehte ich mich um und ging zurück in die Scheune.

Dort gab ich Mutt das Handtuch, zog Jase vom Pferd, kletterte die Leiter zum Wasserturm hinauf und tauchte in das eiskalte Wasser aus dem Steinbruch. Ich tauchte bis zum Boden und genoss die Kälte. Sie erinnerte mich an den Steinbruch, an die Begeisterung, als das Boot ins Wasser fiel und sofort sank, und daran, wie sehr ich diesen Tag vermisste.

Als mein Kopf fast zwei Minuten später wieder durch die Wasseroberfläche brach, atmete ich auch noch die letzte Luft aus meinen Lungen, drückte sie mit aller Kraft nach draußen, als wollte ich die ganze schmerzhafte Vergangenheit aus mir herausdrücken. Dann holte ich tief Luft und füllte meine Lungen mit der Hoffnung auf die Zukunft.

Ein paar Minuten später kletterte ich die Leiter wieder herunter und schaute in Jase' ungläubiges Gesicht. Er sah aus, als wollte er mich etwas fragen, bekam aber den Mund nicht auf. Mutt kam in einem rot gestreiften Polyesteranzug mit Weste und weißen Lederschuhen vom Heuboden. Ich hatte keine Ahnung, woher er diese Sachen hatte.

„Jetzt bin ich fertig. Wir können in die Kirche gehen."

Ich griff nach dem Handtuch über der Leiter, trocknete mir das Gesicht ab und schaute auf Miss Ellas Hütte. „Ja, lass uns gehen."

Kapitel 28

Mutt zeigte die ersten Anzeichen. Fast hätte ich Gibby angerufen, entschied mich aber dagegen. *Abwarten*, sagte ich mir. Ob das echte Hoffnung oder nur Bequemlichkeit war, wusste ich nicht. Mutt war immer introvertierter geworden, sein Gesicht verzerrt, als ob er mit seinen Muskeln kämpfte und verlor. Seine persönliche Hygiene – Fingernägel, Haare, Bart, Zähne – ging den Bach hinunter, außer dass er regelmäßig badete. So machte ich mich auf, um ihm ein Deo, eine Nagelschere, einen Rasierapparat und eine Zahnbürste zu kaufen. Im Laden fiel mir auf, dass ich schon lange Zeit nicht mehr allein gewesen war. Ganz anders als in den letzten sieben Jahren. Ich brauchte diese Zeit allein. Es ist nicht so, dass ich Menschen nicht mag, ganz im Gegenteil. Es ist nur so, dass ich Zeit zum Nachdenken brauche, und mit all den verschiedenen Leuten in Waverly hätte ich durchaus eine Woche an einem abgelegenen Ort mit meiner Kamera gebraucht.

Ich kam nach Waverly zurück, stellte die Toilettenartikel neben seine Decke auf dem Heuboden und ging in mein Büro. Dort sah es aus, als hätte eine Bombe eingeschlagen. Überall lagen Rechnungen und ungeöffnete Briefe. Außerdem musste ich unbedingt Doc anrufen, doch das, was ich zu sagen hatte, würde ihm sicher nicht gefallen, deshalb zögerte ich den Anruf schon seit Tagen hinaus.

Der Keller war genauso aufgeteilt wie das Erdgeschoss, und so hatte ich hier unten viel Platz. Der größte Teil des Raums stand voller Regale mit zweihundert Jahre alten Weinflaschen, auf denen eine dicke Staubschicht lag, und ausrangierten Möbeln, die ich mit Bettlaken abgedeckt hatte. Die einzigen Möbelstücke, die ich benutzte, waren ein Einzelbett an der Wand mit ein paar Wolldecken, ein Nachttisch, auf dem Miss Ellas Bibel lag und ihr Foto stand, und mein Schreibtisch. Den Schreibtisch hatte ich selbst ausgesucht, und zwar nach Funktion und nicht nach Ästhetik. An der Wand stand noch ein hoher Schrank mit zwei großen Türen, der mit Akten und Dokumenten vollgestopft war. Oben im Haus waren drei oder vier schöne lederbezogene Schreibtische, die Rex im Laufe der Jahre gekauft hatte, aber ich hatte nicht den Wunsch, an einem von ihnen zu arbeiten. Seit mehr als einem Jahrzehnt war es für mich leichter, unter Waverly zu wohnen statt in ihm.

Ich setzte mich auf meinen Stuhl, ordnete die Post des letzten Monats, warf die Werbebriefe in den Mülleimer, bezahlte Rechnungen und versuchte, nicht daran zu denken, wie der heiße Wasserdampf ihre Haut umspielt hatte. Schließlich nahm ich doch den Telefonhörer ab. Ich hatte gehofft, ich könnte einfach eine Nachricht auf dem Anrufbeantworter hinterlassen, aber ich hätte es besser wissen müssen. Doc war der Stereotyp eines Workaholic. Er nahm schon nach dem ersten Klingeln ab. „Hey, Doc."

„Tucker!" Ich hörte, wie er die Zigarette von einem Mundwinkel in den anderen schob und einen tiefen Zug nahm. „Wo zum Teufel bist du gewesen? Die Whitey-Fotos sind super. Ich hab dir doch gesagt, es wird wie Urlaub. So, und nun nimm den ersten Flug nach Los Angeles und –"

„Doc."

Schweigen. Mittlerweile kannte er mich ziemlich gut, und meine Stimme sagte ihm, dass ich nicht nach Los Angeles fliegen würde. Ich hörte, wie sein Feuerzeug aufschnappte und sich entzündete. Ein kleiner Atemzug folgte, und ich wusste, dass er eine neue Zigarette im Mund hatte. Das Feuerzeug schnappte wieder zu. Ein vertrautes Geräusch. Wahrscheinlich fiel die erste Asche wie fast immer in seine Tasse mit kaltem schwarzem Kaffee, und er ließ den Blick über Manhattan schweifen. Jetzt lehnte er sich zurück und blies den Rauch langsam durch die Nase. Doc liebte seine Zigaretten mehr als der Marlboro-Cowboy.

„Erzähl mir mehr", sagte er schließlich.

„Es ist sehr kompliziert."

„Hat dein Bruder was damit zu tun?"

„Ja."

„Ist auch eine Frau im Spiel?"

„Ja."

Jetzt wurde seine Stimme aufgeregter, und ich hörte das Knarzen seiner Rückenlehne, als er sich im Stuhl aufrichtete. „Ist es die langbeinige Stewardess, von der du mir erzählt hast? Die mit dem Schild?"

„Nein."

Doc ließ sich wieder nach hinten fallen, und es knarzte erneut. Er hörte sich nicht sonderlich begeistert an. „Ist sie verheiratet?"

„Ja. Oder besser gesagt, sie war es. Sie waren verheiratet, sind dann geschieden worden, haben aber vor Kurzem noch einmal versucht, die Sache hinzukriegen."

„Lass mich raten: Als Krönung hat sie auch noch ein Kind."

Ich schwieg und wünschte mir, ich hätte nur den Anrufbeantworter drangehabt. „Ja."

„Du hast recht. Es ist kompliziert. Wie hast du dich denn in den Schlamassel hineinmanövriert?"

„Lange Geschichte."

„Ich hab Zeit."

Und so erzählte ich ihm die Kurzversion, ohne den Teil mit den Schüssen auf der Landstraße. Als ich mir dabei selbst so zuhörte, stellte ich fest, dass es sich wirklich ziemlich verrückt anhörte.

„Du willst mir also sagen, dass dein Bruder Mutt, Ausstellungsstück A im Kuckucksnest, jetzt bei dir wohnt?"

„Ja."

„Und dann ist da noch diese verheiratete Frau, Katie Irgendwer, die einen fünf Jahre alten Sohn bei sich hat und die vor ihrem gewalttätigen Exmann davonläuft, der aller Wahrscheinlichkeit nach hier ganz in der Nähe wohnt und dessen Partyfreunde bei der Regierung arbeiten?"

„Ja, so ungefähr."

„Wenn ich du wäre, würde ich alle drei an der nächsten Bushaltestelle absetzen und den ersten Flug nach Los Angeles nehmen."

„Doc, das kann ich nicht machen."

„Kannst du nicht oder willst du nicht?"

„Doc, mein Bruder ist am Ende, und diese Frau, nun –"

Hier unterbrach mich Doc. Er hörte sich an wie ein Detektiv. „Ich höre da was in deiner Stimme, das ich noch nicht kenne."

„Ja, also …"

„Du hast keine Ahnung, was du da eigentlich tust, oder?"

„Nein, kein bisschen."

„Ich auch nicht, und ich war schon viermal verheiratet. Frauen! Man kann nicht mit ihnen leben, aber auch nicht ohne sie."

„Doc, ich brauche nur etwas Zeit. Einen Monat. Vielleicht zwei. Ich weiß es nicht."

„Hast du noch genug Geld zum Leben?"

„Bisher reicht es. Ich kann zwar noch nicht in Rente gehen, aber wir schaffen das schon."

„‚Wir' oder ‚ich'?"

Ich zögerte kurz. „Wir."

„Weißt du, du könntest es bis ganz nach oben schaffen. Du bist schon fast da." Doc war fest davon überzeugt, dass ich eines Tages einer der besten Fotografen sein würde.

„Und wenn ich dahin komme, was wäre dann?"

„Dann hättest du es geschafft, Tucker. Dann wärst du an der Spitze."

„An der Spitze von was? Doc, auf der Spitze vom Mount Everest ist nur Platz für einen Mann. Es ist kalt, einsam und viele kommen beim Aufstieg um. Das habe ich bei meinem Vater gesehen."

„In Ordnung, Rain" – wieder hörte ich das Feuerzeug – „tu, was du für richtig hältst, aber warte nicht zu lange, sonst muss ich zu dir runterkommen und dich ordentlich in den Hintern treten. Du bist zu gut, um alles an den Nagel zu hängen. Du siehst, was andere nicht sehen können. Das war schon immer so. Denk daran. Krieg die ganze Sache in den Griff, und warte mit dem nächsten Anruf nicht allzu lange."

„Danke, Doc. Ich melde mich wieder."

Doc legte auf, und ich wusste, ich hatte ihn im Stich gelassen. Doch Doc kannte große Teile meiner Geschichte, und er spürte, dass der Druck im Topf langsam stärker wurde. Manchmal war es besser, das Ventil aufzuschrauben, als darauf zu warten, dass der Topf explodierte.

Ich spritzte mir etwas kaltes Wasser ins Gesicht, rieb mir die müden Augen und verließ das Haus durch die Hintertür. Ziellos wanderte ich um die Hütte, als ich die Fußspuren sah – sie waren groß, ungefähr dieselbe Größe wie neben den Reifenspuren an der Straße. Ich suchte den Boden ab und fand einen Zigarettenstummel. Er war schon kalt und bis zum Filter geraucht – da liebte jemand seine Zigaretten – und die Spitze roch nach billigem Aftershave.

Kapitel 29

Zwischen Mittwoch und Samstag wurde es immer schlimmer mit Mutt. Jedes Mal, wenn er die Toilette in der Scheune benutzte, verbrauchte er eine ganze Rolle Klopapier und verstopfte damit regelmäßig den Abfluss. Seine Hände waren rissig, aufgesprungen und bluteten häufig, weil er nicht aufhören konnte, sie wieder und wieder zu waschen. Die Toilettenartikel, die ich ihm hingestellt hatte, waren immer noch unbenutzt, und sein Gesicht war nur noch verzerrt. Doch mitten in dieser Verschlechterung sah ich auch Fortschritte – wenn man das so nennen konnte.

Am Samstagmorgen zum Beispiel wachte ich von Motorengebrumm und einem anderen schrillen Geräusch auf, das ich nicht ganz einordnen konnte. Es klang wie eine Art Rasenmäher oder Gokart. Ich flog die Stufen hoch, rannte durch die Tür und stand unter einer Dusche – einer Mischung aus vier Teilen Wasser und einem Teil Reinigungsmittel. Die ganze Seite des Hauses war triefend nass.

Mutt stand an der Ecke der Veranda, mit einer Schutzbrille über den Augen und Ohrenstöpseln in den Ohren. In den Händen hielt er den größten Hochdruckreiniger, den ich je gesehen habe. Zu seinen Füßen stand ein Motor mit dreizehn PS, der mit einer Pumpe verbunden war, die das Wasser durch einen Schlauch gegen die Hauswand spritzte. An der Seite der Pumpe befand sich noch ein weiterer Schlauch, der Reinigungsmittel in das Wasser mischte, bevor es durch die Pumpe lief. Mutt besprühte die Hauswand mit ausladenden Bewegungen und hatte schon gute Fortschritte gemacht. Das Dach, die Fenster, die Regenrinnen und die Hauswand waren mit dem Reinigungsmittel bedeckt, der Geruch war fast unerträglich und das Geräusch ohrenbetäubend. Alles nichts für den frühen Morgen.

Ich schaute nach oben, bekam einen Strahl in die Augen und spürte den Schmerz. Der Druck war so stark, dass ihm nichts standhalten konnte. Waverly hatte keine Chance. Algen, Moos, Schimmel und dreißig Jahre alter Dreck liefen in Strömen die Hauswand herunter und versickerten in den vielen kleinen Löchern und Spalten im Boden. Selbst der Putz wurde sauber. Die Ziegel, die schon seit Jahren mit einer dicken Schicht aus grünem und schwarzem Moos überzogen waren, wurden wieder orange und leuchteten sogar ein bisschen. Auch das Grün um die Fenster und Fensterläden herum kam wieder zum Vorschein. Der Unterschied zwischen dem, was schon sauber geworden war, und dem, was noch darauf wartete, war verblüffend. Um ehrlich zu sein, hätte ich nicht geglaubt, dass das Haus so dreckig war.

Mutt hatte es am ersten Tag schon gesehen. Ich schämte mich fast für den vielen Schmutz. Langsam ging ich um das Haus herum und hüpfte über die Pfützen mit dem Dreck der letzten Jahre. Es dauerte nur wenige Minuten und sie waren im Boden versickert. Doch das Haus erstrahlte in neuem Glanz.

Ich winkte ihm zu, und er nickte in meine Richtung, hörte aber nicht auf zu sprühen. Ich schlenderte in die Scheune, fütterte Hafti und strich ihm über die Mähne. Dann mistete ich seine Box aus, verstreute frisches Heu, machte die Boxentür auf und ließ ihn auf die Weide. Jetzt brauchte ich erst einmal eine Dusche. Auf dem Weg zurück zum Haus sprang Jase mir vor die Füße. Er hielt einen Baseball in der Hand. Das erkannte ich sofort. Es war der Ball, mit dem wir bei dem College Cup gewonnen hatten.

Ich ließ den Ball nicht aus den Augen und hoffte, dass er ihn nicht werfen würde. Er sollte keine Kratzer bekommen. „Hallo, mein Freund."

„Onkel Tuck, kannst du mir beibringen, wie man den schlägt?"

Vor fünfundzwanzig Jahren habe ich meinem Vater fast an derselben Stelle ungefähr die gleiche Frage gestellt. Er kam gerade in seinem besten Reiterdress aus der Scheune, nachdem er vorher mit einem seiner talentiertesten Vollblüter auf der Weide gekämpft hatte, und ging einfach an mir vorbei. Er hat mir nie geantwortet. Er hatte meine Frage noch nicht einmal gehört. So stand ich da, mit dem Ball in der Hand und dem Schläger, den Miss Ella mir gekauft hatte, und einem abgenutzten alten Fanghandschuh, der dringend genäht werden musste. Ärgerlich stapfte er an mir vorbei ins Haus – sein Gesicht zornesrot und in Gedanken schon bei seinem nächsten Geschäftsabschluss oder

der neuesten Sekretärin. Im Arbeitszimmer goss er sich dann den ersten Drink ein und machte die Tür hinter sich zu. Ende der Diskussion.

Ich schaute wieder auf Jase, der immer noch mit dem Ball in der Hand vor mir stand, unschuldig wie ein kleiner Hund, und ich fragte mich, wie mein Vater damals einfach an mir vorübergehen konnte. *Was war falsch an meiner Frage? Hatte ich die falschen Worte benutzt? Was hatte ich verkehrt gemacht? Warum hatte er mir nicht geantwortet?*

Ich machte einen großen Schritt über eine Pfütze voller Seifenblasen, stellte mich neben Jase, nahm ihm den Ball vorsichtig aus der Hand und drehte ihn in meiner eigenen. Die Schnüre saßen sauber nebeneinander, nur an einer Seite hing noch etwas Dreck. Gedankenverloren starrte ich auf den Ball und erinnerte mich an das Spiel. Der Ball kam mit einem Drall auf mich zugeflogen. Wie immer stellte ich mir Rex' Gesicht auf dem Ball vor, machte einen Schritt nach vorn und schlug zu – und sein Gehirn spritzte über den Platz. Als ich zur ersten Markierung kam, war der Ball irgendwo im Feld verschwunden. Das Spiel war zu Ende und die Zuschauer sprangen begeistert auf und klatschten. Und ich hatte Rex Mason gerade zum x-ten Mal umgebracht. Ich rannte die ganze Runde, doch wenn der Werfer in dem Moment gesagt hätte: „Hey, Freund, der Ball ist abgerutscht. Wir müssen den Schlag wiederholen!", ich hätte es getan. Ohne zu zögern.

Ich öffnete Jase' Hand, legte seine ersten beiden Finger um den Ball über die Nähte und zog sanft seinen Arm in die richtige Position. „Genau so", sagte ich. „So muss es sich anfühlen." Jase nickte. Ich drehte ihn zur Scheune und zu der löchrigen Wand. „Also los, zielen, einen Schritt vor und werfen." Jase deutete mit der linken Hand auf die Wand, machte einen großen Schritt und warf den Ball wie ein Fünfjähriger in die Scheune. Der Ball beschrieb einen hohen Bogen, prallte an der Boxenwand ab und blieb im festgetrampelten Heu auf der Stallgasse liegen. Jase ließ den Ball nicht aus den Augen. Als er endlich liegen blieb, schaute er mich fragend an.

Da gab es nur eine Antwort. „Natürlich bringe ich es dir bei, mein Freund."

„Jetzt gleich?"

„Jetzt gleich!"

Wir gingen zusammen in die Scheune, und ich durchsuchte die Werkbank auf der linken Seite der Scheune. Vorsichtig wischte ich die

Spinnweben zur Seite und passte auf, dass ich nicht aus Versehen in ein Rattennest griff. Endlich fand ich den Eimer – den Eimer, auf dem immer Miss Ella gesessen hatte. Er war voller alter Baseballbälle. Ich hatte völlig verdrängt, dass es so viele waren. Vielleicht dreißig. Neben dem Eimer lagen ungefähr ein Dutzend Baseballschläger nebeneinander auf dem untersten Regalbrett – von ganz klein bis normalgroß. Ich griff nach dem kleinsten, dem, den Miss Ella mir damals geschenkt hatte. Es war der Schläger, mit dem ich mich damals an Rex' Zimmer vorbeigeschlichen hatte, mit dem ich gegen ihr Fenster geklopft, mit dem ich unzählige Kiesel geschlagen und den ich an dem Tag über der Schulter hatte, an dem Rex Mason mir keine Antwort auf meine Frage gegeben hatte.

Ich zog ihn hervor und rieb mit der flachen Hand über den Griff. Der Schläger war zersplittert, und man konnte deutlich die Löcher sehen, wo die viel zu großen Kiesel abgeprallt waren. Der Griff war durch den häufigen Gebrauch dunkel und abgegriffen. Er war sechzig Zentimeter lang und wog knapp ein halbes Kilo. Perfekt.

Schließlich zog ich noch den Abschlag unter der Werkbank hervor. Ein hartes Plastikrohr, auf dem ein kurzes Stück Kühlerschlauch festgemacht war. Ich drückte das Rohr in den Boden der Scheune und setzte mich etwas zur Seite, aber immer noch nah genug, um die Bälle auf das Rohr zu legen. „Okay, die erste Regel." Jase' Blick war jeder meiner Bewegungen gefolgt. Unverständnis und Konzentration standen ihm ins Gesicht geschrieben. Seine Kappe war zur Seite gerutscht, und er sah immer noch müde aus. „Wir müssen deine Finger richtig um den Schläger legen. Ein guter Griff ist am Anfang besonders wichtig." Jase streckte die Arme aus und hielt mir den Schläger hin. Sorgfältig legte ich seine Finger um den Griff. „Zweite Regel. Haltung." Jase hielt den Schläger immer noch mit beiden Händen und schaute jetzt auf seine Füße. „Du wirst den Ball nicht gut treffen, wenn deine Füße machen, was sie wollen. Wie ein Cowboy bei einem Schießduell musst du dich gerade vor den Abschlag stellen. Stell dich gerade hin."

Ich hob ihn hoch, stellte ihn vor den Abschlag und zog eine Linie um ihn herum. Das war das Feld, in dem er schlagen durfte. „Drittens, die Augen." Ich berührte ihn sanft mit der Fingerspitze an der Nase. Seine Augen schielten auf meinen Finger und schauten mich dann wieder an. Die ganze Zeit nickte er nur immer wieder, sagte aber kein Wort.

„Du triffst den Ball nicht, wenn du ihn nicht mit den Augen verfolgst. Hinterher kannst du beobachten, wo er hinfliegt; doch jetzt wollen wir erst mal sehen, wie du schlägst." Ich trat einen Schritt zurück, und Jase holte mit dem Schläger aus.

„So, und jetzt Schritt und Schlag. Es kommt auf den Rhythmus an. Erst der Schritt, dann der Schlag." Ich hob seinen Ellenbogen, stellte seine Füße ordentlich hin und drückte seinen Kopf etwas tiefer auf die Schultern. „Okay, zuerst machst du einen Übungsschlag. Und denk daran" – ich sprach langsam und mit monotoner Stimme – „Schritt und Schlag, Schritt und Schlag." Jase biss die Zähne zusammen, machte einen riesigen Schritt und schlug, so fest er konnte. Der Schläger prallte gegen das Gummi auf dem Abschlag, und da war es wieder – das vertraute Geräusch. Seine Augen weiteten sich und stellten die Frage, die meine Augen auch tausendmal gestellt haben. „War das ein guter Schlag? Können wir es noch mal machen?"

Ich klopfte ihm auf die Schulter und lächelte. „Gut gemacht. Ein guter erster Versuch; daraus können wir was machen. Doch das nächste Mal möchte ich, dass deine Augen die ganze Zeit auf den Ball schauen. Noch ein Übungsschlag." Jase holte aus, biss die Zähne zusammen, machte einen Schritt und schlug. Seine Augen klebten an der Spitze des Abschlags. Wie im Lehrbuch – für Fünfjährige.

Ich legte einen Ball auf den Abschlag. Aufgeregt fuhr sich Jase mit der Zunge über die Lippen und wartete auf meine Anweisungen. Er drehte den Schild seiner Kappe nach hinten wie ein Rennfahrer und bohrte seinen rechten Fuß in den Dreck vor sich. Dann holte er wieder aus. „Okay, denk immer daran. Schritt und Schlag." Jase nickte, hob den rechten Ellenbogen und wartete auf meine nächste Anweisung. Ein konzentriertes Bündel aus Spannung und Erwartung. „Und los."

Jase schlug, traf den Ball, und der flog nur knapp über meinen Kopf. „Nicht schlecht, nicht schlecht, vielleicht ein bisschen tief. Deine Finger lagen nicht richtig, und der Schritt war zu kurz, deshalb warst du zu stark in den Knien. Stell dich gerade hin und streck deinen Bauchnabel zu der Wand da hinten, und dann machst du einen Schritt, als ob du es wirklich ernst meinst. Versuch es noch einmal." Jase leckte sich wieder über die Lippen, packte den Schläger fester und machte einen Schritt. Der Schläger traf auf den Ball, und der schoss durch die Luft, kam auf dem Boden auf und rollte fast bis zur Schweizer-Käse-Wand.

Jase' Augen leuchtete auf und er deutete auf den Ball. „Onkel Tuck, hast du das gesehen?"

„Das habe ich." Ich setzte mich auf den Eimer und deutete auf unser Spielfeld. „Ich denke, du solltest anfangen zu laufen, damit du noch eine Runde schaffst, bevor die Gegner ihn zurückwerfen." Jase ließ den Schläger fallen und rannte um unser gedachtes Spielfeld in der Scheune. Dabei berührte er die Box auf der rechten Seite, die hintere Wand und die Werkbank und stampfte schließlich auf den Dreck neben dem Abschlag. Begeistert schlug er auf meine ausgestreckte Hand.

„Können wir das noch mal machen?" Ich schaute ihn an, als hätte ich nicht richtig gehört. Er hatte es tatsächlich gesagt. Die Worte waren wirklich aus seinem Mund gekommen. Sein Gesicht war eine Mischung aus kindlicher Freude und purer Begeisterung. Alles, was in seinem Leben gut war, und alles, was ich immer sein wollte, starrte mir aus seinem Gesicht entgegen.

„Mein Freund", sagte ich mit Tränen in den Augen, „wir können das so lange machen, wie du bereit bist, die Bälle aufzuheben. Denn das ist die Abmachung. Du schlägst sie, also sammelst du sie auch wieder ein." Ich hielt ihm wieder die Hand hin, und er schlug ein. „Bist du bereit?"

Jase holte wieder mit dem Schläger aus, atmete tief durch die Nase ein und nickte.

Dreiunddreißig Bälle später schlug er schon ziemlich gut, und die Bälle flogen bis in die Mitte der Scheune. Er war noch weit entfernt davon, die hintere Wand zu treffen, wurde aber mit jedem Schlag besser.

Er schien unermüdlich zu sein, deshalb sammelten wir die Bälle wieder in den Eimer, und noch bevor ich wieder am Abschlag war, stand er schon da und wartete auf mich – bereit zum Schlag. Ich setzte mich auf den Eimer, legte einen Ball auf den Abschlag und sagte: „Los."

Jase schlug zu, traf aber nicht richtig, und der Ball rollte in Haftis Box. Da trat Mutt mit seinen triefnassen Gummistiefeln, der Schutzbrille und den Ohrstöpseln hinter Jase. Er sah aus, als wollte er etwas sagen, stand aber einfach nur da. Ich schaute hoch, Mutt deutete auf Jase und ich nickte. Vorsichtig legte Mutt Jase' Finger richtig um den Griff, hob seinen rechten Ellenbogen ungefähr fünf Zentimeter und drückte seinen Kopf etwas weiter nach links. Ohne ein weiteres Wort ging er zurück zum Haus und stellte den Hochdruckreiniger wieder an.

Ich legte einen neuen Ball auf den Abschlag, und Jase schlug ihn weit in die Scheune

Sechzig Bälle später sagte ich: „Wie wäre es, wenn wir morgen weitermachen?"

Er ließ den Schläger fallen, den er sowieso kaum noch halten konnte, umarmte meine Beine und rannte zur Veranda. „Mama, hast du das gesehen?" Er deutete auf die Scheune. „Hast du das gesehen?"

Katie saß in einem Schaukelstuhl auf der Veranda und hatte sich in eins von Miss Ellas großen Tüchern eingewickelt. Während der ganzen Zeit hatte ich ihr den Rücken zugedreht, darum wusste ich auch nicht, wie lange sie uns schon beobachtete.

„Das habe ich", sagte sie. Jase drehte seine Kappe wieder herum, sprang auf sein Fahrrad und fuhr wie wild in der Einfahrt umher.

„Wie lange sitzt du schon da?", fragte ich.

„Lange genug."

Sie legte die Hände auf den Rücken und kam zu mir. Erst ein paar Zentimeter vor meiner Brust hielt sie an – wieder viel zu nah für mich. „Vielen Dank, Tucker Rain."

Wenn ich der Schönheit des Morgens ein Gesicht geben könnte, dann wäre es Katies.

„Für was?", fragte ich und wollte zum Haus gehen.

Sie versperrte mir den Weg und drückte mich gegen den Weidenzaun. „Dass du meinem Sohn das Baseballspielen beibringst."

„Oh, ist mir ein Vergnügen." Ich duckte mich.

„Und ..." Sie nickte in Richtung Badezimmer. „Für gestern."

„Ich hab doch gar nichts getan", sagte ich und drehte den Kopf zur Seite, um sie nicht ansehen zu müssen.

Sie griff nach meinem T-Shirt und drückte ihren Bauch an meinen. „Genau dafür bedanke ich mich."

„Oh."

Einen Moment lang standen wir so eng aneinander am Zaun. Hafti graste am anderen Ende der Weide, und ein paar Krähen flogen über die Bäume. „Du hast Baseball wirklich geliebt, oder?", fragte sie.

Ich nickte. „Das tue ich." Sie ließ mein T-Shirt los und strich es glatt, dann lehnte sie sich neben mich gegen den Zaun.

„Was liebst du so an diesem Sport?"

Um diese Frage zu beantworten, müsste ich viel von mir preisgeben, und ich war mir nicht sicher, ob ich das wollte. Ich bohrte mit dem Fuß im Dreck und schob einen Kieselstein hin und her. „Die meisten Leute sehen im Baseball nur einen Sport für große Jungs mit engen Hosen, die immer Kaugummi kauen, neben sich spucken, dann laut schreien, im Kreis laufen und sich komische Zeichen zuwinken. Und es stimmt, das ist ein Teil von Baseball, aber es ist nicht das Herz. Das Herz des Baseballs findet man in den Hinterhöfen und Sandkästen und in den Gesichtern von kleinen Jungs wie diesem da."

„Du hörst dich an, als wüsstest du, wovon du sprichst."

Ich drehte mich zu ihr hin und fand ihre Augen. „Katie, ich weiß, wie Baseball ist, weil es für mich so anders war." Mutt zog an dem Schlauch, und der platschte auf den Marmorboden. Dann ging Mutt um die Hausecke und zielte wieder auf die Hauswand. „So geht es uns beiden, Mutt und mir."

Ich ging die Stufen zur hinteren Veranda hoch, sprang über den Schlauch und schaute auf das Haus. Die Veränderung war verblüffend. So groß wie der Unterschied zwischen einem neugeborenen Baby und einer Leiche.

Kapitel 30

Am Sonntagmorgen war der Himmel wolkenverhangen, und die Sonne ließ sich nicht blicken. Ich lag ausgestreckt auf meinem Stuhl auf der vorderen Veranda mit einer Tasse Kaffee in der Hand und starrte über den Vorgarten. Wenn Rex mich so sehen könnte, würde er mich aus dem Stuhl zerren, mir eine ordentliche Ohrfeige versetzen und mich aus der Tür werfen. Genau deshalb saß ich jetzt auch so hier.

Moses kam um die Ecke geschlendert und roch nach Diesel und frisch gemähtem Gras. Er nahm seinen Hut ab, wischte sich über die Stirn und setzte sich mir gegenüber auf die Mauer. Er ließ seinen Blick über die Einfahrt wandern und sprach leise, sodass nur ich ihn hören konnte. „Ich war gerade am hinteren Ende der Weide." Etwas in seiner Stimme sagte mir, dass er mir keine Pferdegeschichte erzählen wollte. Ich beugte mich vor, um ihn besser zu verstehen. „Als ich dorthin kam, roch ich Zigarettenrauch." Ich beugte mich noch weiter vor. „Deshalb bin ich vom Traktor geklettert und bin dem Geruch durch die Bäume gefolgt." Ich stand auf und setzte mich neben ihn auf die Mauer. Er schaute mich an. „Ein Mann saß da in einem Geländewagen und rauchte. Ein Fernglas lag auf dem Armaturenbrett und er hatte einen Notizblock und ein Handy neben sich liegen. Außerdem habe ich drei leere Kaffeebecher gesehen." Moses stand auf, stellte einen Fuß auf die Mauer und stützte seinen Ellenbogen auf sein Knie. „Ich habe ans Fenster geklopft." Moses spuckte aus. „Er hat mich gesehen und ist weggefahren."

„Hast du sein Nummernschild?"

„Ja." Wieder spuckte er auf den Rasen, ohne mich anzusehen. „Denkst du wirklich, wir sollten es melden?"

Ich schüttelte den Kopf. „Wahrscheinlich nicht."

Moses nahm den Fuß von der Mauer und ging wieder zu seinem Traktor. „Vielleicht kannst du ja mal darüber nachdenken, ob du nicht eine kleine Reise machen solltest." Er legte den Kopf schief und flüsterte: „Ihr alle zusammen."

Ich nickte und lehnte mich wieder im Stuhl zurück, da hörte ich den Wagen. Bei dem Geräusch standen mir die Haare zu Berge, und ich überlegte, ob ich mir eine Waffe holen sollte, doch die nächsten zwei Sekunden überzeugten mich, dass ich sie nicht brauchen würde. Ein weißer mit Aufklebern übersäter Lieferwagen und drei orangefarbenen Lichtern über dem Fahrersitz kam die Einfahrt entlanggerollt. Die Federung war kaputt, deshalb wirkte der Lieferwagen etwas schief. Weißer Rauch kam aus dem Auspuff, die Frontscheibe war gesplittert und die Bremsen brauchten dringend eine Reparatur. Ansonsten war der Wagen in einwandfreiem Zustand. Der Lieferwagen schlich über die Einfahrt, und ich traute meinen Augen nicht. Der Anblick eines Eiswagens auf der Einfahrt von Waverly war schon ungewöhnlich. Aber der Anblick eines Eiswagens hier in Waverly um halb acht an einem Sonntagmorgen war unglaublich.

Der Fahrer fuhr zweimal im Kreis, hupte laut und drehte die Lautstärke seines Lautsprechers hoch. Dann hielt er mit kreischenden Bremsen und lautem Hupen direkt vor dem Eingang. Er zog die Handbremse, drehte die Musik auf und richtete den Lautsprecher auf mich. Er trug ein Clownskostüm, eine orange Perücke und eine rote Nase. Wenn ich jetzt ein Gewehr hätte, wäre er das perfekte Ziel. Er ließ den Motor laufen, und weißer Rauch strömte aus dem Auspuff. Abwartend saß er hinter dem Steuer und starrte erwartungsvoll auf die Haustür.

Ich sprang die Stufen hinunter und ging zu seinem Seitenfenster. Ich war genauso überrascht wie an dem Abend, an dem Katie auf mich geschossen hatte. Der Fahrer sah mich kommen, sprang von seinem Sitz, ordnete seine Perücke und Nase und begrüßte mich am Fenster. „Ziemlich heiß, was?", brüllte er. „Wie nennt ihr das hier?"

Ich kniff die Augen zusammen, schaute ihn schief an und brüllte zurück: „Die Leute aus der Gegend nennen es Waverly. Wir nennen es die Hölle."

„Also, wenn die Hölle so aussieht wie das hier, dann bin ich dabei. Melden Sie mich an."

Ich lehnte mich gegen das Auto und deutete auf die Eingangstür. „Sie sollten warten, bis das Feuer hier wieder richtig angeheizt ist. Vielleicht ändern Sie Ihre Meinung dann."

Er rieb sich die Hände. „Was kann ich Ihnen holen?" Er war zappelig, nicht nervös-zappelig, als steckte er in Schwierigkeiten, sondern als wollte er etwas verkaufen und jede Sekunde zählte. Er wollte nett sein, damit ich ihm was abkaufte, aber nicht zu nett, um nur ein langes Gespräch zu führen und dann nicht viel Geld zu machen. Seine Hände steckten in weißen Handschuhen, mit denen er nun schon zum dritten Mal seine Nase geraderückte. Ich deutete auf meine Ohren und kniff wieder die Augen zusammen. Er griff nach oben und stellte die Musik aus.

Ich schätzte ihn auf ungefähr achtzehn, und der Unternehmergeist strahlte ihm aus jeder Pore. Hätte er nicht diese Verkleidung an, die weiße Farbe im Gesicht und dieses übertriebene Lächeln, wäre er wahrscheinlich ein ganz normaler Teenager mit Pickeln im Gesicht und einem Ausbildungsvertrag in der Tasche. Ich wusste nicht genau, was ich sagen sollte, und schwieg eine Weile. Er nutzte die Stille, um eine geübte Verkaufsrede abzuspulen, die er ganz bestimmt selbst geschrieben hatte. „Ich habe Eis am Stiel, Eis in der Waffel, Eispralinen und Eis im Becher, mit und ohne Soße." Er schaute sich kurz in seinem Auto um, als suchte er noch mehr, und redete weiter. „Ich habe siebenundzwanzig verschiedene Eissorten am Stiel und auch Wassereis – außerdem habe ich auch Smoothies und Zitronensorbet, und auch Sprite, Fanta und Coke in Dosen." Er lächelte mich mit seinem breiten Lächeln an. „Wenn Sie wollen, können Sie bei mir auch Kaugummi, Hubba Bubba und Kaubonbons kaufen. Und wenn Sie auf gesundes Essen stehen so wie ich, dann kann ich Ihnen auch gefrorenen fettfreien Joghurt anbieten, der ungefähr so schmeckt wie das Fett, das man auf Autoachsen schmiert." Er rieb sich wieder die Hände und schaute mich erwartungsvoll an.

Ich streckte die Hand aus und wollte gerade fragen, ob er wüsste, wie früh es war, als ich die Schritte hörte. Sie waren langsam, schlurfend, aber zielgerichtet. Ich musste mich nicht umdrehen. Mutt ging langsam um den Lieferwagen herum, und seine Augen musterten den Eiswagen von oben bis unten. Er trug immer noch Gummihandschuhe, und eine Flasche mit Scheibenreiniger hing ihm hinten am Gürtel. Sorgfältig sprühte er die Frontscheibe ein, putzte sie, ging dann zum Seitenfenster und putzte das auch. Der Junge schaute Mutt interessiert zu und sagte dann: „Danke, mein Freund, dafür bekommst du auch 5 Prozent Rabatt."

Mutt hielt ihm eine Handvoll Münzen hin und bestellte. „Ich will zwei Kugeln Schokolade mit Schokoladensoße, aber ohne Streusel, zwei Eis am Stiel mit Bananengeschmack und eine große Packung Kirschkaugummis." Ohne mit der Wimper zu zucken, fragte der Junge in seinem Clownskostüm: „Mit oder ohne Zucker?"

Mutt dachte einen Moment nach. „Von jedem eine." Seine Bauchtasche hing Mutt etwas schief um die Mitte und war offensichtlich randvoll.

Der Junge klatschte die beiden Kugeln in eine Waffel, goss Soße darüber und streute noch ein paar Nüsse darauf. Dann wickelte er die Waffel in eine Serviette und holte den Rest von Mutts Bestellung aus den Regalen und Gefriertruhen. In der Zwischenzeit war mir von den vielen Autoabgasen schon ganz schwindelig.

Der Junge streckte die Hand durch das Fenster und sagte ohne die Hilfe eines Taschenrechners, einer Kasse oder auch nur seiner Finger: „Mit Steuern und ohne die fünf Prozent macht das 7,86 Dollar bitte."

Mutt ließ eine Handvoll Münzen in die ausgestreckte Hand fallen und erwiderte: „Du schuldest mir 14 Cent." Der Junge griff in seine Tasche und gab Mutt einen Zehner und einen Fünfer und sagte: „Danke, mein Freund." Mutt ging zwei Schritte rückwärts, setzte sich auf die erste Stufe und leckte sein Waffeleis. Ich drehte mich wieder zu dem Jungen, der mich nach dem guten Geschäft nun noch breiter angrinste, und wollte gerade wieder zu meiner Frage ansetzen, als ich wieder Schritte hinter mir hörte. Die einen waren kurz und klappernd, die anderen etwas langsamer und trotzdem zielgerichtet.

Jase rannte zu dem Auto, sprang auf ein Rad und zog sich zu dem Fenster hoch. Er schaffte es gerade so, sein Kinn über die Theke zu schieben. Er sagte: „Ich will ein Magnum-Eis ohne Nüsse und ..." Er konnte sich nicht länger halten und fiel nach hinten. Ich fing ihn auf und hielt ihn einen halben Meter über den Boden, sodass er seine Bestellung beenden konnte: „... ein Kirscheis am Stiel." Ich setzte ihn wieder ab und er sagte: „Danke, Onkel Tuck."

Katie kam über das Gras gelaufen und stand jetzt mit einem Fünf-Dollar-Schein in der Hand an dem Eiswagen. Der Clown reichte Jase seine Bestellung und wandte sich dann an Katie. „Möchten Sie auch etwas, Ma'am?"

„Sie haben gesagt, dass Sie Hubba Bubba haben?" Der Junge nickte und holte mit einem Griff ein riesiges Glas mit Hubba Bubbas aus einem Schränkchen unter dem Fahrersitz. In den zwei Minuten, die er dort jetzt verkaufte, hatte er nicht ein einziges Mal seine Füsse bewegen müssen. Er konnte jedes Regal und jeden Schrank und jede Truhe von diesem einen Ort aus erreichen. Offensichtlich hatte er den hinteren Teil des Eiswagens selbst konstruiert und eingerichtet, um jeden Platz auszunutzen und um alles möglichst schnell zu erreichen.

Katie sagte: „Danke", und der Junge wandte sich an mich. „Sir, das macht 3,79 Dollar."

„Oh ... ja, richtig." Ich griff in meine Hosentasche, doch die war leer. Dann griff ich in die andere, doch die war auch leer. Katie lachte, gab dem Jungen fünf Dollar und winkte ab, als er ihr das Wechselgeld geben wollte. Während ich ihn weiterhin etwas verdattert anstarrte, griff der Junge wieder unter seinen Sitz, zog eine grüne Thermosflasche heraus, füllte meine Kaffeetasse auf und gab sie mir zurück. „Ich wünsch euch allen einen schönen Tag." Drei Sekunden später sprang er auf seinen quietschenden Fahrersitz, legte den Gang ein, drückte auf das Gaspedal und fuhr los, dass die Kiesel nur so um uns herumflogen. Bei dem Gestank der Auspuffgase musste ich husten.

Wir setzten uns alle vier auf die Treppe und leckten, sogen, schlürften und atmeten die frische Luft. In meinem ganzen Leben in Waverly hatte sich nie ein Eiswagen in unsere Einfahrt getraut, und trotzdem benahmen sich die anderen drei, als würde so was jeden Tag passieren.

Mutt war mit seiner Waffel fertig und riss das erste Bananeneis auf. „Guten Morgen, Mutt", sagte ich. Er schaute mich nicht einmal an. Mit einem Bissen verschwand die erste Hälfte des Bananeneises in seinem Mund, und er kaute es, als wäre es ein Stück Steak. Seinen Zähnen schien die Kälte überhaupt nichts auszumachen. Nach drei- oder viermal Kauen schluckte er das Eis herunter und verdrückte die zweite Hälfte auf dieselbe Art.

Als er gerade in das zweite Bananeneis beissen wollte, hielt er inne und sah aus den Augenwinkeln, dass Jase ganz dicht neben ihm sass. Nervös schaute Mutt erst mich an und dann Katie. Er sagte kein Wort, rutschte aber zehn Zentimeter nach links, um etwas Abstand zwischen sich und Jase zu bringen. Jase merkte gar nicht, was Mutt vorhatte, und lehnte sich einfach etwas mehr nach links, sodass er Mutt immer noch berührte. Dabei leckte er genüsslich sein Eis. Mutts Augen zuckten nervös zwischen Jase, Katie und mir hin und her, sein Gesicht verzerrte sich und er wurde immer nervöser und ängstlicher. Während Jase damit beschäftigt war, Schokolade über sein ganzes Gesicht zu verteilen, stand Mutt auf, stieg über meine Füße und setzte sich allein ans andere Ende der Treppe. Jase war so in sein Eis vertieft, dass er sich nur wieder gerade hinsetzte und ungerührt weiteraß. Katie saß zurückgelehnt auf der anderen Seite neben Jase, beobachtete, wie der Clown in einer Staubwolke verschwand, und kaute auf einem Kaugummi.

Als Mutt sein Frühstück beendet hatte, stand er mit den Händen voller Eispapiere auf und ging in einem großen Kreis um uns herum. Er roch nach Scheune, aber ich wusste nicht, wie ich ihm das sagen sollte. „Hey, Mutt, wenn du willst, können wir nachher zusammen einen Boiler für die Scheune kaufen gehen. Ich muss sowieso ein paar Sachen besorgen."

Mutt schaute sich misstrauisch um, zog die Luft durch die Nase und roch dann an seinen Achselhöhlen. Dann nickte er und ging mit seinem Müll in den Händen um das Haus herum nach hinten und zog dabei seine Gummihandschuhe aus. Ich bin kein Arzt, aber ich wusste auch so, dass es ihm immer schlechter ging. Jeden Tag zog er sich mehr zurück, und sein Gesicht drückte immer häufiger seine Angst und innere Unruhe aus. Gibby hatte mich gewarnt, aber ich war mir nicht sicher, was ich jetzt tun sollte.

Jase leckte den Eisstiel noch einmal gründlich ab und machte sich dann auf die Suche nach seinem Fahrrad. Katie blies eine große Kaugummiblase und musterte mich von der Seite. Dabei summte sie leise vor sich hin. Die Melodie hüllte mich ein wie eine Decke.

* * *

Seit dem Frühstück hatte ich Mutt nicht mehr gesehen, deshalb wurde ich langsam etwas nervös. Um zwei ging ich zur Scheune, wo Katie und Jase Baseball spielen übten, aber auch da war er nicht. Ich legte Hafti ein Halfter an und tat so, als würde ich mit ihm eine Runde spazieren gehen. Der Steinbruch war leer, wie auch die Lichtung um das Kreuz und die kleine Kirche. Es blieben mir nicht mehr viele Möglichkeiten, deshalb blieb ich stehen, um zu lauschen und nachzudenken. Nordwestlich der Weide, hinter den Hundehütten, war das alte Schlachthaus. Mittlerweile war es mit Unkraut und wildem Wein völlig zugewachsen. Es war eigentlich eher eine Hütte mit einem Blechdach, in der ein Topf so groß wie eine Badewanne stand, gerade so groß, dass ein Mensch darin liegen konnte. Der Topf war von einer niedrigen Steinmauer eingefasst, damit er etwas erhöht stand und nicht verrutschen konnte. Es wäre eigentlich eine ziemlich gute Badewanne gewesen, wenn man nicht daran dachte, was man früher in dem Topf gemacht hatte. Da der Topf auf der Steinmauer stand, konnte man unter dem Topf ein Feuer machen, um das Wasser in dem Topf zum Kochen zu bringen. Dahinein wurden dann die frisch geschlachteten Schweine gelegt, um sie abzubrühen. Mutt und ich haben hier als Kinder manchmal gespielt, aber nicht oft. Egal, wie lange das letzte Schlachten her war, der Schweinegeruch verschwand nie ganz. Wahrscheinlich bekommt man den Geruch des Todes mit einfachem Waschen nicht wirklich weg.

Ich stand immer noch da und lauschte, als ich plötzlich das unverkennbare Geräusch von splitterndem Holz hörte. Ich drehte mich mit Hafti in die Richtung, aus der das Geräusch kam, und fragte mich, was Mutt jetzt schon wieder tat.

Tucker, ihr zwei seid gar nicht so unterschiedlich. Ich sagte „Whoa" zu Hafti und streichelte seine Mähne. Meine Augen suchten die Gegend ab.

Mutt steht am Abgrund, an der Schlucht zum Wahnsinn, und er muss einen weiten Sprung machen, um darüberzukommen, aber Mutt ist in Gottes Hand. Nicht in deiner. Du dagegen stehst am Abgrund des Lebens und der einzige Weg über diesen Abgrund ist, dass du es nicht länger zulässt, dass deine Vergangenheit deine Zukunft bestimmt.

Ich lehnte mich gegen Hafti und sprach laut. „Miss Ella, jedes Mal wenn ich genug Mut zusammenkratze, um wieder zu hoffen, endet es immer damit, dass mein Herz in tausend Stücke gerissen wird. Doch mein Herz ist jetzt schon zerrissen genug. Von allen Menschen solltest du das am besten wissen."

Ich weiß, dass es schmerzhaft ist, Kind. Aber ich habe gesehen, wie du im Endspiel zweimal danebengeschlagen hast, bevor du den Ball über das Feld geschlagen und damit das Spiel gewonnen hast. Warum lebst du dein Leben so anders, als du Baseball gespielt hast?

„Weil ich gut war im Baseball."

Vielleicht würdest du ja merken, dass du auch gut bist im Leben, wenn du die Bitterkeit endlich begräbst und deinen Sarg zerschlägst.
„Jeder Mensch braucht einen Anker, Miss Ella."
Vergib den Menschen, und dein himmlischer Vater wird auch dir vergeben. Doch wenn du das nicht tust, dann bist du es, der darunter leidet.
„Miss Ella, ich bin nicht du. Manchmal kommt es mir so vor, als wäre auch der ganze religiöse Kram nur leere Worte."
Wer an mich glaubt ... von dem werden Ströme lebendigen Wassers fließen.
„Du meinst auch, dass du auf alles eine Antwort hast, oder?"
Eine Stadt, die auf dem Berg steht, kann nicht verborgen bleiben.
„Ich rede erst wieder mit dir, wenn du normal sprichst und in Sätzen, die ich verstehen kann."
Denn ich bin gewiss ...
„Ich weiß, ich weiß. ‚Nichts kann uns scheiden.'"
... weder Leben noch Tod, weder ...
Ich schüttelte den Kopf, legte mir die Hände über die Ohren und fing an zu summen. Dann ging ich ohne ein weiteres Wort los und zog Hafti hinter mir her. Wenn Miss Ella in dieser Stimmung war, konnte man nicht mit ihr diskutieren.

Am Schlachthaus band ich Hafti an einen der Pfosten, trat unter das Blechdach und über einen großen Haufen Weinranken und fand Mutt in dem Topf. Er saß da und schrubbte unter seinen Armen und seinen Bauch. Ein kleines Feuer brannte unter dem Topf, und der Rauch zog aus dem Loch in der Steinmauer. Ich bezweifelte, dass es heiß genug war, um sich zu verbrühen, aber der Dampf, der aus der Wanne kam, zeigte, dass es angenehm warm sein musste.

„Bist du okay?"
Mutt nickte.
Ich ging um den großen Topf herum und tauchte einen Finger ins Wasser, um zu sehen, wie warm es war. Es fühlte sich gut an. Vielleicht war er verrückt, aber in der kurzen Zeit, die er jetzt hier war, hatte Mutt einen Swimmingpool und einen Whirlpool gebaut. Ich riss ein besonders langes Unkraut aus und fragte: „Brauchst du irgendwas?" Mutt schüttelte den Kopf und rieb die Seife zwischen den Händen. „Dann sehe ich dich um halb sechs?" Mutt nickte wieder, tauchte unter Wasser und seifte sich dann wieder ein. Eine fast leere Flasche mit flüssiger

Seife neben ihm sagte mir, dass es nicht das erste Mal war. Ich ließ ihn in der Wanne und ging zur Scheune zurück. Dort kletterte ich auf den Heuboden und zählte die Tabletten in den Röhrchen.

Dann ging ich wieder aus der Scheune und freute mich auf ein Nickerchen, als Jase mich am Ärmel zog. „Onkel Tuck?" Katie lag auf einem Handtuch im Gras vor Miss Ellas Hütte. Sie lag mit dem Gesicht zur Sonne und las ein Buch. Auf ihren Füßen lag eine Decke.

„Ja, mein Freund?"

Jase streckte mir seine linke Hand hin. „Ich habe einen Splitter. Mama hat gesagt, du könntest ihn rausziehen." Ich schaute zu Katie, die mich über den Rand ihrer Sonnenbrille beobachtete, sich dann aber wieder ihrem Buch zuwandte.

„Lass mal sehen." Wir setzten uns ins Gras, und ich drehte seine Hand in die Sonne. Der Splitter saß tief im Fleisch etwas unterhalb seines Daumens. Vorsichtig drückte ich auf die Haut, um zu sehen, wie viel ich von dem Splitter herausbekommen konnte, ohne ihm wehzutun. Nicht viel. „Bist du zäh?"

Er umklammerte das Handgelenk seiner linken Hand mit seiner rechten, schaute mir direkt in die Augen und nickte. Ich legte seine Hände in meinen Schoß, zog mein Taschenmesser aus der Hose und holte die Pinzette heraus. Er folgte jeder meiner Bewegung mit den Augen, zuckte aber nicht einmal. Ich hob seine Hände wieder hoch und fragte: „Bist du dir sicher?" Er nickte, ohne zu zögern, und ließ die Pinzette nicht aus den Augen. Der Splitter saß sehr tief, deshalb zog ich zuerst den Hautfetzen über dem Splitter ab. Er zuckte kurz zusammen, hielt aber seine linke Hand mit der rechten still. „Soll deine Mama das lieber machen?" Er schüttelte den Kopf und schaute weiter auf seine Hand. Wieder schaute Katie mich über ihre Brillenränder an und lächelte.

„Danke, dass ich den Schwarzen Peter haben darf."

Mit meinem Ärmel wischte ich das Blut von der Wunde. Dann packte ich das obere Ende des Splitters mit der Pinzette und zog. Doch der Splitter war ganz schön groß und bewegte sich nicht. Ich veränderte meinen Griff an der Pinzette, drückte sie in die Wunde, packte den Splitter und zog wieder. Diesmal bewegte er sich ein bisschen, aber ich musste noch mal neu ansetzen. Jase biss sich auf die Zunge und drückte mit der rechten Hand noch fester zu. Ich legte die Pinzette an, bekam den Splitter zu fassen und schaute Jase noch einmal kurz an. Dann zog ich. Ein Dorn, ungefähr einen Zentimeter lang, kam aus der Wunde. Ich hielt ihn ins Licht. „Oh, der ist aber ordentlich."

Jase beugte sich vor. „Lass mich mal sehen." Ich legte ihn in seine Hand und wischte ihm das Blut von den Fingern.

„Wir sind noch nicht fertig. Komm mit mir." Ich nahm ihn bei der Hand, und wir gingen in Miss Ellas Hütte. Ich drehte den Wasserhahn in der Küche auf und wartete auf warmes Wasser. „Halte deine Hand unter das Wasser." Dann zog ich eine kleine Packung mit Pflaster aus dem Schrank über dem Spülbecken, trocknete seine Hand ab und klebte ein Pflaster über das kleine Loch, wo der Splitter gesessen hatte. „So. Jetzt ist es wieder gut."

Er begutachtete sein Pflaster und sagte: „Danke, Onkel Tuck."

„Hier", lächelte ich und steckte ihm zwei Ersatzpflaster in die Hosentasche. „Für später." Genau das Gleiche hatte Miss Ella immer zu mir gesagt.

Er klopfte auf seine Hosentasche, rannte aus der Tür und sprang auf sein Fahrrad.

Kind, das hast du ziemlich gut gemacht.

„Ich hatte eine gute Lehrerin."

Kapitel 31

Mutt wollte einen guten Platz, deshalb fuhren wir schon um Viertel vor sechs auf den Parkplatz der Katholischen Kirche St. Peter. Der Gemeindekomplex lag in einem Außenbezirk von Dothan und umfasste ein großes Areal, das von zwei Straßen und einer Ampel unterteilt wurde. Die Einheimischen nannten es „die katholische Ecke". Wenn man an der Ampel stand, gehörten wirklich alle Ecken, die man sah, zu der Gemeinde. Die Kirche war im Laufe der Jahre immer mehr gewachsen, und mittlerweile war der Parkplatz fast an jedem Tag der Woche voll. Außerdem unterstützte die Gemeinde die Obdachlosenunterkünfte und Wohlfahrtsverbände der Gegend mit großzügigen Spenden. Auf dem Gelände der Kirche gab es Häuser für misshandelte Mütter, ein Kinderheim, eine Rehabilitationseinrichtung für Drogenabhängige und ein Baseballfeld für die Kinder und Jugendlichen der ärmeren Bevölkerung.

In der Mitte des Geländes stand eine Kirche, die man schon von Weitem sehen konnte. Groß und stattlich, aber nicht prahlerisch. Jedes Mal, wenn wir mit Miss Ella an dieser Kirche vorbeifuhren, hatte sie mit der Hand auf das Lenkrad geklopft, ihre Lippen geleckt und gesagt: „Das ist ein wahres Gotteshaus!" Dann klopfte sie immer auf ihre Bibel neben sich und fügte hinzu: „Wir sind uns vielleicht nicht in allen Fragen der Theologie einig, aber die lesen die fett gedruckten Verse und tun sie auch."

In der Kirche war Platz für ein paar Tausend Besucher, und an einigen Samstagabenden fand man nur mit Mühe eine Sitzgelegenheit. Die Leute kamen manchmal von weither, um hier Gottesdienst zu feiern. Im Inneren wirkte die Kirche wie eine Kathedrale mit hoher Decke und Marmorfußboden. Überall standen vergoldete Figuren und geschnitzte Bilder. Die riesigen silbernen Pfeifen der Orgel bedeckten die gesamte hintere Wand der Kirche. An Weihnachten fuhr Miss Ella oft mit uns durch die Stadt, um uns die Lichter in den Häusern und Kirchen zu zeigen. Unsere Route endete immer auf dem Parkplatz von St. Peter, wo wir zwanzig Minuten standen, um das Orgelkonzert zu hören. Miss Ella saß dann immer mit geschlossenen Augen und gefalteten Händen auf dem Fahrersitz, nickte leicht mit dem Kopf und lächelte. „Wenn ich einmal in den Himmel komme, dann hoffe ich, dass die Musik dort so klingt."

Ich parkte das Auto, rutschte vom Sitz und ging nach hinten, wo Mutt sich gerade fragte, auf welcher Seite er aussteigen sollte. Seinem verzerrten Gesicht, dem verknitterten Anzug, den Gummihandschuhen, den Reinigungsmitteln am Gürtel und den Papiertüchern unterm Arm nach zu urteilen hatte er wahrscheinlich vor, seine Umgebung erst einmal von Keimen zu befreien. Nach meiner Zählung hatte er seine Tabletten bisher regelmäßig genommen, aber das schien wenig Auswirkungen auf seine Gesichtsmuskeln zu haben. Jase war mit seinen Cowboystiefeln, dem Hut und seinem Pistolengürtel in den Pick-up eingestiegen. Als er jetzt aus dem Auto sprang und zur Kirche rennen wollte, hielt ich ihn zurück und flüsterte: „Hey, mein Freund, keine Waffen in der Kirche."

Er zog beide Pistolen aus dem Halfter und marschierte zurück zum Auto. Ich hielt ihm die Tür auf, und er legte sie auf die Rücksitzbank, streichelte kurz über die Griffe und lief wieder zu seiner Mutter. Von Mutts seltsamem Outfit einmal abgesehen gingen wir durch den Haupteingang, als wären wir häufiger hier. Jase nahm sogar seinen Hut ab und gab ihn Katie.

Ein Geruch von Weihrauch gemischt mit frischen Blumen wehte uns entgegen. In jeder Nische standen Kerzen und hingen Kreuze, und an den Wänden waren geschnitzte Heiligenfiguren angebracht. Bunte Kirchenfenster tauchten das ganze Gebäude in ein warmes, fröhliches Licht und Kronleuchter mit unzähligen Kerzen hingen von der Decke und verstärkten diesen Effekt. Weißer Marmorboden und handgeschnitzte Kirchenbänke vervollständigten das Bild.

Absätze klapperten auf dem Boden und echoten durch den Raum, als die Gemeindeglieder sich einen Weg zu ihren Plätzen bahnten. Dort angekommen knieten sie nieder, neigten die Köpfe, bekreuzigten sich und setzten sich dann schweigend in die Bänke. Wie in jeder anderen Kirche gab es auch hier keine markierten Plätze, doch trotzdem wusste jeder, wo die anderen immer saßen. Ich packte Mutt an der Schulter und steuerte mit ihm auf eine Bank im hinteren Teil der Kirche zu. Er schüttelte den Kopf und deutete in Richtung Altarraum. Wir gingen also mit Mutt zwischen uns nach ganz vorn und setzten uns in die neunte Reihe.

Ein paar Minuten nach sechs erklang Orgelmusik, zu der sich die Gemeinde erhob. Während der Musik zogen die Priester und Messdiener ein. Der erste Messdiener trug ein großes Holzkreuz, der zweite schwang einen Weihrauchkessel und die Priester sangen zur Orgelmusik.

Nach fünf Strophen hieß uns Pater Bob, ein großer glatzköpfiger und sonnengebräunter Mann mit grauen Schläfen und breiten Schultern willkommen. Seine Stimme war tief und ruhig – die Sorte, bei der man sich fragte, ob man nicht doch einmal zur Beichte gehen sollte. Er lächelte freundlich in die Gesichter. Nach der Begrüßung bekreuzigte er sich und uns mehrmals und erinnerte mich dabei ein bisschen an meinen alten Baseballtrainer.

Danach traten zwei andere Priester nach vorn und lasen je einen Text aus dem Alten und dem Neuen Testament vor. Sie sprachen langsam, und der Text schien bei ihren Worten lebendig zu werden. Als sie fertig waren, erhob sich die Gemeinde zur Lesung des Evangeliums durch Pater Bob. Die erste Hälfte las er vor, die andere sagte er aus dem Gedächtnis auf. Nach der Lesung kniete sich die Gemeinde hin und sprach gemeinsam das Glaubensbekenntnis. Überrascht hörte ich, dass Mutt das Bekenntnis auswendig kannte. Danach sprachen alle ein Sündenbekenntnis und beteten für verschiedene Angelegenheiten, angefangen bei kranken Gemeindegliedern bis hin zu Präsidenten und Naturkatastrophen. Jase und Katie knieten auf einer Seite neben mir und Mutt auf der anderen. Alle drei hatten die Köpfe gesenkt, die Hände gefaltet und die Augen geschlossen. Ich kniete mit den Händen auf der Bank vor mir und fragte mich, ob es sonst noch jemanden gab, der mit offenen Augen betete.

Jase zog mich am Ärmel und flüsterte: „Onkel Tuck, wer ist der Mann mit dem Hut?"

„Das ist der Pfarrer."

„Was heißt das?"

„Er ist für den Gottesdienst verantwortlich. So etwas wie ein Trainer."

„Warum hat er diesen Hut auf?"

Ich zuckte mit den Schultern. „Keine Ahnung, mein Freund."

Die Frau in der Reihe vor uns drehte den Kopf, legte den Finger an die Lippen und schaute uns streng an. Jase schaute wieder zu mir hoch. „Glaubst du, dass er den immer aufhat?"

Die Frau legte wieder den Finger an die Lippen, deshalb beugte ich mich zu Jase herunter und flüsterte noch leiser: „Wahrscheinlich nur hier in der Kirche."

Wir beendeten das Gebet und setzten uns wieder. Ich nahm Jase auf den Schoß. Nach ein oder zwei Minuten rückte Katie neben mich, sodass wir Schulter an Schulter saßen. Wegen der Steine und dem Marmor war es in der Kirche ziemlich kalt, aber ihre Schulter und Jase' Rücken wärmten mich.

Ich beugte mich langsam vor, presste meine Nasenspitze gegen Jase' Hinterkopf und atmete tief ein. Dieses Gefühl erinnerte mich an Miss Ellas warme, sanfte Lippen auf meiner Wange. Als sie älter wurde, zitterten ihre Lippen ein bisschen, und es kitzelte. Doch ich wandte den Kopf nie ab. Niemals. Egal, ob es kitzelte oder nicht, ich wollte, dass sie mich küsste.

Als ich zu alt und zu groß war, um von ihr den Hintern versohlt zu bekommen – was mit ungefähr dreizehn der Fall war –, verlegte Miss Ella sich darauf, mich mit Kohle anzumalen. Wenn ich sie wegen der Hausaufgaben anlog oder den Müll nicht hinaustrug oder mein Bett nicht gemacht oder irgendwas vergessen hatte, was ich tun sollte, dann drückte Miss Ella mich auf einen Stuhl, zog ein Stück Kohle aus der Schürze, berührte damit meine Zunge und verschmierte die Kohle auf meinen Lippen als Strafe für meinen Ungehorsam. Dann berührte sie meine Zunge noch einmal mit der Kohle und schrieb ein großes Kreuz auf meine Stirn. Danach durfte ich mich einen ganzen Tag lang nicht waschen. Egal, ob Schule war oder nicht. „Tucker", sagte sie danach immer und steckte die Kohle wieder ein. „Ich werde es dir immer wieder sagen, bis du es eines Tages verstehst. Diese Kohle soll dich daran erinnern, dass man absichtlichen Ungehorsam öffentlich bestrafen muss."

„Warum?"

„Weil er dich ins Grab bringt, Kind. Ins Grab."

Ich schaute in den Spiegel, deutete auf meine Stirn und fragte: „Und warum das Kreuz?"

„Kind, weil du erst sterben musst, bevor du leben kannst."

Pater Bob stieg auf die Kanzel, schaute auf seine Notizen und entschied dann, dass er lieber von unten predigen wollte. Er klappte seine Notizen zu und kam wieder von der Kanzel, stützte sich auf seinen Stock und erzählte uns von den vier Jahren, die er im Vatikan verbracht hatte, wie und warum er vor mehr als fünfunddreißig Jahren Priester geworden war und warum die Arbeit der Kirche nicht nur von „Männern in weißen Talaren und seltsamen Hüten" gemacht werden kann, sondern dass wir alle ein Teil davon sind.

Während er predigte, drückte Jase seinen rechten Zeigefinger unglaublich tief in sein linkes Nasenloch. Dreißig Sekunden später zog er den schleimigen Finger mit einem großen grünen Popel wieder heraus und hielt ihn ins Licht. Kein schöner Anblick. Dann schüttelte er die Hand in Richtung Boden, um den Rotz loszuwerden. Das Problem war nur, dass er den Boden verfehlte. Der Popel löste sich von seinem Finger, flog durch die Luft und landete direkt auf dem Rücken der Dame vor uns. Er klebte an ihrem cremefarbenen Mantel wie eine grüne Raupe auf einem weißen Bettlaken. Katie wurde kreidebleich. Sie zog ein Taschentuch aus ihrer Tasche und versuchte, den Popel heimlich abzuwischen, machte die Sache dadurch aber nur schlimmer.

Pater Bob schwieg einen Augenblick, um sich die Stirn mit einem Tuch abzutupfen. Dabei schien seine Hand ein bisschen zu zittern, aber seine Stimme war immer noch laut und gleichmäßig. Ich schaute zu den anderen Priestern. Der Priester, der ihm am nächsten war, sah aus, als würde er sofort vorspringen, sollte Pater Bob fallen. Pater Bob sah die Besorgnis auf den Gesichtern seiner Kollegen und sagte: „Oh, schaut mich nicht so sorgenvoll an. Ja, die Chemotherapie hat mich schwächer gemacht, aber sie wird mich nicht umbringen." Er drehte sich um und schaute auf das Kreuz über dem Altar. „Ich glaube, er ist mit mir hier unten noch nicht fertig." Er drehte sich wieder zur Gemeinde, faltete sein Taschentuch und sprach weiter. „Meine lieben Brüder hier sind besorgt, dass ich zu schwach zum Predigen bin. Dass dieser Krebs, der mich nach der Meinung der Ärzte von innen auffrisst, am Ende siegen wird. Sie haben Angst, dass diese Predigt heute mein angeschlagenes Immunsystem nur noch weiter schwächt, und ich jeden Moment tot umfalle." Er lächelte, sah seine Kollegen einen Moment an, dann die Gemeinde und blickte schließlich wieder zum Kreuz. „Aber ach, ach, ach! Das dauert noch!"

Die Gemeinde lachte, die anderen Priester entspannten sich und lehnten sich etwas zurück. Mutt saß aufrecht neben mir, mit dem Gesicht nach vorn und den Händen auf der Bank vor sich. Auch er sah aus, als würde er jeden Moment nach vorn springen.

„Das bringt mich zum Ende meiner Predigt." Pater Bob lächelte wieder und ging den Gang entlang bis zur zweiten Reihe. Dann deutete er mit dem Stock auf das Kreuz über dem Altar. „So oft in unserem Leben handeln wir, als wäre er immer noch tot. Doch heute haben wir schon mehrmals öffentlich bezeugt, dass er genau das nicht ist. Wie ist es nun? Warum bekennen wir das eine mit unserem Mund und leben unser Leben doch ganz anders? Wenn er wirklich lebt, dann handelt auch so. Entweder lebt er oder nicht. Man kann nicht halb am Leben sein."

Er schwieg einen Moment, um sich zu sammeln. „Ich war einmal in Jerusalem und bin durch den Garten Gethsemane gelaufen, war auf dem Tempelberg und sogar in dem Grab, wo nach Meinung der Experten unser Herr begraben worden ist. Ich will hier nicht behaupten, dass dieses Grab sein Grab war oder nicht. Das weiß ich nicht. Das ist auch gar nicht so wichtig. Aber das eine weiß ich ..." Pater Bob schwieg wieder, und Mutt rutschte mit zitternden Händen auf seiner Bank noch ein Stück nach vorn. „Er war nicht da." Er lächelte und starrte aus dem bunten Fenster weit über ihm. „Dieses Steingrab hat mich tief beeindruckt. Warum?" Er hielt inne und flüsterte dann: „Weil ich genau wie er wieder herausgegangen bin."

Seine Worte hingen in der Luft, und Pater Bob schwieg. Nach einer Weile fragte er: „Wie denn das?" Er ging weiter durch die Bänke und deutete mit dem Stock auf uns alle. „Der Stein war weggerollt." Er stützte sich wieder auf den Stock und seine Augen hoben sich zur Decke. Dann fuhr er fort: „Allein diese Tatsache erfordert eine Reaktion von uns, eine Antwort." Seine Augen richteten sich wieder auf die vollen Besucherbänke, von denen kein Laut zu hören war. „Wir können ihm entweder eine Dornenkrone aufsetzen, ihm ins Gesicht spucken und ihn den Herrn der Lügner nennen oder" – Pater Bob drehte sich wieder zum Altar und humpelte nach vorn – „wir können mit hemmungsloser Hingabe zum Fuß des Kreuzes rennen" – schwerfällig kniete er sich vor den Altar – „auf unsere Knie fallen" – er senkte den Kopf und flüsterte – „und ihn den Herrn aller Herren nennen."

Die Sekunden verstrichen, während Pater Bob das Gesicht in den Händen vergrub.

Schließlich flüsterte er halb zu sich selbst: „So wie Mose die Schlange in der Wüste erhöhte, so muss der Menschensohn erhöht werden." Wieder Stille. „Aber er ist um unserer Missetat willen verwundet und um unsrer Sünde willen zerschlagen. Die Strafe liegt auf ihm, auf dass wir Frieden hätten, und durch seine Wunden sind wir geheilt." Die Schultern des Priesters hoben und senkten sich, sein Gesicht lag immer noch in seinen Händen. „All unsre Sünde liegt auf ihm." Er stand auf und drehte sich wieder zu der Gemeinde um. Er konnte kaum noch stehen, und eine Träne lief ihm langsam übers Gesicht. Mit der Hand deutete er hinter sich auf das Kreuz. „Wie entscheidet ihr euch?"

Kind?

Ja, Ma'am.

Du müsstest nur mal mitkriegen, was sie hier oben für diesen Mann vorbereiten. Ein richtiges Fest zu seinen Ehren. Du solltest ihm also besser zuhören.

Pater Bob ging zu den anderen Priestern und klopfte dem ersten auf die Schulter und setzte sich dann, während der Organist eine leise Melodie für die Kollekte spielte. Die Helfer verteilten die Kollektenteller, und Jase fragte, ob er etwas darauf legen könnte. Ich gab ihm eine Münze, und er wartete ungeduldig, dass der Teller zu ihm kam. Mutt leerte seine Taschen und legte einen Haufen Dollarnoten und eine Handvoll Kleingeld auf den Teller. Die Helfer sammelten die Teller wieder ein, und die Priester dankten für das Opfer. Dann bereiteten sie den Altar für das Abendmahl vor.

Als Pater Bob das Gebet über Brot und Wein gesprochen, die Geschichte des letzten Abendmahls zitiert und ein abschließendes Gebet gesprochen hatte, erschienen die Helfer erneut, um die Menschen nach vorne zu führen. Ein Helfer kam zu unserer Reihe, und alle außer Katie, Jase und ich standen auf. Mutts Augen hingen an dem Geländer vor dem Altar, und er folgte den anderen. Seine rechte Hand hielt sich an seinem Hemdkragen fest, als hinge sein Leben davon ab.

Ich hielt ihn am Anzug fest. „Mutt!"

Er schüttelte mich ab und starrte weiter auf das Geländer.

Wieder griff ich nach seiner Jacke. „Mutt!"

Er drehte sich um, und ich flüsterte: „Du kannst nicht nach vorne gehen."

Er zuckte mit den Schultern. „Warum nicht?"

„Nun" – ich schaute mich um – „du musst katholisch sein."

„Und?"

„Nun ... es ist respektlos."

„Das weiß ich."

„Oh", sagte ich und ließ ihn los.

Die Reihe vor uns war leer, man konnte deutlich sehen, dass sie auf ihn warteten. Er schüttelte mich ab, strich seinen Anzug glatt und lief schnell durch den Mittelgang nach vorn.

Katie stieß mir mit dem Finger ins Bein und deutete zum Altar. „Solltest du nicht besser mit ihm gehen?"

Ich blickte auf das Geländer und dann zu ihr. „Ich bin nicht katholisch."

„Das habe ich dich nicht gefragt."

Ich schüttelte den Kopf. In den Augenwinkeln sah ich, wie Mutt den Gang entlanglief.

Sie hob die Augenbrauen. „Glaubst du nicht, dass er vielleicht Hilfe braucht?"

„Nein" – ich schüttelte den Kopf – „ich habe das Gefühl, dass er das schon mal gemacht hat."

Kind, das ist das Haus des Herrn. Es hätte dir nicht geschadet, wenn du mit deinem Bruder nach vorn gegangen wärst.

Ich weiß, Miss Ella, aber vielleicht muss ich mich vorher noch um ein paar andere Dinge kümmern.

Zum Beispiel?

Dass du nicht mehr da bist.

Und was noch?

Ich dachte an Rex. *Um ihn.*

Sie schwieg einen Moment. *Bist du damit fertig?*

Mutt stand mittlerweile am Geländer, kniete sich hin und streckte beide Hände vor wie ein Mann, der gerade ein paar Tage ohne Wasser in der Wüste verbracht hatte. Seine Augen hingen an Pater Bob. Ein Priester hielt Mutt den Brotteller hin, und der riss mit den Gummihandschuhen, die er immer noch an den Händen trug, ein riesiges Stück Brot ab. Dann stopfte er den ganzen Bissen auf einmal in den

Mund und drückte mit den Zeigefingern die letzten Krümel hinterher. Mit dem Mund voller Brot machte er dem Priester ein Zeichen, dass er genug hatte, und begann heftig zu kauen, damit er den Bissen herunterschlucken konnte, bevor der Wein kam.

Mutt schluckte laut hörbar und wartete auf Pater Bob, der mit dem Kelch langsam von einem Gläubigen zum nächsten ging. Als er vor Mutt ankam, kniete er sich vor ihn hin und flüsterte: „Hallo, Matthew."

Mutt nickte, und Pater Bob gab ihm den Kelch, den Mutt vorsichtig zwischen seine Hände nahm. Er legte seine Finger fest um den Kelch, leerte ihn mit fünf großen Schlucken und wischte sich den Mund mit dem Ärmel ab. Dann zog er die Spraydose aus der hinteren Hosentasche hervor, besprühte den Kelch und das Geländer vor sich und wischte es mit den Papierhandtüchern trocken. Danach gab er den sauberen Kelch zurück. Pater Bob lächelte, legte Mutt eine Hand auf den Kopf, flüsterte einen Segen und ging zurück zum Altar, um den Kelch wieder aufzufüllen.

Die Gemeindeglieder neben Mutt waren sprachlos und starrten ihn mit offenen Mündern an. Doch Mutt nickte nur, bekreuzigte sich viermal und ging mit den anderen wieder zurück zu seinem Platz. Als er sich setzte, waren alle Augen der Gemeinde auf ihn gerichtet, doch das schien er gar nicht zu bemerken.

Nach dem Abendmahl spielte der Organist das Schlusslied, und die Gemeinde erhob sich ein letztes Mal. Beim Verlassen der Bänke zupfte Mutt schweigend mit einem Papierhandtuch die grüne Raupe vom Mantel der Dame vor uns. Sie merkte es gar nicht. Danach besprühte und wischte er unsere Bank und ging mit zwei Paar Gummihandschuhen und ungefähr zehn Papierhandtüchern in Richtung Ausgang. An der Tür wurde er von Pater Bob abgefangen. Der Priester schaute ihm in die Augen und umarmte ihn dann lange und herzlich. „Mein Freund", sagte er zu Mutt, „es ist schön, dich wiederzusehen. Ich vermisse unsere Gespräche."

Mutt nickte und versuchte etwas zu sagen, schaffte es aber nicht. Deshalb murmelte er nur: „Ich auch."

Er warf seinen Abfall in die Mülltonne vor der Kirche, sprang hinten in den Pick-up und legte sich hin. Ich schüttelte Pater Bob die Hand und folgte Katie und Jase zum Auto. Als ich auf den Fahrersitz stieg, lag Mutt auf der Rückbank und atmete tief und regelmäßig.

Kapitel 32

Katies Licht ging gegen elf Uhr aus. Mutt war auf den Heuboden geklettert, nachdem wir wieder zu Hause waren, aber ich bezweifelte, dass er schon schlief. Ich kletterte die Leiter hoch und suchte den Heuboden ab. Sein Schlafsack war verschwunden. Und Mutt auch. Nachdenklich drehte ich mich um, setzte mich mit baumelnden Beinen auf das Heu und beobachtete Hafti, der in seiner Box schlief. So schwiegen das Pferd und ich eine Weile, während das Mondlicht durch die Löcher in der hinteren Wand in die Scheune schien und alles in ein fahles Licht tauchte.

Ich wusste, dass ich nach ihm suchen musste, aber ich war so müde. Endlich raffte ich mich auf, holte eine Taschenlampe aus dem Auto und leuchtete in den Wassertank. Nichts.

Als ich zum Steinbruch kam, war auch da alles still. Selbst im Mondlicht konnte ich Rex' Boot dort unten auf dem Grund des Sees deutlich erkennen. Ich glaubte nicht, dass Mutt wieder im Schlachthaus badete, doch ich sah trotzdem kurz nach. Das Wasser war kalt, und es brannte kein Feuer unter dem Kessel. Jetzt fiel mir nur noch ein Ort ein, an dem ich ihn suchen konnte, und ich bahnte mir den Weg zurück durch die Kiefern.

Mutt lag zusammengerollt wie ein Kind in seinem Schlafsack am Fuß des Holzkreuzes und hatte sich aus Kiefernnadeln ein Kopfkissen aufgehäuft. Seine Schulter ragte aus dem Schlafsack, und ich sah, dass er immer noch seinen Anzug trug. Seine Augen waren weit aufgerissen, und als er mich sah, zog er den Schlafsack bis zu den Ohren.

Ich machte die Taschenlampe aus, legte mich ihm gegenüber auf die Kiefernnadeln und betrachtete den nächtlichen Himmel. Überall um uns herum standen alte Kiefern, manche bis zu zwanzig Meter hoch und vielleicht vierzig Jahre alt. Ich verschränkte die Arme hinter dem Kopf, und so lagen wir ein paar Minuten und starrten auf das Kreuz.

Das polierte Holz der Balken schimmerte seltsam im Mondlicht. Die Luft war kalt, und ich konnte meinen Atem sehen.

Irgendwann nach Mitternacht stand ich auf und suchte auf dem Boden nach meiner Taschenlampe. Mutt machte die Augen auf und sah, dass ich zitterte. Schweigend zog er den Reißverschluss seines Schlafsacks auf und breitete ihn wie eine Decke über die weichen Kiefernnadeln. Dann legte er sich bis zur Nasenspitze unter die eine Hälfte und machte die Augen wieder zu. Er hatte immer noch seine Schuhe und die Gummihandschuhe an und die Sprühflasche steckte noch an seinem Gürtel.

Ich dachte an das Haus, den feuchten Keller und erinnerte mich an den kleinen schwarzhaarigen Jungen, der am Ohr die Eingangsstufen hinaufgezerrt und durch die Eingangstür geschubst worden war. „Das ist Matthew Mason ... Angeblich ist er mein Sohn." Ich erinnerte mich daran, wie er mit meinen Spielsachen gespielt, wie er komplizierte Maschinen aus den einfachsten Legosteinen gebaut und wie er auf Miss Ellas Schoß gesessen hatte mit einem halb geschmolzenen Vanilleeis in der Hand und verschmiertem Mund. Ich dachte auch an die Beerdigung, auf der Mutt plötzlich mit verfilzten Haaren und Dreck in jeder Pore aufgetaucht war, und an die Wochen danach. Ich dachte an meinen Frust, meinen Ärger und meine überstürzte Entscheidung, ihn einfach nach Spiraling Oaks abzuschieben. Und vor allem dachte ich daran, wie ich ihn auf Gibbys Türschwelle stehen ließ und mich nicht ein einziges Mal nach ihm umdrehte. Ich hatte ihn abgeschrieben. Mutt war das reinste und unschuldigste Wesen, dass ich je gekannt habe, und doch hatte ich ihn den größten Teil meines erwachsenen Lebens so behandelt, wie Rex mich immer behandelt hatte. Doch hier, unter dem alten, sorgsam polierten Baum wurde mir das zum ersten Mal klar. Und es tat weh.

Ich legte mich neben ihn, Rücken an Rücken, mit dem Kopf zum Balken des Kreuzes.

Gute Nacht, Jungs.

Ich schloss die Augen und legte die Hände auf meinen Bauch. In der Dunkelheit hörte ich Mutt flüstern: „Gute Nacht, Miss Ella." Es war dasselbe Flüstern, das ich früher jeden Abend aus dem unteren Bett gehört hatte, wenn sie uns einen Gute-Nacht-Kuss gab. Dasselbe Flüstern wie damals im Krankenhaus. Und dasselbe Flüstern wie an ihrem

Grab. Salzige Tränen stiegen mir in die Augen und liefen über mein Gesicht, und mit der Erinnerung an Miss Ella schlief ich ein.

Kapitel 33

Das Leben in Waverly war nie wirklich schön. Dafür sorgte Rex. Wir lebten immer unter einer Wolke, die nie ganz verschwand, aber es gab auch Tage, da brach das Sonnenlicht durch diese Wolke und schien uns ins Gesicht. Und dass es diese Tage gab, hatten wir Miss Ella zu verdanken, obwohl wir das damals natürlich nicht wussten. Ich glaube nicht, dass sie wirklich Macht über die Sonne hatte, aber vielleicht konnte sie ihre Strahlen manchmal umlenken.

Bei den ersten Sonnenstrahlen wachte ich auf, und Mutt war wieder verschwunden. Ein leichter Nebel hing zwischen den Bäumen, und es nieselte.

Als Mutt ungefähr zehn war, beschloss er, einen Tunnel nach China zu graben. Kurz davor hatte er in einer wissenschaftlichen Zeitschrift gelesen, dass man, wenn man lange und tief genug grub, irgendwann in China wieder herauskommen würde. Mutt hatte den Artikel ausgeschnitten und an die Wand geheftet. Da Rex mit dem Steinbruch schon eine gewisse Vorarbeit geleistet hatte, entschied Mutt, dass er dort anfangen würde. Er kaufte eine Schubkarre voller Werkzeug und verbrachte drei Wochen in den Sommerferien damit, von einer Seite aus einen Tunnel in den Steinbruch zu graben. Er plante, um den Felsen herum zu graben und dann einen Schacht nach unten direkt bis nach China zu buddeln. Ungefähr jeden halben Meter setzte er einen Stützbalken ein und legte sogar Licht und Ventilatoren in den Gang. Jeden Abend schickte Miss Ella mich los, um nach ihm zu sehen, und jeden Tag war ich mehr beeindruckt.

Innerlich hoffte ich ja eher, dass er Gold finden würde, damit wir uns mit Miss Ella von hier absetzen und Rex in die Wüste schicken könnten. Doch er fand kein Gold, und es blieb ein schöner Traum. Trotzdem gab Mutt nicht auf und schaffte es ungefähr zehn Meter in Richtung Steinbruch, bevor ihm die Schule einen Strich durch die weitere Arbeit machte. Er wollte später weitermachen, aber im nächsten Sommer las er einen Artikel, der dem ersten widersprach und behauptete, dass man eher in Australien oder Spanien wieder auftauchte, aber vorher wahrscheinlich im heißen Kern der Erde verglühen würde. Mutt wollte jedoch nach China, deshalb machte er sich erst gar nicht die Mühe, den Tunnel weiterzugraben, sondern wandte sich anderen Aufgaben zu.

Ich rollte den Schlafsack zusammen und folgte seinen Fußspuren zum Steinbruch. Ich stand oben an der Felskante und sah, dass er die Drahtseile repariert hatte. Neues Seil, neue Schlaufen. Sie schienen mich praktisch einzuladen, sie einmal auszuprobieren. Unter mir aus dem Tunnel hörte ich etwas, was sich wie eine Spitzhacke und eine Schaufel anhörte, aber ohne einen bestimmten Rhythmus. Es klang eher so, als würde jemand hier und da ein bisschen hämmern ohne ein bestimmtes Ziel.

Ich kletterte zur Tunnelöffnung, dann etwas zur Seite, zog den Kopf ein und stand im Tunnel. Aufgrund von Spiegeln, die an den Wänden angebracht waren, erleuchtete eine einzige Glühbirne den ganzen Schacht. Es war warm hier, denn Mutt hatte irgendwo einen elektrischen Heizstrahler eingeschaltet. Die Ventilatoren sorgten dafür, dass von draußen Luft in den Schacht kam. Mutt hatte das Hemd ausgezogen und schwitzte gewaltig. Es schien, als würde er die Giftstoffe und Medikamente der letzten Jahre ausschwitzen. Außerdem sah es so aus, als hätte er wieder mehr Kraft.

„Guten Morgen", begrüßte ich ihn.

Mutt schaute kurz hoch, sagte kein Wort und bearbeitete den Boden weiter mit der Spitzhacke.

„Geht's dir gut?"

Mutt sah sich um, als hätte ich mit jemand anderem gesprochen.

Ich schaute ihm direkt in die Augen und fragte noch einmal: „Geht's dir gut?"

Er nickte und versenkte die Hacke in eine weiche Stelle. Langsam ging ich um die Glühbirne herum, um keinen Schatten auf seine Arbeit zu werfen. „Was machst du da?"

Wieder sah sich Mutt um, hinter mich, unter seine Hacke und betastete dann mit unruhigen Händen den Stiel der Hacke. Seine Hände waren schmutzig. „Ich suche nach mir." Mit einem kräftigen Schlag versenkte er die Hacke wieder im Boden, stieß auf etwas Hartes, fiel auf die Knie und grub mit einer alten verrosteten Schaufel weiter. Zuerst legte er einen faustgroßen Quarzstein frei. Er warf ihn hinter sich und setzte sich dann auf seine Fersen. „Dies hier ist so ziemlich der letzte Ort, an dem ich ich selbst war. Deshalb suche ich hier jetzt nach mir." Er reichte mir die Schaufel. „Willst du mir helfen?"

„Nein ... nein." Ich deutete aus dem Tunnel heraus in Richtung Waverly. „Ich muss noch nach Hafti und Katie und Jase sehen. Verstehst du?" Mutt nickte. Beides war ihm recht. „Kommst du zum Mittagessen?" Wieder nickte er und wischte sich den Schweiß von der Stirn.

Ich kletterte wieder aus dem Tunnel und dachte, dass Mutt trotz seiner mentalen Probleme ziemlich gut in Form war. Fast so gut, wie ich es in Erinnerung hatte. Wenn wir jetzt miteinander kämpfen würden, hätte er gute Chancen, gegen mich zu gewinnen.

Schnell kletterte ich aus dem Steinbruch und klappte meinen Kragen hoch. Es regnete immer noch. Ich bahnte mir einen Weg durch die Kiefern bis zur Weide. Erst gestern hatte Moses einige Morgen Land gepflügt, und der frische Geruch von Erde gemischt mit Mist und Heu, schwarzem organischem Abfall und Dieselabgasen erfüllte die Luft. Ich trat aus den Bäumen und in den Regen – ein leichter Nieselregen. Es war perfekt.

Ich stopfte die Hände in die Taschen und ging über das frisch gepflügte Feld. Wenn es weiter so regnete, würde ich sicher ein paar finden.

Völlig versunken stapfte ich mit gesenktem Kopf und suchenden Augen über die Ackerfurchen, als würde ich am Strand nach Muscheln suchen. Dreißig Minuten später hatte ich schon eine ganze Handvoll. Es waren sogar einige gute Stücke dabei. Katie beobachte mich, wie ich meine Kreise über das Feld zog, und kam mit einem Schirm angerannt. „Was machst du denn hier? Suchst du nach Haifischzähnen?"

„So könnte man es auch nennen, nehme ich an." Ich hielt ihr die Hand hin und zeigte ihr die zehn oder zwölf Pfeilspitzen und Tonscherben, die ich gefunden hatte.

„Die hast du hier draußen gefunden?"

„Ja." Ich winkte mit der Hand über die Weide. „Nachdem du weggezogen warst, haben wir erfahren, dass hier drunter vor langer Zeit eine

Indianerstadt gewesen sein muss. Die meisten Bauern in der Gegend haben eine ansehnliche Sammlung."

Katie trat mit leuchtenden Augen von einem Bein auf das andere. „Heißt das, dass die ganzen Plastikflaschen auf ihrem Regal in der Hütte, die aussehen, als wären sie voller Steine, in Wirklichkeit voller Pfeilspitzen und indianischer Tonscherben sind?"

„Jep."

Als sie mir endlich glaubte, dass ich sie nicht auf den Arm nehmen wollte, half sie mir mit Feuereifer beim Suchen. Die glänzenden Stücke der Pfeilspitzen aus Feuerstein und die dunkleren Tonscherben glitzerten bei jedem Regentropfen etwas mehr im Boden. Katie hielt den Regenschirm über unsere Köpfe und hakte sich bei mir ein. Wir gingen Seite an Seite, eng aneinander gekuschelt, mit gesenkten Köpfen und stolperten über die aufgeworfene Erde wie ein verliebtes Pärchen am Strand oder zwei Kinder, die nach Feuersteinen, Geschichten und Frieden suchten. Es dauerte nicht lange, da ließ sie den Regenschirm sinken und der Regen prasselte auf unsere Köpfe.

Kapitel 34

Jase kam aus der Hütte. Eine Hand hatte er in einer großen Packung Schokokekse vergraben. Katie schlief noch, und ich nahm an, dass er aufgewacht war, Hunger hatte und sonst nichts Essbares finden konnte. Mit vollem Mund kam er zu mir und nuschelte: „Onkel Tuck, spielst du Dame mit mir?"

Ich dachte einen Moment nach und nickte. „Wir treffen uns in fünf Minuten auf der Veranda." Jase verschwand, und ich schaufelte den Mist aus der Box in einen Eimer, der bald geleert werden musste. Dann brüllte ich: „Hey, Mutt?"

Völlig zugeschäumt erschien Mutts Kopf über dem Wassertank. „Darf ich mir dein Schachbrett ausleihen?" Er überlegte kurz, nickte den Kopf und tauchte wieder unter. Ich öffnete seine Tasche, zog das Schachbrett heraus und machte mich auf den Weg zur Veranda, wo Jase schon mit vollen Backen auf mich wartete. Wahrscheinlich war er gerade in einer Wachstumsphase, denn er aß alles, was ihm in die Finger kam und nicht festgenagelt war.

Wir setzten uns im Schneidersitz auf den Boden, das Schachbrett zwischen uns. Ich griff in die Schachtel, nahm mir eine Handvoll Kekse und stellte dann das Brett richtig auf. Die Kekse benutzte ich als Spielfiguren. Manche mit der Schokoseite nach oben, die anderen nach unten, damit jeder wusste, welche seine waren. Zuerst war Jase etwas sauer, dass ich mir so viele Kekse genommen hatte, aber als er sah, was ich damit machte, grinste er mich an.

Mit einem Brett voller kleiner Schokokekse sagte ich: „Du fängst an."

Jase schob seinen Eckstein ein Feld vor und ich spiegelte seinen Zug auf meiner Seite. Er machte einen zweiten Zug, und ich kopierte ihn wieder. Bei seinem dritten Zug überlegte er einen Moment und schob dann einen Keks vor. Ich wollte es für ihn etwas spannend machen, aber nicht zu herausfordernd. Ich machte meinen Zug, und er lächelte.

Ohne zu zögern, nahm er einen seiner Kekse, sprang über zwei von meinen und stopfte sie sich sofort in den Mund. Die Krümel flogen nur so über das Brett, als er prustete: „If fpiele gern Dame mif dif."

Nach dem Spiel sammelte er seinen Gewinn zusammen und warf mir ein paar Kekse hin, so wie Pokerspieler mit einer Glückssträhne großzügige Trinkgelder verteilen. Ich machte eine Faust und streckte meinen Daumen in die Luft, um ihm zu zeigen, dass er gut gespielt hatte. Er starrte mich fragend an, denn er wusste nicht so genau, was dieses Zeichen bedeutete. Ich machte das Zeichen noch einmal und strahlte ihn dabei an, und da fiel der Groschen. Er streckte seine linke Hand aus und versuchte, es mir nachzumachen, aber seine Finger wollten ihm nicht gehorchen. Schließlich nahm er seine rechte Hand und formte die Finger so, wie er sie haben wollte. Dann hielt er mir stolz seine Faust mit dem etwas krummen Daumen entgegen und grinste mich mit vollen Backen an. Die Krümel rieselten ihm aus dem Mund, und er sah fast so aus wie an dem Abend in Bessies Tankstelle – damals waren es nur keine Kekse, sondern Kaugummis gewesen, die ihm aus dem Mund gequollen waren.

Ich hatte Moses seit Mittwoch nicht mehr gesehen, aber das war nicht ungewöhnlich. Wenn er wusste, dass ich da war und mich um Hafti kümmerte, tauchte er nur sporadisch auf. Katie kam in eine Decke gehüllt und mit nackten Füßen auf die Veranda. Sie wirkte noch etwas müde. Ich konnte ihre nackten Waden, ihre Knie und den Saum ihres Nachthemds unter der Decke sehen. Wenn Jase nicht gewesen wäre, hätte ich fast geglaubt, dass wir beide wieder zwanzig Jahre jünger waren.

Das Sonnenlicht war so früh am Morgen zu hell und sie legte schützend die Hand über die Augen. Sie hatte lange geschlafen und wirkte noch etwas verschlafen, aber ausgeruht. Ihr Blick fiel auf Jase und mich am Damebrett. Sie lächelte uns zu, winkte und verschwand wieder in der Hütte.

Ein paar Minuten später erschien sie wieder, kam zu uns und setzte sich neben mich. „Es gibt etwas, was ich nicht verstehe", begann sie und zog sich die langen Ärmel über ihre Hände. Ich stopfte mir einen Keks in den Mund und hob fragend die Augenbrauen. „Dein Vater. Rex. Warum redest du nicht einfach mit ihm? Steig in dein Auto, fahr nach Atlanta, setz dich zu ihm und rede mit ihm. Bring die Sache in Ordnung. Und hör auf, so ..."

„So was?"

„So ... stur zu sein."

Ich wich ihr aus und schaute Jase an. „Habt ihr Hunger? Wie wäre es mit einem guten Mittagessen? Ich kenne da ein tolles Café, das superleckere Hähnchenschenkel macht." Jase nickte, und Katie warf mir einen frustrierten Blick zu, als wartete sie noch auf eine Antwort von mir. Als sie die nicht bekam, sagte sie: „Du bist wie alle anderen Männer. Du beschäftigst dich lieber mit Essen, statt über etwas Wichtiges zu reden. Und dein Vater ist wichtig."

Ich duschte, stieg ins Auto und hupte. Mutt schaute über den Rand des Wasserturms und schüttelte den Kopf wie ein Delfin. Es war mir nicht ganz wohl bei dem Gedanken, ihn hier allein zu lassen, aber wenn er verschwinden wollte, würde ich ihn sowieso nicht aufhalten können.

Ich schnallte Jase an, und wir fuhren aus der Einfahrt. Ich parkte mein Auto vor dem Rolling Hills, nahm Jase bei der Hand und sagte: „Komm mit, Partner." Misstrauisch öffnete Katie die Beifahrertür und sah mich fragend an.

„Als ich sagte, dass ich gerne zu Mittag essen wollte", sagte sie, „habe ich an etwas anderes gedacht. Ich meine mich erinnern zu können, dass du etwas über ein Café und Hähnchenschenkel gesagt hast."

Ich zuckte die Schultern und hob Jase auf meinen Rücken. „Ich dachte, ich mache vorher noch kurz einen Besuch."

Katie machte zwei Schritte und hielt abrupt an. Ihr Gesicht sagte mir, dass ihr langsam dämmerte, wo wir waren. Sie wurde blass und griff nach Jase' Hand. „Tucker, ich weiß nicht, ob das eine so gute Idee ist."

„Komm schon. Man hat ihm die Reißzähne und die Krallen gezogen und ihn ruhiggestellt. Er wird dich schon nicht beißen."

Ich stand in der Tür und blickte in das dunkle Zimmer. Der Richter schlief, und die Schwestern hatten Rex wie immer im Rollstuhl am Fenster geparkt. Ich knipste das Licht an, und der Richter wachte auf. „Oh, Tucker! Dich schickt der Himmel! Ich kann es kaum noch ertragen." Ich führte Jase in das Zimmer, und Katie folgte dicht hinter uns. Der Richter hob eine Augenbraue und kicherte vor sich hin. „Also, wenn ich gewusst hätte, dass du Besuch mitbringst, hätte ich mich ein bisschen schön gemacht."

„Richter, darf ich Ihnen ein paar Freunde von mir vorstellen? Katie

Withers und ihr Sohn Jase." Jase versteckte sich hinter meinem Bein und schaute sich vorsichtig im Zimmer um. Dann zog er mich am Hosenbein und deutete auf den dunkelgelben Urinsack des Richters, der ziemlich voll neben seinem Bett baumelte. „Onkel Tuck, was ist das?"

Katie lief in einem großen Bogen um Rex herum, als könnte er immer noch zuschlagen. Als sie endlich vor ihm stand, legte sie die Hand über den Mund und schaute weg. Jase ließ mein Bein los und ging zu seiner Mama. Er deutete auf Rex' Gesicht und fragte: „Mama, wer ist das?" Katie kniete sich hin und schaute mich an. Der Richter schwieg und hörte auf, sich die Lippen zu lecken.

Sie hob Jase hoch, setzte ihn auf ihre Hüfte und ging ein paar Schritte zur Seite, damit er das entstellte, zitternde und sabbernde Gesicht meines Vater nicht mehr sehen konnte. Doch Jase deutete wieder auf Rex und fragte: „Mama, wer ist das, und was riecht hier so komisch?"

Sie ging in Richtung Tür und sagte: „Jase, das ist nur ein alter kranker Mann. Jemand, den du nicht kennst." Jase befreite sich von seiner Mutter, rannte zurück zu Rex und schaute ihn neugierig an. „Aber Mama ..." Jase deutete auf Rex' Hände. Die Haut war dünn, fast durchsichtig, und brach manchmal bei der kleinsten Bewegung auf und blutete. Irgendwann im Laufe des Tages hatte er sich auf der Oberseite seiner rechten Hand geschnitten, und ein kleines rotes Rinnsal war über die Hand geflossen. Da Rex seit Jahren blutverdünnende Medikamente nahm, war das Blut immer noch nass, klebrig und flüssig.

Jase deutete auf die Wunde und sagte: „Schau mal, Onkel Tuck!" Ich ging um Rex herum und nahm Jase bei der Hand, aber der hatte nur Augen für den Schnitt. Dann griff er in seine Hosentasche, zog eins seiner zwei Pflaster heraus und riss das Papier ab. Er stellte sich neben Rex, hielt mir das Pflaster hin und sah mich erwartungsvoll an.

Ich kniete mich neben den Rollstuhl, immer noch in sicherem Abstand, und Jase gab mir das Pflaster. Katie stand in der Tür, kaute an den Fingernägeln und blickte zwischen uns und dem Richter immer hin und her. Der Richter sagte kein Wort, blies aber in seine Maschine, saugte zweimal und blies noch einmal, um eine Extralampe über uns anzuschalten. Ich hob das Pflaster über die Wunde und hielt einen Moment inne.

Nachdenklich schaute ich auf die Hand, studierte die Adern, Falten, Altersflecken und alten Narben. Ich dachte daran, wie oft diese Hand

Miss Ella geschlagen hatte, wie oft sie mich und Mutt geschlagen hatte und wie viel Zorn und Hass durch diese verkrümmten, rauen Finger geflossen war. Sie waren der Grund für meinen Schmerz. Schnell klebte ich das Pflaster auf die Wunde, wischte mir die nassen Hände an den Hosenbeinen ab und beobachtete, wie Jase' kleine Finger das Pflaster auf der Hand vorsichtig glatt strichen, damit es auch hielt. Danach griff er noch einmal in die Hosentasche, zog das zweite Pflaster heraus, legte es in Rex' andere Hand und klopfte ihm aufs Knie. „Für später, wenn das andere nicht mehr hält." Ich stand auf, und Jase legte seine kleine Hand in meine. „Onkel Tuck, warum weinst du?"

„Manchmal weinen Erwachsene auch, mein Freund."

Jase schaute mich verwirrt an und zog an meiner Hand. „Onkel Tuck?"

Ich kniete mich hin. „Ja, mein Junge?"

„Brauchst du auch ein Pflaster?"

Meine Augen trafen Katies. „Ja ... ich brauche auch ein Pflaster."

Kapitel 35

Das Banquet-Café war weit über Clopton hinaus bekannt für sein gutes Abendbüfett. Es war eine Art Kombination aus Supermarkt und Restaurant, und so bekam man viel Klatsch und Tratsch der Gegend mit. Wenn man etwas möglichst schnell in der Stadt bekannt machen wollte, wie zum Beispiel dass man etwas verkaufte, sich scheiden ließ oder ein Baby bekommen hatte, dann brauchte man es nur nebenbei an der Kasse fallen zu lassen, und die Nachricht verbreitete sich schneller als ein Lauffeuer. Das Schild über dem Eingang war schon lange verrostet und abgefallen, aber keiner hielt es für nötig, es zu ersetzen. Man brauchte kein Schild, es wusste sowieso jeder, was es war und wo es war.

Das Café war in Familienbesitz, ein Ehepaar stand hinten in der Küche und kochte, während ein paar vom Glück verlassene Frauen und ein alter Mann bedienten. Es gab keine Speisekarten, und niemand gab eine Bestellung auf, denn man konnte sowieso nur das Büfett bestellen. Normalerweise gab es dort verschiedene Gemüsesorten wie Kohl, Süßkartoffeln, gefüllte Tomaten, Bohnen, Kartoffelbrei und Spinat. Außerdem gab es Roastbeef, gebratene Rippchen in Soße, Hackbraten, frittiertes Hähnchen und mein Lieblingsessen: Hähnchensteak mit weißer Soße. Beim Nachtisch konnte man wählen zwischen Bananenpudding, Pfirsichkuchen – mit oder ohne Vanilleeis – und Schokoladenkuchen mit dicker Glasur. Alles war selbst gekocht, frisch und machte schon beim bloßen Hinsehen dick.

Drei muskulöse, aktive und beschützende Jack-Russel-Terrier – Flapjack, Pancake und Biscuit – rannten unter den Tischen hin und her und vertilgten die Krümel und Reste, womit sie vermutlich gegen jedes Hygienegesetz verstießen. Unsere Bedienung, die an allen möglichen und unmöglichen Stellen gepierct war – inklusive eines Nasenrings, der mit dem Ring am Ohr durch eine Kette verbunden war –, führte uns zu einem Tisch, warf einen Haufen Servietten und ein paar Gabeln und Messer darauf und sagte: „Das Essen ist scharf. Die Teller gibt's da drüben. Bedienen müsst ihr euch selbst."

Katie schwieg und sah aus, als hätte sie den Appetit verloren, deshalb zog ich mit Jase los und füllte seinen Teller. Am liebsten hätte er nur Nachtisch gegessen. Wir setzten uns wieder, und Jase stopfte sofort große Mengen an Essen in sich hinein. Katies Teller war fast leer, und sie schob die Bissen mit gesenktem Blick nur von einer Seite auf die andere.

Unsere Bedienung war für fünfzehn Tische zuständig. Jeder Tisch war besetzt; jeder rief nach mehr zu trinken oder brauchte sofort eine neue Gabel: vier übergewichtige Männer an einem Ecktisch trommelten mit den Fingern auf die Platte und fragten im Zwei-Minuten-Takt, wann endlich das frische Hähnchen fertig sei. Hinter all den Ringen in ihrem Gesicht und der schwarzen Farbe, die auf ihren Körper tätowiert war, sah ich ein Mädchen. Sie war nicht älter als achtzehn. Ein bisschen zu dünn, zu weite Klamotten, schwarzes Make-up und schwarze Fingernägel. „Dorfmatratze" schien ihr quer über dem Gesicht zu stehen. Unglücklich lief sie zwischen den Tischen hin und her und versuchte, den Wünschen so schnell wie möglich nachzukommen, ohne Aussicht auf ein Ende.

Da kein Gespräch zwischen uns möglich war, aßen wir nur schnell unser Essen, und ich bezahlte die Rechnung.

Du hast vergessen, ein Trinkgeld zu geben.

Aber sie hat doch auch nichts gemacht.

Das ist egal. Du gibst diesem Mädchen ein Trinkgeld.

Katie deutete auf den Supermarkt nebenan und sagte: „Ich brauche noch ein paar Sachen. Dauert nur eine Minute." Sie ging mit Jase durch den Gang mit der Zahncreme, und ich ging zurück zu unserem Tisch, um einen Dollar unter meinen Teller zu legen.

Das war nicht unbedingt der Schein, an den ich gedacht hatte.

Ich wusste, was sie meinte, aber ich war mir nicht sicher, ob ich den Schein auf den Tisch legen wollte. Das gepierzte Mädchen ging mit einem hoch gestapelten Tablett hinter mir vorbei und verschwand in der Küche. Ein paar Sekunden später hörte ich einen markerschütternden Schrei, ein lautes Krachen und mehrere Stimmen, die herumbrüllten.

Vor ungefähr sieben Jahren hatte ich damit begonnen, immer einen

Hundert-Dollar-Schein im hinteren Fach meiner Brieftasche zu verstecken – für Notfälle. Die Erfahrung hatte gezeigt, dass das sinnvoll war, und ich hatte ihn schon mehr als einmal gebraucht. Doch das hier schien mir nicht so ein Notfall zu sein.

Ich griff hinter meinen Führerschein, holte den Schein heraus und legte ihn unter den Teller. Katie bezahlte für ihren Einkauf, und wir gingen zu dritt zurück zum Auto. Ich hielt ihnen die Tür auf, und die beiden kletterten ins Auto. Während ich darauf wartete, dass der Diesel vorglühte, kam unsere Bedienung schreiend aus der Tür gerannt. Sie lief über den Parkplatz und wedelte mit den Armen. In der Hand hielt sie den Hundert-Dollar-Schein. Ich kurbelte das Fenster herunter, und das Mädchen sprang mir fast auf den Schoß. Sie schlang die Arme um meinen Hals und schluchzte an meiner Schulter.

„Mister", brachte sie schließlich heraus, „vielen Dank!" Wieder umarmte sie mich. „Danke, vielen Dank!" Katie zog ein Taschentuch aus ihrer Handtasche und reichte es ihr. Das Misstrauen stand ihr förmlich ins Gesicht geschrieben. Das Mädchen wischte sich die Augen und putzte sich die Nase. „Mister, ich war kurz davor, einfach rauszurennen und mir die Pulsadern aufzuschneiden." Wieder wedelte sie mit dem Schein durch die Luft. „Doch dann habe ich das hier gefunden." Sie schüttelte den Kopf und drückte das Geld fest an ihre Brust. „Ich hab ein kleines Mädchen zu Hause, und ... ich muss sie doch versorgen ... und er hat mich einfach sitzen lassen ... und ..." Sie lehnte sich gegen die Autotür und weinte. „Jedenfalls weiß ich jetzt, ... dass ich nicht unsichtbar bin." Sie wischte sich die Augen und verschmierte ihr Make-up. Wieder sagte sie: „Danke, vielen Dank!", und verschwand schließlich im Café.

Ich kurbelte das Fenster wieder hoch und fuhr vom Parkplatz. Katie ließ mich die ganze Zeit nicht aus den Augen. Dann legte sie ihre Hand auf meinen Arm und flüsterte: „Tucker Rain, du bist ein guter Mann."

Jase hopste auf dem Sitz zwischen uns herum und hielt mir eine kleine Einkaufstüte unter die Nase. „Onkel Tuck, Mama hat mir erlaubt, das hier für dich zu kaufen. Ich hab's mit meinem Taschengeld bezahlt." Ich hielt an und machte das Innenlicht an. In der Tüte war eine Packung mit Disney-Pflastern.

Kapitel 36

Katie kam durch die Hintertür von Waverly und fand mich in einem Sessel vor dem prasselnden Feuer in der Küche. Jase war schon im Bett und schlief. Doch Katie hatte etwas auf dem Herzen.

„Ich hätte gerne eine Hausführung", kündigte sie an.

„Eine Hausführung?"

Sie deutete nach oben. „Wir sind jetzt schon seit fast zwei Wochen hier, und ich habe bisher nur die Küche gesehen. Ich würde gerne sehen, was du mit dem Haus gemacht hast." Sie schaute sich um. „Ist ja schon eine Weile her."

„Oh, na ja ... da gibt es nicht wirklich viel ..."

Sie winkte ab. „Ich bin eine Frau, und dieses Haus war einmal in der Zeitschrift *Southern Living*. Führst du mich also herum oder muss ich mich allein auf Entdeckungsreise begeben?"

Ich stand auf und faltete die Hände vor dem Bauch. „Willkommen in Waverly Hall."

Wir begannen an der Eingangstür, wo sie sofort die Schuhe und Strümpfe auszog und barfuß mit den Schuhen in der Hand weiterlief. Sie interessierte sich viel mehr für Fußböden, Tapeten, Möbel und Verzierungen, als ich es in meinem Leben je getan hatte. Die Küche war immer ihr Lieblingszimmer gewesen, auch das Esszimmer gefiel ihr, besonders der Kronleuchter aus einem Elchgeweih. Im Arbeitszimmer erinnerte sie sich daran, dass sie mich dort einmal schlafend im Kamin gefunden hatte, und schüttelte bei der Erinnerung lächelnd den Kopf. Sie fand, dass die Bibliothek seltsam aussah. So als hätte jemand den Eindruck erwecken wollen, all die alten Bücher würden tatsächlich gelesen.

Wir gingen die Treppe hoch, und da wurde ich langsam ein bisschen nervös. Vor sieben Jahren hatte ich alle wertvollen Gemälde von Rex in eine Abstellkammer verfrachtet. Die leeren Eichenwände hatte ich dann im Lauf der Zeit mit meinen eigenen Fotos, Zeitungsartikeln, Postern und Klebeband verziert. Normalerweise kamen nur die Staubmilben hierher in mein kleines privates Museum.

Katie sprang auf die oberste Stufe und hoffte, mein altes Kinderzimmer zu sehen. Stattdessen stieß sie auf eine Collage aus vergilbten Zeitungsartikeln und glänzenden Titelseiten der bekannten Zeitschriften. Alles war schon etwas verstaubt und verblasst. „Tucker?"

Ich schaute den langen Flur entlang und vergrub die Hände in den Hosentaschen. „Hier findest du einen Ausschnitt aus meiner Arbeit."

Sie strich über einige der Fotos und schlenderte dann langsam den Flur entlang. Fasziniert drehte sie sich zu mir um. „Das ist großartig. Hast du das alles gemacht?"

Ich gebe es offen zu: Ich war ziemlich stolz. „An dieser Wand findest du die Titelseiten von Zeitungen und Spezialausgaben. Und an dieser Wand" – dabei deutete ich auf die andere Wand – „hängen die Titelseiten von Zeitschriften. Und dort hinten" – ich zeigte auf das Ende des Flurs, wo eine kleine Bank unter dem Fenster stand – „hängen die Titelseiten der richtig großen: *Time, National Geographic, Newsweek, People* und sogar *Southern Living*."

Bedächtig ging sie den Flur entlang und strich dabei vorsichtig über einzelne Bilder und glättete die Ecken. „Diese Fotos hast du alle selbst gemacht?"

Ich nickte. „Doch für jedes gute Foto, das du hier siehst, habe ich hundert bis fünfhundert nicht so gute gemacht." Am Ende des Flurs setzte sie sich auf die Bank unter dem Fenster, schlug ein Bein über das andere und starrte auf die Wände. Die Wunde von der Rasierklinge war mittlerweile verheilt.

„Tucker, das ist phänomenal. Bist du an all diesen Orten gewesen?"

Ich nickte und schaute nachdenklich den Flur entlang.

Sie schüttelte den Kopf und betrachtete sich die Bilder noch einmal. „Es ist zu viel. Ich kann sie nicht alle gleichzeitig aufnehmen. Ich muss später noch einmal herkommen und mir jedes genau anschauen."

Langsam ging ich zu Mutts und meinem Zimmer. „Wie du willst. Aber es sind nur ein Haufen alter Aufnahmen. Die meisten sind längst in Vergessenheit geraten." Dann winkte ich sie zu mir und deutete in das Kinderzimmer. „Hier habe ich nicht viel verändert."

Sie betrat das Zimmer und strich mit den Fingern über das Holz des

Stockbetts. Überall lag Staub und dem Bettgestell sah man deutlich an, dass es alt war. Es war übersät mit Dellen und Kratzern von Zähnen, Stiften, Schnitzereien und verbotenen Schlägen mit dem Baseballschläger.

Katie ließ den Blick durch den Raum schweifen. Langsam ging sie zum Fenster und musterte die Weide davor. Schließlich sagte sie: „Die Aussicht ist noch dieselbe. Die Landschaft wirkt immer noch wie aus einem Märchenbuch."

„Rex hat uns in dieses Zimmer gesteckt, weil man hier praktisch nicht entkommen konnte. Es ist viel zu hoch, um aus dem Fenster zu klettern – fast fünf Meter –, und wir durften unsere Haare niemals so lang wachsen lassen wie Rapunzel, deswegen ist auch nie einer daran hier raufgeklettert. Wenn er uns hier eingesperrt hatte, konnte er sicher sein, dass wir nicht wieder herauskamen."

„Er hat euch tatsächlich hier drin eingeschlossen?"

Ich nickte.

„Warum?"

Ich dachte einen Moment nach. „Weil wir geatmet haben. Oder vielleicht, weil wir zu viel Platz im Kosmos verbrauchten."

Wir traten wieder in den Flur und kamen zu Rex' Zimmer. Ich ging einfach daran vorbei, als existierte es gar nicht, und sagte kein Wort.

„Gehst du hier manchmal rein?"

Ich schüttelte den Kopf.

Ohne ein weiteres Wort verschwand sie in dem Zimmer, als hätte sie jemand hereingebeten. Ich blieb im Türrahmen stehen. Seit jenem Abend war ich nicht mehr in dem Zimmer gewesen und hatte auch jetzt nicht die Absicht. Katie ging zu dem Bett, das mittlerweile völlig verstaubt war, und schaute sich im Zimmer um. Ich starrte auf den Boden und konnte immer noch die dunklen Blutflecken erkennen. Wenn ich mich richtig anstrengte, konnte ich sogar ihre ausgeschlagenen Zähne ausmachen. Und wenn ich die Augen schloss, konnte ich sehen, wie Rex mit erhobener Faust über ihr stand.

„Hat sie dir den geschenkt?"

Katie deutete auf den schmalen silbernen Ehering, der an einer silbernen Kette um meinen Hals hing. Normalerweise trug ich ihn unter dem T-Shirt, aber er war wohl versehentlich herausgerutscht.

„Dir entgeht aber auch gar nichts."

„Es tut mir leid", erwiderte sie und versteckte die Hände wieder in ihren langen Ärmeln. „Mir ist er schon in Jacksonville aufgefallen. Ich bin nur neugierig."

Mittlerweile fiel es mir leicht, mit ihr zu reden. Fast so wie früher. Das tröstete mich, machte mir aber auch Angst. „In der Nacht, als Miss Ella gestorben ist, hatte sie ... große Schmerzen. Ich glaube, selbst das Atmen fiel ihr schwer. Der Krebs war überall, und bei jeder Bewegung verzog sie vor Schmerzen das Gesicht. Moses und ich saßen neben ihrem Bett. Ich las Psalm 25 ... und als ich fertig war, zog sie das hier unter der Decke hervor und winkte mich zu sich. Ich beugte mich vor, und sie legte es mir um den Hals. Dann sagte sie: ‚Kind, ich habe dich nicht großgezogen, damit du dein ganzes Leben einen Sarg hinter dir herziehst. Du brauchst keinen Anker, du brauchst ein Ruder.' Sie bohrte mir ihren verkrümmten Finger in die Brust und sagte: ‚Lass ihn los. Vergrab ihn. Es ist nur totes Gewicht. Du kannst den Regen nicht zusammenrechen und auch nicht die Sonne einpacken oder die Wolken pflügen. Aber du kannst lieben. Und das hier', sie tippte auf den Ring an der Kette, ‚soll dich daran erinnern, dass Liebe möglich ist. George hat ihn mir gegeben, und ich gebe ihn jetzt dir.'

Ich wusste, dass es nicht mehr lange dauern würde, denn das Licht in ihren Augen wurde schwächer. Sie sagte: ‚Hilf mir auf den Boden.' Mit ihr zu streiten war sinnlos, und so hoben Moses und ich sie aus dem Bett. Sie wog nicht mehr viel, vielleicht so vierzig Kilo. Wir setzten sie auf den Boden, aber sie war zu schwach zum Knien. Deshalb setzte sie sich auf die Fersen und lehnte sich mit dem Rücken gegen das Bett. Ich habe keine Ahnung, wo sie es herhatte, aber sie zog ein kleines Ölfläschchen aus der Tasche ihres Bademantels und sagte: ‚Komm her.' Wieder beugte ich mich vor, und sie goss das ganze Fläschchen über meinen Kopf und rieb es ein. ‚Tucker, hör mir gut zu. Denk immer daran. Ich weiß, du bist stur, aber ich will, dass du jetzt gut zuhörst, was Mama Ella dir zu sagen hat.' Wieder bohrte sie mir den Zeigefinger in die Brust. ‚Du darfst ihn nicht hassen. Wenn du ihn hasst, dann verlierst du und der Teufel gewinnt. Und wir wollen doch nicht, dass der alte Teufel gewinnt.'

Sie versuchte zu lächeln, doch die Schmerzen waren zu groß. Selbst das Sprechen fiel ihr schwer, aber sie weigerte sich, noch mehr Morphium zu schlucken. Sie fuhr fort: ‚Wir wollen, dass er dort unten in der

Hölle schmort und keine Hand an dich legen kann.' Sie hob die Hand und tauchte den Finger in das Öl, das mir aus den Haaren tropfte. Mit der letzten Kraft, die ihr noch blieb, malte sie ein Kreuz auf meine Stirn.

Das Flüstern wurde schwächer. ‚Du bist das Licht der Welt. Lass dein Licht vor den Menschen leuchten. Damit sie deinen Vater erkennen ...' Ihre Augen hielten meinen Blick fest, als sie den Satz vollendete. ‚... der im Himmel ist.' Erschöpft zog sie mich noch einmal an ihre Brust und drückte mich an sich. Das langsame, sporadische Klopfen ihres Herzens machte mir Angst.

Obwohl sie schon so schwach war, hob sie mein Kinn mit dem Finger und sagte: ‚Tucker, du wirst das nicht verstehen, bis du selbst einen Sohn hast, aber hör mir trotzdem zu. Die Sünden der Väter werden an die Söhne weitergegeben. Du kannst nichts dagegen tun, was dir von deinem Vater mitgegeben wurde. Damit wirst du kämpfen bis zu dem Tag, an dem du stirbst, ob es dir gefällt oder nicht. Doch du hast die Wahl, ob du die Sünden an deinen Sohn weitergeben willst oder nicht. Du kannst die Linie unterbrechen, aber dazu musst du dich entscheiden.' Sie schloss die Augen und atmete tief ein. ‚Du siehst müde aus. Ruh dich ein bisschen aus.'"

Katie versuchte zu lächeln, aber in ihren Augen bildeten sich Tränen.

„Moses stützte ihren Kopf, als ich sie zurück ins Bett hob, und sie dämmerte vor sich hin. Gegen halb drei morgens fing sie an zu summen und wachte wieder auf. Ihre Augen leuchteten wie die Sonne, und sie sah mir direkt ins Gesicht. ‚Tucker Rain', sagte sie. Das war das erste Mal, dass sie mich so nannte. ‚Weine nicht um mich. Das', sie klopfte auf ihr Bett, ‚ist der schönste Tag in meinem Leben. Ich kriege neue Zähne, gute Augen, werde Arthritis und Hämorriden los und bekomme endlich – Gott sei Dank – eine gute Stimme. Und ich habe vor, sie auch zu benutzen.' Sie legte ihre Hand in meine und fuhr fort: ‚Kind, ich gehe nach Hause.' Ich fing an zu weinen, denn ich wusste, was jetzt kam. ‚Aber Miss Ella, ich will nicht ...' ‚Schschsch', unterbrach sie mich. ‚Es dauert nicht mehr lange. Hör mir gut zu. Ich werde eine ganze Weile vor dir im Himmel sein, aber ich werde dort auf dich warten. Hast du mich verstanden? Es liegt an dir. Ich kann dich dort nicht hinbringen. Mein Beten ist vorbei. Jeden Tag, wenn du aufstehst, musst du bewusst deinen Zorn ablegen. Ihn ablegen und dann weggehen. Dann wirst du eines Tages aufstehen und vergessen haben, dass es ihn gibt. Nur die Hülle wird übrig bleiben. Wenn du das nicht machst, dann wird er dich von innen auffressen, und du wirst genauso verrotten wie Rex. Von innen nach außen.' Sie drückte meine Hand und schloss die Augen. Dann flüsterte sie noch: ‚Kind, die Liebe siegt.' Ich beugte mich weiter vor, um sie besser zu verstehen. ‚Ich liebe dich, Kind. Ich werde dich vermissen, aber ich werde dich nicht aus den Augen lassen.' Wieder drückte sie meine Hand, und ich küsste ihre rauen zitternden Lippen. Dann schlief sie ein. Ein paar Minuten später hörte sie auf zu atmen."

Tränen liefen über Katies Gesicht, und sie kämpfte gegen das Schluchzen. Als ich fertig war, konnte sie sich nicht länger zurückhalten. Sie sank zu Boden und vergrub ihr Gesicht in den Armen und hinter ihren Knien. Dann schaute sie hoch und versuchte zu lächeln, doch es gelang ihr nicht. Wir schwiegen eine ganze Weile. Schließlich holte sie tief Luft. „Es tut mir leid. Es ist nur ... es ist nur ..." Sie schüttelte den Kopf und wischte sich die Tränen aus dem Gesicht.

Ich ließ meinen Blick aus dem Fenster über die Weide bis hin zu den Obstbäumen schweifen. „Es vergeht kein Tag, an dem ich nicht ihre Stimme höre."

Katie folgte meinem Blick und schwieg. Schließlich fragte sie: „Was sagt sie über mich?"

„Sie sagt, dass du eine tolle Mutter bist und einen wunderbaren Sohn hast. Du solltest stolz auf ihn sein."

„Ich kann mich erinnern, dass ich sie oft beobachtet habe. Sie konnte gut mit Jungs umgehen." Katie lief durch das Zimmer und blieb vor der Kommode stehen, auf der Rex immer seine Gläser abgestellt und abends seine Taschen geleert hatte. „Wie ist dein Vater dorthin gekommen, wo er jetzt ist? Ich meine, was ist passiert?"

Ich sah sie ein paar Minuten schweigend an und entschied mich für die ehrliche Antwort. „Als Rex so um die sechzig war, zeigte er Anzeichen von Parkinson und Alzheimer. Ungefähr zur selben Zeit traf er Mary Victoria, die Stripperin, die in dem Club im Erdgeschoss seines Bürogebäudes arbeitete. Es dauerte nicht lange, und er ernährte sich nur noch flüssig. Mary Victoria schaffte es in kürzester Zeit, ihn um sein gesamtes Geld zu bringen, jedenfalls um das Geld, von dem er ihr erzählt hatte. Nie in seinem Leben hat Rex irgendjemandem die ganze

Wahrheit erzählt. Er fing an, auf Pferde zu wetten, trank rund um die Uhr, und ziemlich bald waren seine dreihundert Millionen auf zehn Millionen zusammengeschmolzen, die sich dann schließlich auch in Luft auflösten. Wie die meisten Alkoholiker richtete er seinen Ärger auf sie, und wie die meisten verärgerten Frauen, die sich mit Rex eingelassen hatten, hetzte sie ihm die Steuerbehörde auf den Hals. Die beschlagnahmten sein Büro, nahmen seine Akten mit und holten die Pferde aus seinen Ställen. Nur Waverly konnten sie ihm nicht wegnehmen, denn das gehörte ihm ja nicht. Vor Jahren hatte er das Haus auf Mutt und mich überschrieben. Er hatte noch ein paar Sachen in anderen Ländern, aber das konnten sie ihm nicht wirklich nachweisen, deshalb beließen sie es dabei. Vor ein paar Jahren bin ich zufällig darauf gestoßen und habe damit Mutts Kosten in Spiraling Oaks bezahlt." Ich kratzte mich am Kopf und streckte mich. „Als dann Alzheimer und Parkinson richtig ausbrachen, war Rex schon zu krank, um zu kapieren, dass er hoch verschuldet war und nichts mehr daran ändern konnte. Früher einmal hatte sich alles in Gold verwandelt, was er angefasst hatte, aber jetzt war es eher umgekehrt.

Vor fünf Jahren, als ich gerade auf dem Weg nach Kalkutta war, um Fotos für einen Bericht über Mutter Teresa zu schießen, las ich in einer Zeitung im Flieger, dass Rex von der Steuerbehörde verklagt worden war und alles verlieren würde. Aber nur, wenn er Glück hatte. Wenn er Pech hatte, dann würde er auch noch ins Gefängnis kommen. Nach drei Tagen in Kalkutta wartete ich zusammen mit zwei anderen Fotografen auf eine Chance, Mutter Teresa bei der Arbeit zu fotografieren. Du weißt schon, ein Foto von einer Heiligen, die sich gerade wie der barmherzige Samariter über einen Kranken beugt und ihn heilt oder irgendetwas in der Art. Sie kam aus einem ihrer vielen Waisenhäuser, nahm die Hand eines abgemagerten Kindes und wandte sich ausgerechnet an mich. Sie schaute zu mir hoch, hielt meinen Blick fest und sagte: ‚In dieser Welt ist der Hunger nach Liebe und Wertschätzung größer als der nach Brot.'

Seit dem Tod von Miss Ella hatte ich es geschafft, die Dämonen von mir fernzuhalten, aber in diesem Moment brachen sie über mich herein. Das war auch der Moment, an dem ich anfing, ihre Stimme zu hören. Ich buchte den nächsten Flieger nach London, schickte Doc meine Fotos und sagte ihm, dass ich einen längeren Urlaub bräuchte.

Dann fuhr ich mit dem Zug kreuz und quer durch England. Ich hatte kein anderes Ziel als die nächste Kneipe. Als ich in Schottland ankam, fing der Regen an. Er durchweichte mich bis auf die Knochen und alles in mir wurde kalt. Wie auch sonst alles um mich herum. Nass und mit einem warmen Guinness in der Hand wachte ich schließlich irgendwo in Irland auf. Ich hob das Glas, sah mein Spiegelbild und hatte das Gefühl, ich schaute meinem Vater direkt ins Gesicht. Im selben Moment übergab ich mich. Die Bar und die nächsten fünf Stühle neben mir mussten daran glauben. Mit leerem Magen rannte ich auf die Straße und setzte mich auf den Bordstein. Ich schnappte nach Luft, die Tränen liefen mir übers Gesicht und ein tiefer Seufzer drang aus meiner Brust. Egal, wie oft ich es versuchte, mein Spiegelbild in dem Bierglas konnte ich nicht abschütteln. Ich hatte keine andere Wahl – ich musste mich der Wahrheit stellen.

Zwei Tage später landete ich in Atlanta und fuhr in den nächsten Sportladen. Ich kaufte einen stabilen, harten Baseballschläger und fuhr zu Rex' Wohnung. Als ich das Mietauto im Parkhaus parkte, ließ ich die Kamera im Wagen.

Der Club hatte gerade geöffnet, aber Rex war nirgendwo zu sehen. Auch Mary Victoria konnte ich nicht finden. Ich fuhr mit dem Aufzug bis ganz nach oben und ging zu Rex' Wohnung, den Schläger in der Hand. Dort trat ich ans Fenster und betrachtete die Umgebung. Atlanta, so weit das Auge reichte. Dann schulterte ich den Schläger, fand den nächsten Kristallleuchter, dachte kurz nach und schlug zu. Tausend Splitter regneten auf den Boden. Es sah aus, als wäre eine Eisskulptur explodiert. Dann kam die Bar an die Reihe. Gläser, Schnaps, Wein, deutsches Bier, alles fiel meinem Schläger zum Opfer und verteilte sich in dem riesigen Wohnzimmer.

Als Rex immer noch nicht schimpfend in der Tür stand, machte ich mich an die Gemälde. Dann an den Fernseher. Zum Schluss kamen die Vasen dran. Die teuren Stücke, die Rex extra aus England importiert hatte. Ich hörte nicht eher auf, bis alles kaputt war. Eine Viertelstunde später stand ich mit blutenden Händen, schmerzendem Rücken und schwerem Atem mitten in der Zerstörung. Wieder schulterte ich den mittlerweile zersplitterten Schläger und wollte gerade die Wohnung verlassen, als mir der bestialische Geruch aus dem Schlafzimmer in die Nase stieg. Es war der Geruch des Todes, und das gefiel mir. Ich machte das Licht an und sah mich im Schlafzimmer um. Rex saß in einer Ecke gegen das Fenster gelehnt und starrte auf die Straße. Er war kreidebleich, zitterte unkontrolliert und war nur noch ein Schatten seiner selbst. Eine Mischung aus einem Leben voller Alkohol und der fortgeschrittenen Phase von Alzheimer und Parkinson. Der Bierbauch war weg. Er hatte mindestens fünfzig Pfund verloren, sein Gesicht war abgemagert und eingefallen und seine Augen waren leer. Er trug nicht mehr als eine dreckige Unterhose. Ich nehme an, er ist eines Nachmittags nach Hause gekommen und hat gesehen, dass Mary Victoria verschwunden war und ihren Schmuck mitgenommen hatte. Ohne Freunde, ohne Familie und ohne Alternative griff er zur Flasche, bis sich irgendein Blutgerinnsel gelöst und im Gehirn festgesetzt hatte. Als ich ihn fand, war es schon zu spät. Die Schäden waren dauerhaft.

Ich ging zu Rex und berührte seinen Hinterkopf mit dem Schläger, aber er reagierte nicht. Ich klopfte etwas härter – immer noch keine Reaktion. Beim dritten Mal fiel sein Kopf einfach zu Seite. Er blickte mich kein einziges Mal an. Er starrte einfach weiter aus dem Fenster. Mir war es egal, in welchem Zustand er war oder wie schlimm es um ihn stand. Ich ließ den Schläger auf seinem Nacken ruhen und schloss die Augen. Ich spürte, wie das harte Holz gegen seine weiche, faltige Haut drückte. ‚Ein Schlag‘, sagte ich. ‚Mehr bräuchte es nicht.‘ Rex antwortete nicht. ‚Ein Schlag, und du würdest dort aufwachen, wo du hingehörst.‘

Da hörte ich Miss Ellas Stimme. Sie sagte: ‚Tucker?‘

‚Geh weg. Das ist nur etwas zwischen ihm und mir.‘

‚Du weißt es doch besser‘, erwiderte sie.

‚Weiß ich das?‘ Eine leere Flasche lag noch auf dem Fensterbrett, und so schlug ich auf die Flasche ein. Sie flog durch die Luft und explodierte auf dem Marmorfußboden in tausend kleine Scherben.

‚Die Liebe rechnet das Böse nicht zu.‘

‚Doch, das tue ich.‘

‚Sie erträgt alles, sie glaubt alles, sie hofft alles, sie duldet alles – alle Dinge.‘

Ich starrte auf Rex und spürte kein Mitleid.

‚Rex ist seine eigene schlimmste Strafe. Du kannst ihm nichts Schlimmeres antun als das, was er sich selbst angetan hat. Er ist auf dem langen einsamen Pfad, auf dem er langsam von innen nach außen verrottet. Und glücklicherweise oder unglücklicherweise sind seine Gene stark, deshalb wird es auch noch eine ganze Weile dauern.'

Ich ging ans Fenster. ‚Sag mir nicht, dass du nie selbst daran gedacht hast', sagte ich.

‚Kind, der Herr weiß, dass ich es getan habe. Fast in jeder wachen Minute. Ich habe mir sogar die richtige Waffe dafür ausgesucht. Aber sich etwas vorzustellen und etwas zu tun sind zwei verschiedene Paare Schuhe.'

‚Aber Miss Ella, was ist mit mir?' Sie schwieg eine Weile, bevor sie weiterredete.

‚Sei Licht, mein Kind. Sei Licht.'

Einige Stunden später kamen die Sanitäter, luden Rex auf eine Trage und fuhren ihn in den Aufzug. Nach einer Woche packte ich ihn in mein Auto und fuhr ihn nach Clopton. Es war eine lange, schweigsame Fahrt. Nie zuvor hatte ich mit meinem Vater eine so lange Zeit an einem Ort verbracht. Bei jedem Telefonmast, an dem wir vorbeikamen, musste ich an mich halten. Ich hätte ihn einfach aus dem Auto werfen können, und keiner hätte es je gemerkt. Den letzten Teil des Weges fuhren wir bei offenem Fenster. Wegen des Schlaganfalls konnte Rex seine Verdauung und seinen Urin nicht mehr kontrollieren, und es floss einfach aus ihm heraus.

Bevor wir Atlanta verließen, sagte mir ein Arzt, dass Rex rund um die Uhr Betreuung brauchte. Ich kannte nur eine Einrichtung dafür, deshalb fuhr ich in Clopton direkt zu Rolling Hills. Er bezahlte die Aufnahmegebühr, und dann kamen zwei muskulöse Männer in Krankenpfleger-Outfit, hoben Rex aus dem Auto und fuhren ihn im Rollstuhl zu den Duschen. Nach der Dusche steckten sie ihn in eine große Windel und schoben ihn in ein Zimmer mit einem völlig gelähmten Mann namens Richter Faulkner. Als wir damals in das Zimmer kamen, schaute der Richter gerade *Dr. Phil.* ‚Wie geht's, Junge? Ist das dein Vater?', fragte er mich. ‚Das war er einmal', erwiderte ich. Der Richter nickte, leckte sich die Lippen und sagte: ‚Hmmmm, hört sich an, als hättet ihr zwei ein paar Probleme miteinander.' ‚Das könnte man so sagen', antwortete ich kurz angebunden. ‚Wir könnten vielleicht sogar darüber reden, wenn er noch reden könnte oder wenigstens fähig wäre, bis zehn zu zählen. Aber da er weder das eine noch das andere kann, werde ich die Probleme wohl weiter mit mir herumtragen müssen.'

Der Richter blies und saugte und blies wieder in seine kleine Maschine, mit der er die verschiedenen elektrischen Geräte im Zimmer bedienen konnte. Sein Geblase und Gesauge, das mich am Anfang fast wahnsinnig machte, schaltete den Fernseher aus. Wieder leckte er sich die Lippen – auch eine Sache, die ich eklig fand – und sagte: ‚Ich glaube nicht, dass uns *Dr. Phil* hier viel helfen kann. Ich würde dir gerne anbieten, meine Hand ins Spiel zu bringen, aber das kann ich nicht. Jedenfalls nicht mehr, seit dieser kleine Pimpf mir mit einem Brieföffner in den Rücken gestochen hat, als ich ihm gerade neunzig Tage auf Bewährung aufbrummen wollte. Aber das ist keine Entschuldigung für schlechte Manieren. Mein Junge, ich bin Richter Faulkner. Du kannst mich Richter nennen.' Ich sah mich kurz im Zimmer um, mit den Maschinen und Urinbeuteln, und plötzlich dämmerte es mir. Ich hatte den perfekten Ort für Rex Mason gefunden. Freundlich streckte ich dem Richter die Hand hin, zog sie aber sofort wieder zurück. ‚Tucker Rain. Und das' – ich deutete auf Rex – ‚ist Rex Mason.'"

Katie sah mich nicht an, und ich war weit weg in der Vergangenheit. „Seit fünf Jahren redet der Richter nun auf Rex ein. Ununterbrochen." Ich schüttelte den Kopf. „Rex konnte Leute, die ohne Punkt und Komma reden, nie ausstehen, und der Richter macht jetzt genau das. Das ist ausgleichende Gerechtigkeit."

Ich schwieg ein paar Minuten, in denen Katie weiter aus dem Fenster sah und damit meinem Blick auswich. „In den folgenden Wochen legte ich meine Kamera kaum aus der Hand. Doc schickte mich um die ganze Welt, und ich war vierzig bis fünfzig Wochen im Jahr auf Achse. Es dauerte nicht lange, und meine Fotos erschienen auf den Titelseiten der Zeitschriften überall im Land."

Katie drehte sich um und verschränkte die Arme vor der Brust. Sie sah mich kühl an. Ihre kurzen Haare waren nachgewachsen, und die Wurzeln waren nicht mehr blond, sondern braun.

Sie lehnte sich gegen den Fensterrahmen, und ihre Augen wanderten wieder über die Weide hinter dem Haus. „Hast du schon immer deinem Vater gegenüber dieses Gefühl gehabt?"

„Was meinst du damit?"

„Hass", erwiderte sie nachdenklich.

„Du hast nicht wirklich Angst vor schwierigen Fragen, was?"

Sie schüttelte den Kopf. Ich überlegte, ob ich das Zimmer nicht doch betreten sollte, tat es aber dann doch nicht. „Ja", sagte ich, und dieses eine Wort hing wie ein schlechter Geruch im Zimmer. „Ich denke, es gab mal eine Zeit, als" – ich schaute mich im Zimmer um – „als ich noch klein war, da hatte ich sicher noch Hoffnung. Aber die hat er mir schnell ausgetrieben."

Jetzt schaute sie mir direkt in die Augen, sagte aber nichts. Ihre Augen versuchten in meinem Gesicht zu lesen, und ich fühlte mich unwohl. Sie suchte nach etwas, und ich war mir nicht sicher, ob ich es ihr geben wollte. Ich deutete aus dem Fenster in Richtung Pflegeheim. „Wenn er noch reden könnte, würde er mich bestimmt dafür verfluchen, dass ich ihn nach Rolling Hills gebracht habe. Allein dieser Gedanke tröstet mich."

Sie biss sich auf die Unterlippe. „Du sprichst über ihn, als wäre er nicht einmal ein menschliches Wesen. Als gäbe es keine Verbindung zwischen dir und ihm."

„Du verpasst ein Baseballspiel, weil du arbeitest, um deine Familie zu versorgen. Du verpasst zwei, weil du vielleicht einen Job hast, bei dem du häufiger verreisen musst, als dir lieb ist. Vielleicht einen herrischen Chef. Du verpasst drei, weil du vielleicht ein bisschen zu hart arbeitest. Aber wenn du dreihundertundsiebenundachtzig verpasst, dann nur, weil du ein Teufel direkt aus der Hölle bist."

Sie setzte sich auf den Boden und sah mich fragend an. Jetzt ging ich doch in das Zimmer zu der Stelle, an der ich Rex die Pistole in den Mund gerammt hatte. Mit geschlossenen Augen konnte ich ihn immer noch dort stehen sehen.

Katie blickte wieder aus dem Fenster und wischte sich die Augen mit dem Ärmel, um die schwarzen Rinnsale ihres Make-ups aufzuhalten. Die Stille auszuhalten fiel mir schwer, deshalb unterbrach ich sie. „Vor ein paar Jahren hat mich Doc auf eine Bohrinsel im Atlantik geschickt – um Fotos über das Leben auf einer Bohrinsel zu schießen. Damals wusste ich es nicht, aber ich hatte mir meine beste Linse verkratzt. Eine Weitwinkellinse. Ich konnte den Kratzer im Sucher nicht sehen, denn er war zu fein. Aber er war trotzdem da. Ich hätte vorher meine Linsen überprüfen müssen. Eigentlich wusste ich das. Aber ich hatte es eilig und habe nicht nachgedacht. Als Doc den Film bekam, war er außer sich. ‚Tucker, du solltest es doch besser wissen!' Und er hatte recht, deshalb hat er mich wieder zurückgeschickt. Dieser Kratzer hat nicht nur ein Foto verpatzt, sondern den ganzen Film. Erst als ich die Linse gewechselt hatte, wurden die Fotos wieder gut. Ich musste die Linse ersetzten. Dieser Kratzer im Glas war auf jedem Bild zu sehen. Da konnte man nichts daran machen. Wenn ich Bilder mit dieser Linse machte – was für ungefähr 90 Prozent der Fotos galt – konnte man ihn sehen."

Ich setzte mich aufs Bett und starrte auf den Boden, wo Miss Ella damals gelegen hatte, und zupfte nervös an meinem Hosenbein. „Ich glaube, dass unser Herz so ist wie diese Linse. Und die Seele ist der Film." Ich stand auf und ging ans Fenster. „Ich denke, dass es in meiner Kindheit auch gute Zeiten gab. Aber sosehr ich es auch versuche, ich kann mich nicht mehr an sie erinnern. Sie sind alle blutverschmiert, voller harter Worte, schlimmer Erinnerungen und vernebelt durch den Geruch von Whiskey. Das ist meine Rex-gefärbte Linse. Doch das Leben ist nicht wie eine Kamera. Ich kann nicht einfach die Linse wechseln."

Katie rutschte mit dem Rücken die Wand herunter und kauerte sich unter das Fensterbrett. Sie zog die Knie eng an die Brust und umschlang sie mit den Armen. Dann ließ sie den Kopf sinken. Vielleicht hatte ich zu viel gesagt. Ich wandte mich zum Gehen und stand plötzlich direkt vor Mutt. Er war kreidebleich wie ein Gespenst. Ich wusste nicht, wie lange er schon dort gestanden hatte.

Mutt ging zum Türrahmen und hielt sich mit beiden Händen daran fest, als wollte er sein Gleichgewicht wiederfinden. Er zögerte kurz und betrat dann das Zimmer. Seine Füße schienen ihm nicht wirklich zu gehorchen. Er stolperte im Zimmer herum und murmelte vor sich hin. Dann blieb er mitten im Raum stehen. Vor ihm war Rex' Schreibtisch, und Mutt sah ihn an, als könnte er nicht glauben, wo er war. Schließlich deutete er auf den Schreibtisch. Nach ein paar Minuten brachen die Worte stockend aus ihm heraus: „Ich ... war ... hier."

Ich stand immer noch neben der Tür. „Was?"

Mutt deutete auf die Mitte des Zimmers, immer noch gefangen in seiner eigenen Welt. „Sie war hier auf den Knien und putzte. Sie fragte mich, ob ich ihr helfen könnte, den Schreibtisch an die Wand zu schieben." Mutts Bewegungen wirkten mechanisch wie bei einem Roboter. „Ich schob ihn zur Seite, als Rex plötzlich im Zimmer stand. Völlig betrunken. Er hatte Moses nach Dothan geschickt. Er sagte zu ihr: ‚Magst du meine Jungs?' Sie antwortete: ‚Mr Rex, es sind die zwei feinsten Jungen, die ich je gekannt habe. Ich liebe sie wie meine eigenen

Söhne. Ich weiß, dass Sie sehr stolz sind auf sie.' Ohne ein Wort warf er sein Glas nach ihr. Es traf sie am Mund, und ihr Gebiss flog auf den Boden. Er hob einen Glassplitter auf und schnitt ihr damit im Gesicht herum. Dabei zerschnitt er ihr das Auge. Ich machte einen Schritt auf ihn zu, da deutete er mit dem Finger auf mich, und ich sah das Feuer in seinen Augen." Mutt atmete schwer, und seine Hände zitterten. „Er sagte zu mir: ‚Du dummer kleiner Schwachkopf! Du solltest gar nicht am Leben sein. Warum kannst du nicht einfach sterben? Du bist nichts als ein Bedürfnis, das ich befriedigt habe. Ein Austausch von Körperflüssigkeiten. Mehr nicht! Und mehr bist du auch noch nie gewesen. Verschwendeter Samen!' Er deutete auf sie herunter und sagte: ‚Ich sage dir schon, wenn ich auf jemanden stolz bin', dann trat er sie mit voller Wucht in die Rippen. Ich konnte das Krachen hören ..."

Mutt stand stocksteif in der Mitte des Zimmers, dann drehte er sich zu mir um und starrte mich an. „Dann hörte ich die Fliegengittertür unten, dann deine Stollen auf dem Holzboden und auf der Treppe. Du bist gerannt ... hier ... und ..." Er schlurfte zu der Stelle, an der ich Rex den Pistolenlauf in den Hals gerammt hatte. „Dein Finger ... drückte hart ... aber nicht hart genug ..." Mutt deutete aus dem Fenster. „Dann hast du sie aufgehoben und aus dem Zimmer getragen. Rex schlief ... und ich bin rausgerannt und habe mich verkrochen."

Mutt drehte sich wild im Kreis. „Ich ... er ... er hat sie siebzehnmal geschlagen, bevor du hier warst."

Katie vergrub das Gesicht in den Händen und schluchzte. Ein paar Minuten vergingen, dann hielt sie es nicht mehr aus und rannte aus dem Zimmer den Flur entlang. Ich hörte, wie sie schluchzend die Treppe hinunterlief und aus der Hintertür rannte. Mutt hörte auf, sich zu drehen, und ging zum Fenster. Er presste die Nase an die Scheibe, sein Blick verlor sich am Horizont. Es sah aus, als stünde er am Abgrund, und seine Zehen schoben sich langsam über die Klippe.

Tucker?

Warum hast du es mir nie erzählt? Du wusstest es die ganze Zeit und hast mir nie etwas gesagt.

Tucker, dieser wunderbare Junge dort muss jetzt hören, dass es nicht seine Schuld war. Und er muss es von dir hören. Ob Mutt lebt oder stirbt, hängt davon ab, was du als Nächstes tun wirst. Er muss wissen, dass es niemals seine Schuld war.

Aber das war es! Er hat es selbst gesagt. Er hätte ihn aufhalten können.
Kind – ich spürte, wie sie mein Kinn herumdrehte, damit ich sie ansehen musste – *schneide die Fesseln durch! Es ist Zeit, dass du das Seil kappst und den Ballast abwirfst.*
Ich kroch über den Boden zu dem dunklen Fleck, wo Miss Ella gelegen hatte. Mit den Fingern fuhr ich den alten Fleck nach, und meine Tränen füllten die Ritzen zwischen den Holzdielen.

Kapitel 37

„Onkel Tuck! Onkel Tuck! Onkel Tuck!"

Sofort saß ich kerzengerade auf dem Boden, geblendet von der Mittagssonne. Jase stand im Türrahmen. Er war völlig außer Atmen und der Schweiß lief ihm übers Gesicht. Er deutete auf den Steinbruch. „Er ist im Wasser! Auf dem Grund! Er bewegt sich nicht! Er liegt auf dem Grund!"

Ich rieb mir die Augen und versuchte, Jase' Gesicht zu erkennen. „Nun mal langsam, mein Freund. Wer ist auf dem Grund des Steinbruchs? Wer bewegt sich nicht?"

Jase deutete auf das Bild an der Wand. Ein Bild, das Miss Ella von mir, Mutt und Katie an dem Tag gemacht hatte, als Katie nach Atlanta zog. Jase deutete auf Mutt. „Er."

Ich flog den Flur entlang, die Treppen hinunter, durch die Küche und die Hintertür hinaus. Ich sprang über den Zaun, rollte mich ab, sprang wieder auf die Füße und spurtete über die Weide. Während ich rannte, zog ich mir das T-Shirt aus, und als ich an die Klippe kam, zögerte ich keine Sekunde. Ich sprang von der Klippe und flog wie ein Fischreiher. Dann brach ich durch die Wasseroberfläche, die sich wie kaltes Glas von einer Felswand zur anderen erstreckte, und schwamm zu dem reglosen Körper auf dem Grund.

Meine Hosen und Schuhe zogen mich runter, aber ich schwamm mit ganzer Kraft dagegen an, um zu Mutt zu kommen. Wieder und wieder hörte ich, wie mein Trommelfell den wachsenden Wasserdruck ausglich. Die Sonne stand hoch und das Wasser glitzerte, war aber eiskalt. Er lag ganz still mit ausgebreitete Armen auf dem Sand, nur ein paar Meter von dem gesunkenen Boot entfernt, und rührte sich nicht. Um seine Füße und seinen Bauch lagen Seile, die mit schweren Gewichten verbunden waren, um ihn auf dem Grund zu halten. Seine Haare bewegten sich mit dem Wasser, und seine faltigen Finger winkten auf dem Sand immer hin und her. Ich erreichte ihn, packte ihn am Kragen und drehte ihn um. Seine Augen waren weit geöffnet und in seinem Mund steckte das Ende eines Gartenschlauchs, aber er war am Leben. Diesen Anblick von Mutt, der mir ins Gesicht starrte – ruhig wie ein sanfter Sommerwind –, hatte ich nicht erwartet.

Ich musterte sein Gesicht, um wirklich sicherzustellen, dass er lebte. Er winkte mir mit einer Hand zu. In der anderen Hand hielt er ein Mehlsieb.

Ich fluchte innerlich, schüttelte den Kopf und deutete nach oben. Er knotete die Seile ab und wir schwammen nach oben.

Ich fing an zu zittern, aber Mutt schien überhaupt nicht kalt zu sein. Langsam zog ich mich an dem Felsen hoch, auf dem wir als Kinder immer gespielt hatten. Ich schnappte immer noch nach Luft und schaute ungläubig in Mutts verzerrtes Gesicht. Es sah aus, als hätte ihm irgendein verrückter Arzt die Lippen an der Wange festgenäht. Unter seinen Klamotten trug er einen nassen Taucheranzug. Er nahm den Schlauch aus dem Mund und schaute mich an, als hätte ich ihn gerade gebeten, mir eine Zeitung aus dem Laden mitzubringen.

„WARUM HAST DU DAS GETAN?" Bei meinem Gebrüll zuckte Mutt zusammen und schaute über die Schulter. Ich gab ihm eine schallende Ohrfeige. „Ich habe dich gefragt, WARUM DU DAS GETAN HAST?"

Mutt leckte sich über die aufgesprungenen Lippen und deutete auf den Grund des Sees. „Ich hab eine Münze gesucht."

„BIST DU VERRÜCKT? HAST DU DEN VERSTAND VERLOREN?"

Mutt kratzte sich am Hinterkopf, öffnete den Reißverschluss seines Taucheranzugs und nickte. „Ja."

„Du machst dich über mich lustig."

„Nein." Mutt schüttelte den Kopf. „Gibby sagt, ich bin klinisch –"

Ich ließ mich gegen den Felsen fallen. „Das habe ich nicht gemeint." Mutt saß regungslos da, aber seine Augen zuckten unruhig von einem Fels zum anderen. Er versuchte zu verstehen, was ich ihm sagen wollte, und wartete auf die nächste Ohrfeige. Ich trocknete mir das Gesicht ab und versuchte, eine Frage zu stellen, die er beantworten konnte. Ich kniete mich neben ihn und legte meine Hände sanft, aber doch fest genug um seine Wangen. „Mutt, was hast du getan, bevor ich zu dir getaucht bin?"

Seine Augen zuckten immer noch, doch sein Kopf war ganz still. „Ich bin auf dem Grund herumgeschwommen, mit schweren Gewichten um die Füße und den Bauch, habe durch den Gartenschlauch geatmet und den Sand mit diesem Mehlsieb hier durchgesiebt."

„Okay." Ich dachte nach. „Aber was ist in deinem Kopf vorgegangen? Warum bist du überhaupt dort runtergetaucht?"

„Ich habe nach einer Münze gesucht, die ich hier verloren habe."

„Wann hast du sie verloren?"

Mutt kratzte sich am Kopf. „An dem Tag, an dem wir das Boot versenkt haben."

„Und du hast geglaubt, dass du die Münze dort unten finden würdest?"

Mutt schaute sich um, als wäre die Antwort völlig offensichtlich und ich wäre der Verrückte, der das Ganze nicht verstand. „Ähm ... ja. Siehst du, an dem Tag, als wir das Boot versenkten, hatte ich eine besondere Münze in der Tasche. Und ich glaube, sie ist mir dort unten aus der Tasche gefallen, denn ich habe sonst überall gesucht." Er deutete unter die Wasseroberfläche. „Sie ist bestimmt irgendwo da unten."

Ich griff in meine Tasche und holte eine Viertel-Dollar-Münze heraus. „Wenn du Geld brauchst, musst du es mir nur sagen."

Mutt schüttelte den Kopf. „Nein, ich suche doch nach dieser bestimmten Münze."

„Warum ist diese Münze denn so besonders wichtig für dich?"

„Weil" – Mutt schaute mich an, als würde das alles Sinn machen – „wenn ich sie finde, wenn ich sie wieder in der Tasche hätte, dann würde dieser eine Tag vielleicht niemals aufhören. Vielleicht könnte ich dann wieder dahin zurück und noch einmal anfangen. Anfangen, wo ich aufgegeben habe. Vielleicht ..."

Katie stand oben an der Klippe mit dem Arm um Jase' Schultern. Mutt schaute mich an ohne die leiseste Ahnung, dass er mich gerade um zehn Jahre jünger gemacht hatte. Ich kletterte aus dem Steinbruch, zog eine nasse Spur hinter mir her bis zum Haus und stellte mich unter die heiße Dusche, bis das Wasser kalt wurde.

Es war Zeit, Gibby anzurufen, und ich wusste es. Ich hatte die Wurzel gefunden, aber kein Graben und Buddeln könnte sie je ausreißen, denn die Hauptwurzel hatte den Fels schon gespalten.

Kapitel 38

Um drei Uhr morgens kam Katie die Wendeltreppe zu mir in den Keller herunter und klopfte mir auf die Schulter, aber sie brauchte mich nicht zu wecken. Ich war hellwach. „Tucker", flüsterte sie. „Tuck, ich muss mit dir reden, ich muss dir etwas sagen." Ihre Lippen waren ganz nah, ich spürte ihren Atem auf meinem Gesicht, und der Duft von Lavendel strömte mir in die Nase. Der Keller war kalt und dunkel, und sie war barfuß. Sie hielt eine Kerze in der Hand und hatte nur einen seidenen Schlafanzug an. Ich sah sofort, dass sie fror. „Ich bin nicht ganz ehrlich mit dir gewesen. Du kennst noch immer nicht die ganze Geschichte." Sie legte ihre Hand in meine und drückte sie fest gegen ihren Bauch. Dort hielt sie sie fest, als hätte sie Angst, ich könnte fliehen. „Als wir nach Colorado geflogen sind ... Trevor und ich ... haben wir versucht, noch einmal neu anzufangen. Ich bin mir nicht sicher" – Tränen traten ihr in die Augen – „aber ich glaube ... ich bin schwanger." Sie stand auf und wandte sich zum Gehen. „Es tut mir leid." Genauso leise wie sie hereingekommen war, verschwand sie wieder. Ich hörte nur ihre nackten Füße auf der Treppe, dann war es wieder still.

Tucker?

Was ist es diesmal?

Ich will dich nur auf etwas aufmerksam machen.

Ich glaube, ich bin in den letzten vierundzwanzig Stunden auf genug Sachen aufmerksam gemacht worden. Hast du je davon gehört, dass es ein Genug gibt?

Kind, ich möchte nur, dass du immer an eine Sache denkst.

Ja, Ma'am?

Ich habe mein halbes Leben damit verbracht, zwei uneheliche Kinder großzuziehen.

Kapitel 39

Ich stieg die Stufen zum Waffenschrank hinauf, holte ein Gewehr heraus und eine Packung Munition. Dann steckte ich zwei Kugeln in den Lauf und stopfte den Rest in die Hosentasche, falls ich noch mehr brauchen würde. Zuerst ging ich in Rex' Zimmer und zielte auf sein Porträt über dem Kamin. Ich drückte ab, und sein Kopf explodierte in tausend Fetzen. Danach drehte ich mich zu dem Bett um, in dem er immer geschlafen hatte. Die Kugel landete mitten im Bett, und die Federn wirbelten durch den Raum. Ich lud nach und zielte dann auf den Schreibtisch. Als ich mit ihm fertig war, lagen nur noch Holzteile auf dem Boden verstreut. Schließlich blieb nur noch die Kommode, wo er immer seine Taschen leerte und seinen Whiskey abstellte.

Rex' Zimmer sah aus, als wäre eine Bombe explodiert. Ich warf das Gewehr auf die Überreste des Bettes und lief die Treppe hinunter in die Küche. Im gleichen Moment stürmte Katie durch die Hintertür, weiß wie die Wand. Sie sah mich, trat zur Seite und ich rannte an ihr vorbei in den Keller. Dort standen die alten, teuren Weine, die Rex' seinen Besuchern gerne zeigte. Es waren gute, superteure, völlig nutzlose Weinflaschen. Ich zog meinen schwersten Baseballschläger von der Wand und legte ihn über die Schulter. Dann tauchte Rex' Gesicht vor mir auf, und ich schlug zu. Wein, Staub, Holz und Glas explodierte vor meinen Augen und färbte die Wand in den verschiedensten Rottönen. Ich schlug wild auf die Flaschen ein, bis der Wein überall von der Wand tropfte. Das Holzregal lag in Splittern unter den Scherben, und der Wein floss als kleines Rinnsal durch den Abfluss im Boden. Erschöpft setzte ich mich hin. Mein ganzer Körper klebte, und ich war übersät mit Glassplittern. Jetzt fühlte ich mich unendlich erschöpft.

In diesem Moment hörte ich es.

Musik aus Rex' Flügel. Die Musik schwebte durch das Haus und holte mich aus dem Keller. Wie ich war, betrat ich das Arbeitszimmer, wo

Katie an dem Flügel saß und mit ihren Fingern sang. Ich wusste nicht, wen oder was sie spielte, aber neben Miss Ellas Stimme war das das schönste Geräusch, das je die Räume von Waverly erfüllt hatte. Mutt kam mit einem komisch aussehenden Schraubenschlüssel ins Arbeitszimmer. Er hob den Deckel des Flügels, beugte sich vor und lauschte. Alle paar Sekunden griff er über die Saiten, um eine von ihnen eine Kleinigkeit anzuziehen oder zu lösen, so still und selbstverständlich, als schraubte er an einem Vergaser. Mutt setzte sich neben Katie auf die Klavierbank und beobachtete, wie ihre Finger über die Tasten tanzten. Ich stellte den Schläger in eine Ecke, setzte mich auf den Boden und las die Glassplitter aus meinen Haaren. Auf meinen Lippen schmeckte ich den alten, bitteren Wein, der in meinen Wunden schmerzte und in meiner Kehle brannte.

Katie spielte, bis der Morgen graute. Ich weiß nicht mehr, wie viele Stücke. Alle paar Minuten stand Mutt auf, ging um den Flügel herum, machte sich an einer Saite zu schaffen und setzte sich dann wieder neben sie. Er in seinem gestreiften Polyesteranzug, sie in ihrem seidenen Schlafanzug und ich weingetränkt und mit Glassplittern im Haar.

Kapitel 40

Am späten Vormittag stand ich mit einem Handtuch um meine nassen Haare in der Küche und schenkte mir gerade eine Tasse Kaffee ein, als Mutt mit einer Kettensäge in der einen und einem Vorschlaghammer in der anderen Hand hereinkam. Ich muss gestehen, das erregte meine Neugier, doch nach den letzten vierundzwanzig Stunden hielt ich prinzipiell alles für möglich.

„Guten Morgen", begrüßte ich ihn, aber Mutt war schon verschwunden. Gefangen in seiner eigenen Welt bemerkte er mich gar nicht. Sein Gesicht war starr geradeaus gerichtet, wie ein Mann, der ein bestimmtes Ziel hatte. Ich ging nach unten und zog mich an, als ich das erste Krachen hörte.

Um ehrlich zu sein, es war mir völlig egal, ob er das ganze Haus zertrümmerte. Jede Veränderung wäre eine Verbesserung. Doch ich muss sagen, dass ich die Stufen hochging und hoffte, dass Mutt konstruktiv zerstörte und nicht einfach nur kaputt machte.

Ich hielt meinen Kaffee in der Hand und beobachtete ihn von der Tür aus, während er mit Rex' Kommode kämpfte. Er versuchte, sie aus dem Fenster zu wuchten. Langsam hob er sie auf das Fensterbrett, schob sie dann quietschend vorwärts und beförderte sie mit einem letzten kleinen Fingerschnick aus dem Fenster. Er beugte sich vor und beobachtete, wie sie auf dem Marmor- und Granitboden der Veranda aufschlug und in ein Dutzend Teile zersplitterte. Danach zog er sich die Schutzbrille über die Augen, schmiss die Kettensäge an, sägte Rex' Bett in zwei Teile und warf es dann ebenfalls aus dem Fenster. Als Nächstes kamen die Überreste des Schreibtischs an die Reihe, und weil er gerade dabei war, warf er das gesichtslose Porträt wie eine Frisbeescheibe gleich hinterher. Mit dem Vorschlaghammer machte er sich dann an den Kamin und seine Einfassung. Als er damit fertig war, schlug er mit dem Hammer auf die Zimmertür ein und warf beides aus dem Fenster auf den schon ganz ansehnlichen Haufen auf der Veranda. Jetzt war das Zimmer praktisch leer. Wortlos sammelte Mutt sein Werkzeug zusammen, nickte mir zu, ging nach draußen und fing an, die zersplitterten Möbel im Garten hinter der Veranda zu einem ordentlichen Haufen aufzutürmen. Hafti kam neugierig an den Zaun getrabt, um zu sehen, was dort vor sich ging. Dasselbe taten auch Jase und Katie, die mittlerweile auf der Veranda Platz genommen hatten, um das Feuerwerk mit anzusehen und anzuhören. Moses mistete Haftis Stall mit einem Ausdruck auf dem Gesicht, der mir sagte, dass ihn das alles nicht im Geringsten überraschte. Mir war klar, dass er den Anblick genoss.

Bei seiner Suche nach Benzin stellte Mutt die gesamte Scheune auf den Kopf, fand aber nichts.

Ich hob die Hand. „Ich habe genau das, was du brauchst." Schnell rannte ich in den Keller und zog Whiteys Whiskey unter meinem Bett hervor. Mutt goss beide Behälter über den Haufen. „Ihr solltet besser etwas zurückgehen", sagte er zu Jase und Katie. Dann warf er ein Streichholz auf den Haufen, und sofort loderten helle Flammen gen Himmel. Schwarzer Qualm und ein bestialischer Gestank folgten, als die Flammen den Klebstoff und die Bezüge entzündeten.

Mutt ging in die Küche, wusch sich die Hände, holte eine Kiste mit Eis aus dem Gefrierfach, suchte nach einem Eis mit Bananengeschmack und löste das Papier ab. Mit einem halben Eis am Stiel im Mund hielt er mir die Kiste hin. Ich hob meine Kaffeetasse und schüttelte den Kopf. Er deutete mit dem Stiel seines Eises auf mich und sagte mit vollem Mund: „Ich kann nicht verstehen, dass manche Menschen anderes Eis als Bananeneis essen können." Wir sahen zu, wie die Flammen langsam die Überreste von Rex' Porträt ergriffen. Es schrumpelte zusammen wie Frischhaltefolie auf einer heißen Herdplatte, schmolz zu einem Ball, wurde schwarz und zerfiel dann zu Asche.

Mutt schluckte den letzten Bissen Eis, warf den Stiel ins Feuer und begann, den Rest des Hauses von den Möbelstücken zu befreien, die er nicht leiden konnte. Ziemlich schnell fand ich heraus, dass jedes Möbelstück, mit dem er eine negative Erinnerung verband, nach und nach im Feuer landete. Drei Stühle aus dem Esszimmer, einige Regalbretter Bücher, zwei Schürhaken, ein halbes Dutzend Lampen, zwei Barhocker und fast die gesamte Bar, zwei Sofas, drei große Sessel, einige Beistelltische, ein Globus, alle Anzüge, Schuhe oder Ähnliches von Rex, die noch im Haus waren, ein kleiner orientalischer Teppich, der Teppich aus einem der Badezimmer, fünf oder sechs Gemälde, ein Waschbecken aus dem Bad, alle Bilder von Rex, die er finden konnte, der Esstisch, den er vorher mit dem Hammer in seine Einzelteile zerlegt hatte, fast alle Vorhänge, der Deckenventilator, einige Sitzkissen, alles Bettzeug und schließlich auch noch Rex' Lieblingsgewehr. Er trug das teure Gewehr an mir vorbei die Stufen hinunter und schaute mich fragend an. Ich nickte, und mit zufriedenem Gesicht warf er das fünftausend Dollar teure Stück auf den brennenden Haufen.

Es war ein warmes Feuer. Teuer, aber trotzdem tröstend. Aus der Scheune kam Moses mit der Mistgabel in der einen und einer Tasse Kaffee in der anderen Hand. Er lehnte sich gegen den Zaun, lächelte und prostete mir zu. Katie kam von der Veranda und sagte: „Tucker, willst du ihn denn nicht aufhalten?"

„Warum?"

„Nun" – sie deutete auf das Haus – „könntet ihr zwei denn nicht etwas Sinnvolleres mit alldem anfangen?"

„Was denn?"

„Es verkaufen."

„Sicher. Aber dieses Feuer ist eine bessere Therapie, als man für das Geld bekommen würde. Ich habe mir gerade überlegt, ob ich ein paar Marshmallows und eine Tafel Schokolade hole und mir dann einen Stuhl ans Feuer rücke."

Während die Flammen immer heißer und höher loderten, setzte ich mich im Schneidersitz auf den Boden und genoss die Hitze auf meinem Gesicht. Jase rannte von der Veranda, sprang auf meinen Schoß und sagte: „Onkel Tuck, glaubst du, Onkel Mutt würde gern Bier mit uns trinken?"

***

Unser therapeutisches Feuer brannte mehrere Stunden, doch die Plastikbox in meiner Tasche und Mutts plötzliches Verschwinden erinnerten mich daran, dass das Unausweichliche kommen würde. Vielleicht war das nur die Ruhe vor dem Sturm. Was würde er tun, wenn das Feuer heruntergebrannt war? Spät am Nachmittag wählte ich die Nummer. „Gibby, hier ist Tucker."

„Tucker, es freut mich, dich zu hören. Wie geht es ihm?"

„Das hängt davon ab. An manchen Tagen sehe ich einen Fortschritt. An anderen eher Rückschritte. Aber ..."

„Tucker, was ist los?"

„Ich glaube, ich habe die Wurzel gefunden."

„Woher weißt du das?"

„Es ist eine lange Geschichte, aber erinnerst du dich an den Traum, den er dir erzählt hat, wo er unter einem Schreibtisch oder Tisch eingeklemmt ist oder sich dort versteckt und jemandem in Not nicht helfen kann?"

„Sicher."

„Nun, das ist tatsächlich passiert. Ungefähr vor fünfzehn Jahren. Wir waren beide da, aber ich wusste bis gestern Abend nicht, dass er auch da war. Ich weiß nicht ... was ich tun soll. Wenn ich ihn anschaue, dann halte ich beides für möglich. Dass es langsam besser mit ihm wird oder dass er eines Tages einfach implodiert."

„Übermorgen ist Weihnachten. Ich werde dir mit dem Expressversand verschiedene Medikamente zuschicken, die spätestens am sechsundzwanzigsten bei dir sein sollten. Das sind drei Tage. Glaubst du, du schaffst das so lange?"

Ich hatte die Zeit vergessen. Ich hatte keine Ahnung, dass es der Abend vor Heiligabend war. „Ich glaube schon. Vielleicht. Ich weiß es nicht. Ich weiß nicht, ob seine Zündschnur langsam, schnell oder überhaupt nicht brennt."

„Hast du ihm die Spritzen schon gegeben? Das Thorazin?"

„Nein, noch nicht."

„Habe sie immer dabei. Wenn es auch nur halb so schlimm um ihn steht, wie du sagst, dann sind sie vielleicht deine einzige Rettung."

Gibby hatte recht, aber jetzt hatte ich zwei Probleme – Mutt und was ich Katie und Jase zu Weihnachten schenken könnte.

Kapitel 41

Als ich klein war, träumten die meisten meiner Freunde davon, Feuerwehrmann zu werden, Mörder zu verfolgen, das alles entscheidende Tor zu schießen, ein Mädchen zu retten oder auch nur geküsst zu werden. Meine Träume hatten nichts mit Feuerwehrmännern, Polizisten, Räubern, Mädchen oder Toren zu tun – das kam alles erst später. Mein erster Traum war, jedenfalls soweit ich mich erinnern kann, dass Rex früher von der Arbeit nach Hause kam, seine Aktentasche abstellte, einen Baseballhandschuh aufhob, statt sein Glas in die Hand zu nehmen, und Bälle für mich warf. Und wenn er all das hätte tun können, ohne mich dabei anzuschreien oder zu schlagen, dann wäre ich der glücklichste Junge der Welt gewesen.

Tagsüber träumte ich davon, dass Rex in seinem gestärkten, weißen, bestickten Hemd aus ägyptischer Baumwolle völlig verschwitzt und mit losem Schlips lächelnd aus seinem schwarzen Mercedes stieg und mir nach jedem Schlag ein ermutigendes Wort zurief. „So ist es richtig. Heb den Ellenbogen etwas mehr. Zielen, Schritt, Wurf. Konzentriere dich auf dein Ziel. Wirf mit ganzer Kraft." Rex hätte mir sagen können, dass ich das wichtigste Kind auf der Welt war, wenn er nach der Arbeit nach Hause gekommen wäre, mir meinen Handschuh zugeworfen und gesagt hätte: „Beeil dich, sonst wird es dunkel." Als das nicht passierte, warf ich den Ball für mich selbst und dachte mir immer neue Entschuldigungen für ihn aus. Es dauerte nicht lange, bis mir keine mehr einfielen.

Ziemlich bald merkte ich, dass Rex sich nicht für Baseball interessierte, deshalb entwickelte ich andere Träume. Diese Träume drehten sich darum, dass wir Dinge gemeinsam taten. Ich redete mir ein, dass er nur so viel zu tun hatte, weil er so wichtig war und so viel Macht und Einfluss hatte. In meinen neuen Träumen fragte Rex mich, ob wir nicht zusammen den Stall ausmisten, den Rasen mähen, die Gewehre reinigen, Frühstück machen, Holz hacken, ein Feuer anzünden, die Pferde striegeln, angeln gehen oder den Traktor fahren könnten – egal, was – aber Rex tat so etwas nicht ein einziges Mal. Er bezahlte andere Leute dafür, dass sie es für ihn taten, denn er interessierte sich auch dafür nicht. Weil er all das nicht machte, hatte er mehr Zeit, um dem Geld nachzujagen oder seiner Sekretärin nachzustellen oder eine Billigfirma in einem Dritte-Welt-Land auseinanderzunehmen.

Es ist nicht so, dass ich seine Gabe, aus allem Geld zu machen, nicht gesehen hätte. Alles, was er anfasste, wurde zu Gold. Aber dieses Geheimnis hätte er niemals mit mir geteilt. Es war sein Geheimnis, und er war eher glücklich darüber, dass es auch mit ihm sterben würde. Er sah in mir nicht seinen Sohn, sondern einen Konkurrenten. Rex' Ziele waren einfach und offensichtlich: Er stellte Katies Vater an, um Katie loszuwerden, denn sie machte mich glücklich. Und wenn er nicht glücklich war, durfte es auch sonst keiner sein.

Am Ende träumte ich nur noch davon, dass er mir wenigstens Anerkennung geben würde. Wenn Rex schon nicht im Regen mit mir Baseball spielen wollte, dann könnte er mich doch zumindest an der Hand nehmen, mich durch die Eingangstür seines Hochhauses führen, mir anerkennend auf die Schulter klopfen und sagen: „Hallo Mr So-und-so, ich möchte Ihnen gern meinen Sohn vorstellen." Dann hätte ich den Knopf im Lift drücken dürfen und wir wären in sein Büro gefahren. Dort hätte er mich seinen Angestellten vorgeführt und seiner Sekretärin gesagt, dass sie uns Kaffee und heiße Schokolade in sein Büro bringen sollte. Danach hätte ich ihm bei der Arbeit zugeschaut oder wäre zusammen mit ihm zu Sitzungen gegangen oder irgendetwas anderem Wichtigem. Denn wenn er mich zu dem mitgenommen hätte, was ihm so wichtig war, dann hätte ich geglaubt, dass ich auch für ihn wichtig bin.

Miss Ella dagegen brauchte ich nie zu fragen, ob sie mich liebte. Das wusste ich. Sie sagte es mir jeden Tag, meistens ohne Worte. Seit ich fünf war, brachte Miss Ella mir bei, wie man Liebe buchstabierte, und ich habe es nie vergessen.

Man buchstabiert es Z-E-I-T. Und dieses Wort kannte Rex gar nicht.

***

Der Blick in Jase' Augen sagte mir, dass er dasselbe Problem hatte wie ich damals. Ihm war langweilig. Es war neun Uhr morgens und er war schon ungefähr zweihundert Runden auf seinem Fahrrad um die Einfahrt gefahren. Er hatte sogar schon seine eigenen Bälle auf den Abschlag gelegt. Er brauchte eine Anregung.

Mutt dagegen brauchte eine Grundreinigung, aber ich wusste nicht, wie ich ihm das sagen sollte. Sein Bart war schon zwei Wochen alt, aber er zitterte so heftig, dass er keine gerade Linie malen konnte. Daher wollte ich eigentlich nicht, dass er sich selbst rasierte. Womöglich würde er sich die Halsschlagader aufschneiden. Andererseits wollte ich ihn auch nicht beleidigen, deshalb zäumte ich das Pferd von hinten auf. Mutt zog sich gerade an, als ich auf den Heuboden kletterte. „Ich dachte, ich lass mir heute mal die Haare schneiden. Willst du mitkommen?"

Jase hörte mich vom Fuß der Leiter und rief: „Ich will! Ich will mit!" Mutt sah mich neugierig an. „Wann?"

Ich zuckte mit den Schultern. „Jederzeit."

Mutt schaute sich in der Scheune um, als würde er seinen inneren Terminkalender durchblättern, sah dann auf sein linkes Handgelenk, an dem er noch nie eine Uhr getragen hatte, und nickte. „In fünf Minuten?"

„Ich warte im Pick-up auf dich."

Ich klimperte auffordernd mit den Schlüsseln in Katies Richtung. Doch sie fuhr sich nur lächelnd mit den Fingern durch ihre kurzen Haare: „Nein, danke. Ich denke nicht, dass ich den Friseur von Clopton an meine Haare lassen will."

„Soll ich dir ein bisschen Farbe mitbringen?"

Sie verdrehte die Augen.

* * *

Es gibt ein altes Sprichwort: Lass deine Haare nie von einem glatzköpfigen Friseur schneiden, denn er könnte neidisch auf deine Haare sein. Peppy Parker ist kahl wie eine Kugel und ist es schon immer gewesen, doch ganz Clopton hat schon einmal auf seinem Friseurstuhl gesessen. Er selbst ist überall bekannt, und sein Friseurgeschäft gehört zu Clopton wie der Name. Schon so lange ich mich erinnern kann, hat Peppy ein Gebiss, das ihm zwei Nummern zu groß ist. Dadurch pfeift er immer ein bisschen beim Reden. Er hat dauernd ein Stück Tabak im Mund und spuckt beim Haareschneiden hin und wieder in ein Spuckgefäß neben dem Stuhl.

Selbst mit fünfundsiebzig sind seine Hände immer noch ruhig und fest, vor allem beim Rasieren. Er ist zu jedermann freundlich, kennt jeden beim Namen und hat es nie eilig. Aber er verschwendet auch keine Zeit. „Zeit ist Geld", und wenn er das sagt, dann spricht er von deiner Zeit, nicht von seiner. Seit er erwachsen ist, hat Peppy immer fünfzig Wochen im Jahr gearbeitet, mit vierzig Haarschnitten pro Woche. Jeden Kunden verabschiedet er mit einem festen Händedruck und einem: „Es war schön, Sie zu sehen. Sagen Sie Ihrer Familie schöne Grüße und kommen Sie bald wieder." Mehr als einhunderttausend Haarschnitte und Grüße.

Ich habe Peppy vor sechsundzwanzig Jahren das erste Mal gesehen, nachdem Rex Miss Ella den Finger in die Rippen gestochen und gesagt hatte: „Sag Peppy, er soll es kurz schneiden und hinten hoch rasieren!" Das hat er auch getan, was bedeutete, dass ich ständig am Kopf gefroren habe, bis ich zum College ging. Seitdem friere ich dort nicht mehr. Für Rex waren meine langen Haare immer ein Zeichen von Rebellion, aber Miss Ella liebte es, mir mit den Fingern durch die Haare zu kämmen. Ich denke, Peppy hat mir ungefähr achtmal im Jahr die Haare geschnitten, und jedes Mal habe ich mich mehr auf den nächsten Haarschnitt gefreut als das Mal davor.

Dadurch, dass er fast allen in Clopton die Haare schnitt, wusste Peppy fast alles. Wenn man nur Klatsch und Tratsch wollte, ging man ins Banquet-Café, aber wenn man die Wahrheit wissen wollte, dann ging man zu Peppy.

Um kurz nach neun betraten Mutt, Jase und ich den Friseursalon.

„Morgen, Peppy", begrüßte ich ihn.

„Guten Morgen, Tucker. Wie geht es dem Weltenbummler?" Peppy hakte den Kindersitz in die Armlehnen des Erwachsenenstuhls und staubte ihn mit seiner Schürze ab. „Und wer ist dieser junge Mann?"

„Peppy, das ist Jase Withers. Ein guter Freund von mir."

„Nun" – Peppy klopfte Jase auf die Schulter und gab ihm einen Kaugummi – „Tuckers Freunde sind auch meine Freunde." Jase grinste und stopfte sich den Kaugummi in den Mund. Peppy schaute mich fragend an. „Wie soll ich es denn schneiden?"

Noch bevor ich antworten konnte, sagte Jase: „Onkel Tuck, ich will es so geschnitten haben wie du."

„Wie meinst du das?"

„Wie auf dem Bild, das über dem Kamin steht."

„Ohhhh." Ich kniff die Augen zusammen und dachte an die Auswirkungen einer solchen Entscheidung. „Mein Freund, ich glaube nicht, dass das deiner Mutter gefallen wird."

„Aber dir."

Peppy schaute mich mit hochgezogenen Augenbrauen an und lächelte. „Es wächst ja wieder nach. Jeder Junge muss einmal ein Junge werden. Das ist Teil des Lebens."

„Ja, Sir. Das stimmt. Und es wächst ja wieder." Ich schaute zu Peppy. „Das wäre dann die Nummer eins."

Peppy steckte einen Nummer-eins-Kamm auf seinen alten Chromrasierer und schaltete ihn an. Der Motor spuckte, setzte aus, hustete noch einmal und gab dann den Geist auf. „Tja, nach fünfzehn Jahren" – Peppy zuckte mit den Schultern – „war das wohl an der Zeit." Er zog den Stecker, rollte das Kabel um den Rasierer und warf ihn in den Abfalleimer. Ohne zu zögern, zog er seinen neueren, erst sieben Jahre alten Rasierer von der Wand und rasierte Jase systematisch die Haare vom Kopf.

Mutt klopfte mir mit seinen Gummihandschuhen auf die Schulter, deutete auf meine Hosentasche und hielt die Hand auf. Ich gab ihm mein Taschenmesser, und er holte den Rasierer aus dem Müll. Während Peppy Jase die Haare schor, machte sich Mutt an dem Rasierer zu schaffen.

Vier Minuten später war kein einziges Haar auf Jase' Kopf länger als zwei Zentimeter und ich konnte Katie beim Anblick ihres Sohnes schon schreien hören. Es war ein herrliches Bild. Peppy stellte den Rasierer aus, legte die Hand unter die Maschine in der Wand, in der er den Rasierschaum hatte, und tupfte den Schaum vorsichtig auf Jase' Hals.

„Jase, jetzt musst du schön stillhalten", sagte ich und legte ihm eine Hand auf die Schulter. „Mr Peppy schneidet dir die Erwachsenenversion." Vorsichtig rasierte Peppy die weichen Haare von Jase' Hals. Dann wischte er sich die Hände an der Schürze ab und hielt Jase den Spiegel hin. Ein breites Grinsen breitete sich auf Jase' Gesicht aus, seine Ohren sahen aus, als stünden sie etwas mehr ab als vorher, und seine Brust war stolz geschwellt.

Mutt setzte sich auf Peppys Stuhl, und Peppy erkannte ihn erst gar nicht. Ich musste ihm nichts erzählen. Den größten Teil der Geschichte kannte Peppy sowieso schon. Peppy schnitt ihm die Haare, rasierte seinen Nacken und auch sein Gesicht. Als er fertig war, sah Mutt besser aus, als ich ihn seit Langem gesehen hatte. Peppy goss sich eine großzügige Ladung Clubmans-Aftershave auf die Hände und betupfte damit Mutts Gesicht und Nacken.

Jase zog mich am Hosenbein. „Onkel Tuck, was ist das?"

„Oh, das ist das Eigentliche. Das ist Clubmans. Ich denke, das brauchst du auch noch. Das wird deiner Mama richtig gut gefallen."

Ich wusste, dass das nicht stimmte und dass ich gerade eine faustdicke Lüge erzählt hatte, denn keine Frau auf der Welt mag den Geruch von Clubmans. Nur Männer mögen ihn, doch das musste Jase ja jetzt noch nicht wissen. Wenn Katie sich erst einmal von dem Schock erholt hatte, dass ihr Sohn praktisch keine Haare mehr auf dem Kopf hatte, würde sie auch mit dem Geruch fertig werden. Peppy betupfte Jase den Hals und sein Gesicht und fuhr ihm sogar noch mit den Fingern über die Haarstoppeln.

Ich warf einen Blick auf Mutt, der völlig in seine Arbeit versunken auf dem Boden saß. Um ihn herum lagen die Einzelteile des Rasierapparats.

„Tuck." Peppy wischte mit der Schürze über den Stuhl und blies die restlichen Haare mit dem Föhn weg. „Wie ist es? Bist du mittlerweile zur Vernunft gekommen?"

„Ich dachte, du könntest die Spitzen ein bisschen schneiden."

„Das habe ich mir schon gedacht. Du rebellierst immer noch, stimmt's?"

„So was in der Art."

„Setz dich."

Peppy schnitt mir die Haare und hielt sich sogar an meine Anweisungen. Während ich bezahlte, schraubte Mutt die letzte Schraube wieder in den Rasierer, ging zur Ladestation, hängte den Rasierer ein und besprühte die Rückseite mit Desinfektionsspray. Dann schaltete er ihn ein und hielt den Apparat an sein Ohr. Der Rasierer klang und sah aus, als wäre er brandneu. Mutt drückte Peppy den Rasierer in die Hand und versuchte krampfhaft, seine Gedanken in Worte zu fassen. Nach einer Minute brachte er schließlich ein „V-v-v-vierzehn Jahre" über die Lippen.

Peppy lächelte. „Mutt, ich habe immer lieber meinen alten Rasierer in der Hand gehabt. Vielen Dank." Er legte Mutt die Hand auf die Schulter. „Es war schön, dich zu sehen." Mutt blinzelte ein paarmal, und seine Augen zuckten wieder unruhig hin und her. Dann rieb er sich nervös die Hände und nickte. Schließlich versteckte er die Hände in den Hosentaschen, und eine Hand legte sich um etwas, was dort immer zu finden war. Ich wusste ziemlich genau, was es war.

Zusammen gingen wir aus Peppys Friseursalon und traten in die Sonne. Jase lief zwischen uns und griff nach unseren Händen. Mutt hielt Jase' Hand vor sich, als wäre sie ein Glas Wasser, das er nicht verschütten wollte. Eine ältere attraktive Dame in einem knielangen lila Rock und einem weißen Top mit einer schwarzen Handtasche über der Schulter kam auf zwei Krücken auf uns zu gehumpelt. Die Krücken passten zu ihrem Rock und ihrem Schuh. Und ich meine wirklich Schuh, denn sie hatte nur ein Bein. Jase beobachtete sie, bis sie direkt vor uns stand. Er ließ unsere Hände los und stellte sich vor sie.

Sie hielt an und sagte: „Einen schönen guten Tag, junger Mann." Jase beugte sich herunter, ging etwas näher heran und hockte sich dann auf die Fersen, um unter ihren Rock schauen zu können. Das machte ihr anscheinend gar nichts aus. Sie lachte. „Wenn du nach meinem anderen Bein suchst, dann wirst du keinen Erfolg haben." Am liebsten hätte ich mich in ein Loch verkrochen und wäre gestorben.

„Aber" – Jase schaute noch einmal genau nach – „was ist denn damit passiert?"

Sie schaute auf ihn herunter und lächelte. „Es war krank, und die Ärzte mussten es abschneiden."

„Wächst es wieder nach?"

Jetzt mischte ich mich ein. „Ma'am, es tut mir wirklich leid. Er ist erst fünf und ..."

Sie balancierte auf einem Bein und legte mir freundlich die Hand auf den Arm. „Mein Sohn, ich wünschte, wir alle hätten so wenig Hemmungen." Geschickt kniete sie sich hin, setzte sich auf ihre eine Ferse und schaute Jase direkt ins Gesicht. „Nein, es wächst nicht wieder nach, aber das ist in Ordnung. Ich habe ja noch mein anderes Bein."

Jase nickte. „Oh, dann ist ja gut."

Ich ergriff die Hand der Dame und half ihr wieder hoch. Dann nickte sie uns zum Abschied zu und verschwand.

Wahrlich, ich sage euch, wenn ihr nicht werdet wie die Kinder ...

Ich steckte Jase in den Pick-up und ließ den Motor aufheulen, um Miss Ellas Stimme zu übertönen.

Tucker, das ist ein mutiger Junge, den du da hast. Er hat keine Angst vor der Wahrheit.

Ich habe das Gefühl, du willst mir was damit sagen.

Ich habe mich nur gefragt, ob du wusstest, was du da getan hast.

Nicht wirklich.

Nun, von hier sieht es aus, als würdest du ihm das Buchstabieren beibringen.

Ich parkte das Auto neben der Scheune und schaute Jase nach, der ohne mich in Miss Ellas Hütte rannte. „Lauf nur, mein Freund", flüsterte ich ihm hinterher, „sie wird es lieben." Jase rannte durch die Tür, warf sie hinter sich zu und zwei Sekunden später ertönte ein markerschütternder Schrei. Im selben Moment versuchte ich, mich in Richtung Haus zu verdrücken. Aus der Hütte hörte ich Katie schreien: „Tucker Rain! Wenn ich dich erwische ..." Ich wollte gar nicht wissen, wie der Satz endete. Ich sprang über den Zaun, stolperte und bevor ich wieder auf den Füßen war, saß Katie auch schon auf mir. Ihre Fäuste regneten auf mich herunter, und ich war überrascht, wie eine so zarte Frau so hart und schnell zuschlagen konnte. Ich fing so heftig an zu lachen, dass ich kein Wort herausbrachte. Katie hielt meine Hände auf dem Boden fest und bohrte ihre Knie in meinen Brustkorb. „Tucker, du hattest kein Recht dazu."

„Tja, du hättest es ja nicht getan. Einer musste es tun."

„Warum?"

Jase stand auf der Veranda und haute mit der Faust in den Baseballhandschuh. „Komm, Onkel Tuck, lass uns Baseball spielen."

„Entschuldige mich jetzt bitte", sagte ich zu Katie, die mit hochrotem Gesicht immer noch auf mir saß. „Ich muss jetzt wirklich mit diesem gut aussehenden Jungen mit dem tollen Haarschnitt Baseball spielen."

„Tuck, ich bin noch nicht fertig mit dir."

„Sieh mal, Katie, du kannst einen hübschen Jungen großziehen, wenn du willst, aber früher oder später musst du ihm erlauben, ein richtiger Junge zu werden."

Katie stand auf und stampfte mit dem Fuß. „Aber was ist mit seinen Locken?"

„Nun" – ich deutete auf Jase – „sie sind ersetzt worden durch ein strahlendes Kind mit ziemlich viel Ohr."

„Tucker!" Katie stemmte die Hände in die Hüften.

„Schon gut. Schon gut. Es tut mir leid. Nun, eigentlich nicht wirklich, aber wenn du es unbedingt hören willst. Es tut mir leid." Ich nahm sie an der Hand und zog sie zur Veranda. Sie schaute auf ihren Sohn und fing an zu lachen.

„Ich kann es einfach nicht glauben, dass du meinem Sohn das angetan hast. Und was um alles in der Welt ist dieser schreckliche Gestank?"

„Katie", sagte ich und hakte mich bei ihr unter, „heute ist mehr passiert als nur ein einfacher Haarschnitt."

„Oh ja, was denn?"

„Ich bringe Jase das Buchstabieren bei."

Kapitel 42

Eisige Kälte kroch die Stufen zum Keller hinunter und unter meine Decke. Ich öffnete die Augen und konnte meinen Atem sehen. Ich bin kein Metzger, aber ich denke, man hätte Fleisch zum Kühlen in den Keller hängen können. Der Hauch aus meinem Mund erinnerte mich an Doc, den ich fast vergessen hatte, aber ich hoffte, er würde mich verstehen. Wegen der Kälte hüpfte ich in die Küche, warf die Kaffeemaschine an und hörte die Wettervorhersage im Radio. Durch das Rauschen vernahm ich: „Es ist der kälteste Weihnachtsmorgen seit fünfzig Jahren. Minus zehn Grad! Fröhliche Weihnachten!" Zwei Informationen in diesen Sätzen erregten meine Aufmerksamkeit, „zehn" und „Weihnachten".

Ich stapelte in allen drei Kaminen im Erdgeschoss Holz, schüttete etwas Spiritus darüber, zündete alles an und wartete darauf, dass das Stockwerk warm wurde. Das feuchte, dunkle und leere Gefühl von Waverly verschwand langsam. Das Feuer verwandelte den Raum in einen warmen, freundlichen Ort, und die Flammen erleuchteten selbst die finsterste Ecke und Erinnerung. Alles war hell und einladend. Ich erkannte das Haus fast nicht wieder. Doch etwas fehlte. Ein Blick und ich wusste, was. Ich zog so ziemlich alles an, was ich besaß, und zitterte trotzdem den ganzen Weg bis zur Scheune.

Mutt lag schlafend auf seiner Decke – zusammengerollt wie eine Raupe. Ich weckte ihn nicht, denn das war das erste Mal seit einer Woche, dass ich ihn schlafen sah. Stattdessen sattelte ich Hafti, legte ein Lasso über das Sattelhorn, holte eine alte verrostete Säge und eine alte Decke aus der Werkzeugkiste und ritt nach Osten. Wir machten einen Bogen um die Obstbäume und um den Steinbruch und kamen schließlich in einen Teil des Grundstücks, wo wilde Bäume wuchsen. Manche der Kiefern waren zwanzig Meter hoch, und die Eichen hatten Stämme so breit wie meine Motorhaube. Ich fand eine drei Meter hohe

Stechpalme, die schon mit kleinen roten Perlen dekoriert war. Beim Sägen des Baums kam ich richtig ins Schwitzen. Dann schnitt ich die unteren Äste ab, legte den Baum auf die Decke, verschnürte ihn vorsichtig und zog ihn mit dem Lasso am Sattelhorn zum Haus zurück. Der Tau war gefroren, und eine dünne Eisschicht lag über dem Boden vor uns. Sie war nicht dick genug, um Hafti Probleme zu machen, aber doch glatt genug, dass der Baum mühelos hinter uns herglitt. Ich trug den Baum durch die Eingangstür und stellte ihn im Arbeitszimmer gegenüber des Kamins auf. Den verrosteten Christbaumständer hatte ich in der Scheune gefunden.

Geschenke waren ein größeres Problem, bis ich auf den Dachboden kam. Ich zog eine große Holzkiste hervor, die groß genug war, dass ich als Kind zusammengerollt darin Platz gehabt hatte. Sie sah fast so aus wie eine Schatzkiste von einem Piratenkapitän. Ich putzte sie mit etwas Möbelpolitur, stellte sie unter den Weihnachtsbaum und legte eine Schleife darauf. Der Geruch der Kiste war immer noch vertraut. Der Kaffee war mittlerweile durchgelaufen, deshalb goss ich mir eine Tasse ein und machte mich mit der Holzpolitur an den Flügel. Als ich fertig war, band ich eine riesige Schleife darum, warf noch einige Holzscheite auf das Feuer und legte mich dann erschöpft auf das Ledersofa im Arbeitszimmer und beobachtete die züngelnden Flammen.

Eine Stunde später öffnete sich quietschend die Fliegengittertür und fiel dann laut ins Schloss. Kleine trappelnde Schritte waren in der Küche zu hören. Sie rannten nach unten in den Keller, hielten kurz inne, kletterten die Stufen wieder hinauf und tappten durchs Haus. Als er ins Arbeitszimmer gerannt kam, begrüßte ich ihn mit: „Hallo, mein Freund."

„Onkel Tuck!" Jase winkte mit den Armen in der Luft und hüpfte hin und her. „Es ist Weihnachten!"

„Ich weiß. Kaum zu glauben, aber wahr."

Ein paar Sekunden später kam Katie in einem Flanellnachthemd und einem Bademantel ins Zimmer. Außerdem hatte sie sich in eine Decke gehüllt. Ihre Augen waren immer noch ganz verschlafen und ihre Haare lagen wild um ihren Kopf. Ich schaute sie nur kurz an und deutete dann in die Küche. „Kaffeemaschine. Er ist noch heiß." Sie nickte, gähnte und schlurfte in die Küche.

Jase hüpfte auf meinen Schoß und sagte: „Ich habe eine Überraschung für dich."

„Wirklich? Was ist es?"

Er wischte sich mit dem Handrücken die Nase. „Das kann ich dir nicht sagen. Dann wäre es keine Überraschung mehr."

„Ich hab auch eine Überraschung für dich", sagte ich und deutete auf die Kiste.

Jase' Augen wurden kugelrund. „Wow. Was ist das?" Er sprang von meinem Schoß, umkreiste die Kiste und legte andächtig die Hände darauf.

Katie kam ins Arbeitszimmer zurück und setzte sich neben mich auf die Couch. Bei jedem Schluck wurden ihre Augen ein bisschen größer und wacher. „Hi", flüsterte sie. „Der Baum gefällt mir. Hast du den extra bestellt?"

„Er hat viel Potenzial, aber wenig Dekoration, doch das kann Jase ja später machen."

„Hey, Mama", unterbrach uns Jase und haute auf den Deckel der Kiste. „Onkel Tuck hat eine Überraschung für mich. Darf ich sie aufmachen?" Sie sah mich an, und ich nickte.

Jase hob den Deckel, und der Geruch von Holz erfüllte den Raum. Mit dem Geruch kamen die Erinnerungen zurück und mir wurde plötzlich bewusst, dass in dieser Kiste alle Schätze meiner Kindheit waren. „Wow, Mama, schau mal." Jase holte meinen Pistolengürtel aus der Kiste und hielt ihn hoch. Das Leder war schon alt, aber noch nicht brüchig. Er legte den Gürtel um und zog die Pistole heraus. Der künstliche Elfenbeingriff war abgenutzt und ölig. Danach zog Jase meinen Hut und mein rotes Halstuch hervor. Dann meine Stiefel, eine Tüte Murmeln, meine riesige Matchboxautosammlung, meine Eisenbahn, eine Tüte mit fast zweihundert grünen Plastiksoldaten, zwei Gummipistolen, ein Piratenschwert und ein paar glitzernde Flügel, die einem kleinen Mädchen passen würden. Er verteilte seine Beute um sich herum auf dem Boden. Katie schaute auf die Flügel, dann zu mir und schüttelte ungläubig den Kopf. Jase sprang wieder auf meinen Schoß, schlang die Arme um meinen Hals und sagte: „Danke, Onkel Tuck."

„Es freut mich, dass es dir gefällt, mein Freund. Es gehört dir."

„Alles?"

„Jedes einzelne Stück."

Ich drehte mich zu Katie um. Sie hob die Flügel auf und hielt sie vor sich. „Ich kann gar nicht glauben, dass du das alles aufgehoben hast."

„Ich hatte Hilfe." Ich nahm Katie an der Hand und sagte: „Bist du bereit für dein Geschenk?"

„Wann hattest du denn Zeit zum Einkaufen?"

„Ich brauchte keine Zeit. Mach die Augen zu." Katie stellte ihre Tasse ab und schloss die Augen. Ich drehte sie achtmal im Kreis, führte sie dann zu der Klavierbank und setzte sie darauf. „Mach die Augen auf."

Katie öffnete die Augen und sah den Flügel vor sich mit der riesigen Schleife oben auf dem Deckel. Ihr Mund klappte auf, und ihre Finger fielen instinktiv auf die Tasten.

„Tucker", sagte sie kopfschüttelnd, „das kann ich nicht annehmen."

Ich legte ihr die Hand auf den Mund. „Du solltest es besser annehmen, bevor Mutt sich des Flügels annimmt. Ich möchte mir gar nicht vorstellen, was er ihm mit der Kettensäge alles antun könnte. Außerdem klingt es nur gut, wenn du hier sitzt." Sie lächelte, zog mich neben sich auf die Bank und legte ihre Hände um mein Gesicht. „Es ist von mir, Mutt und Miss Ella", stotterte ich hervor.

Katie zog mein Gesicht zu sich heran und flüsterte: „Vielen Dank, Tucker Rain", und küsste mich auf den Mund. Ihre Lippen waren warm, weich und zart, und ich spürte ein Kribbeln von den Haarspitzen bis zu den Zehen. Hinter meinem Bauchnabel wurde der Schmerz größer.

Katie legte die Finger auf die Tasten und spielte alle Weihnachtslieder, die ich je gehört hatte. Und zum zweiten Mal seit sie ihr Auto in den Straßengraben gesetzt hatte, strömte Musik durch die Zimmer und erfüllte das Haus mit den wunderbarsten Tönen, die ich nicht mehr gehört hatte, seit Miss Ella gestorben war.

Dann kam Mutt mit etwas zerrissenen Schlafanzughosen ins Arbeitszimmer geschlurft. „Fröhliche Weihnachten." Mutt schaute uns verwirrt an, und ich deutete auf den Baum. „Fröhliche Weihnachten."

„Es ist Weihnachten?"

„Ja."

Mutt ging zum Fenster und schaute in den Vorgarten. So stand er einen Moment wie erstarrt und sagte dann: „Es ist nicht Weihnachten."

„Nun, nach fast allen Kalendern auf dieser Welt ist heute Weihnachten."

Mutt deutete nach draußen und schüttelte den Kopf. „Es ist nicht Weihnachten." Mutt kniff die Augen zusammen und verschwand, so schnell er gekommen war, wieder in der Scheune. Fünf Minuten später hörte ich, wie ein Motor angeworfen wurde, und sah, wie Mutt um das Haus in den Vorgarten kam. Er hatte den Hochdruckreiniger in der Hand und zog einen Schlauch hinter sich her. Dann stellte er sich vor das Haus, steckte die kleinste Düse auf die Maschine und drehte den Hahn auf. Wasser schoss mit unglaublichem Druck ungefähr fünfzehn Meter hoch in die Luft. Dort verteilte es sich wie ein Regenschirm, und die Tropfen verwandelten sich in kleine gefrorene Schneeflocken. Eine ganze Stunde lang stand Mutt so da und verwandelte das Haus und den Garten in eine Winterlandschaft. Im Haus spielte Katie Klavier und Jase war mit seinen Spielsachen beschäftigt, während ich mit der Tasse in der Hand auf dem Sofa saß und alles beobachtete. Ich hatte eine Hand auf meinen Bauch gelegt und versuchte, die Tränen zu verstecken, die immer wieder in meine Augenwinkel krochen.

Schließlich stapfte Mutt durch zehn Zentimeter Schnee zurück zur Scheune und war endlich überzeugt, dass Weihnachten war. Er verstaute den Hochdruckreiniger wieder im Karton und kletterte dann auf den Dachboden. Ein paar Minuten später kam er wieder, kratzte sich am Kopf und klopfte mir auf die Schulter. „Darf ich dich was fragen?"

„Sicher."

Wir gingen zusammen auf den Dachboden, und er deutete auf etwas in der Ecke, das unter einer völlig verstaubten Decke verborgen war. „Kann ich das wiederhaben? Ich möchte es dem Jungen schenken."

Ich hob die Decke und sah die Burg aus Legosteinen, die Mutt mir vor fast fünfundzwanzig Jahren geschenkt hatte. Ich nickte. „Ja, Mutt. Ich glaube, sie wird ihm ziemlich gut gefallen."

Wir kämpften uns mit der Last nach unten, stellten die Burg auf die Holzkiste und warfen die verstaubte Decke einfach in den Müll. Jase stand mit großen Augen vor der Burg. Er schien sein Glück gar nicht fassen zu können. Katie schlich auf Zehenspitzen durch das Zimmer, nahm Mutt sanft an der Hand und küsste ihn auf die Wange. „Vielen Dank, Mutt." Das wäre ein wunderbares Foto geworden.

Katie backte Pfannkuchen und ich beobachtete, wie Jase seiner Mutter klebrige Küsse auf die Wange drückte und ihr mit zuckrigen Händen glücklich über das Gesicht streichelte. An diesem Tag lachten wir am Feuer, bewarfen uns mit Schneebällen, spielten mit den Soldaten, befreiten die Prinzessin aus dem höchsten Turm der Burg, kämpften gegen die Krokodile im Burggraben und sangen jedes Weihnachtslied, das wir kannten, mindestens zweimal.

Am Abend trug ich Jase müde von den Ereignissen des Tages in Miss Ellas Schlafzimmer, zog ihm die Decke bis an den Hals und sagte: „Gute Nacht, mein Freund. Schlaf gut."

Jase reckte mir die Arme entgegen, schlang sie um meinen Hals und sagte: „Onkel Tuck?" Seine Augen waren glasklar, und ich konnte bis in sein kleines Herz schauen. Keine Hemmungen, keine Wände, keine Narben und kein Sarg, über den man stolperte. „Ich hab dich lieb, Onkel Tuck." Seine kindliche Stimme sang in meinen Ohren. Eine wunderschöne Melodie, eine, die ich auch einmal gekannt hatte. Ich hatte sie vergessen, aber jetzt erinnerte ich mich. Ich blickte auf Jase hinunter, strich ihm mit der Hand über das kurze Haar, gab ihm einen Kuss auf die Wange und flüsterte heiser: „Ich ... ich hab dich auch lieb, Jase."

Katie ging hinter mir her aus dem Schlafzimmer, drückte mich auf das Sofa und kuschelte sich an mich.

Fühlt sich gut an, oder?

Eine Antwort gab ich nicht. Ich lehnte mich einfach zurück, und Katie legte ihren Kopf auf meine Brust, ihre Beine über meine Beine und ihre Hand auf mein Herz. Wir waren so ineinander verschlungen wie die Ranken des wilden Weins an der Tür von St. Joseph. So saßen wir lange im warmen Feuerschein und beobachteten die Schatten an den Wänden. Der Duft von Katies Haaren und Haut füllte meine Lungen und fühlte sich an wie eine Umarmung.

Fröhliche Weihnachten, mein Kind.

Kapitel 43

Drei Tage lang war Mutt nirgends zu sehen. Ich sah Spuren – fehlende Seifenstücke, Werkzeug, das einfach verschwand, Fußspuren im Schlamm um die Scheune herum und ab und zu war der Motor des Pick-ups warm, obwohl ich ihn nicht gefahren war. Aber nie bekam ich ihn wirklich zu Gesicht. Ich machte mir langsam Gedanken, denn soviel ich auch suchte, er war nirgends zu finden. Er war nicht im Steinbruch, grub nicht in seinem Tunnel, schlief nicht am Fuß des Kreuzes, badete nicht in dem Topf im Schlachthaus, war nicht im Wasserturm, spielte nicht Schach auf dem Heuboden oder nahm irgendein Teil im Haus auseinander. Mutt war und blieb verschwunden.

Der letzte Tag des Jahres brach an, und Katie sah die Sorgen auf meinem Gesicht. „Müssen wir jemandem Bescheid sagen?"

Ich schüttelte den Kopf. „Ich weiß es nicht. Es könnte ihm gut gehen oder auch nicht. Ich weiß es einfach nicht."

„Wo hast du noch nicht gesucht?" Ich lehnte mich gegen den Küchenschrank und starrte aus dem hinteren Fenster über die Veranda zu Rex' Statue und der Weide. „Wo wäre der Ort, an dem sich Mutt verstecken würde? Ein sicherer Ort, wo seine Gedanken zur Ruhe kommen könnten?"

„Katie, ich weiß es nicht. Ich habe überall gesucht. Er könnte in irgendeinem Zug fünfhundert Kilometer von hier sitzen."

Katie legte ihre Hand auf meinen Nacken und massierte mich sanft. „Wohin wäre Miss Ella gegangen?" Jeden Tag kam Katie mir ein Stück näher, und ich öffnete mich mehr und mehr für ihre Berührungen.

Wieder schaute ich aus dem Fenster und spürte ihre Hand auf meinem Nacken. Mit den Fingernägeln kratzte sie mich vorsichtig am Rücken. Mutter Teresa hatte recht gehabt. Ich würde mein Brot immer gegen Liebe eintauschen.

In dem Moment schoss mir ein Gedanke durch den Kopf. Ich wusste nicht, warum ich nicht schon früher daran gedacht hatte. Es war so einfach. Ich wandte mich an Katie und sagte: „Bleib hier. Ich bin gleich zurück."

„Wo gehst du hin?"

„Dahin, wo Mutt ist."

* * *

Ich trat gegen den Backstein, der die Tür gehalten hatte, und schob die Ranken des wilden Weins zur Seite. Die Tür öffnete sich ein paar Zentimeter und ich quetschte mich hindurch. Der Geruch von Bleiche, frischer Farbe, Beizmittel und Klebstoff wehte mir durch die Tür entgegen. Ich trat in die Kirche und erkannte sie nicht wieder. Die Kirchenbänke waren abgeschmirgelt und frisch gebeizt. Die Löcher in den Wänden waren zugespachtelt, abgeschmirgelt, und die Wände strahlten in reinem Weiß. Die Balken in der Decke waren durch neue Kiefernbalken ersetzt worden. Das alte kaputte Blechdach war verschwunden. Stattdessen zierte ein neues Dach die Kirche. Doch die Taubennester waren immer noch an ihrem Platz. Einige fette Tauben saßen jetzt warm und trocken in ihren Nestern und flogen durch die neu abgedichteten Fenster nach draußen. Die Fenster standen offen und frische Luft strömte herein. Der Fußboden war ebenfalls abgeschliffen und glänzte unter einer Wachsschicht. Das verrottete lila Kniekissen war verschwunden. Teile des Geländers waren repariert oder ersetzt worden, und das gesamte Geländer war abgebeizt und poliert, genauso wie auch der Altar. Jesus hing wieder gerade an der Wand und sein Kopf, seine Knie und Arme waren sauber. Er glänzte, als hätte ihn jemand mit Leinöl poliert.

Überall sah ich Mutts Handschrift. Nach all der Arbeit in seinem Leben war das hier sein Meisterstück.

Mutt lag in seinem Schlafsack zusammengerollt auf dem Boden vor dem Geländer und blickte auf den Altar. Ich konnte nicht sehen, ob er noch lebte oder schon tot war. Er war voller Sägemehl, Spachtelmasse und Farbflecken. Ich ging um ihn herum und sah, dass er blinzelte. Seine Pupillen waren unnatürlich geweitet. Seine Augen zuckten in den Augenhöhlen und versuchten, das Licht einzufangen. Sein Gesicht war verzerrt und zitterte, und er hatte die Arme fest um seine Schienbeine gelegt.

Ich zog die Plastikbox aus meiner Jackentasche, holte die erste Spritze aus der Box und drückte die Luft aus der Kanüle heraus. Mutts Arm war kalt, als ich seinen Ärmel zurückschob und die Nadel hineinstach.

Mutt wandte den Kopf und versuchte, sich auf mich zu konzentrieren. „Tuck?"

„Ja, Kumpel", sagte ich. Mein Daumen lag immer noch auf der Spritze.

„Ich wollte nicht, dass er auf sie einschlug. Ganz ehrlich. Das wollte ich nicht."

„Mutt, es ist nicht deine Schuld. Es ist nie deine Schuld gewesen."

„Warum kann mein Herz dir nicht glauben?"

„Weil es genauso wie meins ... zerbrochen ist."

Mutt formte mit dem Mund ein paar Worte, aber kein Ton kam über seine Lippen. Er rollte sich wieder wie eine Kugel zusammen und schließlich kamen die Worte doch. „‚Liebe ist eine Entscheidung.' Das hat sie uns immer gesagt. ‚Sie fließt in jedem Menschen wie ein Strom. Wenn du versuchst, sie aufzuhalten, schlängelt sie sich weiter, bis sie ein anderes Herz findet und dort hineinfließt.' Rex hat diese Entscheidung nie getroffen. Er hat einen Damm gegen die Liebe gebaut, den nichts in der Welt zerstören konnte. Jetzt ist nichts mehr von ihm übrig als trockener Dreck, Staub und Knochen, und selbst Elia hätte Probleme, ihn wieder zum Leben zu erwecken. Aber" – Mutt schluckte – „sie hatte recht. Die Liebe hat sich einfach weitergeschlängelt und hat sie gefunden. Sie hatte die Liebe von zehn Menschen und Rex überhaupt keine. Er war wie eine Salzwüste und sie wie die Niagarafälle."

Die Dämmerung kroch über den Boden, und tiefe, schwere Wolken bedeckten den Himmel und verdunkelten den Mond. Ein leichter Nieselregen fiel sanft auf das neue Dach. Es war wie der Anfang einer Symphonie, leise und beruhigend. Mutt döste ein, atmete tief und regelmäßig und seine Augen standen hinter den geschlossenen Augenlidern endlich still. Ich schaute auf die Nadel, das Thorazin wartete immer noch in der Spritze. Mit zusammengekniffenen Augen flüsterte ich: „Wo kann ein Mann in all diesen Scherben seines Lebens Heilung finden? Wie kann er Liebe in den Ruinen seiner eigenen Seele finden?"

Nur hier, mein Kind. Nur hier.

Ich zog die Spritze aus Mutts Oberarm, warf sie in die Kirche und beobachtete, wie sie unter eine der Bänke rollte. Ich stopfte eine Ecke des Schlafsacks unter Mutts Kopf wie ein Kopfkissen, drehte mich um und blickte zu dem Geländer. Dort hatte Miss Ella immer gekniet und gebetet. Ich setzte mich hin und lehnte mich gegen die Balustrade.

Was ist los, Tucker?

„Dreiunddreißig Jahre."

Kind, er hat es lieber, wenn du ihn ärgerlich anschreist, als wenn du überhaupt nichts sagst.

Über mir gurrten die Tauben und flatterten mit den Flügeln. Ich hob die Nase und versuchte, Miss Ellas Duft zu riechen und mich an die richtigen Worte zu erinnern. „Miss Ella, ich weiß nicht, wo ich anfangen soll. Alles steht auf dem Kopf, und zwar schon seit einer ganzen Weile. Manchmal schaue ich Jase an, und es tut weh, denn so bin ich auch mal gewesen: so neugierig, voller Vertrauen und Begeisterung, so ehrlich, so durchschaubar, immer bereit zu vergeben, immer mit einem Lächeln auf den Lippen und bereit, alles für die Liebe zu opfern – sogar die Liebe des eigenen Vaters."

Was ist passiert?

„Rex ist passiert."

Dann solltest du vielleicht bei ihm anfangen.

„Was soll das denn schon wieder heißen?"

Darum: Wenn du deine Gabe auf dem Altar opferst und dort kommt dir in den Sinn, dass dein Bruder etwas gegen dich hat, so lass dort vor dem Altar deine Gabe und geh zuerst hin und versöhne dich mit deinem Bruder und dann komm und opfere deine Gabe.

„Ich glaube nicht, dass ich das verstehe."

Liebt eure Feinde und bittet für die, die euch verfolgen, damit ihr Kinder seid eures Vaters im Himmel. Denn er lässt seine Sonne aufgehen über Böse und Gute und lässt regnen über Gerechte und Ungerechte.

„Was hat das denn mit mir zu tun?"

Du hattest immer einen Vater, Tucker.

Kapitel 44

Ich machte die Tür hinter mir zu und lief durch den Regen zurück zur Scheune. Dort holte ich den Baseballschläger, mit dem ich bei den College World Series geschlagen hatte, von der Wand und sprang in meinen Pick-up. Die Fahrt nach Rolling Hills dauerte nicht lange und der Parkplatz war leer. Es war dunkel in Rex' Zimmer, und der Richter lag in seinem Bett und schnarchte. Doch Rex saß immer noch zusammengesunken in seinem Stuhl am Fenster. Sein Schlafanzug zeigte deutlich die Spuren des Abendessens, aus seinem Mund tropfte der Speichel, aber seine Windeln rochen sauber. Seine Augen waren weit offen und er sah zornig aus. Verzweifelt versuchte er, etwas auf der anderen Seite des Fensters zu erkennen. Er hatte den Kopf wie ein Vogel vorgestreckt, sodass die Venen und Sehnen an seinem Hals deutlich hervortraten. Ein schreckliches Bild.

Als ich mich vor seinen Stuhl stellte, zuckten seine Augen zu mir hoch. Eine zitternde Unterlippe, eine harte Oberlippe und zusammengekniffene Augen zierten sein Gesicht. Er bewegte den Mund, formte Befehle, aber kein Wort kam über seine Lippen. In seiner Fantasie war er König Arthur oder ein edler Ritter, der gegen einen Drachen kämpfte.

Ich kniete mich hin und berührte meinen Vater zum zweiten Mal in fünf Jahren, indem ich ihm beide Hände auf die Knie legte. Sein Pflaster war durchgeweicht. Seine leeren Augen suchten in meinem Blick nach einer Erinnerung. „Rex, wie viel bin ich wert? Zehn Millionen? Fünfzig Millionen? Ich meine, an welchem Punkt ist meine Zeit so wertvoll wie deine? Bin ich einen Dollar wert? Dass du auf meine Kosten gearbeitet hast, ist krank. Eine Seuche." Ich legte ihm den Baseballschläger in den Schoß. „Den größten Teil meiner Kindheit habe ich damit trainiert, damit du stolz auf mich bist. Als du es nicht einmal gemerkt hast, habe ich damit geschlagen, um die Erinnerung an dich auszulöschen. Als das nicht so wirklich funktionierte, versuchte ich, meinen Kopf mit anderen Bildern anzufüllen, um die zu überdecken, in denen du zu sehen warst. Das Problem ist nur, dass die neuen Bilder auf dem vernarbten Gewebe nicht halten wollen." Ich schwieg einen Moment und versuchte, ihm in die Augen zu schauen. „Ich wollte doch nur, dass du ... mit mir im Regen Baseball spielst oder mich wenigstens mit ins Büro nimmst und mich deiner Sekretärin vorstellst. Dann hätte sie uns heiße Schokolade gebracht – nur für uns zwei. Danach wäre ich mit dir in eine Sitzung gegangen und du hättest zu den anderen Leuten sagen können: ‚Meine Damen und Herren, das ist mein Sohn Tucker.'"

Ich lehnte mich gegen die Wand und rutschte auf den Boden. „Alles, was ich über die Liebe weiß, habe ich von einer kleinen alten schwarzen Frau aus dem Süden von Alabama, einem kleinen Jungen namens Jase, einem Mädchen namens Katie und einem großen Jungen namens Mutt gelernt. Und alles, was ich über den Hass weiß, habe ich von dir gelernt. Du zerstörst nur, du baust nichts auf. Du nimmst lieber, statt zu geben. Du isst lieber, statt andere satt zu machen. Doch das Schlimmste von allem ist, dass du uns auf deinem eigenen Altar geopfert hast. Miss Ella hat mir immer wieder gesagt, dass die Narben und Wunden nur heilen können, wenn ich dir sage, dass ich dir vergebe ... und es damit ernst meine. Immer wieder sagt sie mir, dass ich meinen Sarg loslassen soll. Vielleicht meint sie das hier, wenn sie das sagt. Ich weiß es nicht. Manchmal verstehe ich kein Wort von dem, was sie sagt. Ich würde lügen, wenn ich behaupte, ich hätte dir wirklich vergeben. Doch wenn ich es mit meinen Lippen sage, kommt vielleicht mein Herz irgendwann nach. Ich weiß nicht, wie lange er dauern wird – dieser Weg von meinem Mund zu meinem Herzen. Doch egal, wie lange es dauert, hier und heute sage ich es mit meinen Lippen. Und jeden Tag, von heute an, werde ich es wieder und wieder sagen. Denn es steht mehr auf dem Spiel als du und ich." Ich drehte mich zum Fenster. Mein Atem ließ die Scheibe beschlagen und ich malte mit den Fingern sinnlose Figuren. „Es gibt da ein Mädchen, und sie hat einen Sohn." Ich lachte. „Vielleicht zwei Söhne, und nein, wenn es dich interessiert, ich bin nicht der Vater, aber das macht nichts. Warum?" Ich schwieg. Dann flüsterte ich leise: „Weil die Liebe durch die Felsen bricht."

Ich stand wieder auf und drehte Rex den Rücken zu. „Du bist die Wurzel von fast allem Bösen in mir." Ich stellte den Schläger in eine

Ecke und beugte mich über Rex. „Die Sünden des Vaters hören hier auf ... und meine Liebe fängt an."

Ich ging zum Bett des Richters und zog ihm die Decke hoch. Im Schein des Nachtlichts sah ich, wie er die Augen aufmachte. Er flüsterte: „Ich bin stolz auf dich, mein Sohn." Ich zog die Schublade auf, holte eine kubanische Zigarre heraus und zündete sie gleichmäßig an. Dann hielt ich sie ihm an die Lippen, und er atmete den Rauch langsam und tief ein. So saßen wir eine Stunde lang, bis der Richter die ganze Zigarre geraucht und das Zimmer in eine Nikotinwolke gehüllt hatte. Zufrieden nickte er mir schließlich zu, und ich legte den glimmenden Überrest in den Aschenbecher neben seinem Bett. Danach stellte ich den Ventilator so hin, dass ihm der Rauch noch eine Weile ins Gesicht geblasen wurde. Gegen zwei Uhr morgens verließ ich das Zimmer mit leeren Händen.

„Tucker." Die blutunterlaufenen Augen des Richters waren auf den Baseballschläger in der Ecke gefallen. „Wenn du dieses Ding hierlässt, werden mir die Pfleger sicher eins überbraten, und dann bin ich morgen tot. Bist du sicher, dass du das willst?"

Ich schaute auf den Schläger, dann zu Rex und nickte. „Ja, ich brauche ihn nicht mehr." Der Richter schloss die Augen, hielt die Nase in den letzten Rauch und lächelte.

Ich ging am Empfangstisch vorbei, an dem ein Pfleger über einem Comic eingeschlafen war. Er zuckte zusammen, als ich vorbeikam. Ich winkte, und er wischte sich den Speichel aus den Mundwinkeln, schaute auf seine Uhr und sagte: „Frohes neues Jahr, Sir." Als ich den Motor startete und den ersten Gang einlegte, machte mir der Gedanke an ein neues Jahr keine Angst mehr.

* * *

Ich parkte das Auto neben dem Zaun hinter dem Haus. Der Regen hatte nachgelassen und die dichte Wolkendecke brach auf. Der silberne Mond tauchte die Landschaft in ein fahles Licht und ließ die Feuersteine auf dem Feld immer wieder aufblitzen. Ich klappte den Kragen meiner Jacke hoch, schlüpfte durch den Zaun und ging langsam und gebückt über das Feld auf der Suche nach Pfeilspitzen. Schon nach kurzer Zeit war meine Hand voll.

Ich schaute mich um, während der Regen und das Mondlicht meine Schultern durchweichten. Am anderen Ende der Weide blieb ich stehen und schaute durch die Kiefern bis zu Mutts Kreuz, das wie ein Leuchtturm zwischen den Bäumen emporragte.

Mittlerweile war die Nacht kalt und trocken geworden, sodass meine Schritte auf den Kiefernnadeln kaum zu hören waren. Am Waldrand schob ich die Kiefernnadeln zur Seite und grub mit meinen bloßen Händen in der Erde. Sie fühlte sich kalt, klumpig und feucht an. Ich ging näher zum Kreuz und schlängelte mich dabei durch die Kiefern. Dann ging ich zweimal um die Balken, bevor ich meine schmutzigen Hände durch die Ranken des wilden Weins auf das glatte Holz legte. Die Pflanze kam aus der Dunkelheit der Erde unter mir und wand sich wie Kerzenrauch um den Balken herum immer auf das Mondlicht zu. Ich strich mit der Hand langsam immer höher und höher. Schließlich brach ich zusammen, umschlang das Kreuz mit beiden Armen und legte den Kopf an das kühle, glatte Holz. Ich wusste nicht, wo ich anfangen oder was ich sagen sollte, deshalb flüsterte ich nur: „Berühre meine Lippen mit der feurigen Kohle, zünde mich an und wasch mich rein."

Kapitel 45

Tageslicht brach langsam durch die Baumkronen und vertrieb den Nebel. Die Sonne ging auf, bahnte sich einen Weg durch die Wolken, und ich hielt mein Gesicht in ihre warmen Strahlen. Nach einer kalten Nacht fühlten sich die Sonnenstrahlen viel wärmer an als sonst. Um mich herum wachte der Rest der Welt auch auf. Irgendwo im Osten rief eine Eule, im Westen antwortete ihr ein Truthahn, im Norden bellte ein Hund und irgendwo im Süden krähte ein Hahn. Ich atmete die frische Morgenluft tief ein.

Plötzlich hörte ich in der Nähe von Waverly Reifen quietschen. Katie schrie, ein Motor heulte auf und ein Fahrzeug raste die Einfahrt entlang. Außer dem Motor konnte man nur noch Katies verzweifelte Schreie hören: „Neiiiiiiiiiiiiiin! Nicht mein Kind!"

Am Ende der Einfahrt konnte der Fahrer nur in zwei Richtungen abbiegen. Ich sprang auf, entschied mich für eine bestimmte Strecke, pfiff, schmiss mich in vollem Galopp auf Haftis Rücken und hieb ihm immer wieder die Fersen in die Flanken. Am Zaun bremste Hafti abrupt ab, und ich segelte im hohen Bogen darüber. Sofort war ich wieder auf den Beinen und rannte am Zaun entlang bis zu der Kurve am Ende der geteerten Straße. Ich sprang über die Dornbüsche, flog über den Teppich aus Kiefernnadeln und rannte, so schnell meine Lungen und Beine es zuließen. Das Auto hatte noch mehr als einen Kilometer vor sich und ich noch ungefähr dreihundert Meter. Ich hörte die quietschenden Reifen in der Kurve, den aufheulenden Motor und wusste, dass sie aus dem Tor waren. Noch etwa achthundert Meter und ich hatte noch knapp hundert. Ich kam zu einem Stacheldrahtzaun, warf mich auf den Boden und schlidderte auf dem Bauch darunter durch und kletterte den Hang zur Straße hinauf. Als ich oben war, sprang ich, so hoch ich konnte und es mir meine Rückenverletzung erlaubte.

Ich kann mich nicht mehr an den Zusammenprall mit dem Auto erinnern oder daran, dass ich durch die Windschutzscheibe krachte, dann zurückschlenderte und über den Zaun flog. Durch den Aufprall verlor der Fahrer jedenfalls die Kontrolle über den Wagen, drehte sich einmal um die eigene Achse und rutschte in die Weide meines Nachbarn. Er steckte genauso fest wie damals Katies Volvo. Trotz des Unfalls war ich noch bei Bewusstsein und konnte sehen, dass das Auto heute nirgendwo mehr hinfahren würde. Der Fahrer stieg aus, wählte hektisch eine Nummer auf seinem Handy, zog Jase hinter sich her aus dem Wagen und trug ihn dann brüllend und schreiend die Straße entlang in den Wald.

Ich versuchte aufzustehen, spürte aber sofort eine Hand auf der Schulter, die mich sanft wieder auf den Boden drückte.

Mutt hatte einen Baseballschläger über der Schulter und schaute hinter dem Kidnapper her. Noch nie vorher waren seine Augen so klar gewesen. Er klopfte mir auf die Schulter. „Erinnerst du dich noch, dass du mir gesagt hast, ich soll dir Bescheid sagen, bevor ich jemandem wehtue?"

„Ja", antwortete ich und hielt mir meine schmerzenden Rippen.

„Nun, hiermit sage ich es dir."

Mutt sprang einfach über mich, trug den Schläger wie einen Tomahawk, duckte und schlängelte sich wie der Letzte Mohikaner auf seinem Weg durch die Bäume. Dann verschwand er im Gestrüpp in die Richtung, aus der man Jase' gedämpftes Schreien hörte. Ich zog mich an einem krummen Zaunpfahl hoch, stützte meinen Kopf auf und lauschte. Wenn ich Jase noch hören konnte, dann würde Mutt es schaffen. Zwei Sekunden später hörte ich, wie der Baseballschläger auf einen Knochen traf, gefolgt von einem markerschütternden Schrei. Vorsichtig humpelte ich auf das Geräusch zu und fragte mich, was ich dort wohl vorfinden würde. Auf halber Strecke kam mir Mutt mit Jase auf dem Rücken entgegen. Mutts Gesichtsausdruck war nicht anders, als wenn er vom Einkaufen nach Hause käme. Jase hatte den Kopf gegen Mutts Schulter gelehnt und wurde von heftigen Schluchzern geschüttelt. Hinter ihnen lag ein Mann auf dem Boden und krümmte sich vor Schmerzen. Sein linkes Bein war seltsam abgeknickt und ziemlich sicher gebrochen. Sein linkes Knie war zur Seite gedreht und in seinem Schienbein schien es ein neues Gelenk zu geben. Ruhig deutete Mutt auf den Mann, als würde er einen Hund identifizieren. „Trevor."

Jase ließ Mutts Hals los und fiel in meine Arme. „Onkel Tuck." Die Schluchzer verzerrten seine Stimme. „Ich will nicht weg von hier. Ich will hier bei dir bleiben. Sag ihm, er darf mich nicht mitnehmen. Bitte, er darf mich nicht mitnehmen." Ich drückte ihn fest an mich und fragte mich, was für ein Mann das sein musste, der so einen Jungen im Stich lassen konnte. Was für ein Mann lässt überhaupt irgendeinen Jungen im Stich? Ich setzte mich wieder auf den Boden, drehte sein rotziges, tränenüberströmtes Gesicht zu mir und legte meine freie Hand um seine Wangen und sein Kinn. „Hey, mein Freund, keiner holt dich von mir weg. Nicht heute. Und niemals. Hast du das verstanden?"

Jase deutete auf Trevor. „Und was ist mit ihm?"

Ich schaute auf Trevor, der verzweifelt versuchte, Mutts Blick zu entkommen und sich irgendwie zu verdrücken. „Kinder dürfen da nicht hin, wo er hingeht."

Ungläubig starrte Jase mich an. „Aber, Onkel Tuck, ich will hier bei dir bleiben. Ich will gar nicht weg. Er" – wieder deutete Jase auf Trevor – „hat mir gesagt, ich muss mit ihm gehen."

„Jase, er hat gelogen."

„Hm", sagte Jase und legte einen Arm um meinen Hals, „lügst du mich auch an?"

„Jase, pass gut auf. Heute schließen wir einen Pakt. Ich werde dich nie anlügen, und du wirst mich nie anlügen. Schlägst du ein?"

Jase nickte. Ich spuckte in meine Hand und hielt sie ihm hin. Wieder schaute er mich fragend an. Dann wandte er den Kopf in Richtung Katie, die leise zu uns geschlichen kam. Katie kniete sich neben Jase, küsste ihn auf die Stirn und sagte: „Ist schon in Ordnung, Jase." Sie schaute mir tief in die Augen und legte dann beide Arme um ihren Sohn. „Wenn Onkel Tuck dir etwas sagt, dann kannst du es glauben." Jase spuckte in seine Hand und schlug ein. Als seine kleine Hand sich gegen meine drückte, tropfte der Speichel zu Boden. Katie klammerte sich an Jase und drückte ihn ein paar Sekunden. Dabei lösten sich endlich die Spannung und die Sorgen der letzten Wochen und strömten in dicken Tränen über ihr Gesicht. Immer wieder schluchzte sie auf und presste ihren Sohn an sich. Ich nahm Trevors Handy an mich und rief die Polizei. Trevor wollte protestieren, aber Mutt schubste ihn nur kurz mit dem Schläger an, und er schwieg wieder.

Jase ließ seine Mutter los, zog mich am Hosenbein und sagte: „Onkel Tuck, ich gehe nicht mit ihm mit? Richtig?"

Ich legte meine Arme um ihn und drückte ihn, so fest ich konnte, ohne ihm wehzutun. „Niemals."

„Versprichst du mir das?"

Ich setzte ihn auf mein Bein und nickte. „Von ganzem Herzen."

Trevor schaffte es sich aufzurichten und mich zu verspotten. „Du glaubst wohl, du hast auf alles eine Antwort, was? Das hier ist noch nicht vorbei. Du warst vielleicht mal eine Sportskanone, aber du weißt nichts über Baseball, und du weißt überhaupt nicht, was es heißt, ein Vater zu sein." Plötzlich spürte ich ein heftiges Verlangen, ihm mit der Hand, dem Schläger oder mit beidem ins Gesicht zu schlagen. Sein selbstgefälliges Lächeln sagte mir, dass er die richtigen Freunde hatte und sich in Sicherheit wiegte. Aber Jase stand neben mir, deshalb konnte ich Trevor nicht einfach schlagen. Jase brauchte etwas anderes.

Ich trat einen Schritt auf Trevor zu und legte meine Hand auf sein gebrochenes Bein. „Das weiß ich über Baseball." Ich streckte die Hand aus, und Mutt legte den Griff in meine Hand. Ich legte meinen anderen Arm um Jase und wischte ihm die Tränen aus dem Gesicht. Als ich anfing zu erklären, redete ich mit Jase, nicht mit Trevor. „Baseball ist eigentlich ein einfaches Spiel. Es wird dort gespielt, wo ein kleiner verschwitzter Junge mit aufgeschlagenen Knien einen Stock in der Hand hält und gegen ein kleines Lederding schlägt, das dann an seinem Vater vorbei in das etwas zu hohe Gras des Gartens fliegt. Dann rennt er zur ersten Base – ein Handtuch in einer Ecke des Gartens. Dann weiter zur zweiten – vielleicht ein großer Gartenhandschuh –, während der Vater versucht, ihn zu kriegen. Lachend umrundet der Junge die dritte – nur ein kahler Fleck auf dem Rasen – und rennt zum Ziel – vielleicht ein umgestülpter Eimer. Die ganze Zeit wird ein Junge von einem Vater verfolgt, der sich fragt, wie Gott ihm einen solch wunderbaren Sohn anvertrauen konnte. Völlig außer Atem und schweißgebadet rennt oder rutscht der Junge ins Ziel. Doch dann ist es noch nicht vorbei, denn der Junge dreht sich zu seinem Vater um und schaut ihn an. Dieser Blick ist der Anfang und das Ende. Denn" – vorsichtig drehte ich Jase' Kopf in Trevors Richtung – „dann fragt er: ‚War ich gut, Papa? Bist du stolz auf mich, Papa? Verbringst du gern Zeit mit mir? Können wir das noch mal machen?'" Ich sah erst zu Jase, dann zu Trevor. „Und die Antwort muss wohlüberlegt sein, denn sie wird den Jungen tief in seiner Seele treffen." Ich beugte mich vor, bis mein Gesicht nur noch wenige Zentimeter von Trevors entfernt war, und flüsterte: „Und alles andere als ‚Ja' ist ..." Ich stand wieder auf und nahm Jase bei der Hand. „... ist ein Verbrechen gegen alle Jungen, die jemals geboren wurden." Dann klopfte ich Trevor noch einmal vorsichtig auf sein Bein. „*Das ist* Baseball. Aber wichtiger noch – *das* steht hier auf dem Spiel."

* * *

Die Polizei folgte dem Krankenwagen mit dem Versprechen, später wiederzukommen, um unsere Aussagen aufzunehmen. Schweigend gingen Jase, Katie und ich Hand in Hand zum Haus zurück. Löwenzahn blühte zwischen dem hüfthohen Gras auf der Weide, und Jase zupfte hier und da ein paar gelbe Blüten ab. Ich atmete tief ein, drückte Katies Hand und meinte, ich könnte den Geruch von Miss Ellas Handcreme in der Luft riechen. Mein ganzer Körper tat weh, ich humpelte und wünschte mir ein paar Aspirin, doch ich fühlte mich besser als je zuvor in meinem Leben. Mutt lief hinter uns her, den Schläger über der Schulter und pfiff ein fröhliches Lied. Ich bin mir nicht sicher, aber seine Brust sah breiter aus als zuvor. Fast ein bisschen stolzgeschwellt.

„Onkel Tuck." Jase zog mich am Arm.

„Ja, mein Freund."

„Schneidet die Polizei meinem Papa seine Du-weißt-schon-Was ab?"

„Das glaube ich nicht, mein Freund. Sie versuchen erst noch ein paar andere Sachen."

Jase wirkte zufrieden und zog mich noch einmal am Arm. „Onkel Tuck?"

„Ja, Kumpel", sagte ich und schaute Katie dabei in die Augen.

„Wirfst du mir ein paar Bälle?"

Kapitel 46

„Guten Morgen", tönte es von dem Fahrersitz, und der Junge kletterte nach hinten an das Verkaufsfenster. Ich hatte die Musik aus dem Lautsprecher schon gehört, als er in die Einfahrt einbog. Um ehrlich zu sein, hat sie wahrscheinlich der ganze Süden von Alabama gehört. Ich kam also aus meinem Arbeitszimmer und lief die Stufen hinunter, als er gerade vorfuhr.

„Bisschen früh heute Morgen", begrüßte ich ihn. Es war erst sieben Uhr.

Er rieb seine Hände, als wollte er mit zwei Stöckchen Feuer machen, und erwiderte: „Ach was, es ist nie zu früh für Eis. Wo ist denn Ihre Familie?"

Der Klang seiner Worte gefiel mir. „Sie sind noch am Schlafen."

Er schaute hinter mich und deutete auf die Tür. „Nicht mehr."

Jase warf die Tür hinter sich zu, rannte die Stufen hinunter und wiederholte seine Bestellung vom letzten Mal. Mutt ging mehrmals um den Wagen herum und musterte ihn von oben bis unten. Seine Gedanken überschlugen sich. Er schien ein echtes Interesse an dem Wagen zu haben. Katie stand mit einer Tasse Kaffee in der Hand oben auf der Treppe und gab mir ein Zeichen, dass ich für Jase eine Packung Kaugummi kaufen sollte.

Ich wandte mich an den Jungen. „Wie viel willst du für das ganze Ding?" Ich deutete von vorn nach hinten über das Auto und hatte dabei Mutts ungeteilte Aufmerksamkeit.

Der Junge bemühte sich um einen überraschten Gesichtsausdruck, dabei hatte er vermutlich die ganze Zeit auf so ein Angebot gewartet. „Was? Sie wollen meinen Wagen kaufen? Meine Arbeitsstelle? Meine einzige Existenzgrundlage?"

Er trug ziemlich dick auf. „Ich will nicht, dass du hier noch einmal so früh am Morgen in meiner Einfahrt auftauchst." Ich lächelte ihn an.

„Und wenn ich dir diesen Eiswagen abkaufe, will ich eine Garantie, dass du nie wieder mit irgendeinem Gefährt vor meinem Haus auftauchst."

Die Augen des Jungen wanderten über das Innere des Wagens, als würde er die Kosten zusammenrechnen. Ich bin nicht dumm. Er wusste schon, was er für den Wagen wollte, bevor er in die Einfahrt gefahren war. „Nicht weniger als fünf."

„Du träumst wohl. Ich gebe dir drei und zahle deine Kosten plus zwanzig Prozent für das gesamte Inventar." Der Junge kniff die Augen zusammen und schaute mich angewidert an. „Glaubst du, du bekommst heute noch ein besseres Angebot?"

Er lehnte sich aus dem Fenster, und ich konnte in seinen Augen sehen, dass er bereits Pläne mit dem Geld hatte. Er zog die Perücke vom Kopf, kratzte sich am Nacken und streckte mir die Hand entgegen. „Einverstanden."

Ich deutete auf sein Kostüm. „Das auch?"

„Es gehört Ihnen."

„Rück zur Seite." Katie stand die ganze Zeit schweigend und mit ungläubigem Blick oben an der Treppe und beobachtete jetzt, wie Mutt, Jase und ich uns neben den Jungen quetschten und zu ihm nach Hause fuhren. Ich schrieb ihm einen Scheck über dreieinhalbtausend Dollar, übertrug das Auto auf Mutt und gab ihm die Schlüssel.

„Hier, du fährst." Mutts Augen leuchteten, als hätte er einen Schatz gefunden. Er zog die Perücke auf, steckte die rote Plastiknase auf seine, drückte den Musikknopf und ließ die Kupplung kommen. Sein strahlendes Lächeln war all das Geld wert. Den ganzen Morgen fuhren wir durch die Stadt, und Mutt verkündete überall stolz: „Neuer Besitzer! Jedes Eis heute umsonst!" Das machte die Leute hellhörig, und gegen zehn Uhr hatten wir jedes Eis verschenkt, das Jase nicht gegessen hatte.

Zurück vor dem Haus sprang Jase heraus, rannte zu Katie und deutete auf den Eiswagen. „Schau nur, Mama, das Fing gehört jetzt ganz wirklich uns." Zwei Wochen waren seit dem Zwischenfall mit Trevor vergangen, und ich hatte viel Zeit mit Jase verbracht, trotzdem verstand ich ihn nicht immer gleich. Katie sah den fragenden Ausdruck auf meinem Gesicht.

Sie wischte Jase das Eis vom Mund und sagte. „Ersetz das F einfach durch ein D."

„Ohhh, okay."

Kapitel 47

Katie erhob Anklage und der Bezirksrichter verurteilte Trevor zu fünf Jahren Haft. Allerdings würde es noch eine Weile dauern, bis er die Strafe antreten konnte, denn er musste zuerst noch in New York wegen Steuerhinterziehung und Unterschlagung von Firmengeldern für fünfunddreißig Jahre ins Gefängnis.

Seit Mutt in Waverly wohnte, hatte er Stück für Stück das Haus verändert. Von außen sah es aus, als wäre es gerade erst gebaut worden. Zweimal hatte er alle Außenwände und das Dach mit dem Hochdruckreiniger und den Reinigungsmitteln bearbeitet. Selbst der Mörtel zwischen den Steinen war sauber. Das Dach erstrahlte in neuem Glanz, und die Abwasserrohre glänzten, als hätte sie jemand mit der Hand poliert. Einige Sachen hatte Mutt ersetzen müssen, manche hatte er einfach abmontiert, repariert und wieder angebracht. Die vordere Veranda war völlig unkrautfrei, die meisten Fensterrahmen waren frisch gestrichen und fast alle Außentüren waren ersetzt worden, denn das Holz war im Laufe der Jahre aufgequollen. Mutt installierte draußen neue Lampen und ein paar Scheinwerfer in den Bäumen um das Haus. Er erneuerte das gesamte Geländer im Außenbereich, putzte und strich die Schaukelstühle auf der Veranda mit Lack, sodass sie in der Sonne glänzten. Irgendwie hatte er es geschafft, das Eingangstor mit dem Traktor wieder aufzurichten und so zu befestigen, dass es nicht mehr aussah wie ein eingestürztes Zirkuszelt. Er pflanzte Blumen im Vorgarten, reparierte das Bewässerungssystem rund um die Einfahrt, goss die halb vertrockneten Büsche und beschnitt die Zypressen neben der Pforte. Sogar den bronzenen Türklopfer vergaß er nicht. Als er mit ihm fertig war, sah er aus wie neu.

Und zu sagen, dass das Innere von Waverly sauber war, wäre eine schamlose Untertreibung gewesen. Wir hätten aus den Mülleimern essen können. Jede Ecke des Hauses war abgestaubt, abgewaschen und wenn nötig abgeschliffen, neu gestrichen oder repariert worden. Lampen, Ventilatoren, Türschlösser und Heizkörper, die schon seit zehn Jahren nicht mehr funktionierten, taten wieder ihren Dienst. Ich merkte, dass Mutt wirklich Fortschritte mit unserem Domizil machte, als die alte Standuhr das Haus seit mehr als zehn Jahren um sieben Uhr morgens mit ihren lauten Schlägen zum Beben brachte.

Auch Moses konnte es nicht glauben. Immer wieder lief er vor sich hin murmelnd durch alle Räume, schüttelte den Kopf und lächelte. Er schaute mich an und sagte: „Tuck, meine Schwester würde ihren Augen nicht trauen."

Eines Morgens kam Mutt zu mir in den Keller und rüttelte mich wach. „Tuck, Tuck, wach auf!" Ich rieb mir die Augen und fragte mich, warum mein Bruder sein Clownskostüm schon um sechs Uhr morgens trug.

„Was ist los?"

„Ich hatte einen Traum."

„Kannst du mir nicht morgen früh davon erzählen?"

„Es ist Morgen." Er setzte sich, nahm seine Perücke ab, rückte seine rote Nase gerade und drehte die Perücke zwischen den Händen. Gibby hatte Mutt erst vor Kurzem eine neue Mischung aus verschiedenen Medikamenten zusammengestellt, die Mutt ziemlich ausbalancierte. Keine so tiefen Abstürze mehr und auch keine übermäßigen Höhenflüge. Das Ergebnis war, dass Mutt seit dem Vorfall in dem Sumpf in Jacksonville kein Thorazin mehr bekommen hatte. Er fuhr fort: „Ich stand plötzlich vor der Tür dieser riesigen, hohen Kathedrale. Sie war größer als hundert Kirchen. Stundenlang stehe ich da und klopfe mit ganzer Kraft gegen die Tür. Schließlich gibt die Tür nach und ich stolpere herein. Aber die Kirche ist leer. Es gibt keine Bänke. Das Innere ist mindestens einen Kilometer lang. Vielleicht sogar noch länger. Der Fußboden sieht aus wie ein Schachbrett aus poliertem Elfenbein und schwarzem Granit und alle Wände und Ecken sind absolut gerade. Die Mauern sind mehrere Stockwerke hoch, und das Dach sieht aus, als würde es bis in den Himmel reichen. Überall auf den Balken und an den Säulen stehen Engel. Hunderte. Tausende. Vielleicht Millionen. Und sie singen alle dasselbe Lied. Manchmal ist es nur ein leises Summen, aber manchmal schwillt es an, dass man sich fast die Ohren zuhalten muss. Manche Melodien und Worte habe ich noch nie vorher gehört, andere hat Miss Ella uns schon vorgesungen, aber in der Kirche klang es besser.

Am anderen Ende der Halle, vielleicht einen Kilometer oder mehr von mir entfernt, steht ein einzelner Stuhl. Er sieht fast aus wie ein Thron, aber ohne den ganzen Prunk. Eher einfach. Auf dem Stuhl sitzt ein Mann. Ich kann sein Gesicht nicht sehen, aber er leuchtet wie die Sonne. Er sieht nicht aus wie ein Zauberer oder so, sondern ganz wie ein Mensch. Ich mache einen Schritt auf ihn zu, und es wird ganz ruhig in der Kathedrale. Nur ab und zu hört man das Schlagen eines Flügels, ansonsten ist alles mucksmäuschenstill. Ich weiß nicht genau, warum ich hier bin, aber ich wollte unbedingt in die Kathedrale und jetzt will ich unbedingt mit dem Mann auf dem Stuhl reden. Alles in mir will nur auf ihn zugehen und mit ihm reden. Zu seinen Füßen sitzen. Aber meine Beine gehorchen mir nicht. Sie scheinen auf dem Boden festgewachsen zu sein. Ich drehe mich um und sehe tausend Seile, die mich an die Rückwand und an den Boden fesseln.

Er winkt mich zu sich, sagt mir, dass ich zu ihm kommen kann, aber ich schaffe es nicht. Egal, was ich tue, egal, wie oft ich versuche, mich von den Seilen zu befreien, ich schaffe es nicht. Und ich kann auch nicht sprechen, denn mein Mund ist auch zugeschnürt. Tuck, ich versuche es mit aller Kraft, aber ich komme nicht zu ihm." Mit jedem Satz wurde Mutt aufgeregter.

„Mit jeder Sekunde wird das Netz aus Seilen um mich herum dichter. Sie legen sich um meine Kehle und schnüren mir die Luft ab. Ich habe nur noch eine Minute oder so. Die Seile ziehen sich fester, und ich spüre, wie meine Augen langsam aus den Höhlen quellen. Doch gerade als ich denke, dass ich nicht zu ihm kommen kann und meine letzten Atemzüge immer kürzer und schwieriger werden, steht er auf, hebt die Hand und winkt mich wieder zu sich. Als er merkt, dass ich es allein nicht schaffe, springt er von seinem Thron und rennt auf mich zu. Schneller und schneller rennt er auf mich zu wie ein Sprinter. Und du solltest ihn rennen sehen! Knie hoch, lange Schritte, Zehen, die kaum den Boden berühren, und seine Arme pumpen von seinen Hüften bis zu seinen Ohren. Als er näher kommt, weiß ich, wer er ist."

Mutt schwieg mit weit aufgerissenen Augen. „Ich meine, er ist es. Die Dornen an seiner Krone sind lang, fast fünf Zentimeter, und sie stechen in seinen Kopf. Blut läuft ihm übers Gesicht, und ich kann durch die Löcher in seinen Händen und Füßen schauen. Aus der Wunde an seiner Seite läuft Blut und Wasser. Direkt vor mir bleibt er stehen, aber er ist noch nicht einmal außer Atem. Es scheint, als wäre er die Strecke schon oft gerannt.

Dann packt er mit einer Hand die Seile an mir, streckt seine andere Hand aus, macht eine Faust und quetscht einen Blutstropfen aus seiner Handfläche wie aus einem Schwamm. Das Blut tropft auf die Seile und frisst sie wie Säure. Das ganze Netz schmilzt dahin und ich bin frei. Ich schaue nach oben, und alle Engel schlagen mit den Flügeln. Es hört sich an, als würden zehn Millionen Bienen durch die Luft summen. Und der Gesang. Er ist voller Hoffnung. Als hätte ich endlich einmal etwas richtig gemacht. Ich schaue auf meine Hände und sehe keine Seile. Kein Netz. Keine Knoten. Ich bin frei. Das Lied um mich herum wird immer lauter, und obwohl ich es noch nie gehört habe, kenne ich trotzdem den Text."

Mutt stand auf und malte mit den Händen in die Luft. „Ich wusste nicht, was ich ihm schenken könnte, deshalb habe ich meine Bauchtasche aufgemacht und ein Sandwich mit Erdnussbutter und Marmelade herausgezogen. Das habe ich ihm angeboten. Er brach sich eine Ecke ab, wie es Miss Ella früher immer gemacht hat, und wir setzten uns zum Essen einfach auf den Boden. Er saß auf einem Elfenbeinquadrat und ich auf einem Granitstück. Es dauert nicht lange, da klopften andere Leute an die Tür. Sie klopften ziemlich laut, und ich wollte nicht unhöflich sein. Deshalb stand ich auf, um zu gehen. Doch er griff nach meiner Hand und hielt mich fest. Als ich auf meine Hand schaute, sah ich, dass er mir ein silbernes Armband um das Handgelenk gelegt hatte. Es hatte keinen Anfang und kein Ende und würde niemals wieder abfallen. Ich drehte es um, und dort stand sein Name." Mutt hob den Arm und zeigte mir das silberne Armband um sein rechtes Handgelenk. „Ich wollte den Traum nicht vergessen, deshalb habe ich mir das hier gemacht."

Er beugte sich vor, bis er fast mein Gesicht berührte. „Tuck, wollen wir ein paar Steine schlagen?"

„Mutt ..."

Er deutete in Richtung Scheune. „Die Lichter brennen schon." Mutts Gesichtsausdruck sagte mir, dass er sich mit einem „Nein" nicht abfinden würde. Ich stand also auf und zog meine Jeans an. Mutt wartete schon in der Scheune auf mich. Ich griff nach meinem Baseballschläger, Mutt kniete sich auf die Abwurfstelle, von wo aus er mir die Steine weich zuwerfen konnte. „Ich möchte nur diesen einen Stein schlagen." Mutt griff in seine Tasche und zog den runden, polierten und geölten Stein heraus, den er nun schon so lange mit sich herumtrug.

„Bist du sicher?" Mutt nickte und warf den Stein.

Vor meinem inneren Auge verlangsamte ich den Wurf, beobachtete, wie der Stein mit Mutts Namen auf mich zuflog. Ich machte einen Schritt, hob die Hände mit dem Schläger, drehte die Hüften und schlug zu. Es war ein guter Schlag. Der schwarze Granit zersprang in tausend kleine Stücke, die um mich herum auf den Boden regneten, und hinterließ eine schwarze Staubwolke. Mutt und ich schwiegen eine ganze Weile, während der Staub aus der Scheune wehte. Als die Luft wieder klar war, fiel mir plötzlich auf, dass ich Rex' Gesicht nicht auf dem Stein gesehen hatte.

Zum Frühstück quetschten wir uns alle vier in Mutts neuen Wagen, der nun nicht mehr rauchte und knatterte, und fuhren nach Rolling Hills. Katies Bauch war schon ziemlich rund, deshalb fragte sie mich, ob sie eins von meinen Flanellhemden tragen könnte. Wenn ich sie ansah, wurde mir ganz warm. Bevor wir ausstiegen, belud sich Mutt beide Arme mit einer großen Auswahl an Süßigkeiten. Dann gingen wir den Flur entlang zu Rex' Zimmer. Jase rannte vor und war als Erster im Zimmer. Der Richter hatte sich mittlerweile an unsere fast täglichen Besuche gewöhnt, vor allem an ein besonderes Schokoladeneis mit „Schuss", das Mutt ihm immer mitbrachte.

Ich setzte mich neben den Richter, hielt seine Zigarre, während Jase es sich auf meinem Schoß bequem machte und zwei Vögel beobachtete, die sich vor dem Fenster um die letzten Körner im Vogelhäuschen stritten. Mutt saß auf einem Stuhl vor Rex mit einem kleinen Plastiklöffel in der Hand und fütterte ihn mit Vanilleeis. Wir wussten nicht, ob er das Eis mochte oder nicht, da er nie irgendwelche Anstalten machte, mit uns zu reden. Doch wir dachten uns, es sei besser als nichts, und wenn er es nicht mochte, konnte er es ja ausspucken. Seit zwei Wochen schluckte er es jedes Mal.

Kapitel 48

An einem späten Nachmittag hörte ich Moses singen. Ich erhob mich aus dem Schaukelstuhl auf der Veranda und machte mich auf die Suche nach ihm. Schließlich fand ich ihn mit Hacke und Schaufel auf dem Friedhof. Der Schweiß lief ihm übers Gesicht, tropfte von seinem Kinn und bedeckte seine Brust. Über uns zogen sich die Wolken zusammen und verdeckten die Sonne. Ein kühler Wind wehte durch das Gras, und ein süßer Duft erfüllte die Luft.

„Für wen ist das?", fragte ich.

„Für mich, wenn diese Hacke nicht bald leichter wird."

„Ach, hör auf. Du bist gesünder als ich."

Moses hielt inne und musterte mich von oben bis unten. „Alles fertig?"

„Ziemlich. Katie hat alles geplant, alles geschmückt von der Eingangstür bis zum Altar, und morgen fliegen wir mit Jase zwei Wochen lang in den Westen. Ich dachte, wir könnten uns ein paar hohe Berge und ein paar kleine, verlassene Goldgräberstädte ansehen."

„Nimmst du die Kamera mit?"

„Ja, Doc will, dass ich zu einigen Orten fahre und Fotos mache. Vielleicht schaffe ich das ja zwischendurch."

„Und Mutt?"

„Gibby nimmt ihn für eine Woche mit nach Maine zum Angeln, und dann sind sie noch eine Woche zusammen hier, bis wir wiederkommen."

„Gibby ist ein guter Arzt."

Ich nickte.

Moses versenkte die Hacke erneut in dem harten Boden, den er schon fast einen Meter tief ausgehoben hatte. Dann nickte er in Richtung Miss Ellas Grab und fuhr, ohne aufzuschauen, fort: „Hast du allen hiervon erzählt?"

„Nein." Ich fuhr mir mit den Fingern durch die Haare und schaute zur Kirche.

„Nun, du musst dir erst in eineinhalb Stunden den Smoking anziehen. Du hast also noch Zeit."

Ich deutete auf das Loch. „Dass du mir nicht darin stirbst. Wir brauchen dich noch für die Zeremonie."

„Wenn du weiter so herumstänkerst, dann tue ich es erst recht, nur um dich zu ärgern."

Ich lief um die Kirche und war wieder aufs Neue überrascht, wie anders alles aussah. Mutt hatte die Weinranken entfernt, alle verrotteten Bretter ersetzt, die Eingangstür nachgebaut und ausgetauscht und die alten Türklinken aus Holz durch neue Messingtürgriffe ersetzt. Die Tür und alle Fenster standen weit offen, und es schien, als ob die Kirche endlich durchatmete – so wie ich auch.

Ich betrachtete den Altar, und mein Blick fiel auf die Stelle, an der Miss Ella immer gekniet hatte. Dann ging ich langsam an den Bänken vorbei und setzte mich tief in Gedanken versunken auf die vorderste Bank. Draußen hörte ich, wie Moses leise weitersang.

Das Gebet floss einfach aus mir heraus. „Heute werde ich heiraten. Vorausgesetzt, du lässt nichts dazwischenkommen. In einer Stunde wird Mutt Rex und den Richter abholen und sie hier an der Eingangstür absetzen. Ich glaube nicht, dass Rex wirklich etwas mitbekommen wird, aber ich wollte ihn trotzdem einladen. Und als ich den Richter gefragt habe, ob er Rex' Platz einnehmen könnte, hat er geweint. Da habe ich anscheinend etwas richtig gemacht. Heute Morgen nach dem Aufstehen musste ich mich daran erinnern, es zu sagen – ich meine – mir zu sagen, dass ich Rex vergebe. Ich denke, das ist ein gutes Zeichen. Vielleicht bewegt sich der Schmerz langsam zu den hinteren Plätzen, und das ist gut so. Katie tanzt schon seit einem Monat wie auf Wolken herum, ruft ihre Freunde an und organisiert alles – es ist, als hätte sie sich plötzlich in eine Elfe verwandelt, die glitzernde Funken versprüht. Und ich kriege sie kaum vom Klavier weg. Was Jase betrifft – er schlägt immer noch jeden Ball, den ich für ihn werfe, und nennt mich immer noch ‚Onkel Tuck'. Er wird heute die Ringe tragen und wollte unbedingt wissen, ob die Leute bei dem Empfang hinterher auch Bier trinken. Ich habe genickt und gesagt: ‚Ich hoffe, das ist für dich okay.'"

Meine Finger fuhren über die Risse im Holz. „Wenn ich zurückschaue, sehe ich, dass es wohl nicht wirklich ein Unfall war damals, als Katie im Straßengraben gelandet ist. Ich habe mich bei dir nie dafür bedankt. Du warst wirklich gut zu uns und bist es immer noch. Bitte hör damit jetzt nicht auf. Wir alle, Mutt auch, brauchen einen sicheren Ort, und diesen Ort gibt es nur, wenn du auf uns aufpasst. Dreiunddreißig Jahre voller Schmerzen, Bitterkeit und Angst liegen hinter uns, aber Miss Ella hatte trotzdem recht. Obwohl sie geschlagen, zertrampelt und verdrängt wurde, hat die Liebe doch ihren Weg durch den Fels gefunden. Ich weiß nicht, wie, aber es ist passiert. Ich denke, das ist dein großes Geheimnis."

Ich schaute mich um und bewunderte wieder einmal, was Mutt mit der Kirche gemacht hatte. „Ich muss dich noch etwas fragen." Der hölzerne Jesus glänzte wie eine polierte Bowlingkugel, die Tauben gurrten und flatterten mit den Flügeln. Später würden sie wahrscheinlich aus der Kirche flüchten. Eine große, dicke, dunkellila Taube hob von ihrem Nest ab, flog durch die Deckenbalken und über den Altar und hinterließ eine ordentliche Portion weißen Taubendreck direkt auf dem Altar, bevor sie wieder in ihr Nest flog. Ich schaute durch eines der Fenster in den Himmel und in den Sonnenschein. „Hier ist mein Problem: Du musst mir helfen, der Mann zu werden, den dieses Kind da draußen glaubt in mir zu sehen. Es hat so viel Hoffnung und Begeisterung, und in ihm steckt so viel Gutes, das ich gerne unterstützen will. Es soll wachsen. Denn wenn es in ihm wächst, dann wächst es vielleicht auch in mir. Ich möchte für den Jungen sein, was Rex für mich nie war. Und wenn ich an mein bisheriges Leben denke, dann erschreckt mich der Gedanke halb zu Tode." Ich deutete auf Waverly. „Hier steht eine Menge auf dem Spiel."

Langsam ging ich den Gang wieder zurück, drehte mich noch einmal um und hob den Finger in die Luft. „Oh, noch eine Sache ... Bitte sag Miss Ella, dass ich sie lieb habe. Sag ihr, dass ich sie vermisse. Und ... sag ihr, dass ich meinen Sarg heute abschneide."

Ich ging wieder nach draußen, und Moses kletterte aus seinem Loch. Das Blatt seiner Schaufel war etwas verbogen und der Griff nach zehn Jahren regelmäßigem Graben schwarz. Er drückte mir die Schaufel in die Hand. „Hier."

„Wofür das?"

Er deutete auf das Loch. „Füll es auf."

„Aber ... da ist doch nichts drin."

Er nickte und wischte sich mit seinem Taschentuch den Schweiß von der Stirn. „Wenn du fertig bist, wirst du sehen, dass was drin war."

Moses warf sich seine Spitzhacke über die Schulter und schaute auf Miss Ellas Grab herunter. „Bist du nun zufrieden, Schwester? Ich habe getan, was du wolltest, aber das nächste Mal gräbt er es selbst. Ich bin einfach zu alt, um die Gräber für andere Leute auszuheben."

Moses ging pfeifend zurück zur Scheune, und ich kletterte in das Loch. Mit der Schaufel zog ich die Erde zurück in das Loch und bedeckte damit langsam meine Schuhe und Knöchel. Ich hatte es nicht eilig, und die Arbeit war nicht anstrengend. Das Schlimmste war schon vorbei. Dreißig Minuten später klopfte ich zufrieden auf den Erdhügel, rundete ihn ordentlich ab und lehnte mich zufrieden auf die Schaufel, wie ich es bei Moses schon so oft gesehen hatte.

Die Arbeit war getan.

Mit Miss Ellas Grab auf der einen und meinem auf der anderen Seite beobachtete ich, wie ein aufkommender Wind dicke schwarze Regenwolken vor sich über den Himmel trieb. Einige Minuten schienen sie an den Baumwipfeln festzuhängen – schwarz und schwer –, bevor sie ihre gewaltige Last plötzlich abwarfen, als hätte jemand eine Schleuse geöffnet. Ein wunderbarer warmer Frühlingsregen prasselte auf mich herunter. Dicke, schwere Tropfen, typisch für einen Märzregen, platschten auf den Boden um mich herum. Vielleicht weinte Gott über Alabama. Aber nicht alle Tränen bedeuten Leid. Manche Tränen sind Freudentränen.

Aus meiner Kindheit wusste ich, was solche Wolken mit sich brachten – heftigen, schnellen Regen, der ungefähr fünfzehn Minuten dauerte. Dann, wenn die Wolken ihre Last losgeworden waren, brach die Sonne erneut durch und leckte den Regen wieder auf und machte die Luft schwül und klebrig. Ich sah hinauf zu den Wolken und schloss die Augen. Der Regen wusch über mein Gesicht, meine Schultern und meine Seele, und ich spürte, wie der Riss in meinem Herzen langsam zu heilen begann.

„Miss Ella, es gibt da etwas, was ich jetzt unbedingt tun muss." Ich nickte. „Du verstehst das sicher."

Ich ließ die Schaufel fallen, kletterte über den Zaun und rannte auf das Haus zu, als wäre ich zu spät für ein wichtiges Spiel. Jase saß auf dem Boden des Arbeitszimmers und rettete gerade eine weitere Prinzessin aus den Klauen eines fiesen Räubers in seiner Legoburg, die mittlerweile um einiges größer war, nachdem Mutt und Jase drei weitere Kisten mit Lego verbaut hatten. Ich griff nach den Handschuhen, Kappen und einem einzigen bestimmten Baseball – dem mit dem Dreckfleck auf der einen Naht. Katie saß am Klavier, spielte ein Stück von Mozart und dachte lächelnd an die bevorstehenden Ereignisse des Nachmittags. Ich riss die Eingangstür auf, warf Jase seinen Handschuh zu und rief: „Beeil dich, bevor der Regen aufhört."

Jase sprang auf die Füße und zog seine Kappe tief ins Gesicht, sodass seine Ohren noch mehr abstanden. Er vergrub die Hand in seinem Handschuh und rannte von der Veranda auf den Rasen. Dort stand er, schlug mit der freien Faust immer wieder abwartend in den Handschuh und trat ungeduldig von einem Bein auf das andere. Katie hob abwehrend die Hand und sagte: „Tucker, ich habe ihn gerade gebadet. Ich will nicht, dass er sich noch mal dreckig macht. Er soll sauber sein, wenn er nachher meinen Ring nach vorne trägt."

Ich klopfte auf den Ring, der an einer Kette um meinen Hals hing. „Keine Sorge, der Ring ist an einem sicheren Ort. Außerdem hat ein bisschen Dreck noch niemandem geschadet."

Sie stand auf und stemmte eine Hand in die Hüfte. „Tucker Rain, Rain wie Regen."

„Katie, hier geht es um viel mehr als um ein Vater-Sohn-Spiel."

Sie lächelte, trat zu mir an die Tür und legte mir die Hand auf die Brust. „Und was ist das?"

Ich warf Jase den Ball zu und beobachtete, wie er durch den strömenden Regen auf ihn zuflog. „Z-E-I-T."

Tucker?
Ja, Ma'am.
Vergiss bloß deine Miss Ella nicht.
Gehst du irgendwo hin?
Ich denke, es ist Zeit, dass ich gehe.
Das wird Katie nicht wirklich gefallen. Sie hatte gehofft, dass du heute mit dabei bist.
Nur Katie?
Das weißt du doch.
Gut, ich habe mir schon einen Hut gekauft.

Das sieht dir ähnlich. Gut, dass wir heute nicht in einen Aufzug steigen.
Werde bloß nicht frech!
Miss Ella, so eine wie dich gibt's nicht noch einmal.
Wie geht es deinem Bauch?
Er tut irgendwie weh.
Wie tut er weh?
Als würde er wachsen. Er wird größer, damit all die neuen Menschen einen Platz finden.
Das habe ich dir ja immer gesagt.
Du hast mir viele Dinge gesagt.
Wirst du wieder frech?
Nein, Ma'am. Ich wollte dir damit nur sagen, dass ich zugehört habe.
Tucker?
Ich antwortete nicht. Ich wusste, was sie wollte.
Tucker Rain? Rain wie Regen.
So hatte sie mich noch nie vorher genannt. Jetzt musste ich ihr zuhören.
Ja, Ma'am?
Kind, am Ende ... gewinnt die Liebe. So war es schon immer. Und so wird es immer sein.
Ja, Ma'am.
Ich stand im Garten und hielt meinen Handschuh hoch. Jase holte weit aus, deutete mit dem Handschuh an der anderen Hand auf mich, machte einen riesigen Schritt und warf, so fest er konnte. Der Ball flog hoch in die Luft durch den Regen, der immer heftiger auf uns herunterprasselte und uns wie eine Decke einhüllte.

Ein weiteres Buch von Charles Martin

Das Zirpen der Grillen
Bestell-Nr. 330 984
ISBN 978-3-86122-984-1
400 Seiten, Paperback

Zwanzig Dollar für ein Glas Limonade? Reese Mitch wird stutzig, als er den Erfolg bemerkt, den die kleine Annie Stephens mit ihrem Limonadenverkauf erzielt. Noch mehr interessiert ihn aber die Narbe, die sich über ihren Brustkorb zieht, erinnert sie ihn doch an ein dunkles Geheimnis in seiner Vergangenheit. Vor Jahren hatte Reese sich in die Idylle am Lake Burton geflüchtet, verfolgt von den Erinnerungen an seine Frau Emma. Mit ihr verband ihn eine einzigartige Liebe, die alles ertrug, alles glaubte, alles hoffte und allem standhielt. Die Begegnung mit der zauberhaften Siebenjährigen stellt Reese vor die Entscheidung seines Lebens: Will er dem Mädchen helfen, muss sich der Mann mit dem gebrochenen Herzen seiner geheimnisumrankten Vergangenheit stellen. Wird er den Mut dazu finden und in seinem Herzen Raum für Annie und ihre faszinierende Tante Cindy schaffen, bevor es zu spät ist?

Weitere Romane bei FRANCKE

Marlo Schalesky
Für immer Dein Paul
Bestell-Nr. 331 182
ISBN 978-3.86827-182-9
ca. 336 Seiten, Paperback

Eine Frau liegt bewusstlos im Krankenhaus. Ihr Ehemann harrt geduldig an ihrer Seite aus, hofft, bangt, drängt sie aufzuwachen und heimzukommen. Zwischen ihnen liegen ein Ozean der Angst und die Erinnerung an längst vergangene Zeiten. Die Erinnerung an Wunder. An Liebe. Erinnerungen an ein Mädchen namens Madison und einen Jungen namens Paul …
Madison Foster wusste, dass sie erblinden würde. Aber sie wollte kein Mitleid – weder von ihrer Mutter noch von ihrer Mitbewohnerin und schon gar nicht von ihrem besten Freund Paul – dem Mann, den sie heimlich liebte.
Paul Tilden schätzte kaum etwas so sehr wie seine Freundschaft zu Maddie Foster. Doch dann begann er sich in sie zu verlieben … ausgerechnet in dem Moment, in dem ihr Augenlicht sie im Stich ließ. Wie aber sollte er seine sture Maddie dazu bringen zu glauben, dass seine Gefühle nicht aus Mitleid geboren, sondern echt sind? Ihm und Maddie stand ein großer Kampf bevor – ein Kampf um ihre Hoffnungen, ihre Träume, ihre Liebe.
Jetzt muss Paul wieder um seine geliebte Frau kämpfen. Alles, was ihm geblieben ist, sind seine Worte, seine Erinnerungen und eine Liebe, die so stark ist, dass sie sie einfach hören muss … Doch kann er Maddie noch einmal dazu bringen, ihre Ängste zu überwinden und sich durch die Dunkelheit ans Licht zu kämpfen? Kann er sie davon überzeugen, dass er für immer ihr Paul ist – und dass er auf sie wartet?

Lina Nichols
Sehnsucht nach Eden
Bestell-Nr. 331 179
ISBN 978-3-86827-179-9
ca. 496 Seiten, Paperback

Miranda DeSpain ist eine richtige Weltenbummlerin. Spanien, Italien, Frankreich – diese Länder lassen ihr Herz höher schlagen. Doch Miranda ist nicht nur begeistert über ihre permanente Sehnsucht nach dem Neuen. Warum bloß fühlt sie sich immer wieder gezwungen, ihre Zelte abzubrechen und umzuziehen? Ob ihre innere Unruhe etwas mit den ungeklärten Fragen ihres Lebens zu tun hat?
Dann, eines Tages, erhält Miranda unverhofft einen Hinweis, der ein wenig Licht in das Dunkel ihrer Vergangenheit bringt. Ihre Spur führt sie direkt in das kleine Städtchen Abingdon. Doch dort sind längst nicht alle Bewohner so offen und hilfsbereit wie die quirlige Eden. Besonders der örtliche Polizeichef ist voller Misstrauen gegenüber der neuen Mitbürgerin.
Aber so leicht gibt Miranda nicht auf. Jetzt ist ihre Gelegenheit, die Puzzleteile ihres Lebens zu einem vollständigen Bild zusammenzufügen und endlich nach Hause zu kommen.

Eine zu Herzen gehende Geschichte über Liebe und Gnade, Vergebung und die immerwährende Chance auf einen Neuanfang.

Kristen Heitzmann
Die Villa im Weinberg
Bestell-Nr. 331 180
ISBN 978-3-86827-180-5
ca. 448 Seiten, Paperback

Lance Michelli ist auf der Suche nach etwas – er weiß nur nicht genau, wonach.
Seine schwer kranke Großmutter konnte ihm lediglich verständlich machen, dass er sich auf die Suche nach den dunklen Geheimnissen ihrer Vergangenheit begeben soll.

Diese Suche führt ihn erst nach Italien und dann ins Sonoma Valley, Kalifornien. Die wunderschöne Villa, in der seine Großmutter als Kind lebte, gehört inzwischen einer Frau namens Rese Barrett. Diese renoviert das Anwesen, um darin ein Bed & Breakfast zu eröffnen. Kurz entschlossen lässt Lance sich als Koch und Mädchen für alles einstellen. Vielleicht kann es ihm so gelingen, den Geheimnissen seiner Nonna auf die Spur zu kommen.

Zuerst geraten Lance und Rese immer wieder aneinander. Doch dann kommen sie sich trotz ihrer Unterschiede näher. Und bald muss Lance sich fragen, ob es wirklich so eine gute Idee war, Rese über seine Motive im Unklaren zu lassen. Wie wird sie reagieren, wenn die Wahrheit ans Tageslicht kommt? Hat er womöglich jede Chance auf eine Zukunft mit ihr verspielt?

Kristen Heitzmann
Das Schweigen der Nacht
Bestell-Nr. 331 021
ISBN 978-3-86827-021-1
450 Seiten, Paperback

Jill und Morgan hatten kaum ihren Schulabschluss in der Tasche, als das Leben – und ihre Eltern – die Teenager auf grausame Weise auseinanderrissen. Inzwischen sind sie erwachsen, doch die Wunden der Vergangenheit sind nie wirklich geheilt. Morgan ist ein erfolgreicher Geschäftsmann. Er hat wie kein Zweiter die Gabe, Probleme zu erkennen und zu lösen. Doch sein eigenes Leben bekommt er nicht in den Griff. Zu tief hat der Verlust seiner Jugendliebe ihn verletzt. Jill ist Lehrerin und schenkt ihren Schülern all ihre Liebe. Insgeheim sehnt sie sich jedoch nach einem anderen Leben. Als ein unerwarteter Brief Jills geregeltes Leben ins Wanken bringt, bleibt ihr keine andere Wahl: Sie muss sich Morgan stellen und ihm gestehen, was vor all diesen Jahren wirklich geschah. Doch wie wird er reagieren, wenn er erfährt, dass sie sein Kind geboren und weggegeben hat? Ein wunderbarer Roman über zwei gebrochene Herzen, die sich nach Heilung sehnen. Und die lange brauchen, um zu erkennen, dass Gott Gutes für sie bereithält – trotz all ihrer Fehler.

Jennifer Erin Valent
Das Ende eines Sommers
Bestell-Nr. 331 095
ISBN 978-3-86827-095-2
300 Seiten, Paperback

„In dem Sommer, in dem ich 13 wurde, dachte ich, ich hätte einen Mann getötet."
Es war der Sommer, in dem Jessilyn Lassiter sich zum ersten Mal verliebte, in dem sie mit ihrer Freundin über das Leben philosophierte und in dem sie entdeckte, dass Engel nicht immer Flügel haben, sondern manchmal einfach nur Menschen sind. Es war aber auch der Sommer, in dem sie merkte, wie viel Mut es erfordert, den gesellschaftlichen Gepflogenheiten zu trotzen und ein Licht in den dunklen Tagen dieser Welt zu sein.
Virginia 1932. Jessilyns beschauliches Kleinstadtleben gerät aus den Fugen, als die Eltern ihrer besten Freundin Gemma bei einem Feuer ums Leben kommen und ihr Vater die Waise aufnimmt. Denn ihre Mitbürger heißen das gar nicht gut. Schließlich sind sie weiß und Gemma ist schwarz. Als die Situation eskaliert, begreift Jessilyn, dass die sorgenfreien Tage ihrer Kindheit endgültig der Vergangenheit angehören.

Lynn Austin
Bebes Vermächtnis
Bestell-Nr. 331 176
ISBN 978-3-86827-176-8
416 Seiten, Paperback

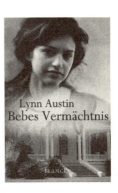

Amerika 1920. Harriet Sherwood hat ihre Großmutter Bebe immer bewundert. Aber sie hätte nie gedacht, dass ihre Entscheidung, in die Fußstapfen ihres großen Vorbilds zu treten und für soziale Gerechtigkeit zu kämpfen, sie ins Gefängnis bringen würde. Genauso wenig, wie sie erwartet hätte, dass ausgerechnet ihr alter Widersacher aus Kindertagen, Tommy O'Reilly, sie eines Tages verhaften würde.

In ihrer Gefängniszelle hat Harriet jede Menge Zeit, darüber nachzudenken, wie es bloß zu ihrer Verhaftung hat kommen können. Wie ist sie zu dem Menschen geworden, der sie heute ist? In ihr steigen lange vergessene Erinnerungen an die drei Generationen Frauen auf, die sie geprägt haben: Ihre Urgroßmutter Hannah, die Sklaven bei der Flucht half, ihre Großmutter Bebe, eine treibende Kraft in der Abstinenzlerbewegung, und ihre Mutter Lucy. Alle drei Frauen besaßen eine ungeheure innere Kraft – und einen tiefen Glauben an Gott. Kann ihr Vermächtnis Harriet helfen zu erkennen, worauf es im Leben wirklich ankommt?

Lynn Austin
Fionas Geheimnisse
Bestell-Nr. 331 022
ISBN 978-3-86827-022-8
416 Seiten, Paperback

Vor langer Zeit kehrte Kathleen ihrem Zuhause den Rücken zu – fest entschlossen, niemals zurückzuschauen. Fernab ihrer Heimat hoffte sie, ihre Scham über die Armut und die kriminellen Machenschaften ihrer Familie abschütteln zu können. Als Kathleen 35 Jahre später eine unerwartete Einladung ihrer Schwester erhält, nimmt sie zögernd an. Mit ihrer Tochter Joelle im Schlepptau macht sie sich auf den Weg in ihre verschlafene Heimatstadt. Eigentlich soll dieser Ausflug die zerrüttete Beziehung zwischen Mutter und Tochter kitten. Doch die beiden tauchen ein in die bewegte Vergangenheit ihrer Familie und stoßen auf dunkle Geheimnisse. Da ist Eleanor, Kathleens Mutter, die einmal so lebensfroh war. Kann ihre herzzerreißende Geschichte Licht in das Dunkel bringen? Und da ist Fiona, ihre Großmutter. Was hat es mit dieser rätselumwobenen Person auf sich? Schließlich muss Kathleen sich entscheiden: vergeben oder vergessen? Eine Geschichte voller Wärme, die zeigt, wie die Verarbeitung der Vergangenheit und das Wissen über die Lebenswege der Vorfahren dazu führen kann, dass Beziehungen gekittet und alte Verletzungen geheilt werden.

Karen Kingsbury & Gary Smalley
... denn er weiß nicht, was er tut
Die Wege meiner Kinder – Band 1
Bestell-Nr. 330 874
ISBN 978-3-86827-874-5
416 Seiten, Paperback

Ein anonymer Anruf genügt und Kari Baxter weiß von der Affäre ihres Mannes. Allerdings reagiert keiner der beiden so, wie man es von ihm erwartet hätte: Tim geht aufs Ganze und treibt die Scheidung voran. Kari jedoch will sich an den Ehebund halten, den sie vor Gott und der Gemeinde geschlossen hat. Wie aber soll sie es einordnen, dass mitten in ihren Kämpfen ausgerechnet der Mann auftaucht, mit dem sie einmal so viel verband – Ryan? Plötzlich gerät alles ins Rollen ...

Cindy Woodsmall
Nähme ich Flügel der Morgenröte
Hannah, das Amischmädchen – Band 1
Bestell-Nr. 330 985
ISBN 978-3-86122-985-8
400 Seiten, Paperback

Hannah kennt die Strenge, aber auch die Geborgenheit und die Nestwärme, in der ein Kind bei den Amisch aufwächst. Und doch will die Siebzehnjährige die Gemeinschaft verlassen, die ihr wie ein Kloster vorkommt. Schließlich wartet „draußen" das Glück auf sie in Gestalt des sympathischen Mennoniten Paul Waddel. Kaum aber haben die beiden sich einander versprochen, widerfährt Hannah Böses. Als Opfer eines Verbrechens sucht sie nach Antworten, die ihre Familie ihr nicht geben kann. Ihr Platz bei den Amisch steht bald infrage – was aber wird aus dem Platz an der Seite ihres geliebten Paul?